清代詠崑曲詩歌選注

崑曲叢書第四輯

趙山林・趙婷婷——選注

洪惟助——主編

《崑曲叢書》第四輯總序

洪惟助

一九九四年我規劃主編《崑曲叢書》，二〇〇二年出版第一輯六種，以陸萼庭《崑劇演出史稿》修訂本為第一種。二〇一〇年出版第二輯六種，二〇一三年開始，五、六年間出版第三輯。進度可謂相當緩慢。所以如此，一方面由於我的工作頭緒太過紛雜，另一方面，我們寧缺勿濫，希望每一種都是有價值、有意義的。在第一、二輯總序中我提出本叢書的特色：（一）一手資料的呈現和研究及學術研究的基礎工作；（二）一般少論及的音樂、表演、舞臺美術與各地方的崑曲；（三）有新資料、新論點的著作。

我編的《崑曲演藝家、曲家及學者訪問錄》，唐吉慧編的《俞振飛書信集》都是原始資料的呈現，隨著歲月的流逝，根據此資料做研究者也日益增多。叢肇桓撰《叢肇桓談戲》論述他六十年崑劇生涯所見所思，趙山林、趙婷婷《明代詠崑曲詩歌選注》選編詠崑詩歌，都是珍貴的第一手資料。我撰的《崑曲宮調與曲牌》書後附「崑曲重要曲譜曲牌資料庫」，為曲牌研究做了奠基的工作。

周世瑞、周攸的《周傳瑛身段譜》錄周傳瑛所傳的十個小生為主的折子戲，有詳細的走位圖，每一折子有數十張重要身段照片，附曲譜。是表演藝術的重要著作。顧篤璜的《崑劇舞臺美術初探》是第一本崑劇舞臺美術的專著。我的《崑曲宮調與曲牌》、洛地的《崑─劇、曲、唱、班》主要探討崑曲音樂的重要問題。

沈不沉的《永嘉崑劇史話》是目前為止永嘉崑劇的最完整論述。我的《臺灣崑曲史》是第一部臺灣崑曲通史。「正崑」之外的各地方崑曲流行於比「正崑」更廣闊的地域，卻一直沒受到關注，我們將持續發表此類著作。其他如陸萼庭《崑劇演出史稿》（修訂本）、朱建明的《穆藕初與崑曲》……等等，多為有新資料、新觀點，經過深思熟慮而有所得的著作。

第四輯六種，以林佳儀撰《崑壇清音──徐炎之、張善薌的崑曲生涯》為第一種。徐炎之先生夫婦是一九四九年至一九八九年四十年間影響臺灣崑曲傳承、推廣最重要的曲家。他們一九四九年到臺北，就與陳霆銳、周雞晨等曲友組織崑曲同期，此曲會一直維持至今不斷。一九五七年起在臺灣大學、政治大學、臺北一女中……等十餘校的崑曲社教學，並在大鵬劇校、中國文化大學、國立藝專等校開設崑曲專業課程。

炎之先生傳播崑曲懷著高度的熱情，臺灣大學崑曲社第一屆社員，也當了四年副社長的陳大威回憶：有一次颱風來襲，風雨交加，當晚是崑曲社唱曲的日子，他想老師可能會來，就到教室等老師，果然老師準時到達，社員雖然只有他一位副社長到，老師還是堅持教學，斷電多次，仍教唱滿兩小時，他送老師離去，看著老師騎著腳踏車在風雨中消失身影。

徐老師、師母持續熱情的教學，使崑曲在臺灣傳唱四十年不輟，培養了許多熱愛崑曲的曲友。如此重要的人物，雖有許多紀念的短文，至今未有較為完整的傳記。

佳儀一九九四年進入政治大學中文系就讀，有機會接觸崑曲，一九九五年春天我和曾永義教授主持的「崑曲傳習計畫」第三屆邀請王奉梅女士來班教學，政大陳錦釗教授乘此機會邀王奉梅女士到校示範演講，並找佳儀與同學共同促成停社四年的政大崑曲社復社，由佳儀擔任社長。「崑曲傳習計畫」第四屆至第六屆（一九九六年十一月—二〇〇〇年十月）移至國光劇校舉辦，臨近政大，佳儀全程參與學習，並參加水磨曲集的活動，從此與崑曲結下不解之緣。碩士、博士論文，以致後來任教上庠，都與崑曲有關。

佳儀參與臺灣的崑曲活動越多，越納悶何以竟無論徐氏伉儷的專著。雖其生也晚，未能親炙徐老師、師母，仍發憤蒐求資料、訪問前輩，終成《崑壇清音——徐炎之、張善薌的崑曲生涯》一書，其內容不只論徐氏伉儷的生平及影響，更論其唱曲、吹笛與表演藝術，是一部有分量的著作。我見而喜之，邀此書列入《崑曲叢書》。

第四輯第二種為趙山林、趙婷婷合撰《清代詠崑曲詩歌選注》。明清是崑曲盛行的年代，也是詠崑詩歌盛行的時代。趙氏父女在第三輯中已有《明代詠崑曲詩歌選注》，今再選注清代詠崑曲詩歌，將兩代作品精華匯聚於此。

清代詠崑曲詩歌內容大概有以下數類：一、通過寫戲、品戲寄託自己的情感；二、對於當時崑曲活動的景況作了翔實的描寫；三、以詩歌探討戲曲史、戲曲理論的問題；四、歌詠、評論戲曲作品，包括作品的文學、音樂、表演等。本書有「前言」，對清代詠崑曲詩歌的價值做總體介紹。入選作者上起清初錢謙益，下迄清末周實，共計一百〇六人。附作者簡介，每一首作品均有注釋、析論。此明清兩代詠崑曲詩歌選注提供戲曲研究的珍貴資料，亦可作為閒暇吟咏談助。

《崑曲叢書》第四輯還有四種，將努力儘早完成出版。感謝您對本叢書的愛護和指教！

二〇二四年臘月　洪惟助於中央大學崑曲博物館

前言

詠劇詩歌，作為中國戲曲批評的一種特殊形式，在明清兩代有了很大的發展。特別是其中的詠崑曲詩歌，更加層出不窮，蔚為大觀，其原因主要是隨著崑曲作品的大量問世和廣泛流行，戲曲在人們的精神生活中占據了重要的位置，由此進一步激發了人們批評和研究的興趣，而一些文化修養較高的知名人士和戲曲專家的參與，又提高了詠崑曲詩歌的藝術品位和學術價值，對詩歌形式的戲曲批評的繁榮起了顯著的推動作用。二〇一四年，我們已經發表《明代詠崑曲詩歌選注》，鑑於清代詠崑曲詩歌在明代基礎之上繼續發展，不僅數量浩繁，而且涉及的範圍更加廣泛，價值也是多方面的，因此有必要再編選這本《清代詠崑曲詩歌選注》。對於清代詠崑曲詩歌的價值，這裡先做一簡要介紹。

（一）

清前期的詠崑曲詩歌，常常反映出遺民的故國之思。這說明自元明以來，隨著戲曲成為文人精神生活的一個重要組成部分，不少文人已經像寫作和玩味詩詞一樣，通過寫戲、看戲、品戲來寄託自己的情感。

閻爾梅（一六〇三—一六七九），字用卿，號古古，又號白耷山人、蹈東和尚，江蘇沛縣人。明崇禎舉人。明亡後參與抗清義軍活動，兩度被執，皆不屈，流亡南北各地，晚年始歸家鄉。其詩多感懷時事，格調蒼涼，如〈贈扮蘇屬國者〉：

節旄殘落雪氈青，十九年來不可醒。
直到河梁分手去，苕苕白髮照龍庭。

以蘇武為主要人物的戲曲，南戲有《蘇武牧羊記》，元雜劇有周文質《持漢節蘇武還朝》，明傳奇有無名氏《白雁記》、祁彪佳《全節記》。閻爾梅所看不知為何種，他讚揚蘇武的氣節，實際上是抒寫自己的心聲。

杜濬（一六一一—一六八七），字于皇，號茶村，湖北黃岡人。崇禎時太學生。明亡不仕，隱居南京，家貧常至斷炊。詩悲涼渾厚。他有〈龔宗伯座中贈優人扮虞姬絕句〉：

年少當場秋思深，座中楚客最知音。
八千弟子封侯去，唯有虞兮不負心。

這裡的「龔宗伯」是龔鼎孳，「楚客」是作者自稱。杜濬是湖北黃岡人，是名副其實的「楚客」；楚為漢所滅，所以自稱「楚客」，又有前朝遺民之意。因看戲而嘲笑堂堂鬚眉還不如虞姬這樣一位弱女子，這種話說在明清易代之際，自然是有弦外之音的了。

陳璧（一六〇五—？），字昆良，別號雪峰，江蘇常熟人。明末曾任兵部司務。明亡，隱居。他有幾首觀劇詩，也都提到虞姬、蘇武，並用以自勵。他有〈答顧梁甫觀劇詩〉：

> 畫堂飄舞綺羅輕，浩氣青天〈白雪〉賡。
> 看到功成難結果，英雄泣下淚無聲。

此詩抒發的是觀看沈采《千金記》演出之後的感慨。詩前有小引云：

> 逢場作戲，弄假成真。作者以此寄懷，觀者於焉感興。顧優人假面，能開世俗胸襟；雖傀儡當場，堪寫英雄心事。若徒取其芳音妙舞，又何異夫牧豎村童。聞樂悲來，偏動孤臣之涕；見獵心喜，恆發老驥之嘶。未敢雷同，用呈電正。

這篇小引對戲曲的藝術特徵及社會作用做了簡明的概括，並談了此時此地自己的特殊心情，很值得重視。

方文（一六一二—一六六九），字爾止，號明農，又號嵞山，安徽桐城人。明亡，隱居南京，以賣卜為業，與林古度等遺民為詩友。他有〈六聲猿〉絕句六首，小序云：

昔徐文長作《四聲猿》，借禰衡諸君之口以洩其胸中不平，真千古絕唱矣。予欲仿其義作《六聲猿》，蓋取宋末遺臣六事演為雜劇。詞曲易工，但音律未諳，既作復止。先記以詩，俟他日遇知音者始填詞焉。

方文擬作的六出雜劇分別是：《謝侍郎建陽賣卜》，寫謝枋得死不仕元事；《家參政河間談經》，寫家鉉翁不仕元，以《春秋》教授弟子事；《唐玉潛冬青記骨》，寫義士唐玨掩埋南宋帝后骸骨事；《鄭所南鐵函藏書》，寫鄭思肖著《心史》事；《王炎午生祭文相》，寫文天祥幕賓王炎午作生祭文，勉勵文天祥以身殉國事；《謝皋羽慟哭西臺》，寫謝翱於嚴子陵釣臺祭文天祥事。姑舉後二首於下：

文相精忠泣鬼神，當年猶有見疑人。
可知盡節唯應死，才說權宜便不真。

嚴子灘頭風雪飄，生芻一束薊門遙。

傷心豈獨悲柴市，萬古厓山恨不銷。

方文這一組詩作於順治七年（一六五〇）。作者親歷國破家亡的滄桑巨變，其悲憤更甚於徐渭，所以擬作〈六聲猿〉以寄託哀思。他選擇的六劇主人公，都是宋元易代之際堅持民族氣節的人物，這正是他自己人格的寫照。

吳偉業（一六〇九—一六七一）被迫仕清之前，順治九年（一六五二），創作了《秣陵春》傳奇，借南唐故事寄託興亡之感，在一次觀看演出時，寫了一首〈金人捧露盤〉：

記當年，曾供奉、舊霓裳。歎茂陵、遺事淒涼。酒旗戲鼓，買花簪帽一春狂。綠楊池館，逢高會、身在他鄉。　喜新詞，初填就，無限恨，斷人腸。為知音、仔細思量。偷聲減字，畫堂高燭弄絲簧。夜深風月，催檀板、顧曲周郎。

蔣瑞藻《花朝生筆記》說：「夏存古完淳先生〈大哀賦〉，庾信〈哀江南〉之亞也。其敘南都之亡云……。吳梅村見之，大哭三日，《秣陵春》傳奇之所由作也。」徐釚《詞苑叢談》說：「吳祭酒作《秣陵春》，一名《雙影記》，嘗寒夜命小鬟歌演，自賦〈金人捧露盤〉詞。」可見《秣陵春》是浸透作者血淚之作。

（二）

清代前期詠崑曲詩歌對於明清之際崑曲繁榮狀況有許多反映。由於這些詩歌作者都是過來人，親身經歷了各種崑曲活動，因此他們的描寫十分真切具體，具有珍貴的價值。

錢謙益（一五八二——一六六四）集中有〈甲午仲冬六日，吳門舟中飲罷放歌，為朱生維章六十稱壽〉：

吳門朱生朱亥儔，行年六十猶敝裘。
生來長不滿六尺，胸中老氣橫九州。
朝齏暮鹽心不省，春花秋月身自由。
席門懸薄有車轍，臂鷹盤馬多俠遊。
是時金閶全盛日，鶯花夾道連虎丘。
柳市金盤耀白日，蘭房銀燭明朱樓。
時時排場恣調笑，往往借面裝俳優。
觀者如牆敢發口，梨園弟子歸相尤。
就中張老最骯髒，橫襟奮袂髯戟抽。
鄰翁掃松痛長夜，相國寄子哀清秋。

金陵丁老誇矍鑠，偷桃竊藥筋力道。
月下劉唐尺八腿，叉衣闊步風颼颼。
王倩、張五並婀娜，迎風拜月相綢繆。
玉樹交加青眼眩，鸞篦奪得紅妝愁。
朱生傲兀作狡獪，黔面鬡鬙衣臂鞲。
健媼行媒喧剝啄，小婢角口含伊嘔。
矮郎背弓擔賣餅，牧豎口角牽蹊牛。
鬢絲頗毛各弄態，搖頭掉舌誰能侔。
吁嗟十載遭喪亂，寄命旦夕同蜉蝣。
天地翻覆戲場在，干戈剝換顛毛留。
……
朱生朱生且罷休，為爾酌酒仍長謳。
張丁二叟齊七十，老夫稍長亦輩流。
天上跛烏不相放，人世沙蟲難與謀。
且揄王倩長舞袖，更囀張五清歌喉。
……

此詩作於順治十一年（一六五四），作者時年七十三歲。詩中寫到的「朱生」為朱維章，「張老」為張燕筑，「丁老」為丁繼之，三人均為著名崑劇串客，人稱「三老」。余懷《板橋雜記》下卷云：「丁繼之扮張驢兒娘，張燕筑扮賓頭盧，朱維章扮武大郎，皆妙絕一世。丁、張二老並壽九十餘。」由錢謙益此詩看來，丁繼之擅演的角色還有《西遊記》中的孫悟空、《水滸記》中的劉唐，張燕筑擅演的角色還有《琵琶記》中的張太公（「鄰翁掃松痛長夜」指《琵琶記》第三十八出《張公遇使》，又稱《掃松下書》）、《浣紗記》中的伍子胥（「相國寄子哀清秋」指《浣紗記》第二十六出《寄子》），朱維章擅演的角色除武大郎外，尚有媒婆、小婢、牧童等。詩中還提到兩位串客，一位是王倩，作者原注：「公秀，張老之婿。」一位是張五，作者原注：「樨昭。」由詩中「迎風拜月相綢繆」等句看來，他們二人經常合演《西廂記》、《幽閨記》一類愛情劇，並且演出水平也很高。明清之際戲曲的繁榮，與這些串客的藝術貢獻是分不開的。錢謙益的這首詩，依據自己與串客多年交往的切身感受，把他們的形象描繪得栩栩如生，各具面目，不僅渲染了他們高超的技藝，而且勾勒了他們各異的性格，不僅反映了他們淪落的身世，而且展現了他們生活的社會環境，確屬研究明末清初崑曲史的寶貴資料。

崑曲的繁榮不僅需要藝人的貢獻，還需要廣大觀眾的參與，明後期以來的虎丘中秋唱曲大會便是一個生動的例證。明清易代的巨變過去之後，這一群眾性的崑曲活動又得到恢復。李漁（一六一一——一六八五）〈虎丘千人石上聽曲〉寫道：

曲到千人石，唯宜識者聽。
若逢門外客，翻著耳中釘。

並無梁可繞，只有雲堪遏。
唱與月中聽，嫦娥應咄咄。

堂中十分曲，野外只三分。
空聽猶如此，深歌那得聞。

一贊一回好，一字一聲血。
幾令善歌人，唱殺虎丘月。

由李漁這四首絕句看來，到虎丘千人石上來賽唱的崑曲都是十分高雅的，而聽眾也多為知音，因此反響非常熱烈。曠野演唱的效果當然不如室內，但已足以使聽眾如醉如癡，那麼在正式舞臺上演出的效果會好到何等地步，真是令人心馳神往了。

李漁之後，邵長蘅（一六三七—一七〇四）在〈吳趨吟〉中仍寫到虎丘中秋曲會：

兩兩清客輩，弦拍簫笛箏。
相與期何所？虎丘可中亭。
相與期何時？三五蟾兔盈。
廣場人聲寂，獨奏眾始驚。
細如駐遊絲，簷牙揚春情。
一字度一刻，嫋嫋絕復縈。
或如瑣窗語，喃喃未分明。
又如春園花，關關啼流鶯。
入耳忽淒緊，淅淅蕉雨清。
聽者喚奈何，靡靡蕩我情。
坐立互徙倚，彷徨達五更。

開頭寫聽眾的期待，做了充分的鋪墊；「細如駐遊絲」以下一段對於崑曲演唱特色的描繪頗為細緻形象，完全是行家的語言；末四句寫聽者入神之態，也能維妙維肖。

李漁、邵長蘅的這些詩，如與明人鄒迪光〈八月十五夜虎丘坐月〉、袁宏道〈虎丘〉、張岱〈虎丘中秋夜〉等篇參看，可以證明虎丘中秋曲會作為一種自發的群眾性戲曲演唱活動，從明萬曆到清康熙延續了一個多世紀。應當說這是中國藝術史上的一個奇蹟。

其他地區的崑曲活動，清代前期詠崑曲詩歌中也時有反映。何絜（一六二〇—一六九六）〈四憶詩〉之一描繪明末清初江蘇鎮江、丹徒崑曲活動的變遷說：

陽彭山上遊覽多，陽彭山下風日和。
華堂傑閣矗空起，梨園選勝早徵歌。
點染雙文王實父，玉茗堂空粲花主。
吐納宮商誤後生，檀板低敲因按譜。
南調流傳梁伯龍，紛紛相和許誰同。
懷寧尚書荊州守，演出新聲李笠翁。
種種傳奇翻不足，綠鬟子弟喉如玉。
鳳羽裁成翡翠妝，驪珠轉出胭脂曲。
二八歌姬勝小蠻，螺黛纖纖柳葉彎。
蓮步蹁躚羨長袖，花枝婀娜舞輕鬟。
絳唇鶯吐成黃絹，嬌羞閃映桃花扇。
曲罷歌臺夜似霜，樓頭早下雙銅箭。
自古繁華不相待，桑田尚爾變滄海。
燕舞鶯歌能幾時，雕欄繡榭須臾改。

陽彭山在江蘇丹徒城西一里，上有東嶽廟、藏佛禪院、碧霞元君殿，後有麗春臺，為明代仕宦管弦送客之所。由這首詩的描寫看出，晚明以來這裡的崑曲演出十分頻繁，王實甫、湯顯祖、吳炳、阮大鋮、袁于令、李漁等戲劇家的作品都曾在此演出。演員數量眾多，演技也很高超。這種盛況，入清之後還延續了一段時間，此時已風光不再，這引起了作者很深的感慨。

康熙四十六年（一七〇七），罷官還鄉已七年的孔尚任，應山西平陽知府劉棨之邀，到平陽纂修《平陽府志》。在此期間，他寫了《平陽竹枝詞》五十首，分為「演春詞」、「迎春詞」、「試燈詞」、「踏燈詞」等十個部分，其中包含了不少對平陽地區戲曲狀況的生動描繪。〈西崑詞〉二首寫道：

太行西北盡邊聲，亦有崑山樂部名。
扮作吳兒歌水調，申衙白相不分明。

平陽簾外月黃昏，一曲能消座客魂。
此地風流原有種，唐時豔體說西崑。

這兩首寫的是學唱崑腔的當地戲班。「申衙」指的是明萬曆年間大學士申時行的家班，是蘇州有名的戲班；「白相」是吳語方言，閒遊的意思。由詩中的描寫看來，這個戲班的崑腔唱得不夠地道，但演出還是能夠吸引人的。作者由此想到溫庭筠、李商隱，他們一位是山西人，另一位也在山西生活過，此地文學藝術的傳統可以說是源遠流長。

（三）

清代的詠崑曲詩歌不僅對明清之際崑曲繁榮的一般狀況做了生動的描述，而且還對戲曲史和戲曲理論的一些有意義的問題進行了探討，這些探討具有不同程度的學術價值。

黃宗羲（一六一〇——一六九五）有一首〈青藤歌〉：

文長曾自號青藤，青藤今在城隅處。
離奇輪囷歲月長，猶見當年讀書意。
憶昔元美主文盟，一捧珠盤同受記。
七子五子廣且續，不放他人一頭地。
踽踽窮巷一老生，崛強不肯從世議。
破帽青衫拜孝陵，科名藝苑皆失位。
叔考院本供排場，伯良《紅閨》詠麗事。

弟子亦可長黃池，不救師門之憔悴。
豈知文章有定價，未及百年見真偽。
光芒夜半驚鬼神，即無中郎豈肯墜。
余嘗山行入深谷，如此青藤亦累累。
此藤苟不遇文長，籬落糞土誰人視。
斯世乃忍棄文長，文長不忍一藤棄。
吾友勝吉加護持，還見文章如昔比。

黃宗羲這首詩寫的是徐渭。徐渭是明中葉以後文藝領域裡新思潮的先驅之一，他反對模擬，提倡獨創，其詩歌奇恣，文亦縱肆，雜劇《四聲猿》更是「天地間一種奇絕文字」（王驥德《曲律》卷四）。他的門人史槃（字叔考）、王驥德（字伯良）在戲曲方面也頗有成就。但徐渭科舉屢試不中，在文壇上受後七子排擠，在當時也沒有地位。公安派袁宏道為徐渭作傳，首先給予高度評價。黃宗羲這首詩對於徐渭這位文壇前輩再次表示崇高敬意，對於他的成就和影響給予了充分的肯定。這一總結，對於正確認識明代戲曲發展的歷史，具有重要的意義。

對於湯顯祖《牡丹亭》所反映的明代戲劇精神，黃宗羲也進行了探討，這見於他的〈偶書〉六首之一：

諸公說性不分明，玉茗翻為兒女情。
不道象賢參不透，欲將一火蓋平生。

前二句說湯顯祖《牡丹亭》的主旨是寫「情」，與當時袞袞諸公大談其「性」是對立的。此說可與湯顯祖同時人陳繼儒的一段記述參看：

> 張新建相國（按：即張位，江西新建人，湯顯祖的老師）嘗語湯臨川云：「以君之辯才，握麈而登皋比，何渠出濂洛關閩下？而逗漏於碧簫紅牙間，將無為青青子衿所笑？」臨川曰：「某與吾師終日共講學，而人不解也。師講性，某講情。」張公無以應。（陳繼儒《批點牡丹亭・題詞》）

後二句作者原注：「《玉茗堂四夢》以外，又有他劇，為其子開遠燒卻。」此說與錢謙益《列朝詩集小傳・湯遂昌顯祖》下所說「開遠好講學，取義仍續成《紫簫》殘本及詞曲未行者，悉焚棄之」可以相互印證。總之，此詩體現出作者對湯顯祖的深刻理解，實可以稱為湯顯祖的知音。

清代前期詠崑曲詩歌也涉及一些帶有理論色彩的問題。如杜濬有一首〈看苦戲〉：

何代傳歌譜，今宵誤酒杯。

心傷情理絕，事急鬼神來。
蠟淚寧知苦，雞聲莫漫催。
吾生不如戲，垂老未甘回。

同時的詩人、「江左三大家」之一的龔鼎孳（一六一五—一六七三）有一首和詩，題為〈觀劇偶感同于皇（杜濬字）作〉：

乾坤同白首，涕淚且深杯。
歡入笙簫變，晴看雨雪來。
盤渦天一折，裂石鼓三催。
痛久疑忘味，心傷諫果回。

兩人所談的都是「苦戲」，也就是悲劇。杜詩說，劇中人物悲苦的感情被表現得淋漓盡致，令人黯然神傷；戲劇演到緊張之處，氣氛陰慘，有如鬼神迭現。龔詩則形容戲劇情境由歡突變為悲，彷彿晴天陡降雨雪，又彷彿共工怒而觸不周之山，使得天柱折，地維絕。末句更強調悲劇不僅看的過程中使人驚心動魄，更難得的是看後仍能使人感到如諫果（橄欖）一般回味無窮。可以看出，二人對於悲劇的藝術感覺都是相當準確的。

杜濬不僅提出了「苦戲」這個概念，還提出了「苦生」的概念。他在為宋琬雜劇《祭皋陶》所作的〈弁言〉中說：

余家藏書不備，嘗就余所見，集成《史泣》、《史笑》二書。若以傳奇家例論，則《史笑》多淨丑，《史泣》多苦生。其間尤痛心酸鼻，不能已已者，莫如東京之范孟博、南渡之岳鵬舉。鵬舉之事，既已廣被樂府，獨恨孟博未遇奇筆。一日，客有授予《祭皋陶》四出者，余驚喜讀之，大約以辛辣之才，構義激之調，呼天擊地，涕泗橫流，而光焰萬丈，未嘗少減。作者其有憂患乎？其有憂而無患乎？夫無孟博之憂患，決不能形容孟博之真氣，使千載之上，宛在目前。至於如此也，亦足見雜劇之功偉矣。（《祭皋陶》卷首）

杜濬在這裡以《史泣》、《史笑》二書比擬戲劇中的悲劇與喜劇，這是有道理的，因為悲劇的確是多泣，而喜劇的確是多笑。對於悲劇，杜濬明確指出其主角多為「苦生」。他指出，除岳飛外，東漢末年遭陷害入獄的名士范滂（字孟博）是最適宜做悲劇主角的，這正是他讚揚《祭皋陶》的主要原因。杜濬指出，要把「苦生」的形象塑造成功，首先必須善於體察、善於表現其憂患意識。這一見解，是值得重視的。

（四）

從數量來說，清代詠崑曲詩歌大量的還是對戲曲作品的評論，對於名家名作歌詠尤多。《牡丹亭》的影響，由明入清，一直不曾衰減，題詠之作層出不窮。如梁清標（一六二〇—一六九一）的〈冬夜觀伎演《牡丹亭》〉：

> 優孟衣冠鬼亦靈，三生石上牡丹亭。
> 臨川以後無知己，子夜聞歌眼倍青。

梁清標，字玉立，一字蒼岩，號棠村，河北真定人，入清後累官至保和殿大學士，他就是稱讚《長生殿》「乃一部鬧熱《牡丹亭》」的「棠村相國」（《長生殿・例言》）。看來，他對《牡丹亭》與《長生殿》的精神聯繫還是有體會的。

評論「玉茗堂四夢」的，還有康熙年間詩人田雯（一六三五—一七〇四）所作的〈題「四夢」傳奇後〉：

> 天風綺藻散餘霞，前輩臨川著作家。
> 自是詞人風味別，堂前一樹白茶花。

詩人讚揚「玉茗堂四夢」文采富麗而又天然清新，充分體現了劇作家卓越的才情。特別是以白茶花（即玉茗花）比喻「玉茗堂四夢」的獨特風味，十分形象生動，簡潔傳神，給人留下了深刻雋永的印象。

洪昇《長生殿》問世之後，諸家紛紛評論。洪昇因《長生殿》演出遭禍之後，詩人們又紛紛對他表示同情。朱彝尊（一六二九—一七〇九）的〈酬洪昇〉可為代表：

金臺酒座擘紅箋，雲散星離又十年。
海內詩家洪玉父，禁中樂府柳屯田。
梧桐夜雨詞淒絕，薏苡明珠謗偶然。
白髮相逢豈容易？津頭且纜下河船。

洪昇才華橫溢，本詩以宋代詩人洪炎（字玉父，黃庭堅的外甥）及柳永相比。「梧桐夜雨詞淒絕」說的是《長生殿》的感人魅力，「薏苡明珠謗偶然」是對洪昇的不幸遭遇深表同情。

洪昇因《長生殿》而遭禍，但《長生殿》仍在廣為流傳。康熙四十二年（一七〇三）春，洪昇友人孫鳳儀（生卒年不詳）在杭州吳山請戲班演《長生殿》，恰遇洪昇，二人有詩歌唱和。孫鳳儀〈和贈洪昉思原韻〉十首之五云：

吳山頂上逢高士，廣席當頭坐一人。
短髮蕭疏公瑾在，看他裙屐鬥妝新。

康熙四十三年（一七〇四）春末，洪昇應江南提督張雲翼、江寧織造曹寅之聘，先後到松江、江寧作客，兩地都演出了《長生殿》。晚明戲曲家梅鼎祚之孫、畫家梅庚（一六四〇—一七二二）也看了江寧的演出，並作〈《長生殿》題辭〉二首：

老按紅牙尚放顛，驚弦已脫罷相憐。
開元天子無愁曲，不掛彈文事不傳。

會飲徵歌過亦輕，飛章元借舜欽名。
誰知白下司農第，又打《長生》院本成。

宋代詩人蘇舜欽曾因細故被人彈劾而除名，洪昇因《長生殿》遭禍，性質亦類似。但《長生殿》的影響不會因此而削弱，頻繁的演出、廣泛的讚譽一再證明了這一點。

孔尚任《桃花扇》問世之後，也引起了強烈的社會反響，出現了很多題詠作。侯方域的同鄉、河南商丘人宋犖（一六三四—一七一三）作了〈題《桃花扇》〉六首，其一、二、六首云：

中原公子說侯生，文筆曾高復社名。
今日梨園譜遺事，何妨兒女有深情。

南渡真成傀儡場，一時黨禍劇披猖。
翩翩高致堪摹寫，僥倖千秋是李香。

新詞不讓《長生殿》，幽韻全分玉茗堂。
泉下故人呼欲出，旗亭樽酒一沾裳。

這三首詩讚揚《桃花扇》藉離合之情，抒興亡之感，寫出了南明那一段令人感慨的歷史，特別是塑造了李香君的形象。從藝術上來說，繼承了湯顯祖的傳統，其成就可與《長生殿》媲美。

洪昇和孔尚任的同時代人金埴（一六六三—一七四〇），和兩位劇作家都保持著深厚的友誼。他對《長生殿》和《桃花扇》評價都很高，在《巾箱說》中寫道：

予過岸堂，索觀《桃花扇》本，至香君寄扇一折，藉血點作桃花，紅雨著於便面，真千古新奇之事，所謂「全秉巧心，獨抒妙手」，關、馬能不下拜耶！予一讀一擊節，東塘亦自讀自擊節。當是時也，不覺秋爽侵人，墜葉響於庭階矣。憶洪君昉思譜《長生殿》成，以本示予，與予每醉輒歌之。今兩家並盛行矣，因題二截句於《桃花扇》後云：

潭水深深柳乍垂，香君樓上好風吹。
不知京兆當年筆，曾染桃花向畫眉。

兩家樂府盛康熙，進御均叨天子知。
縱使元人多院本，勾欄爭唱孔、洪詞。

前一首讚揚《桃花扇》巧妙的藝術構思，後一首對兩部傑作給予很高的評價。看來金埴已經意識到，戲曲藝術需要不斷推陳出新，才能保持旺盛的生命力。「南洪北孔」的劇作之所以「勾欄爭唱」，正是因為它們包含了前人作品所不曾有過的新內容，藝術上也達到了新的高度。這些評論都是發人深思的。

（五）

進入清代中期，文人創作詠崑曲詩歌更多，而且時常以組詩的形式出現。這方面首先應當提到的是金德瑛。金德瑛（一七〇一——一七六二），字汝門、慕齋，晚號檜門老人，仁和（今浙江杭州）人。乾隆元年（一七三六）進士第一，官至左都御史。有《檜門詩存》。著名戲曲家蔣士銓、楊潮觀都是他的門生。

乾隆二十四年（一七五九）前後，金德瑛創作了《觀劇絕句三十首》，所觀皆為崑曲。詩前小序云：

> 稗官院本，虛實雜陳，美惡觀感，易於通俗，君子猶有取焉。其間褻昵荒唐，所當刊落。今每篇舉一人一事，比興諷喻，猶詠史之變體也。藉端節取，實實虛虛，期於言歸典據，或曰譎諫之風，或曰小說之流，平心必察，朋友勿以是棄余可矣。當時際冬春公餘漏永，地主假梨園以娛賓，衰年賴絲竹為陶寫，觸景生情，波瀾點綴，與二三知己為旅邸消寒之一道耳。

小序表明了這樣的觀點：劇本常取材於歷史，但又是虛實結合的，並不都等同於實事。其作用，可用於規諫，但亦可用於娛樂。自己這三十首詩，每篇詠一人一事，包含比興諷喻之意，雖是詠劇，卻可以視為詠史詩的變體。我們看他的詩，確實如此。如其七、其十六：

> 從謹聽來言已晚，龜年散後老何方。
> 杜鵑春去無人拜，墜翼江頭細柳長。（其七）

十二金牌三字獄，七陵弗恤況臣躬。

天護碑詞隨地割，龍蛇生動〈滿江紅〉。（其十六）

這兩首詩，前一首詠洪昇《長生殿》，說安史之亂發生，唐明皇西逃途中，野老郭從謹獻飯並進諫，但為時已晚，洛陽、長安先後失陷，李龜年等樂工流落南方，昔日唐明皇、楊貴妃射獵的曲江頭，早已物是人非。後一首詠姚茂良《精忠記》，說宋高宗連自己祖宗的陵寢也不要了，哪裡還顧得上臣民，而且還以「莫須有」的罪名陷害岳飛。但公道自在人心，至今只有岳飛的浩然正氣還瀰漫於天地之間。這些詩褒貶分明，確實可以視為詠史詩的變體，也證明戲曲確實可以作為一種藝術化的歷史借鑑。金德瑛還先後將這些詩寫給了門生楊潮觀等人，實際上起了倡導作用。以後楊潮觀創作《吟風閣雜劇》，同樣表現出鮮明的思想傾向，並在三十二個劇本前面各繫以小序，如《凝碧池忠魂再表》是褒揚安史之亂中慷慨殉國的伶工雷海青的，小序云：

> 凝碧池，思忠義之士也。妻子具則孝衰矣，爵祿具則忠衰矣，上失而求諸士，士失而求諸伶工賤人焉。昔晏子有言：「非其私暱，誰敢任之。」若雷海青者，其可同類而共薄之耶？

可以看出是受了金德瑛的影響。

乾隆年間寫觀崑曲詩的名人還有劉墉。劉墉（一七一九—一八〇四），字崇如，號石庵，山東諸城人。官至東閣大學士加太子太保，後人暱稱「宰相劉羅鍋」。劉墉有〈觀劇〉十六首，現存手卷，經胡忌先生〈劉墉（羅鍋）手書《觀劇》詩〉一文介紹而為世人所知。[1]據胡文介紹，劉墉〈觀劇〉十六首所詠，全屬乾隆時期（一七三六—一七九五）盛演的崑戲，它們是：《浣紗記·前訪、採蓮》、《雙紅記·盜綃》、《玉簪記·琴挑》、《西樓記·樓會》、《紅梨記·訪素》、《驚鴻記·醉寫》、《長生殿·聞鈴》、《西廂記·聽琴、賴婚》、《漁家樂·藏舟》、《占花魁·受吐》、《雷峰塔·盜草、水鬥、合缽》、《虎囊彈·山門》。因此我們可以說，劉墉〈觀劇〉十六首生動地反映了當時崑劇折子戲演出盛行的狀況。現在看這組詩的十三至十五首：

冒死求丹路渺茫，上真喜怒迥難量。
心灰氣盡歸來日，夫婿回生妾斷腸。（其十三）

浮玉山高鐘磬音，莫愁艇子在江心。
良人咫尺不相見，一徑禪房花木深。（其十四）

---

[1] 胡忌先生文見吳敢、楊勝生編《古代戲曲論壇》（南京：江蘇古籍出版社，二〇〇一年），第一二六—一二八頁。

已歸仙道更何論，往事尋思卻斷魂。
憶子難逢懷婢舊，怨郎薄幸念師恩。（其十五）

這三首詩分詠《雷峰塔》之《盜草》、《水鬥》、《合缽》，突出了白娘子的純真感情。以白蛇故事為題材的劇本，有一個演變過程。乾隆三十六年（一七七一），方成培在藝人陳嘉言父女改本的基礎上，最終完成了對《雷峰塔》傳奇的加工改造，使得白娘子、許宣、小青的形象更為豐滿。劉墉這三首詩所反映的，應該就是此劇改造後演出的情況。

乾隆年間寫觀劇詩的名人還有紀昀。紀昀（一七二四—一八〇八），字曉嵐，一字春帆，號石雲，直隸獻縣（今屬河北）人。曾任《四庫全書》館總纂。乾隆三十三年（一七六八），因受牽連被革職戍烏魯木齊，兩年後赦還，東歸途中寫下了《烏魯木齊雜詩》一百六十首，其中有多首寫到當時新疆戲曲演出情況。如：

越曲吳歈出塞多，紅牙舊拍未全訛。
詩情誰似龍標尉，好賦流人水調歌。

作者原注：「梨園數部，遣戶中能崑曲者，又自集為一部，以杭州程四為冠。」可以看出，當時新疆也有崑曲演出，而從內地去的遣戶發揮了很大的作用。

邊疆的戲曲演出尚且如此，北京、揚州等都市的戲曲演出就更加繁榮了。對此，文人的詠崑曲詩歌也有所反映。

（六）

延至乾隆後期至嘉慶、道光年間，詩人創作詠崑曲詩歌，已不限於觀劇抒感，也不滿足於詠史變體，而是加強了對崑曲乃至戲曲本身的探討，並開始注意系統性，他們的詠崑曲詩歌也就因此具備了更加濃厚的文藝批評色彩。

這批詩人當中，首先應該提及楊芳燦。楊芳燦（一七五三—一八一五），字蓉裳，一字香叔，江蘇金匱（今無錫）人。乾隆四十二年（一七七七）拔貢，官戶部員外郎。著有《真率齋集》。他是著名戲曲作家楊潮觀之侄，本身也是一名崑曲愛好者，作有《消夏偶檢填詞數十種，漫題斷句，仿元遺山論詩體》四十首。這四十首詩以時代為序，分別歌詠戲曲史上的重要事件和重要作家作品。正如詩題所表白，這組詩是仿效元好問《論詩絕句三十首》的，這說明楊芳燦寫這組詩時，存在自覺的批評意識，因此四十首詩的內容也有一種內在的聯繫。其七云：

側豔流傳滿教坊，曉風殘月太悵悵。
玉人爭汲井華水，貪學新歌柳七郎。

這一首說柳永的詞流傳極廣，「凡有井水飲處，即能歌柳詞」（葉夢得《避暑錄話》）。而柳詞的世俗情調、鋪敘技巧以及適合於演唱的特點，都是通向曲的，從這個意義上的確可以說「柳七詞多，堪稱曲祖」（李漁《多麗》詞），所以楊芳燦在此處大書一筆。其十云：

> 迦邏檀槽唱北宮，詞場關馬足稱雄。
> 豹頭鳳尾當時體，大有幽并俠士風。

這裡的「豹頭鳳尾」應作「鳳頭豬肚豹尾」，是元代曲家喬吉總結的「樂府作法」（見陶宗儀《南村輟耕錄》卷八）。這一首講北曲以弦索伴奏，傑出作家有關漢卿、馬致遠等，其作品風格酷似幽并俠士，豪爽雄放。這表明了作者對元曲的總體認識。其二十五、二十六云：

> 飛花如夢柳如煙，彩板秋千二月天。
> 怊悵牡丹亭下路，每逢春好即潸然。（其二十五）

> 紅牙掐遍教歌兒，玉茗花開譜豔詞。
> 識破繁華都是夢，臨川猶是為情癡。（其二十六）

前一首用形象的語言描繪了《牡丹亭》一劇的優美意境和感人力量。後一首說湯顯祖不但創作了《紫釵記》、《牡丹亭》這樣謳歌真情的戲曲，而且創作了《邯鄲記》、《南柯記》這樣批判矯情的戲曲，還親自指導歌妓的演出，這都是因為有一種「情」在激動著他。我們知道湯顯祖曾說自己是「為情所使，劬於伎劇」（〈續棲賢蓮社求友文〉），因此楊芳燦此評是深得湯顯祖本心的。

與楊芳燦同時的詠崑曲詩歌作者有舒位。舒位（一七六五—一八一五），字立人，號鐵雲，直隸大興（今屬北京）人。乾隆五十三年（一七八八）舉人，家境貧窮，以館幕為生。作有《瓶水齋集》。又有雜劇四種，總稱《瓶笙館修簫譜》。寫有《論曲絕句十四首，並示子筠孝廉》，是和友人畢子筠探討戲曲的，比較系統地表述了自己對戲曲的見解。其一云：

千古知音第一難，笛椽琴爨幾吹彈？
相公曲子無消息，且向伶官傳裡看。

這首強調精通音律之難，並認為考察戲曲起源，宜從詞曲演變著眼。《新五代史》有《伶官傳》，研究戲曲歷史不應該忽略它。其四云：

連廂司唱似妃豨，蒼鶻參軍染綠衣。

比作教坊雷大使，歌衫舞扇是耶非。

這首認為金代的連廂司唱與樂府有淵源，宋雜劇、金院本的演出由唐代參軍戲發展而來（蒼鶻、參軍是參軍戲角色），而其歌舞與宋代教坊樂舞有關係。這種探索比王國維《宋元戲曲考》要早一百多年，雖然略顯簡單，但已屬難能可貴。其十云：

玉茗花開別樣情，功臣表在《納書楹》。
等閒莫與癡人說，修到泥犁是此聲。

湯顯祖《玉茗堂四夢》間有不協律處，經葉堂《納書楹曲譜》改訂，能一字不動地付諸歌喉，所以詩人說《納書楹》是玉茗堂「功臣」。又湯顯祖因寫《牡丹亭》而受到道學家們的詛咒，如云：「世上演《牡丹亭》一日，湯若士在地下受苦一日」（沈起鳳《諧鐸》卷二〈筆頭減壽〉），詩人駁斥了這種讕言，說地獄中沒有俗人，不寫《牡丹亭》，還下不了地獄呢！

這樣一些詠崑曲詩歌的出現，反映了《牡丹亭》這樣的戲曲名著的影響，也對人們深入認識戲曲名著的價值，促進戲曲名著的進一步廣泛傳播起到了良好的作用。

（七）

具有更高理論價值的詠崑曲詩歌，當以凌廷堪的《論曲絕句三十二首》為代表。

凌廷堪（一七五五—一八〇九），字次仲，安徽歙縣人，乾隆五十五年（一七九〇）進士，曾任寧國府學（府治今安徽宣城）教授。貫通群經，尤深於禮。通音律，乾隆四十二年（一七七七）曾與黃文暘等人一起在揚州校訂詞曲，廣泛接觸了戲曲作品。著有《燕樂考原》、《校禮堂文集》。

凌廷堪《論曲絕句三十二首》論述的內容相當廣泛，可以說是自成系統。

一是關於戲曲起源的探討。《論曲絕句三十二首》其三云：

誰鑿人間曲海源？詩餘一變更銷魂。
倘從五字求蘇李，憶否完顏董解元？

凌廷堪此論，揭示了中國戲曲形成和發展史上一個重要環節。我們知道，從音樂組織結構說，元雜劇四折一楔子的曲牌聯套體正是從金諸宮調發展而來。從劇本說，王實甫的雜劇《西廂記》正是董解元的《西廂記諸宮調》的進一步戲劇化。然而，諸宮調本身只是說唱，它還不是戲曲，正如凌廷堪在〈與程時齋論曲書〉中所指出的：

竊謂雜劇蓋昉於金源，金章宗時有董解元者，始變詩餘為北曲，取唐小說張生事，撰弦索調數十段，其體如盲女彈詞之類，非今之雜劇與傳奇也，且其調名半屬後人所無者。元興，關漢卿更為雜劇，而馬東籬、白仁甫、鄭德輝、李直夫諸君繼之，故有元百年，北曲之佳，僂指難數。

由以上論述可以看出，凌廷堪已經意識到戲曲是一門高度綜合的藝術，其萌芽、孕育直到正式形成，經歷了一個漫長而複雜的過程，有眾多藝術家在這一過程的不同階段做出了各自的貢獻，我們應當從歷史發展的過程中來評價他們的功績。這些意見相當客觀而公允，代表著當時戲曲史研究的水平。

二是對於戲曲作家作品的評論。《論曲絕句三十二首》其四、其五云：

時人解道漢卿詞，關馬新聲競一時。
振鬣長鳴驚萬馬，雄才端合讓東籬。（其四）

大都詞客本風流，百歲光陰老更道。
文到元和詩到杜，月明孤雁漢宮秋。（其五）

凌廷堪認為馬致遠的成就比關漢卿更高，他同意明人朱權《太和正音譜》的意見，以馬致遠為元曲家之首，對馬致遠的雜劇和散曲表示特別推崇，認為可與集詩文大成的杜詩韓文相媲美。我們知道，戲曲、小說在中國古代是不登大雅之堂的，如魯迅所說：「小說和戲曲，中國向來是看作邪宗的」（魯迅〈徐懋庸作《打雜集》序〉），而凌廷堪這首詩將戲曲提到與傳統詩文相等的地位，不能不說是一種卓越的見識。其九云：

「二甫」才名世並誇，自然蘭谷擅風華。
紅牙按到《梧桐雨》，可是王家遜白家？

白樸（字仁甫，號蘭谷）的《梧桐雨》和王實甫的《西廂記》都是元雜劇中的傑作，從總體上看，《西廂記》的成就更高，影響也更大。凌廷堪這裡認為《梧桐雨》比《西廂記》更勝一籌，看法不一定妥當，卻是他自己的見解。其十九云：

玉茗堂前暮複朝，葫蘆怕仿昔人描。
癡兒不識邯鄲步，苦學王家雪裡蕉。

這一首寫湯顯祖。在明代的戲曲作家中，湯顯祖是才氣最大、思想最敏銳，也是最富於創造性的一位。他的一代傑作《牡丹亭》，是明代後期浪漫主義潮流的當之無愧的代表。湯顯祖論戲曲，強調「意、趣、神、色」，反對斤斤拘守格律。《牡丹亭》問世後，有人稱其格律多有訛錯，於是出現了多種改本，湯顯祖對這些改本很不滿意，寫詩譏笑道：「醉漢瓊筵風味殊，通仙鐵笛海雲孤。總饒割就時人景，卻愧王維舊雪圖。」（〈見改竄《牡丹》詞者失笑〉）意思是說，王維的《雪裡芭蕉》圖自有其神韻，妄加改動，便失去了原作的精神。這說明湯顯祖是充分重視作家的藝術個性，高度評價作家的藝術首創精神的。凌廷堪這首詩贊同湯顯祖的觀點，強調首創精神是藝術的生命所在，批評有些號稱學湯顯祖的人，邯鄲學步，依樣畫葫蘆，認為這是不能學到湯顯祖的藝術精髓的。

三是對於戲曲情節構思的探討。在中國戲曲批評史上，關於歷史真實與藝術真實的關係，是一個經常討論的話題，凌廷堪通過具體作品的評論，發表了自己的見解。《論曲絕句三十二首》其十二云：

> 仲宣忽作中郎婿，裴度曾為白相翁。
> 若使硜硜徵史傳，元人格律逐飛蓬。

本詩原注：「元人雜劇事實多與史傳乖迕，明其為戲也。後人不知，妄生穿鑿，陋矣。」這首詩談戲曲創作中歷史真實與藝術真實的關係。詩裡評論了鄭光祖的兩個劇本，一個是《醉思鄉王粲登樓》，最後寫王粲與蔡邕之女結婚。另一個是《㑳梅香騙翰林風月》，寫白居易的弟弟白敏中與裴度的女兒小蠻戀愛，最後做了裴度的女婿。這兩個情節都與歷史記載不符。但凌廷堪認為這無關大局，因為寫劇本來就與修史不同，「明其為戲」，所以允許有虛構。而這樣大膽的虛構正是元雜劇的特色之一。如果完全局限於正史的記載，就會束縛戲劇家的想像力與創造力。其十五云：

是真是戲妄參詳，撼樹蚍蜉不自量。
信否東都包待制，金牌智斬魯齋郎。

原注：「元人關目，往往有極無理可笑者，著其體例如此。近之作者乃以無隙可指為貴，於是彌縫愈工，去之愈遠。」這首也是闡述歷史真實與藝術真實的關係。包公智斬魯齋郎，歷史上並無記載，但經過戲劇家的精心創造，卻寫出了一本鞭撻權貴、伸張正義的好戲。如果對這樣的戲還要一點一滴加以考證，妄加指責，那真是蚍蜉撼樹，太不自量了。

我們知道，與凌廷堪幾乎同時的德國戲劇理論家萊辛（一七二九—一七八一）在《漢堡劇評》第十一篇中說：

戲劇家畢竟不是歷史家；他不是講述人們相信從前發生過的事情，而是使之再現在我們的眼前；不拘泥於歷史的真實，而是以一種截然相反的、更高的意圖把它再現出來；歷史真實不是他的目的，只是達到他的目的的手段；他要迷惑我們，並通過迷惑來感動我們。[2]

可以看出，中外兩位評論家的意見是十分接近的。

四是對於戲曲語言的探討。凌廷堪認為，戲曲語言應當是本色的，一般說來，本色指的是指質樸自然、通俗淺顯的風格。這是由戲曲藝術的舞臺性和戲曲觀眾的廣泛性所決定的。要搬上舞臺，而且要演給最廣大的觀眾來欣賞，戲曲語言就不能隱晦深奧，令人費解。《論曲絕句三十二首》其十一云：

妙手新繅五色絲，繡來花樣各爭奇。
誰知白地光明錦，卻讓《陳州糶米》詞。

高度讚揚了元無名氏《陳州糶米》雜劇的白描風格。其二十三云：

一字沉吟未易安，此中層折解人難。

2 萊辛，《漢堡劇評》（上海：上海譯文出版社，一九八一年），第六十頁。

試將雜劇標新異，莫作詩詞一例看。

戲曲語言既要表情達意，又要合律依腔，要寫得好確實不容易。特別是要注意戲曲語言和詩詞語言的差異，因為二者的接受者群是不一樣的。其二十四云：

語言辭氣辨須真，比似詩篇別樣新。
拈出進之金作句，風前抖擻黑精神。

同樣強調戲曲語言與詩詞語言的風格差異性，高度讚揚了康進之《李逵負荊》雜劇語言的性格力量與絕妙神采。這些都是深得戲曲創作三昧的經驗之談。其十七云：

弇州碧管傳《鳴鳳》，少白烏絲述《浣紗》。
事必求真文必麗，誤將剪綵當春花。

這裡批評了明代的兩部傳奇——傳為王世貞所作的《鳴鳳記》和梁辰魚所作的《浣紗記》。凌廷堪認為這兩部戲的題材都不錯，但也存在缺點，一是事必求真，二是文必求麗，與元雜劇相比，少了一股生氣，結果就很難動人了。

五是對於戲曲聲律的探討。凌廷堪是音韻學家，他的《燕樂考原》是一部價值很高的音韻學著作。在《論曲絕句三十二首》中，他多處討論戲曲聲律，例如南北曲差異問題、四聲問題，用韻問題等。其二十六云：

前腔原不比么篇，南北誰教一樣傳？
若把笙簧較弦索，東嘉詞好竟徒然。

這裡「前腔」是南曲術語，「么篇」是北曲術語；「笙簧」是南曲伴奏樂器，「弦索」是北曲伴奏樂器。這一首強調南曲與北曲的區別，其中重要的一條就是南、北曲的音樂體系與演唱風格的不同。王世貞《藝苑卮言》就說過：

大抵北主勁切雄麗，南主清峭柔遠；……北則辭情多而聲情少，南則辭情少而聲情多；北力在弦，南力在板；北宜和歌，南宜獨奏；北氣易粗，南氣易弱。

既然聲情不同，那就需要不同的文情與之相配合。正因為如此，《琵琶記》文辭雖好，如果用北曲來演唱，也是很難取得令人滿意的效果的，其原因就在《琵琶記》原來是為南曲而寫作的，有它特定的音樂適應性。這再次說明，一位「本色」、「當行」的戲曲作家對於戲曲音樂也應當是精通的。其三十云：

一部《中原》韻最明，入聲元自隸三聲。
扣槃捫籥知何限，忘卻當年本作平。

批評有的人在北曲裡找入聲字，純屬多此一舉。因為北曲中早已「入派三聲」，這在周德清的《中原音韻》裡已經說得很明白。其三十一云：

先纖、近禁音原異，誤處毫釐千里差。
漫說無人識開閉，車遮久已混家麻。

批評有些人譜曲用韻混淆，影響演唱效果。這些意見，著眼於增強戲曲的音樂美，有它積極的一面。

道光、咸豐之後，文人創作的詠崑曲詩歌仍然延綿不絕，並且染上了新的時代色彩。總之，清代詠崑曲詩歌不僅數量眾多，而且內容豐富，它拓展了傳統的詩歌創作，對於研究戲曲史、戲曲批評史具有重要的價值，也可以作為獨具特色的詩歌作品供讀者閱讀欣賞。

目次

體例

一、本書所選，為廣義的詩歌，包括詩、詞、散曲。

二、入選詩作內容，為涉及崑曲源流、創作、演出、觀賞、評論、研討者。

三、入選詩歌作者，上起清初錢謙益，下迄清末周實，共計一百〇六人。入選詩作編排，以作者時代先後為序。

四、入選詩作，間有作者夾註，用小一號字加以區別。

五、入選詩作版本，於正文後加以注明。

六、本書為入選詩歌作者撰寫小傳，對入選詩歌加以注釋和簡析。注釋和簡析原則上以一首為單位，在有的情況下，為便於說明問題，以一組為單位。

七、為便於讀者閱讀，注釋一般不避重出，只在靠得很近時，採取省略的方式。

錢謙益（一五八二—一六六四）

錢謙益，字受之，號牧齋，又號蒙叟，江蘇常熟人。明萬曆三十八年（一六一〇）進士，官至禮部侍郎。入清以禮部侍郎管祕書院事，充明史館副總裁。學問淹博，泛覽史學、佛學，是為東林巨擘。其於文學，一反公安派與竟陵派文風，倡言「情真」、「情至」。與吳偉業、龔鼎孳並稱為江左三大家。有《初學集》、《有學集》、《投筆集》等。

辛卯春盡①，歌者王郎北遊告別②，戲題十四絕句，以當折柳贈別③。之外雜有寄託，諧談無端，讔謎間出④，覽者可以一笑也（選一）

可是湖湘流落身，一聲紅豆也沾巾⑤。休將天寶淒涼曲⑥，唱與長安筵上人⑦。

（《有學集》卷四，清康熙二十四年金匱山房刻本）

【注釋】

① 辛卯：清世祖順治八年（一六五一）。

② 王郎：王稼，字紫稼，一作子玠，蘇州人，明末清初著名的崑曲旦角演員。

③ 折柳：《三輔黃圖》六〈橋〉：「灞橋，在長安東，跨

水作橋。漢人送客至此橋，折柳贈別。」後因以折柳為送別之詞。
④讔（音隱）謎：猶隱語，不直述本意而借它辭暗示的話。
⑤「可是」二句：唐玄宗時著名的宮廷樂工李龜年，安史之亂後流落湘潭，曾於湘中採訪使筵上唱〈紅豆詞〉，合座莫不淒然。事見唐・范攄《雲溪友議》。
⑥天寶：唐玄宗李隆基年號（七四二—七五六）。按安史之亂發生於天寶十四年（七五五）。
⑦長安：此處指清都北京。

【簡析】王紫稼是明末清初著名的崑曲旦角演員，擅演《西廂記》中紅娘等角色。他還是一位優秀的器樂家，曾從十番名家熊大璋受二十四面雲鑼擊法。他與當時著名文人錢謙益、吳偉業、龔鼎孳等均有交往，此次去北京，就是要去投靠龔鼎孳。錢謙益這首詩，以明清易代之際的王紫稼與安史之亂後流落江湘的李龜年相提並論，寄託了一種滄桑之感。

甲午仲冬六日，吳門舟中飲罷放歌，為朱生維章六十稱壽①

吳門朱生朱亥儔②，行年六十猶敝裘③。生來長不滿六尺，胸中老氣橫九州④。
朝齏暮鹽心不省⑤，春花秋月身自由。席門懸薄有車轍⑥，臂鷹盤馬多俠遊⑦。
是時金閶全盛日⑧，鶯花夾道連虎丘⑨。柳市金盤耀白日⑩，蘭房銀燭明朱樓⑪。
時時排場沿調笑⑫，往往借面裝俳優⑬。觀者如牆敢發口⑭，梨園弟子歸相尤⑮。
就中張老最骯髒⑯，橫襟奮袂鬚戟抽⑰。鄰翁掃松痛長夜⑱，相國寄子哀清秋⑲。
金陵丁老誇矍鑠⑳，偷桃竊藥筋力遒㉑。月下劉唐尺八腿㉒，叉衣闊步風颼颼。

王倩、張五並婀娜[23]，迎風拜月相綢繆[24]。玉樹交加青眼眩[25]，鸞篦奪得紅妝愁[26]。
朱生傲兀作狡獪[27]，黔面髮髻衣臂韝[28]。健媼行媒喧剝啄[29]，小婢角口含伊嘔[30]。
矮郎背弓擔賣餅[31]，牧豎口角牽蹊牛[32]。鬢絲頰毛各弄態[33]，搖頭掉舌誰能侔[34]。
吁嗟十載遭喪亂，寄命旦夕同蜉蝣[35]。天地翻覆戲場在，干戈剝換顛毛留[36]。
老顛風景尚欲裂，對酒歌哭庸何郵[37]。瞥眼會見千載事，當筵翻哂隔夜憂[38]。
何方使君呼八騶[39]，跨坊絳幘戴紅兜[40]。下馬忽慢開口笑，解貂參預秉燭遊[41]。
吳娃錦瑟許共醉[42]，鄂君翠被邀同舟[43]。雜坐何當禁執手，一笑豈惜傾纏頭[44]。
商女歌殘燭花冷[45]，仙人泣下鉛水稠[46]。夜烏拉拉散列炬[47]，村雞荒荒催酒籌[48]。
午夜前期問櫪馬[49]，明朝樂事歸爽鳩[50]。朱生朱生且甘休，為爾酌酒仍長謳。
張丁二叟齊七十[51]，老夫稍長亦輩流[52]。天上跛烏不相放[53]，人世沙蟲難與謀[54]。
且揄王倩長舞袖[55]，更囀張五清歌喉。熨斗眉頭展舊皺[56]，漉囊甕面開新篘[57]。
清商一部娛燕幕[58]，紅粉兩隊分鴻溝[59]。急須伴我醉鄉醉[60]，安用笑彼囚山囚[61]。

〇次日篝燈泊舟吳塔[62]，呵凍漫稿[63]。

（《有學集》卷五，清康熙二十四年金匱山房刻本）

【注釋】

①甲午：清世祖順治十一年（一六五四）。仲冬：農曆十一月。吳門：蘇州。朱生維章：明末清初江南著名崑劇串客朱維章，擅演丑角，與張燕筑、丁繼之齊名，人稱「三老」。

②朱亥：戰國時魏國都城大梁的一位俠士，本為屠戶，曾助信陵君解趙國都城邯鄲之圍，見《史記・信陵君列傳》。儔（音仇）：輩。

③行年：經歷過的年歲。敝裘：破舊衣裳，比喻不得志。

④老氣：老練而自負的氣概。杜甫〈送韋十六評事充同谷郡防禦判官〉：「子雖軀幹小，老氣橫九州。」

⑤朝齏（音擊）暮鹽：形容飲食菲薄，生活清苦。齏，切碎的醃菜。韓愈〈送窮文〉：「太學四年，朝齏暮鹽。」不省：不察，猶言不理會。

⑥席門：以席為門，比喻家貧。懸薄：垂簾。《莊子・達生篇》：「有張毅者高門懸薄，無不走也。」成玄英疏：「懸薄者，垂簾也。」有車轍：比喻常有客來訪。

⑦臂鷹盤馬：射獵者的形象。

⑧金閶：蘇州別名，因吳縣閶門內古有金閶亭而得名，一作「金昌」。

⑨鶯花：鶯花寨，指歌館。

⑩柳市：指繁華街道。漢代長安有柳市。

⑪蘭房：蘭香氤氳的精舍，特指婦女所居之室。

⑫恣（音字）：放縱，聽任。

⑬借面：漢末禰衡謂「文若（荀彧）可借面弔喪」，意謂荀彧雖有儀容，但虛有其表。見《後漢書・禰衡傳》。此處指化裝。

⑭發口：開口。

⑮相尤：互相抱怨（演技不如朱維章等人）。

⑯張老：作者原注：「燕筑。」骯（音慷）髒：剛直倔強貌。

⑰奮袂：揮動衣袖，激動的神態。髯戟：鬚髯如戟。

⑱「鄰翁」句：指張燕筑演出《琵琶記》第三十八出《張公遇史》（又稱《掃松下書》）。

⑲「相國」句：指張燕筑演出《浣紗記》第二十六出《寄子》，講的是伍子胥知道吳王夫差將加害於己，寄子於齊的故事。

⑳丁老：作者原注：「繼之。」矍鑠（音決說）：形容老年人精神健旺。

㉑「偷桃」句：指丁繼之演出孫悟空偷食蟠桃和老君仙丹的故事。遒：壯健有力。

㉒「月下」句：指丁繼之善演《水滸記》中之赤髮鬼（尺八腿）劉唐。焦循《劇說》亦提到此事。尺八腿：周密《癸辛雜識》引龔聖予（龔開）《宋江三十六人贊》劉唐贊：「將軍下短，貴稱侯王。汝豈非夫，腿尺八

長。」

㉓王倩：作者原注：「公秀，張老之婿。」張五：作者原注：「樨昭。」

㉔「迎風」句：指王倩、張樨昭擅演《西廂記》、《幽閨記》。迎風：指《西廂記》，因其中有「待月西廂下，迎風戶半開」之句。拜月：指《幽閨記》，其本為關漢卿雜劇《拜月亭》。綢繆（音籌謀）：情意殷勤。

㉕玉樹：比喻姿貌秀美、才幹優異的人。青眼：眼睛青色，其旁白色。正視則見青處，表示對人或事引起重視。

㉖「鸞篦」句：指王倩、張樨昭擅演葉憲祖傳奇《鸞篦記》（寫溫庭筠與女道士魚玄機的愛情故事）。

㉗傲兀（音勿）：性情孤僻。狡獪（音快）：詭變，開玩笑。

㉘黔（音前）面：黑面。髽（音抓）髻：婦人的喪髻，以麻髮合結。臂鞲（音夠）：若今套袖之類，亦稱臂捍。

㉙健媼（音襖）：精明強幹的老婦。行媒：做媒。剝啄：叩門聲。此句言朱維章擅演媒婆。

㉚角口：拌嘴。伊嘔：小兒剛學話的聲音。此句言朱維章擅演小婢。

㉛背弓：駝背。此句言朱維章擅演武大郎。《板橋雜記》：「丁繼之扮張驢兒，張燕筑扮賓頭盧，朱維章扮武大郎，皆妙絕。」

㉜牧豎：牧童。蹊（音西）牛：踐踏農田之牛。此言朱維章擅演牧童。

㉝頰毛：晉顧愷之畫裴楷像，於面頰上益三毛而人物得神，見《世說新語・巧藝》。

㉞掉舌：鼓動其舌。侔（音謀）：相等，齊。

㉟寄命：使生命有所寄託。蜉蝣（音浮游）：蟲名，壽命短暫，朝生而夕死。

㊱顛毛：頭頂之髮。

㊲郵：怨恨。一作「尤」。

㊳哂（音沈）：微笑。按本句作者原注：「亦朱生演劇。」

㊴使君：漢以後對州郡長官的尊稱，或對奉命出使的人的尊稱。八騶（音宙）：古代貴族高官出行時，前頭有八名騶卒喝道，叫八騶。按本句作者原注：「是日周元亮適至。」周亮工（一六一二—一六七二），字元亮，一字緘齋，又號櫟園，河南祥符（今開封）人。明崇禎十三年（一六四〇）進士，官御史。降清後曾任福建左布政使、戶部右侍郎。工古文詞，一稟秦漢風骨，喜為詩，宗仰少陵。有《賴古堂集》和筆記《因樹屋書影》。

㊵跨坊：跨越街坊，形容儀從之盛。綠幘（音責）：綠頭巾，舊時地位低的人的服飾。

㊶解貂：慷慨解囊。韋莊〈早春〉詩：「主人年少多情味，笑換金龜解珥貂。」秉燭遊：言及時行樂。古詩〈西門行〉：「人生不滿百，常懷千歲憂。晝短而夜

長，何不秉燭遊？」

㊷吳娃：吳地美女。錦瑟：繪文如錦之瑟。

㊸「鄂君」句：鄂君子晳，楚王母弟，越人悅其美，因作〈越人歌〉以讚之。序云：「楚鄂君子晳者，乘青翰之舟，張被而覆之。」其辭曰：「今夕何夕兮？搴洲中流。今日何日兮？得與王子同舟。」後以鄂君作為美男子的通稱。

㊹纏頭：古代歌舞藝人表演完畢，客以羅錦為贈，稱「纏頭」。杜甫〈即事〉詩：「笑時花近眼，舞罷錦纏頭。」

㊺商女：歌女。杜牧〈泊秦淮〉：「商女不知亡國恨，隔江猶唱〈後庭花〉。」

㊻「仙人」句：漢武帝晚年信方士，以為飲服和著玉屑的露水，便能長生不老，因在長安建章宮造神明臺，臺上鑄金銅仙人，手捧銅盤，承接高空露水。魏明帝景初元年（二三七），搬拆金銅仙人去洛陽。傳說金銅仙人離開漢宮時，淚下如鉛水。事見《魏略》。唐・李賀有〈金銅仙人辭漢歌〉。

㊼拉拉：象聲詞。

㊽酒籌：飲酒時用以記數或行令的籌子。

㊾前期：猶前程。櫪（音力）馬：伏槽之馬，比喻閒散之人。

㊿爽鳩：相傳上古少皞時司寇名。《左傳》昭公二十年曾記齊侯與晏嬰論古之樂，晏嬰說：「古若無死，爽鳩氏之樂，非君所願也。」

(51)「張丁」句：指張燕筑、丁繼之都已經七十歲。

(52)「老夫」句：錢謙益今年七十三歲。

(53)踆（音存）烏：傳說太陽中的烏鴉，常作為太陽的代稱。

(54)沙蟲：即沙虱，水邊草地的小蟲，能入皮膚害人。比喻小人。

(55)揄（音於）：拉，引。

(56)「熨斗」句：宋・趙德麟《侯鯖錄》引晁次膺詩：「去日玉刀封斷恨，見來金斗熨愁眉。」

(57)漉（音路）囊：濾酒之囊。甕（翁去聲）面：酒甕之口。新篘（音抽）：新漉之酒。

(58)清商：清商樂，東晉南北朝間（三七〇—五八九），承襲漢、魏相和諸曲，吸收當時民間音樂發展而成的伎樂的總稱，亦名清商曲，隋唐時簡稱清樂。主要用於宴飲、娛樂等場合，也用於朝會、宴饗、祀神等活動。燕幕：廳堂之幕。劉宰〈感懷〉詩：「鹿門知得計，燕幕未安巢。」此處代指廳堂。

(59)鴻溝：古渠名。項羽、劉邦曾以鴻溝為界，中分天下，西為漢，東為楚。

(60)醉鄉：指醉中境界。唐・王績有《醉鄉記》。

(61)囚山囚：柳宗元貶謫永州期間，曾作〈囚山賦〉。

(62)篝燈：置燈於籠中。

(63)呵凍：噓氣使硯中凝結的墨汁融解。

【簡析】明末清初是崑曲的繁榮時期，許多藝人在劇壇上大顯身手，其中南京、蘇州一帶的藝人尤為突出，真是群英薈萃，高手如林。錢謙益此詩作於順治十一年（一六五四），作者時年七十三歲。詩中寫到的「朱生」為朱維章，「張老」為張燕筑，「丁老」為丁繼之，三人均為著名崑劇串客，人稱「三老」。余懷《板橋雜記》下卷云：「丁繼之扮張驢兒娘，張燕筑扮賓頭盧，朱維章扮武大郎，皆妙絕一世。丁、張二老並壽九十餘。」由錢謙益此詩看來，丁繼之擅演的角色還有《西遊記》中的孫悟空、《水滸記》中的劉唐，張燕筑擅演的角色還有《琵琶記》中的張太公（「鄰翁掃松痛長夜」指《琵琶記》第三十八出《張公遇使》，又稱《掃松下書》）、《浣紗記》中的伍子胥（「相國寄子哀清秋」指《浣紗記》第二十六出《寄子》），朱維章擅演的角色除武大郎外，尚有媒婆、小婢、牧童等。詩中還提到兩位串客，一位是王倩，作者原注：「公秀，張老之婿。」一位是張五，作者原注：「樨昭。」由詩中「迎風拜月相綢繆」等句看來，他們二人經常合演《西廂記》、《幽閨記》一類愛情劇，並且演出水平也很高。明清之際戲曲的繁榮，與這些串客的藝術貢獻是分不開的。錢謙益的這首詩，依據自己與串客多年交往的切身感受，把他們的形象描繪得栩栩如生，各具面目，不僅渲染了他們高超的技藝，而且勾勒了他們各異的性格，不僅反映了他們淪落的身世，而且展現了他們生活的社會環境，確屬研究明末清初戲曲史的寶貴資料。

金陵雜題絕句二十五首，繼乙未春留題之作①（選一）

頓老琵琶舊典刑②，檀槽生澀響丁零③。南巡法曲誰人問④，頭白周郎掩淚聽⑤。

（《有學集》卷八，清康熙二十四年金匱山房刻本）

【注釋】

① 金陵雜題絕句：共二十五首，這裡選了其中第七首。乙未：順治十二年（一六五五）。

② 頓老：明武宗時南京教坊樂工頓仁。舊典型：舊有的規範。白居易〈聽都子歌〉：「更聽唱到嫦娥字，猶有樊家舊典型。」

③ 丁零：古民族名，也作「丁令」、「丁靈」。漢時為匈奴屬國，遊牧於中國北部和西北部廣大地區，為回紇祖先。這裡代指少數民族的音樂。

④ 南巡：指明武宗朱厚照到南京巡幸。法曲：樂曲，因用於佛教法會而得名。原為含有外來音樂成分的西域各族音樂，傳至中原地區後，與漢族的清商樂相結合，後發展為隋唐法曲。唐玄宗酷愛法曲，命梨園弟子學習，稱為「法部」。

⑤ 周郎：顧曲周郎，即周瑜，此處借指周錫圭。

【簡析】本詩原注：「紹興周錫圭，字禹錫，好聽南院頓老琵琶，常對人曰：『此威武南巡所遺法曲也。』」強調頓仁彈奏的琵琶曲，為明武宗巡幸南京之際的遺存。周錫圭（生卒年不詳）：字禹錫，浙江紹興人。著有傳奇《苦鳳箏》、《宮花記》，均佚。本詩寫對舊時音樂的懷念，包含故國之思。

讀《豫章仙音譜》漫題八絕句①，呈太虛宗伯並雪堂、梅公、左嚴、計百諸君子②（選一）

《牡丹亭》苦唱情多，其奈新聲水調何③。誰解梅村愁絕處④，《秣陵春》是隔江歌⑤。

（《有學集》卷十一，清康熙二十四年金匱山房刻本）

【注釋】

① 《豫章仙音譜》：李明睿等人的唱和詩集，無卷數，「南昌李明睿輯，天中葛庵逸客點定，康熙間刊」（孫殿起《販書偶記》卷十九集部總集類「唱和題詠之屬」）。

② 太虛宗伯：李明睿（一五八五—一六七一），字太虛，江西南昌人，天啟年間進士，任左中允。順治初為禮部侍郎，未幾以事去官。有《四部稿》。宗伯，古代官名，西周置，掌邦禮。後世以大宗伯為禮部尚書的別稱，禮部侍郎稱少宗伯。雪堂：熊文舉（一五九五—一六六八），字公遠，號雪堂，南昌新建人。崇禎四年（一六三一）進士，官至吏部主事、稽勳司郎中。明亡降清，擢任通右政，曾兩任吏部左右侍郎。有《雪堂全集》四十卷。梅公：李元鼎（？—一六五三前後），字梅公，江西吉水人。明天啟二年（一六二二）進士。官至光祿寺少卿。入清，授太僕寺少卿。累擢兵部右侍郎，坐事論絞，免死，杖徒折贖。未幾，死。有《石園集》三十卷。左嚴：黎元寬，字左嚴，號博庵，江西南昌人。明崇禎進士，官至浙江提學副使。明亡，絕意仕進。順治初有薦之者，以母老固辭。年八十以壽終。有《進賢堂稿》。計百：周令樹，字計百，河南延津人。順治十二年（一六五五）進士。官至太原知府。與傅山、顧炎武等頗多交往。

③ 水調：曲調名。傳說隋煬帝楊廣開鑿大運河曾作〈水調〉，後發展為宮廷大曲。

④梅村：吳偉業，字梅村。愁絕：極端憂愁。

⑤《秣陵春》：吳偉業所作傳奇，寫南唐・徐鉉之子徐適與黃展娘之間悲歡離合的故事。按徐適本為北宋・徐徽言從孫，以防禦金兵與徽言同時戰死，作者把他寫成徐鉉之子，且多寫南唐後主之德、南京失陷之怨，隱寓對南明王朝的哀悼。隔江歌：指〈玉樹後庭花〉。杜牧〈泊秦淮〉：「商女不知亡國恨，隔江猶唱後庭花。」

【簡析】《豫章仙音譜》記錄了江西南昌的一次文人雅集。康熙年間裘君弘撰《西江詩話》，卷十「李明睿」條對此有敘述：「（李明睿）字太虛，南昌人。天啟進士，歷官少宗伯。歸里，構亭蓼水，榜曰『滄浪』。家有女樂一部，皆吳姬極選。……嘗於亭上演《牡丹亭》及新翻《秣陵春》二曲，名流畢集，競為詩歌以誌其勝。」吳偉業《與冒辟疆書七通》其六末尾曾語及：「小詞《秣陵春》演於豫章滄浪亭，江右諸公皆有篇詠，不識曾見之否？江左玲瓏亦有能歌一闋乎？望老盟翁選秦青以授之也。」（《吳梅村全集》卷五十九）錢謙益此詩指出《秣陵春》是寄寓興亡之感的作品，稱得上是知音之言。

病榻消寒雜詠四十六首①（選二）

其一

柏寢梧宮事儼然②，富平一叟記登延③。牽絲入仕陪元宰④，執簡排場見古賢⑤。

早歲光陰頻跋燭⑥，百年人物遞當筵⑦。舉杯欲理滄桑話，兒女歡呶擁膝前⑧。

【注釋】

①這組詩作於康熙二年（一六六三）。

②柏寢：齊桓公所築臺。《史記・封禪書》記李少君見漢武帝事云：「少君見上，上有故銅器，問少君。少君曰：『此器齊桓公十年陳於柏寢。』已而案其刻，果齊桓公器。一宮盡駭，以為少君神，數百歲人也。」梧宮：戰國齊宮殿名，此處連類而及之。

③富平一叟：孫丕揚（一五三二—一六一四），字孝叔，號立山，陝西富平縣人。嘉靖三十五年（一五五六）進士，官至吏部尚書、太子太保。《鳴鳳記》中，孫丕揚為刑科給事，是彈劾嚴嵩的「八諫臣」之一。登延：引進，延請。

④牽絲：佩綬。謂任官。謝靈運〈初去郡〉：「牽絲及元興，解龜在景平。」《六臣注文選》李善注：「牽絲，初仕；解龜，去官也。」元宰：此處指太宰，明清時一般稱吏部尚書為太宰。

⑤執簡：手持簡冊。《左傳・襄公二十五年》：「南史氏聞太史盡死，執簡以往。」後以指任史官、御史之職。錢謙益初仕，授翰林院編修，正此類官職。

⑥跋燭：謂燭將燃盡。陸游〈十月一日浮橋成以故事宴客凌雲〉詩：「眾賓共醉忘燭跋，一徑卻下緣雲根。」

⑦遞當筵：依次登場。

⑧歡呶：歡笑，喧譁。

【簡析】康熙二年（一六六三），八十二歲的錢謙益在他去世前一年寫下了《病榻消寒雜詠四十六首》，這是其中第十一首。詩後原注：「余五六歲看演《鳴鳳記》，見孫立庭（按孫丕揚號立山，此處『立庭』恐係誤記）袍笏登場。庚戌登第，富平為太宰，延接如見古人。迄今又五十四年矣。」萬曆十四年（一五八六）、十五年（一五八七）錢謙益五六歲時看過《鳴鳳記》的演出，對劇中人物孫丕揚留有印象。萬曆三十八年庚戌（一六一〇），時年二十九歲的錢謙益會試中高第，任翰林院編修，而時年八十歲的孫丕揚時任吏部尚書，仍以「無私」、「廉政」、「發奸如神」著稱。錢謙益仰望孫丕揚，如對古人，而且這種印象保留了一生。

其二

硯席書生倚稚驕①，《邯鄲》一部夜呼囂②。朱衣早作臚傳讖③，青史翻為度曲訞④。
炊熟黃粱新剪韭⑤，夢醒紅燭舊分蕉⑥。衛靈石槨誰鐫刻⑦，莫向東城歎市朝⑧。

（《有學集》卷十三，清康熙二十四年金匱山房刻本）

【注釋】

① 硯席：硯臺與坐席。稚驕：猶驕稚，驕矜炫耀。《莊子・列御寇》：「人有見宋王者，錫車十乘，以其十乘驕稚莊子。」

② 「邯鄲」句：寫《邯鄲記》的演出場面。

③ 朱衣：即朱衣點頭，舊稱被考試官看中。宋・趙令畤《侯鯖錄》：「歐陽公知貢舉日，每遺考試卷，坐後嘗覺一朱衣人時復點頭，然後其文入格。……因語其事於同列，為之三歎。嘗有句云：『文章自古無憑據，惟願朱衣暗點頭。』」臚傳：猶傳臚，科舉時代，殿試揭曉唱名的一種儀式。殿試公佈名次之日，皇帝至殿宣佈，由閣門承接，傳於階下，衛士齊聲傳名高呼，謂之傳臚。讖：秦漢間巫師、方士編造的預示吉凶的隱語，指將要應驗的預言、預兆。

④ 度曲：按曲譜歌唱。訞：同「妖」，怪異。

⑤ 「炊熟」句：謂多年仕途之後，老友得以重逢。杜甫〈贈衛八處士〉：「夜雨剪春韭，新炊間黃粱。」

⑥ 「夢醒」句：與上句義同。分蕉：用蕉鹿夢典故。《列子・周穆王》：「鄭人有薪於野者，偶駭鹿，禦而擊之，斃之。恐人見之也，遽而藏諸隍中，覆之以蕉。不勝其喜。俄而遺其所藏之處，遂以為夢焉。順塗而詠其事。傍人有聞者，用其言而取之。」

⑦ 「衛靈」句：謂萬事天定，非人力可爭。《莊子・則陽》記太史狶韋云：「夫靈公也，死，卜葬於故墓，不吉；卜葬於沙丘而吉。掘之數仞，得石槨焉，洗而視之，有銘焉，曰：『不馮其子，靈公奪而里之。』夫靈公之為靈也久矣！之二人何足以識之。」

⑧「莫向」句：指大臣被殺。《史記・袁盎鼂錯列傳》：「上令鼂錯衣朝衣斬東市。」元・張養浩〈慶東原〉曲：「鼂錯原無罪，和衣東市中，利和名愛把人般弄。」

【簡析】 這是組詩第十二首。作者原注：「是夕又演《邯鄲夢》。」錢謙益的族孫錢曾為這首詩作注說：「公云：臨川嘗語余，《邯鄲夢》作於某年，曲中先有韓盧之句，竟成庚戌臚傳之讖。此曲似乎為公而作，亦可異也。」據錢謙益說，湯顯祖《邯鄲夢》創作於萬曆二十九年（一六〇一），竟然成了萬曆三十八年庚戌（一六一〇）科場案的預兆，這一巧合，湯顯祖本人也很驚訝。因為萬曆三十八年會試時，錢謙益與同年韓敬結怨，即有名的萬曆科場案。據說，錢謙益原來有望高中狀元，結果被韓敬暗通關節，更換名次，錢謙益只得了一甲第三名。而《牡丹亭》第五十五出《圓駕》寫柳夢梅之友韓愈後人韓子才做了鴻臚官，所謂「曲中先有韓盧之句」謂此。

熊文舉（一五九五—一六六八）

熊文舉，字公遠，號雪堂，南昌新建人。崇禎四年（一六三一）進士，官至吏部主事、稽勳司郎中。明末降附李自成，明亡降清，擢任通右政，曾兩任吏部左右侍郎。康熙初轉兵部，旋以病乞歸。著作有《恥廬近集》、《雪堂文集》等多種。

楊調卿唱演《牡丹亭》備極情致賦二絕贈之

其一

肯做尋常戲劇看[1]，迷離殘夢牡丹寒。臨川別有傷心句，贏得停杯帶月看。

【注釋】

① 肯做：意思是不肯做。

【簡析】這首詩寫觀看楊調卿演出《牡丹亭》時的心態。《牡丹亭》不是一般的戲劇，湯顯祖創作《牡丹亭》是「傷心人別有懷抱」，楊調卿能夠領會湯顯祖的深刻用意，他的演出把這種情致細細地演繹出來了，使在場的觀眾看得入了神。

其二

痛呼頑紙柳生癡①，癡到真誠鬼不疑。誰識牡丹亭上事，斷魂唯有子規知②。

（《恥廬近集》卷一，《四庫全書禁毀書目補編》八十二冊）

【注釋】

① 頑紙：無知的畫。

② 子規：杜鵑鳥的別名，傳說為古蜀帝杜宇魂魄所化。常夜鳴，聲音淒切，故藉以抒悲苦哀怨之情。

【簡析】 這首寫《叫畫》中的柳夢梅，他拾得杜麗娘的自畫像，愛慕至極，「姐姐」、「美人」呼叫不止，使得杜麗娘遊魂也為之深深感動而不疑，這正是柳夢梅一片癡情的生動表現，正如王思任《批點玉茗堂牡丹亭・敘》所云：「柳生呆絕」，「柳生見鬼見神，痛叫頑紙，滿心滿意，只要插花」。

春夜集李太翁滄浪亭觀女伎演《還魂》諸劇①，太翁索詩紀贈，次第賦之（十三首選五）

其一

滄浪亭外晚春晴，一抹雲依舞袖輕。惆悵採菱人已遠②，相攜來聽斷腸聲。

【注釋】

① 李太翁：李明睿（一五八五—一六七一），字太虛，江西南昌人，天啟年間進士，任左中允。順治初為禮部侍郎，未幾以事去官。有《四部稿》。滄浪亭：李明睿歸南昌後所建。《還魂》諸劇：《還魂記》，即《牡丹亭》。

② 採菱：採菱曲，樂府清商曲名。

【簡析】這次演出時間是順治十五年（一六五八），李明睿歸南昌之後。組詩第一首，點明演出時值春日夜晚，天氣晴好，地點就在李明睿家滄浪亭內。出演的女伎，也就是李家自備的吳姬女樂，一色的舞袖輕盈。所唱不是惆悵的採菱之曲，而是來聽《牡丹亭》裡面的斷腸之聲。

其二

杜鵑殘夢許誰尋①，癡絕臨川作者心。卻憶扶風有高足②，十年邗水問知音③。

【注釋】

① 許：歌者許細，擅演《牡丹亭》，死去後，湯顯祖深感惋惜，曾作〈傷歌者〉詩：「聰明許細自朝昏，慢舞凝歌向莫論。死去一春傳不死，花神留玩《牡丹》魂。」

② 扶風：馬融（七九—一六六），字季長，扶風茂陵（今陝西興平東北）人，東漢著名經學家，門人極多。

③ 邗水：邗江，指揚州。

【簡析】這是組詩第三首。作者認為，能夠領會湯顯祖的藝術匠心，演好《牡丹亭》的演員極為難得。李太虛十年來一直在揚州尋訪，終於找到了令人滿意的演員，不愧為湯顯祖的高足。

其三

不關生死不言情，情至無生死亦輕。大地山河情不隔，教人何處悟無明①。

【注釋】

① 無明：佛學名詞，為煩惱之別稱。不如實知見之意；即暗昧事物，不通達真理與不能明白理解事相或道理之精神狀態。亦即不達、不解、不了，而以愚癡為其自相。泛指無智、愚昧，特指不解佛教道理之世俗認識。為十

二因緣之一。（參《佛學大詞典》）

【簡析】這是組詩第四首，闡發《牡丹亭》所寫生死之情的主旨。詩人指出，《牡丹亭》所寫的「情」，關乎青年男女的生死，如果不關生死，就無情可言。極而言之，情死如果不能復生，其死亦顯得無足輕重。詩人藉著《牡丹亭》所表達的至情主題，進而發揮說：情遍及萬物，大地山河，情不能隔斷，除此之外，還能從哪裡求得真知呢？（參江巨榮〈人間唱遍《牡丹亭》〉，《詩人視野中的明清戲曲》，上海：復旦大學出版社，二〇一八年版。）

其四

香魂斷續燭光殘，來往幽冥夜色闌①。欲賦小詞翻玉茗②，從來學步愧邯鄲③。

【注釋】

① 夜色闌：夜將盡，夜深。
② 小詞：戲曲。
③ 學步愧邯鄲：邯鄲學步，語出《莊子・秋水》：「子獨不聞夫壽陵餘子之學行於邯鄲與？未得國能，又失其故行矣，直匍匐而歸耳。」說戰國時期，燕國壽陵有個少年，羨慕趙國邯鄲人走路的姿勢，來到邯鄲學習走路。結果不但沒有學到，還把自己原來走路的姿勢也忘記了，只好爬著回去。比喻盲目崇拜別人，一味模仿。

【簡析】這是組詩第七首，寫今晚演出過程中，杜麗娘香魂斷續出沒，燭光、夜色渲染出氣氛。詩人暗示，自己仰慕湯顯祖，也曾打算撰寫戲劇，可惜缺乏才氣，不敢動筆，深恐邯鄲學步，貽笑大方。

其五

愁他幽折復離奇①，夢裡丹青醒後詩。好酌金樽酬玉茗，喚回清遠道人知②。

（《恥盧近集》卷二，《四庫全書禁毀書目補編》八十二冊）

【注釋】

① 他：指《牡丹亭》。
② 清遠道人：湯顯祖號。

【簡析】這是組詩第十一首，說《牡丹亭》中，杜麗娘寫真題詩，柳夢梅題詩叫畫，夢境實境，離奇變幻，真是太美妙了，讓我們滿斟美酒，向玉茗堂主人奉獻一瓣心香吧。

閻爾梅（一六〇三—一六七九）

閻爾梅，字用卿，號古古，又號白耷山人、蹈東和尚，江蘇沛縣人。崇禎三年（一六三〇）舉人。曾參加復社，是其中的重要人物。弘光時曾任史可法幕僚。明亡後參與抗清義軍活動，兩度被執，皆不屈，流亡南北各地，晚年始歸家鄉。古詩學李白，律絕二體則格律嚴謹，聲調雄渾。詩多感懷時事，格調蒼涼。有《閻古古全集》。

贈扮蘇屬國者①

節旄殘落雪氈青②，十九年來不可腥③。直到河梁分手去④，苕苕白髮照龍庭⑤。

（《閻古古全集》卷三，清康熙間刻本）

【注釋】

①蘇屬國：蘇武，他從匈奴回國後拜典屬國（掌管民族交往事務的官）。

②節旄：符節上所綴犛牛尾飾物。《漢書・蘇武傳》：「（武）杖漢節牧羊，臥起操持，節旄盡落。」雪氈：雪厚似氈。

③「十九年」句：謂蘇武被扣留匈奴十九年，毫不動搖。

④ 河梁：橋梁。舊題漢・李陵〈與蘇武詩〉之三：「攜手上河梁，遊子暮何之？」傳說李陵於此送蘇武歸國。

⑤ 苕苕：高貌。龍庭：匈奴單于祭天地鬼神之所。

【簡析】以蘇武為主要人物的戲曲，南戲有《蘇武牧羊記》，元雜劇有周文質《持漢節蘇武還朝》，明傳奇有無名氏《白雁記》、祁彪佳《全節記》。閻爾梅所看不知為何種，作為一位有氣節的明代遺民，他讚揚蘇武的氣節，實際上是抒寫自己的心聲。

廬州見傳奇有史閣部勤王一闋感而誌之二首①

其一

元戎親帥五諸侯②，不肯西征據上游③。今夜廬州燈下見，還疑公未死揚州。

【注釋】

① 廬州：明清府名，治所在今安徽省合肥市。史閣部：史可法（一六〇一—一六四五），字憲之，號道鄰，河南祥符人。明福王在南京稱帝，史可法以兵部尚書加大學士，世稱史閣部。馬士英等專朝政，史可法督師揚州。清兵南下，城破不屈死。《明史》有傳。勤王：為王事盡力。後世稱出兵救援王朝為勤王。

② 元戎：元帥，指史可法。五諸侯：指當時南明將領左良玉、高傑、黃得功、劉澤清、劉良佐。杜濬〈秦淮燈船鼓吹歌〉：「同時阿誰蓄伎爾，惟黃劉高左五侯耳。」

③ 「不肯」句：弘光時，閻爾梅曾勸史可法進軍山東、河南，以圖恢復，未被史可法採納。閻爾梅另有〈惜揚州〉七古，其引云：「予勸閣部西征，徇河南，不聽。」

勸之渡河北征，徇山東，又不聽。一以退保揚州為上策。」

其二

繡鎧金鞍妃子裝，興平一旅卜河陽①。猿公劍術無人曉②，驚道筵前舞大娘③。

（《閻古古全集》卷三，清康熙間刻本）

【注釋】

① 興平：指高傑，當時封興平伯。

② 猿公：精通劍術的隱士。《昭明文選》卷五〈賦丙・京都下・吳都賦〉：「其上則猿公哀吟。」晉・劉淵林注引《吳越春秋》：「越有處女，出於南林之中，越王使使聘問以劍戟之事。處女將北見於越王，道逢老翁，自稱素袁公，問處女：吾聞子善為劍術，願一觀之。女曰：『妾不敢有所隱，唯公試之。』於是袁公即跳於林竹，槁折墮地，處女即接末。袁公操本以刺處女，女應節入，三入，因舉枝擊之。袁公即飛上樹，化為白猿，遂引去。」

③ 「驚道」句：原注：「此指高傑之婦，即李自成妻。」按李自成之妻邢氏貌美而精武藝，與高傑私通而一同降明。大娘，公孫大娘，唐開元盛世的著名舞者，善舞劍器，杜甫有〈觀公孫大娘弟子舞劍器行〉。

【簡析】這兩首詩作於康熙五年丙午（一六六六）（據《白耷山人詩集編年注》，北京：中國文聯出版社二〇〇二年版），寫在廬州觀看的一次演出，劇本寫的是史可法勤王。詩中對史可法當年軍事指揮的失誤有所批評，但無論如何，閻爾梅對史可法為國死難的氣節還是由衷欽佩的，所以看到舞臺上的史可法形象，覺得格外親切。人們通常會認為，孔尚任的《桃花扇》第一次塑造了史可法的形象。讀了這首詩，才知道在《桃花扇》問世至少三十三年前（《桃花扇》完成於康熙三十八年己卯，西元一六九九年），劇壇上已經出現過史可法的形象。這是很有價值的一條材料。還有一部傳奇，即李玉的《萬里圓》，裡面也出現過史可法、黃得功形象，但閻爾梅詩第二首寫到高傑及高傑之婦（即李自成之妻邢氏），《萬里圓》中卻沒有，可見閻爾梅看到演出的這部傳奇未必是《萬里圓》，很可能是另外一部劇作。

程正揆（一六〇四—一六七六）

程正揆，字端伯，號鞠陵，又號青溪道人、青溪老人、青溪舊史。湖北孝感人，寓居南京。崇禎四年（一六三一）進士，榜名為正葵，官工部侍郎。至清初，改名正揆。順治十四年（一六五七）掛冠。詩文書畫兼善。有《青溪遺稿》。

孟冬詞二十首①（選一）

傳奇《鳴鳳》動宸顏②，髮指分宜父子奸③。重譯二十四大罪④，特呼內院說椒山⑤。

（《青溪遺稿》卷十五，清天咫閣刻本）

【注釋】

① 孟冬：冬季的第一個月，即農曆十月。

② 宸顏：猶天顏，天子的容顏。

③ 分宜父子：指嚴嵩、嚴世蕃父子，他們是江西分宜人。

④ 二十四大罪：明天啟四年（一六二四），左副都御史楊漣曾上疏，彈劾魏忠賢二十四大罪。此處指《鳴鳳記》中楊繼盛、鄒應龍、林潤等人彈劾嚴嵩、嚴世蕃父子時所列舉的罪狀。

⑤ 椒山：楊繼盛（一五一六—一五五五），字仲芳，號椒山，明容城（今屬河北）人。嘉靖二十六年（一五四七）進士。任兵部武選員外郎時，上疏劾權相嚴嵩十大罪、五奸，下獄，備受酷刑，在獄三年，送刑部論死。嵩敗，贈太常少卿，謚忠湣。《明史》有傳。

【簡析】這首詩寫順治帝為傳奇《鳴鳳記》所打動，動了感情。當然，他對《鳴鳳記》還是不夠滿意的，他後來命吳綺、丁耀亢重新創作同題材劇本，即源於此。

陳璧（一六〇五—？）

陳璧，字崑良，別號雪峰，江蘇常熟人。明末曾任兵部司務。明亡，隱居。今人江村、瞿冕良有《陳璧詩文殘稿箋證》。

答顧梁甫觀劇詩①

逢場作戲②，弄假成真。作者以此寄懷，觀者於焉感興③。顧優人假面④，能開世俗胸襟；雖傀儡當場⑤，堪寫英雄心事。若徒取其芳音妙舞，又何異夫牧豎村童⑥。聞樂悲來，偏動孤臣之涕⑦；見獵心喜⑧，恆發老驥之嘶。未敢雷同，用呈電正。

畫堂飄舞綺羅輕，浩氣青天〈白雪〉賡⑨。看到功成難結果，英雄泣下淚無聲。

（江村、瞿冕良《陳璧詩文殘稿箋證》，上海古籍出版社，一九八四年版）

【注釋】

①顧梁甫：未詳。

②逢場作戲：宋・釋道原《景德傳燈錄》：「竿木隨身，逢場作戲。」意思是江湖藝人到一地，用隨帶竿木，蒙上巾幔搭成臺，當眾演出。語出禪宗語錄，指悟道在心，不拘時地。

③於焉：於此。感興：感物寄興。

④優人假面：化裝表演。

⑤傀儡：原指木偶戲，後亦指化裝表演的角色。

⑥牧豎：牧童。

⑦孤臣：孤立無助或不受重用的遠臣。

⑧見獵心喜：三國魏・曹丕《典論・自序》：「和風扇物，弓燥手柔，草淺獸肥，見獵心喜。」比喻看見別人在做的事正合自己過去的喜好，不由心動，也想一試。

⑨〈白雪〉：與〈陽春〉同為古時雅調。宋玉〈對楚王問〉：「其為〈陽阿〉、〈薤露〉，國中屬而和者數百人，其為〈陽春〉、〈白雪〉，國中屬而和者不過數十人而已。」

【簡析】此詩抒發的是觀看沈采《千金記》演出之後的感慨。詩前小引對戲曲的藝術特徵及社會作用做了簡明的概括，並談了此時此地自己的特殊心情，很值得重視。

李雯（一六〇八—一六四七）

李雯，字舒章，江南華亭（今上海松江）人。崇禎舉人。少與陳子龍、宋徵輿齊名，稱「雲間三子」。入清官中書舍人。以父喪歸，卒於家。有《蓼齋集》。

題《西廂圖》（二十首選八）

其一　蝶戀花・初見①

庭院沉沉春幾許②。回影東牆，聽得花間語③。願作遊絲空裡住④，隨人更落香風處⑤。芳徑苔侵么鳳履⑥，沒個安排，冉冉行雲去⑦。轉過薔薇驚翠羽⑧，相思只在旃檀樹⑨。

【注釋】

①初見：本首詠王實甫《西廂記》第一本第一折《驚豔》。

②「庭院」句：言庭院之深。歐陽修〈蝶戀花〉：「庭院深深深幾許？」

③花間語：指鶯鶯與紅娘的對話。

④遊絲：飄動著的蛛絲。

⑤「願作」二句：指張生對鶯鶯一見鍾情，恨不得一下子飛到她的身旁。

⑥么鳳履：繡有么鳳的花鞋。么鳳，又名桐花鳳，形似鳳而較小。

⑦「沒個」二句：說張生不能接近鶯鶯，只能目送她遠去。此二句與宋賀鑄〈青玉案〉詞「凌波不過橫塘路，但目送，芳塵去」和「飛雲冉冉蘅皋暮，彩筆新題斷腸句」意境相同。

⑧翠羽：翠色的鳥羽，代指鳥。

⑨旃（音沾）檀樹：檀香樹。

其二　臨江仙・酬和①

牆角清陰花月靜，一聯秀句雙成②。不須紅葉更流情③。風吹修竹響④，傳得鳳凰聲⑤。

好影隔來心自語，碧雲細點春星。小桃枝下聽分明。消魂酬五字⑥，清露越三更⑦。

【注釋】

①酬和：本首詠《西廂記》第一本第三折《聯吟》。

②「一聯」句：說清秀的詩句是由鶯鶯、張生共同完成的。

③「不須」句：說鶯鶯、張生通過詩篇唱和表達心意，不須再借助紅葉傳情。相傳唐僖宗時書生于祐於御溝中得紅葉，上題詩云：「流水河太急，深宮盡日閒。殷勤謝紅葉，好去到人間。」後在河中娶得遣放宮人韓氏，即題詩者。見宋・劉斧《青瑣高議・流紅記》。同題材故事還有多種。

④修竹：長竹。

⑤鳳凰聲：司馬相如向卓文君求愛，曾歌〈鳳求凰〉曲。此處「鳳凰聲」謂男女之間互通情意。

⑥消魂：魂漸離散，形容極度地悲傷、愁苦或極度地歡樂。五字：指張生、鶯鶯所酬和之五言詩。

⑦「清露」句：聯吟後，紅娘招呼鶯鶯回房，張生〔絡絲娘〕唱詞中有「空撇下碧澄澄蒼苔露冷，明皎皎花篩月影」之句。

其三　清平樂・惠明齎書①

風生雲袖，袖底蛟龍驟。一幅嚇蠻書在手②，正是護花星斗③。朱旗遠望潼關，麻鞋踏上青山。且看錦囊飛度④，便教紅線周旋⑤。

【注釋】

①惠明齎（音擊）書：本首詠《西廂記》第二本楔子，即《下書》。

②嚇蠻書：傳說李白曾經起草嚇蠻書，見《警世通言・李謫仙醉草嚇蠻書》。此處指張生寫給白馬將軍杜確的求救信。

③護花星斗：比喻惠明是保護美好事物的英雄。

④錦囊：錦製之囊。此處指張生的信。

⑤紅線：男女結成婚姻，稱紅線繫足。與「赤繩」同義。

其四　河滿子・聽琴①

楊柳風吹鬢影，琅玕竹映回廊②。半疊屏山千里隔③，琴心只傍西廂④。今日求凰司馬⑤，幾時跨鳳蕭郎⑥。

膝上情傳玉軫⑦，花前淚浥香囊⑧。靠損冰肌雙跳脫⑨，不知月過東牆。喚起兩邊幽恨⑩，何消一曲清商⑪。

【注釋】

① 聽琴：本首詠《西廂記》第二本第四折《聽琴》。

② 琅玕（音郎干）：指竹。宋蘇過〈從范信中覓竹〉：「十畝琅玕寒照坐，一溪羅帶恰通船。」

③ 屏山：屏風。此句言張生、鶯鶯雖相隔不遠，然而不能親近，即本折崔鶯鶯所唱〔綿搭絮〕「都只是一層兒紅紙，幾榥兒疏欞，兀的不是隔著雲山幾萬重」之意。

④ 琴心：寄心思於琴聲。

⑤ 求凰司馬：司馬相如。此處指張生。

⑥ 跨鳳蕭郎：劉向《列仙傳・卷上・蕭史》：「蕭史善吹簫，作鳳鳴。秦穆公以女弄玉妻之，作鳳樓，教弄玉吹簫，感鳳來集，弄玉乘鳳、蕭史乘龍，夫婦同仙去。」

⑦ 軫（音診）：琴腹下轉動弦的木柱。此句謂張生以琴傳意。

⑧ 浥（音義）：濕潤。香囊：盛香料的小囊，佩於身或懸於帳以為飾物。本句與以下兩句寫鶯鶯聽琴時的情態。

⑨ 冰肌：女性瑩潔光潤的肌膚。跳脫：手鐲、腕釧一類的臂飾。

⑩ 幽恨：鬱結於心的愁恨。

⑪ 以上二句與本折鶯鶯所唱〔聖藥王〕「他曲未終，我意轉濃，爭奈伯勞飛燕各西東：盡在不言中」意同。

其五　青玉案・得信①

菱花看罷晨妝了②，天外信傳青鳥。蹙損眉尖雙葉小③。鴛鴦譜上，金針初到，怕有人知道④。

嘗將密意輸春草⑤，消息通時又煩惱。誰識銀鉤真字好⑥。微持薄怒⑦。已曾心照⑧，照見和衣倒⑨。

【注釋】

①得信：本首詠《西廂記》第三本第二折《鬧簡》。

②菱花：古銅鏡中六角形的或鏡背刻有菱花的叫菱花鏡。後常以菱花為鏡的代稱。

③蹙（音促）：皺縮。雙葉：指雙眉。

④「鴛鴦」三句：比喻鶯鶯內心祕密不願讓紅娘知道。借用元好問《論詩絕句》「鴛鴦繡了從教看，莫把金針度與人」詩意。

⑤春草：作者原注：「春草，婢名。」此句指鶯鶯曾託紅娘去看望張生。

⑥銀鉤：形容書法筆勢之遒勁。

⑦薄怒：輕微的嗔怒。

⑧心照：彼此心裡明白，不言而合。

⑨和衣倒：指因害相思而臥病的張生。

其六　誤佳期・紅辨①

織女度銀河，靈鵲空擔怕②。昔日燒香抱枕人，跪在湘簾下。　不是野東風，錯把桃花嫁③。誰移楊柳近牆東，又怪鶯兒詐④。

【注釋】

①紅辨：本首詠《西廂記》第四本第二折《拷紅》。

②「織女」二句：說鶯鶯與張生幽會，作為橋梁的紅娘擔驚受怕。

③「不是」二句：說鶯鶯與張生的婚姻完全是正當的。東風指男方，桃花指女方。宋・張先〈一叢花〉詞：「沉恨細思，不如桃杏，猶解嫁東風。」

④「誰移」二句：此言紅娘責備老夫人：是你親口許婚，怎麼能怪張生、鶯鶯不好呢？

其七　風入松・離別①

西風霜葉短長亭，驚動別離情②。玉驄慣是催人去③，茫茫也荒草雲平④。紅袂分開雙淚⑤，斜陽獨照孤征⑥。陽關不唱第三聲，無計殢君行⑦。才辭鴛帳親銀燈，回頭看水綠山青⑧。數輛車移垂柳，幾回雁起沙汀⑨。

【注釋】

① 離別，本首詠《西廂記》第四本第三折《哭宴》（或稱《長亭送別》）。

② 短長亭：長亭、短亭，都是古人送別的地方。北周・庾信〈哀江南賦〉：「十里五里，長亭短亭。」以上二句與本折鶯鶯所唱〔端正好〕「西風緊，北雁南飛。曉來誰染霜林醉？總是離人淚」意境相同。

③ 玉驄：白色的好馬。

④ 雲平：指遠處天與地相接處。王維〈觀獵〉：「回看射雕處，千里暮雲平。」

⑤ 紅袂（音妹）：紅袖。

⑥ 孤征：孤獨的遠行。

⑦ 殢（音替）：滯留。

⑧ 「才辭」二句：說鶯鶯與張生新婚後馬上被迫分離。與本折鶯鶯所唱〔上小樓〕「合歡未已，離愁相繼。想著俺前暮私情，昨夜成親，今日別離」同義。

⑨ 沙汀：沙灘。

其八　惜分飛・驚夢①

茅店星霜人靜後②，正是相思初透。夢繞風林驟，暗憐孤影清宵瘦③。　　遊仙半枕紅妝就④，蝴蝶棲香未久。驚起披襟袖，桃花淚染看依舊⑤。

（《蓼齋詞》，《清名家詞》本，上海：開明書店，一九三六年版）

【注釋】

① 驚夢：本首詠《西廂記》第四本第四折《驚夢》。

② 茅店：簡陋的客店。溫庭筠〈商山早行〉：「雞聲茅店月，人跡板橋霜。」

③ 清宵瘦：言鶯鶯因思念張生而消瘦。本句即本折鶯鶯所唱〔甜水令〕「想著你廢寢忘餐，香消玉減」之意。

④ 遊仙：脫離塵俗，心遊仙境。後多指兒女情懷及仙人遊戲人間之事。

⑤「桃花」句：即本折張生所唱〔鴛鴦煞〕「舊恨連綿，新愁鬱結」之意。

【簡析】李雯的〈題《西廂圖》〉是一組詞，共二十首，每首詠王實甫雜劇《西廂記》的一折，這裡選了其中的八首。可以看出，詞人能夠比較準確地把握鶯鶯、張生、紅娘、惠明等原作人物的不同性格，緊扣各折戲劇情境的不同特點，詞本身遣詞造句也相當優美。這種以詞詠畫、以詞詠劇的創作，也說明各個藝術門類之間是息息相通的。

吳偉業（一六〇九—一六七一）

吳偉業，字駿公，號梅村，江蘇太倉人。出生於沒落的書香之家，十四歲即能寫一手好文章，很受張溥賞識。積極參加復社活動，為重要成員。崇禎四年（一六三一），以會試第一、殿試第二中進士。歷任翰林院編修、東宮講讀官、南京國子監司、左中允、左庶子等職。弘光朝任少詹事。清順治時官國子監祭酒，以母喪告假歸里。詩與錢謙益、龔鼎孳並稱「江左三大家」。長於七言歌行。記事之作，學長慶體而自成新吟，後人稱之為「梅村體」。又長戲曲，作有傳奇《秣陵春》，雜劇《通天臺》、《臨春閣》。有《梅村家藏稿》。

臨頓兒①

臨頓誰家兒？生小矜白皙②。阿爺負官錢③，棄置何倉卒④！

給我適誰家⑤，朱門臨廣陌⑥。囑儂且好住⑦，跳弄無知識⑧。

獨怪臨去時，摩首如憐惜⑨。三年教歌舞，萬里離親戚⑩。

絕伎逢侯王⑪，寵異施恩澤⑫。高堂紅氍毹，華燈布瑤席⑬。

授以紫檀槽⑭，吹以白玉笛⑮。文錦縫我衣⑯，珍珠裝我額。

琵琶珊瑚枝[17]，曲罷恣狼藉[18]。我本貧家子，邂逅遭拋擲[19]。
一身被驅使，兩口無消息[20]。縱賞千萬金，莫救餓死骨。
歡樂居他鄉，骨肉誠何益！

（《梅村家藏稿》卷九，四部叢刊初編本）

【注釋】

①臨頓：地名，在江蘇蘇州城東北。
②生小：從小。矜（音今）：自誇。
③阿爺：父親。負：欠。官錢：官家的租稅。
④棄置：拋棄。何：何等，多麼。倉卒（音促）：匆忙。
⑤紿（音代）：哄騙。適：往。
⑥朱門：紅漆大門，官僚府第。廣陌（音莫）：大路。
⑦好住：珍重之意。
⑧跳弄：蹦蹦跳跳。無知識：不懂事。
⑨摩首：撫摸頭。
⑩親戚：此用古義，指父母。《史記·五帝本紀》：「堯二女不敢以貴驕，事舜親戚，甚有婦道。」
⑪絕伎：指絕好的歌舞技藝。
⑫寵異：寵愛異常。施恩澤：施予恩惠。
⑬布：佈置。瑤席：華美的筵席。
⑭紫檀槽：紫檀木做成的琵琶、琴等弦樂器。
⑮吹：指伴奏。
⑯文錦：有彩色花紋的錦。
⑰瑟瑟：碧綠貌。
⑱恣（音字）：任意。狼藉（音吉）：縱橫散亂。指糟蹋。
⑲邂逅（音懈後）：偶然。拋擲：拋棄。
⑳兩口：指父母二人。

【簡析】明末清初，戲曲藝人多出於蘇州。這位少年藝人，童年就因家貧被賣作戲子。如今雖然自己待遇不算差，但不過是供貴人玩賞的玩物，再想到家中饑寒交迫、無依無靠的父母，心內更為淒然。這首詩的社會意義是比較強的。

王郎曲①

王郎名稼，字紫稼，於勿齋徐先生二株園中見之②，髫而皙③，明慧善歌④。今秋遇於京師，相去已十六七載，風流儇巧⑤，猶承平時故習⑥，酒酣之出其伎，坐上為之傾靡⑦。余此曲成，合肥龔公芝麓口占贈之曰⑧：「薊苑霜高舞柘枝⑨，當年楊柳尚如絲。酒闌卻唱梅村曲，腸斷王郎十五時⑩。」

王郎十五吳趨坊⑪，覆額青絲白皙長⑫。孝穆園亭常置酒⑬，風流前輩醉人狂。
同伴李生柘枝鼓⑭，結束新翻善才舞⑮。鎖骨觀音變現身⑯，反腰貼地蓮花吐⑰。
蓮花婀娜不禁風，一斛珠傾宛轉中⑱。此際可憐明月夜，此時脆管出簾櫳⑲。
王郎〈水調〉歌緩緩，新鶯嘹嚦花枝暖⑳。慣拋斜袖卸長肩，眼看欲化愁應懶。
摧藏掩抑未分明㉑，拍數移來發曼聲㉒。最是轉喉偷入破㉓，殢人腸斷臉波橫㉔。
十年芳草長洲綠㉕，主人池館唯喬木㉖。王郎三十長安城，老大傷心故園曲㉗。
誰知顏色更美好，瞳神剪水清如玉㉘。五陵俠少豪華子㉙，甘心欲為王郎死。
寧失尚書期㉚，恐見王郎遲。寧犯金吾夜㉛，難得王郎暇。
坐中莫禁狂呼客，王郎一聲聲頓息。移床欹坐看王郎㉜，都似與郎不相識。
往昔京師推小宋㉝，外戚田家舊供奉㉞。只今重聽王郎歌，不須再把昭文痛㉟。

時世工彈〈白翎雀〉㊱，婆羅門舞龜茲樂㊲。梨園子弟愛傳頭㊳，請事王郎教弦索㊴。
恥向王門作伎兒㊵，博徒酒伴貪歡謔㊶。
君不見康崑崙、黃幡綽㊷，承恩白首華清閣㊸。
古來絕藝當通都㊹，盛名肯放優閒多，王郎王郎可奈何！

（《梅村家藏稿》卷十一，四部叢刊初編本）

【注釋】

① 王郎：即王紫稼。
② 勿齋徐先生：徐汧（？—一六四五），字九一，號勿齋，長洲（今江蘇吳縣）人。家住蘇州城內周五郎巷，宅後有二株園。
③ 髫（音條）：童子下垂之髮。皙（音夕）：皮膚潔白。
④ 慧：聰明靈慧。
⑤ 儇（音宣）巧：輕捷靈巧。
⑥ 承平：太平。
⑦ 傾靡：傾倒。
⑧ 龔公芝麓：龔鼎孳，見後龔鼎孳詩作者介紹。
⑨ 薊苑：指北京的園林。柘枝：古羽調有柘枝曲，商調有屈柘枝，此舞因曲而名。開始為二女童對舞，宋時發展為多人的隊舞。
⑩ 十五：謂十五歲，下句同。
⑪ 吳趨坊：蘇州城內戲班聚集的地方。
⑫ 青絲：烏黑的頭髮。
⑬ 孝穆：南朝陳文學家徐陵（五〇七—五八三），字孝穆，此處借指徐汧。
⑭ 李生：當時名伶李小大。
⑮ 結束：裝束，打扮。善才：唐代樂師之稱，與能手義同。白居易〈琵琶行〉：「曲罷曾教善才伏，妝成每被秋娘妬。」
⑯ 「鎖骨」句：《傳燈錄》：延州有婦人甚有姿色，少年子悉與狎，數歲而沒，葬之道左。大曆中有胡僧敬禮其墓曰：「此乃鎖骨菩薩。」開墓視其骨，鉤結皆如鎖狀。

⑰反腰貼地：《釵小志》：梁羊侃妾孫荊玉能反腰貼地，銜席上玉簪，謂之弓腰。蓮花：花色豔麗，因以比人之美貌。

⑱一斛珠：曲名。唐玄宗把外國所進寶珠，送一斛給梅妃，並命樂官用新聲譜曲，名〈一斛珠〉。

⑲脆管：清脆的管樂聲。

⑳嘹歷：響亮而清晰。花枝暖：元稹〈何滿子歌〉：「廣宴江亭為我開，紅妝逼坐花枝暖。」

㉑摧藏掩抑：悲哀低沉。

㉒曼聲：長聲。

㉓入破：唐宋大曲專用語。大曲每套都有十餘遍，歸入散序、中序、破三大段。入破即為破這一段的第一遍。唐・白居易〈臥聽法曲霓裳〉詩：「朦朧閒夢初成後，宛轉柔聲入破時。」《新唐書・五行志二》：「至其曲遍繁聲，皆謂之『入破』……破者，蓋破碎云。」吳熊和《唐宋詞通論・詞調》：「中序多慢拍，入破以後則節奏加快，轉為快拍。」

㉔殢（音替）：引逗，煩擾。臉波：同眼波。韋莊〈漢州〉詩：「十日醉眠金雁驛，臨歧無限臉波橫。」

㉕長洲：縣名，故城在今江蘇吳縣，此處指蘇州。

㉖喬木：高而上曲的樹木。此句形容二株園的荒涼。

㉗「王郎」二句：指王紫稼在北京演唱崑曲。三十，三十歲。長安，指清都北京。老大，年老。故園曲，家鄉的曲調，指崑曲。

㉘瞳神：眼神。

㉙五陵：漢朝皇帝每立陵墓，都把四方富家豪族和外戚遷至陵墓附近居住。最著名者為五陵，即長陵、安陵、陽陵、茂陵、平陵。後常以五陵為豪門貴族聚居之地。

㉚尚書期：指貴人之約。東漢・應德璉（瑒）〈與滿公琰書〉：「孟公不顧尚書之期。」

㉛金吾夜：金吾，漢置官名。掌管京城戒備，巡邏傳呼，禁人夜行。

㉜床：此處為坐具。攲（音期）坐：側坐。

㉝小宋：名玉郎，廣西人，崇禎七年（一六三四）至北京。見清・鈕琇《觚賸》。

㉞外戚田家：指崇禎田貴妃之父田宏遇家。

㉟昭文：古之善鼓琴者，見《莊子・齊物論》。

㊱時世：當世。

㊲婆羅門：商調大曲，唐開元中西涼楊敬述所進，天寶十三年改名〈霓裳羽衣曲〉。龜（音秋）茲：漢西域城國，唐初內附，在今新疆維吾爾自治區。龜茲樂為隋代九部樂之一。

㊳傳頭：師徒相傳的技藝。明・張岱《陶庵夢憶》卷六：「彭天錫串戲妙天下，然出出皆有傳頭，未嘗一字杜撰。」

㊴弦索：樂器上的弦。金元以來或稱琵琶、三弦等弦樂伴奏的戲曲曲藝為弦索，一般指北曲，此處指崑曲。

㊵王門：王侯之門。伎兒：家伎。

㊶ 博徒：賭徒。歡謔（音血）：歡樂戲謔。

㊷ 康崑崙：唐代琵琶演奏家，西域康國人。德宗貞元時有「長安第一手」之稱。黃幡綽：唐玄宗時著名的宮廷藝人，以綽板聞名。

㊸ 承恩：蒙受恩澤。這裡指在宮廷服務。華清閣：指華清宮，故址在今陝西省臨潼縣驪山上，唐玄宗、楊貴妃常住此。

㊹ 通都：通都大邑，四通八達的都市。

【簡析】王紫稼從十五歲開始到三十歲以後，無論在南方，在北方，聲名始終不衰，觀者趨之若狂，可見他演技的高超，也可見崑曲入於人心之廣、之深。末尾幾句說時代風氣變了，但廣大藝人仍然愛學崑曲，並且愛為市井廣大觀眾演唱崑曲，這就把人民的審美心理與眷戀故國的情懷聯繫起來，可以說是別有深意的。

贈荊州守袁大韞玉四首①（選一）

袁為吳郡佳公子②，風流才調③，詞曲擅名。遭亂北都，佐藩西楚④，尋以失職，空囊僑寓白下⑤。扁舟歸里，惆悵無家，為作此詩贈之。

詞客開元擅盛名⑥，蕭條鶴髮可憐生⑦。劉郎浦口潮初長⑧，伍相祠邊月正明⑨。
擊筑悲歌燕市恨⑩，彈絲法曲楚江情⑪。善才已死秋娘老⑫，濕盡青衫調不成⑬。

（《梅村家藏稿》卷十六，四部叢刊初編本）

【注釋】

①袁大鬈玉：明末清初戲曲作家袁于令。

②吳郡：蘇州。

③才調：猶才氣，多指文才。

④「佐藩」句：指袁于令入清之後曾任荊州知府。

⑤白下：地名，即南京。

⑥開元：唐玄宗年號，指代前朝。

⑦鶴髮：白髮。

⑧劉郎浦：在湖北石首縣西北，相傳為劉備納吳女處。

⑨伍相祠：伍子胥廟，在湖北秭歸縣東十五里。

⑩「擊筑」句：戰國末年荊軻與高漸離為好友，經常在燕國國都燕市飲酒，擊筑悲歌。此處指袁于令「遭亂北都」的經歷。

⑪彈絲：彈奏弦樂器。法曲：樂曲，因用於佛教法會而得名。原為含有外來音樂成分的西域各族音樂，傳至中原地區後，與漢族的清商樂相結合，後發展為隋唐法曲。唐玄宗酷愛法曲，命梨園弟子學習，稱為「法部」。《楚江情》：作者原注：「袁《西樓》樂府中有《楚江情》一齣。」《西樓》，袁于令所作傳奇《西樓記》。

⑫「善才」句：從白居易〈琵琶行〉「曲罷曾教善才服，妝成每被秋娘妒」二句化出。善才：唐代琵琶師之稱。秋娘：歌舞伎。

⑬「濕盡」句：從白居易〈琵琶行〉「江州司馬青衫濕」句化出。

【簡析】本詩說袁于令明末即揚名於曲壇，對他的戲曲創作成就給予讚揚，並對他晚年的潦倒表示同情，詩中多今昔對比之感。

贈武林李笠翁①

○笠翁名漁，能為唐人小說②，兼以金元詞曲知名③

家近西陵住薜蘿④，十郎才調歲蹉跎⑤。江湖笑傲誇齊贅⑥，雲雨荒唐憶楚娥⑦。
海外九州書志怪⑧，坐中三疊舞回波⑨。前身合是元真子⑩，一笠滄浪自放歌⑪。

（《梅村家藏稿》卷十六，四部叢刊初編本）

【注釋】

①武林：杭州。李笠翁：李漁。

②唐人小說：指李漁的短篇小說集《十二樓》。

③金元詞曲：指李漁所作傳奇《笠翁十種曲》。

④西陵：渡口名，又名西興，在浙江蕭山縣西。薜蘿：薜荔、女蘿，皆植物名。屈原《九歌・山鬼》：「若有人兮山之阿，被薜荔兮帶女蘿。」後以薜蘿指隱士的服裝。

⑤十郎：唐代詩人李益，此處借指李漁。蹉跎：失時，虛度光陰。

⑥齊贅（音墜）：指俳優滑稽。《史記・滑稽列傳》：「淳于髡者，齊之贅婿也。」

⑦雲雨：宋玉〈高唐賦・序〉記宋玉對楚襄王說：「昔者先王嘗遊高唐，怠而晝寢，夢見一婦人曰：『妾巫山之女也，為高唐之客，聞君遊高唐，願薦枕席。』王因幸之。去而辭曰：『妾在巫山之陽，高丘之岨，旦為朝雲，暮為行雨。朝朝暮暮，陽臺之下。』」後因用「雲雨」指男女歡會。楚娥：高唐神女。

⑧海外九州：中國以外的地方。李商隱〈馬嵬〉之一：「海外徒聞更九州，他生未卜此生休。」志怪：記述怪異之事，此處指小說。

⑨三疊：古歌曲反覆詠唱某句，稱三疊，如〈陽關三疊〉。回波：回波辭，又名回波樂，樂府商調曲。後亦

為舞曲。

⑩ 元真子：即玄真子。唐代詩人張志和（約七三〇—約八一〇），婺州（州治今浙江金華）人，隱居江湖，自號玄真子。

⑪ 滄浪：《孟子・離婁上》：「滄浪之水清兮，可以濯我纓。」比喻超脫塵俗，操守高潔。

【簡析】李漁是一名統治階級的浪子，又是一位多才多藝的藝術家，在當時就是集毀譽於一身的人物。吳偉業此詩對李漁表示了深刻的理解與同情。其中「江湖笑傲誇齊贅，雲雨荒唐憶楚娥」二句，吳梅謂「深得笠翁之真相也」（見吳梅《顧曲麈談》第四章〈談曲〉）。

望江南（十八首選二）

其一

江南好，茶館客分棚。走馬布簾開瓦肆①，博羊餳鼓賣山亭②，傀儡弄參軍。

【注釋】

① 瓦肆：又名瓦市、瓦舍或瓦子，大城市裡娛樂場所的集中地。瓦肆中搭有許多棚，棚內設有若干勾欄，表演各種伎藝。

② 博羊：耍羊。餳（音行）鼓：賣糖者所敲之鼓。餳，飴糖類食物名，用麥芽或穀芽之類熬成，即糖稀。

【簡析】本首歌詠江南市肆。這裡不僅酒樓茶館鱗次櫛比，而且有耍猴玩羊的，敲鑼賣糖的，各顯身手，熱鬧非凡。而戲曲藝人也在這樣的環境裡呈獻伎藝。這是一幅生活氣息十分濃郁的江南風俗畫。

其二

江南好，皓月石場歌①。一曲輕圓同伴少，十反粗細聽人多②。弦索應雲鑼③。

（《梅村詩餘》，《清名家詞》本，上海：開明書店，一九三六年版）

【注釋】

① 石場：蘇州虎丘千人石。

② 十反：即十番，十番鼓，合奏樂名，用笛、管、簫、弦、提琴、雲鑼、湯鑼、木魚、檀板、大鼓十種樂器演奏，故名十番鼓。見李斗《揚州畫舫錄・虹橋錄》下。十反加用絲竹樂器的叫「粗細十反」。

③ 雲鑼：樂器名，又名雲璈，以小銅鑼十面共一木架，用小木錘擊之。

【簡析】本首歌詠蘇州虎丘千人石上的唱曲大會。由詞中可以看出，大多數聽眾喜愛熱烈豐富的演奏，但這並不妨礙一部分聽眾悠然自得地品味那婉轉輕圓的清唱。

金人捧露盤

〇觀演《秣陵春》①

記當年，曾供奉、舊霓裳②。歎茂陵③、遺事淒涼。酒旗戲鼓④，買花簪帽一春狂⑤。綠楊池館，逢高會⑥、身在他鄉。　喜新詞⑦，初填就，無限恨，斷人腸。為知音、仔細思量。偷聲減字⑧，畫堂高燭弄絲簧⑨。夜深風月，催檀板、顧曲周郎。

（《梅村詩餘》，《清名家詞》本，上海：開明書店，一九三六年版）

【注釋】

①《秣陵春》：吳偉業所作傳奇。

②「記當年」三句：說自己曾在明王朝供職。

③茂陵：漢武帝陵墓，在今陝西興平縣東北。此處指明代帝王陵墓。

④酒旗：酒簾。戲鼓：社戲之鼓。

⑤簪帽：插在帽上。以上二句說自己心情愁悶，佯為狂放，到處冶遊。在遣詞造句上受到宋・俞國寶〈風入松〉詞「一春長費買花錢」影響。

⑥高會：高雅的聚會。

⑦新詞：指《秣陵春》。

⑧偷聲減字：詞曲中的術語。古人依譜填詞曲，雖有一定格式，但作者在聲腔方面可以自由伸縮。這些伸縮變化就叫做偷聲減字。

⑨畫堂：有畫飾的廳堂。高燭：高高燃燒的蠟燭。絲簧：弦樂器和簧管樂器。

【簡析】明亡以後，吳偉業像許多士大夫一樣，內心十分痛苦。但是他對清廷又不能公開表示反對，於是只好通過詩詞、戲曲委婉曲折地表現自己對故國的哀悼和懷念。《花朝生筆記》說：「夏完淳作〈大哀賦〉而敘南京之亡，吳梅村見之大哭三日，《秣陵春》傳奇之所由作也。」徐釚《詞苑叢談》說：「吳偉業作《秣陵春》，嘗寒夜命小鬟歌演，自賦〈金人捧露盤〉詞。」可見《秣陵春》是浸透作者血淚之作。

錢龍惕（一六〇九—一六六六後）

錢龍惕，字夕公，江蘇常熟人，錢謙益侄。諸生。早歲與邑中文士遊其叔之門，談古賦詩，以吟詠為樂。國變之後，杜門息影。與諸子論詩，為同好作序，助長者吟興，抒一己情愫，覽古弔今，感事傷時，牢悲悒鬱，孤憤慷慨，一一充斥於字裡行間，為遺民詩人。論詩則尊陶潛李杜，韓柳元白之後則舉錢郎溫李。錢龍惕又是研究李商隱（義山）詩專家，有箋注李義山詩集專著。著有《玉溪生詩箋》和《大兗集》。

聞歌引為朱翁樂隆作①

亭皋木落霜天清②，朱翁唱歌能唱情。絲調管協曼聲發③，四坐掩抑難為聽④。初移宮，復換羽⑤，珠貫纍纍音縷縷⑥。乍時幽咽弦不通，一似幽泉細竇滴瀝含微風⑦。俄頃悠揚調方熟，又似春鶯百舌間關語深谷⑧。忽然轉換喉吻調⑨，鏗金戛玉聲嘈嘈⑩。腔移字向暗中度⑪，拍正腔從絕處挑⑫。曲終聲慢雲嫋嫋⑬，鶴唳秋空寒月皎⑭。知音若向隔牆聞，吳姬十五猶嬌小⑮。自從樂府變南音⑯，四聲纔具律更深⑰。萬曆年中崑調起⑱，歌壇指授傳於今⑲。前有衛良輔⑳，後有秦季公㉑，我生已晚聞其風。新安程老詩律高天下㉒，當筵顧曲稱絕工㉓。昔曾為我言：牌名腔拍宜相從㉔。青樓舊識端與鳳㉕，歌場喚出曾驚眾。端歌人悅「窺青眼」㉖，「長空萬里」推徐鳳㉗。一歸泉下一當壚㉘，北里歌聲今已無㉙。朱翁雖老音猶少，獨擅詞林曲調殊。簾外風清日當午，雲停不飛塵欲舞㉚。為君題作〈聞歌引〉，我亦留名掛詞譜。

（《常昭合志》，一九一七年重修本）

【注釋】

①引：樂曲體裁之一，有序曲之意。朱樂隆：常州人，精於審律，也善度曲。袁于令的傳奇《西樓記》，就是由朱點定的。吳偉業有〈聽朱樂隆歌〉七絕六首，見《梅村詩集》卷四。
②亭皋：水邊的平地。亭，平。皋，水旁地。
③曼聲：舒緩的長聲。
④掩抑：低沉。難為聽：不忍聽下去。
⑤移宮換羽：變換樂調。
⑥珠貫累累：比喻歌聲連續不斷。珠貫，珍珠串。
⑦幽咽：遏塞不暢狀。細竇：小孔。此二句與白居易〈琵琶行〉「幽咽泉流水下灘。水泉冷澀弦凝絕」二句意境相似。
⑧俄頃：一會兒。百舌：鳥名，即反舌以其鳴聲反覆如百鳥之音，故名。立春後鳴囀不已，夏至後即無聲。此二句意境略似〈琵琶行〉中之「間關鶯語花底滑」。
⑨調（音條）：調和。
⑩鏗（音坑）金戛（音夾）玉：敲金擊玉。形容聲音清脆。嘈嘈：沉重舒長。
⑪度：歌唱。
⑫挑：往高處唱。
⑬嫋（音鳥）嫋：悠揚。蘇軾〈前赤壁賦〉：「餘音嫋嫋，不絕如縷。」
⑭鶴唳（音力）：鶴鳴。
⑮「知音」二句：此二句謂，朱樂隆歌唱餘音嫋嫋，使人覺得是在聽隔壁一位年輕女子在歌唱。
⑯南音：即南曲。此句指明中葉以後南曲取代北曲在曲壇的統治地位的變化。
⑰四聲才具：指審音協律的才能。律：樂律。
⑱萬曆：明神宗朱翊鈞年號（一五七三—一六二〇）。崑調：即崑山腔。
⑲指授：指點傳授。
⑳衛良輔：應為魏良輔。
㉑秦季公：秦四麟。明徐復祚《曲論》（《花當閣叢談》本）：「余友秦四麟為博士弟子，亦善歌金、元曲，無論酒間興到輒引曼聲，即獨處一室而嗚嗚不絕口。」
㉒新安程老：程嘉燧，休寧（今屬安徽）人，詩人。
㉓顧曲：欣賞音樂、戲曲。《三國志・吳志・周瑜傳》：「瑜少精意於音樂，雖三爵之後，其有闕誤，瑜必知之，知之必顧，故時人謠曰：『曲有誤，周郎顧。』」
㉔牌名：曲牌名。腔：腔調。拍：節拍。相從：相應。
㉕青樓：妓院。
㉖「窺青眼」：明代流傳的詠柳套曲，共有〔白練序〕、〔醉太平換頭〕、〔白練序換頭〕、〔醉太平〕、〔尾聲〕五支，首句為「窺青眼，葉葉顰眉效淺妝」。

㉗「長空萬里」：高明《琵琶記》第二十八出牛氏所唱〔念奴嬌序〕，首句為「長空萬里，見嬋娟可愛，全無一點纖凝」。

㉘泉下：黃泉之下，指人死後埋葬的墓穴。當壚：賣酒的代稱。壚，放酒罈的土墩。

㉙北里：唐代長安平康里位於城北，亦稱「北里」。其地為妓院所在地，後因用以泛稱娼妓聚居之地。

㉚雲停不飛：形容歌曲美妙，用「響遏行雲」典故。《列子·湯問》：「薛譚學謳於秦青，未窮青之技，自謂盡之，遂辭歸。秦青弗止，餞行於交衢，撫節悲歌，聲振林木，響遏行雲。薛譚乃謝求反，終身不敢言歸。」塵欲舞：亦形容歌曲美妙。《太平御覽》卷五七二引漢·劉向《別錄》：「漢興以來，善歌者魯人虞公，發聲清哀，蓋動梁塵。」

【簡析】這首詩用生動形象的語言，描繪了朱樂隆崑曲演唱的高超藝術，以及動人的藝術效果。詩歌還回溯了崑曲興盛的歷史，不僅熱情讚揚了魏良輔的開創性功績，而且肯定了秦四麟、程嘉燧等文人為弘揚崑曲所做出的貢獻。詩歌特別懷念兩位傑出歌者「端與鳳」的演唱，他們演唱的《題柳》「窺青眼」和《琵琶記》「長空萬里」，令人久久難忘。明王世貞《曲藻》云：「南曲之美者，無過於《題柳》『窺青眼』，而中亦有牽強寡次序處。《題月》『萬里長空』，可謂完麗，而苦多蹈襲。」從曲詞來說，二曲或不無可議之處，但整體演唱效果均極好，使人感受到了崑曲的藝術魅力。

黃宗羲（一六一〇—一六九五）

黃宗羲，字太沖，號南雷，學者尊為梨洲先生，浙江餘姚人。其父因東林黨獄被閹黨迫害而死。崇禎帝即位，宗羲赴京為父鳴冤，被許為「忠臣孤子」。清軍南下，魯王朱以海監國於紹興。他募鄉民在餘姚舉兵抗清，時稱「世忠營」。魯王政權授以監察御史兼職方之職。兵敗返回故里，課徒授業，著述以終，至死不仕清廷。黃宗羲為學領域極廣，成就宏富，史學造詣尤深。有《明儒學案》、《宋元學案》、《明文海》、《明夷待訪錄》、《南雷詩曆》等。

青藤歌①

文長曾自號青藤，青藤今在城隅處②。離奇輪囷歲月長③，猶見當年讀書意。
憶昔元美主文盟④，一捧珠盤同受記⑤。七子五子廣且續⑥，不放他人一頭地⑦。
踽踽窮巷一老生⑧，崛強不肯從世議⑨。破帽青衫拜孝陵⑩，科名藝苑皆失位⑪。
叔考院本供排場⑫，伯良《紅閨》詠麗事⑬。弟子亦可長黃池⑭，不救師門之憔悴⑮。
豈知文章有定價⑯，未及百年見真偽⑰。光芒夜半驚鬼神⑱，即無中郎豈肯墜⑲。
余嘗山行入深谷，如此青藤亦纍纍⑳。此藤苟不遇文長，籬落糞土誰人視㉑。

斯世乃忍棄文長，文長不忍一藤棄。吾友勝吉加護持㉒，還見文長如昔比。

（《南雷詩曆》卷三，四部叢刊初編本）

【注釋】

① 青藤：徐渭（一五二一—一五九三），字文清，號天池山人，又有田丹水、天池生、天池漁隱、青藤老人、金壘、金回山人、山陰布衣、白鷳山人、鵝鼻山儂等別號。晚年號青藤道士，或署名田水月。山陰（今浙江紹興）人。少年屢試不第。中年任浙閩總督胡宗憲幕僚，對軍事多有籌畫，並參預過東南沿海的抗倭鬥爭。後胡宗憲被逮自殺，徐渭深受刺激，一度精神失常，蓄意自殺，又誤殺後妻，被捕入獄。後為張元忭營救出獄。詩文風格清奇，不落窠臼，並有雜劇《四聲猿》及戲劇論著《南詞敘錄》。

② 城隅處：指紹興的徐渭故居，徐渭曾在此讀書、創作。

③ 輪囷（群陰平）：屈曲貌。

④ 元美：王世貞，字元美，他與李攀龍同為「後七子」首領。李攀龍死後，他獨主文壇二十餘年。

⑤ 受記：猶受戒，佛教信徒通過一定形式，接受師傅傳授的戒條。

⑥ 「七子」句：明隆慶、萬曆年間，以李攀龍、王世貞為首的「後七子」統治文壇，後又有「五子」、「廣五子」、「後五子」、「續五子」、「末五子」之稱。

⑦ 「不放」句：不讓別人高出一頭。歐陽修〈與梅聖俞書〉：「讀（蘇）軾書，不覺汗出，快哉快哉！老夫當避路，放他出一頭地。」

⑧ 踽（音舉）踽：獨自行路孤零的樣子。窮巷：陋巷。老生：老書生。

⑨ 崛強：猶倔強。從世議：附和世俗的議論。

⑩ 孝陵：明太祖朱元璋之陵，在南京。徐渭五十五歲時曾往南京，縱觀諸名勝（見徐渭《自著畸譜》）。

⑪ 科名：科舉功名。藝苑：文壇。

⑫ 叔考：作者原注：「史槃字叔考，以院本行世。」史槃（約一五三一—一六二三後），字叔考，會稽（今浙江紹興）人。徐渭門人。工書畫。作有雜劇《三卜真狀元》等三種，今皆佚。

⑬ 伯良：作者原注：「伯良名驥德，《紅閨》詩和者甚眾。」按王驥德亦為徐渭門人。《紅閨》：王驥德所作詩《紅閨麗事》，凡百題。

⑭ 黃池：春秋時地名，在今河南封丘縣西南。魯哀公十三

年，魯哀公、單平公、晉定公、吳夫差曾在此會盟。「長黃池」為擔任盟主之意。

⑮ 師門：指徐渭。憔悴：折磨困苦。

⑯ 定價：本身固有的價值。

⑰ 未及百年：徐渭逝世於明萬曆二十一年（一五九三），黃宗羲此詩作於清康熙二十一年（一六八二），不及百年。

⑱ 驚鬼神：形容徐渭文學作品的藝術光芒。杜甫〈寄李十二白二十韻〉：「筆落驚風雨，詩成泣鬼神。」

⑲ 中郎：袁宏道（一五六八—一六一〇），字中郎，湖廣公安（今屬湖北）人。萬曆二十年（一五九二）進士，曾任吳縣令，遷稽勳郎中，赴秦中典試。事畢請假歸里，定居沙市。與兄宗道、弟中道時號「三袁」，宏道實為「公安派」領袖。他反對盲目擬古，主張文隨時變，其目標是去偽存真，抒寫性靈。其散文極富特色，清新明暢，卓然成家。詩歌亦自可觀。著有《敝篋集》、《錦帆集》、《解脫集》、《廣陵集》、《瓶花齋集》、《瀟碧堂集》、《破硯齋集》、《華嵩遊草》等。今人錢伯城整理有《袁宏道集箋校》。

⑳ 纍纍：重疊生長，眾多貌。

㉑ 籬落：籬笆。

㉒ 勝吉：施勝吉，黃宗羲之友。明崇禎六年（一六三三），青藤書屋歸山陰進士金蘭，不久，陳洪綬來此居住。陳離去後，歸潘氏所有。清康熙二十一年（一六八二），施勝吉從潘姓處購進此屋，重加修葺，一時文士雲集。

【簡析】本詩作於清康熙二十一年（一六八二），黃宗羲時年七十三歲，詩寫的是徐渭。徐渭是明中葉以後文藝領域裡新思潮的先驅之一，他反對模擬，提倡獨創，其詩歌奇恣，文亦縱肆，雜劇《四聲猿》更是「天地間一種奇絕文字」（王驥德《曲律》卷四）。他的門人史槃（字叔考）、王驥德（字伯良）在戲曲方面也頗有成就。但徐渭科舉屢試不中，在文壇上受後七子排擠，在當時也沒有地位。公安派袁宏道為徐渭作傳，首先給予高度評價。黃宗羲對此深表贊同，並進而提出，即使沒有袁宏道的鼓吹，徐渭的聲名也不會長久被埋沒。在這首詩中，黃宗羲對於徐渭這位文壇前輩再次表示崇高敬意，對於他的成就和影響給予了充分的肯定。這一總結，對於正確認識明代文學、戲曲發展的歷史，具有重要的意義。

聽唱《牡丹亭》

掩窗試按《牡丹亭》①，不比紅牙鬧賤伶②。鶯隔花間還歷歷③，蕉抽雪底自惺惺④。
遠山時閣三更雨⑤，冷骨難銷一線靈⑥。卻為情深每入破⑦，等閒難與俗人聽⑧。

（《南雷詩曆》卷四，四部叢刊初編本）

【注釋】

①按：此處指依譜歌唱。

②紅牙：檀木製的拍板，用以調節樂曲的節拍。

③歷歷：同「嚦嚦」，形容鳥類清脆的叫聲。

④自惺惺：成語說「惺惺相惜」，「自惺惺」即自我珍惜之意。本句作者原注：「臧晉叔改《牡丹》詞，若士有詩：『總饒割就時人景，卻愧王維舊雪圖。』圖乃《雪裡芭蕉》也。」

⑤遠山：指女子的眉毛。閣雨：指眼眶裡含著淚水。

⑥「冷骨」句：指杜麗娘死後，追求幸福愛情的一點真情卻不泯滅。

⑦入破：唐宋大曲專用語。大曲每套都有十餘遍，歸入散序、中序、破三大段。入破即為破這一段的第一遍。唐白居易〈臥聽法曲霓裳〉詩：「朦朧閒夢初成後，宛轉柔聲入破時。」《新唐書・五行志二》：「至其曲遍繁聲，皆謂之『入破』……破者，蓋破碎云。」吳熊和《唐宋詞通論・詞調》：「中序多慢拍，入破以後則節奏加快，轉為快拍。」

⑧等閒：輕易。

【簡析】本詩作於清康熙二十五年（一六八六）農曆八月十八日，詩人時年七十七歲。「蕉抽雪底自惺惺」，贊同湯顯祖本人的意見，表示對《牡丹亭》獨特藝術情趣的理解。「冷骨難銷一線靈」，正是湯顯祖《牡丹亭・題詞》「情不知所起，一往而深。生者可以死，死可以生。生而不可與死，死而不可復生者，皆非情之至者」之意。這正是《牡丹亭》一劇的靈魂。

偶書（六首選一）

諸公說性不分明，玉茗翻為兒女情①。不道象賢參不透②，欲將一火蓋平生③。○「玉茗堂四夢」以外，又有他劇，為其子開遠燒卻。

（《南雷詩曆》卷四，四部叢刊初編本）

【注釋】

① 「諸公」二句：程朱理學講「性」，講「理」，湯顯祖不講「性」，不講「理」，而講「情」，包括男女之間純真的愛情。湯顯祖同時人陳繼儒《批點牡丹亭・題詞》記述：「張新建相國（即張位，江西新建人，湯顯祖的老師）嘗語湯臨川云：『以君之辯才，握麈而登皋比，何渠出濂洛關閩（按指周敦頤、程顥、程頤、張載、朱熹）下？而逗漏於碧簫紅牙間，將無為青青子衿所笑？』臨川曰：『某與吾師終日共講學，而人不解也。師講性，某講情。』張公無以應。」

② 不道：不料，想不到。象賢：本言後嗣子孫能像先賢，後來成為稱美父子事業相承的套語。此處指湯顯祖的次子湯開遠。參：參禪。佛教語。玄思冥想，探究真理。

③ 「欲將」句：作者原注：「『玉茗堂四夢』以外，又有他劇，為其子開遠燒卻。」

【簡析】本詩作於康熙二十七年（一六八八）十一月，詩人七十九歲。詩的前二句說湯顯祖《牡丹亭》的主旨是寫「情」，與當時袞袞諸公大談其「性」是對立的。後二句寫湯顯祖「『玉茗堂四夢』以外，又有他劇，為其子開遠燒卻」，與錢謙益《列朝詩集小傳・湯遂昌顯祖》所說「開遠好講學，取義仍續成《紫簫》殘本及詞曲未行者，悉焚棄之」可以相互印證，表達出一種惋惜之情。總之，此詩體現出作者對湯顯祖的深刻理解同情，實可以稱為湯顯祖的知音。

朱一是（一六一〇——一六七一）

朱一是，字近修，號欠庵，晚號涪溪下農，浙江海寧人。明崇禎十五年（一六四二）舉人。學識淵博，交遊廣闊，早年名重復社。曾從吳偉業學，頗得賞識。時值明清之際，文人紛紛結社，海寧尤盛。他在杭與陸圻主辦登樓社，在海寧與范驤等創辦觀社，並參與濮溪社、臨雲社的建立事宜。明亡後，浪跡江湖，守志不仕，以授徒、著述自娛。有《為可堂文集》、《為可堂詩集》、《梅里詞》。

御街行・聽彈箏吹笛，與查伊璜、嚴修人論曲調新舊①

錦堂春暖歌紅袖②。輕按拍、紅牙湊③。疾徐哀響出涼州④，怕聽繁弦終奏。何人訂誤⑤，周郎年少⑥，又是山松授⑦。

挑燈洗爵移籩豆⑧。重抵掌⑨、黃昏後。延年變調幾千秋⑩，曲譜時時翻舊。當年子尚⑪，風流已逝，莫向朱生扣⑫。○子尚，朱姓，蕭齊善歌者。

（《全明詞》第五冊，北京：中華書局，二〇〇四年版）

【注釋】

① 查伊璜：查繼佐（一六〇一——一六七七），字伊璜，浙江海寧人。崇禎時舉於鄉，明亡後不復出。作有雜劇《續西廂》，傳奇《三報恩》等五種。其家伶為當時著名的家樂。嚴修人：嚴允肇，字修人，號石樵，浙江歸安人。順治十五年（一六五八）進士，官壽光知縣。有《宜雅堂集》。

② 紅袖：婦女的紅色衣袖，也代指美女。

③ 紅牙：檀木製的拍板，用以調節樂曲的節拍。

④ 涼州：〈涼州曲〉，樂府近代曲名，屬宮調曲。原是涼州一帶的地方歌曲，唐開元中由西涼府都督郭知運進。《新唐書・禮樂志十二》：「〈涼州曲〉，本西涼所獻也，其聲本宮調，有大遍、小遍。貞元初，樂工康崑崙寓其聲於琵琶，奏於玉宸殿，因號《玉宸宮調》。」參閱宋・王灼《碧雞漫志》卷三。

⑤ 訂誤：糾正唱曲的錯誤。

⑥ 周郎：周瑜。《三國志・吳志・周瑜傳》：「瑜少精意於音樂，雖三爵之後，其有闕誤，瑜必知之，知之必顧，故時人謠曰：『曲有誤，周郎顧。』」

⑦ 山松：袁崧（？—四〇一），一作袁山松，字橋孫，陳郡陽夏（今河南太康）人。博學有文章，任吳郡（今蘇州）太守。擅長音樂，其歌〈行路難〉，聽者無不落淚，與羊曇之唱樂、桓伊之挽歌，並稱「三絕」。

⑧洗爵：周時禮制，主人敬灑，取几上之杯先洗一下，再斟酒獻客，客人回敬主人，也是如此操作。爵：古酒器，青銅製。籩（音邊）豆：古代祭祀及宴會時常用的兩種禮器。竹製為籩，木製為豆。

⑨抵（音紙）掌：擊掌，表示高興。

⑩李延年，西漢音樂家，生年不詳。漢武帝寵妃李夫人的哥哥。李延年原本因犯法而受到腐刑，負責飼養宮中的狗，後因擅長音律，故頗得武帝喜愛。一日為武帝獻歌：「北方有佳人，絕世而獨立，一顧傾人城，再顧傾人國。寧不知傾城與傾國，佳人難再得。」李延年的妹妹由此入宮，稱李夫人。後因李夫人生下了昌邑王劉髆，李延年也得以被封「協律都尉」，負責管理皇宮的樂器。

⑪子尚：朱子尚，南齊歌者。《樂府詩集》卷四十六《讀曲歌八十九首》：「南齊時，朱碩仙善歌吳聲《讀曲》。武帝出遊鍾山，幸何美人墓。碩仙歌曰：『一憶所歡時，緣山破芿荏。山神感儂意，磐石銳鋒動。』。帝神色不悅，曰：『小人不遜，弄我。』時朱子尚亦善歌，復為一曲云：『暖暖日欲冥，觀騎立踟躕。太陽猶尚可，且願停須臾。』於是俱蒙厚賚。」

⑫扣：同叩，詢問。

【簡析】隨著崑曲的廣泛流行，談論曲調也成了一件風流雅事。查繼佐、嚴允肇、朱一是均為浙江人，都是崑曲的知音，因此聆聽彈箏吹笛之時，在一起議論曲調新舊，暢談甚歡。詞中提及的周瑜、袁崧，是古代文人知音者；李延年、朱子尚，是古代樂師。談論曲調淵源，不能離開他們。最後三句，朱一是開了一個玩笑：朱子尚是音樂家，我這個姓朱的卻不是，對於曲調問題我一點不懂，請諸君不要問我。

李漁（一六一一——一六八五）

李漁，字笠鴻、謫凡，號笠翁，浙江蘭溪人。少年遊歷四方，交結名士。晚年由南京遷居杭州。有才子之譽，世稱李十郎。善為通俗文學，所著戲曲小說特多。家設戲班，常往各地達官貴人門下演出。所作傳奇有《比目魚》、《風箏誤》等十種，均存，合稱《笠翁十種曲》。另有短篇小說集《十二樓》。詩文集名《笠翁一家言》，其中《閒情偶寄》中的《詞曲部》、《聲容部》、《演習部》是中國古代最有系統的戲曲理論著作，後人輯為《李笠翁曲話》。

予改《琵琶》、《明珠》、《南西廂》諸舊劇①，變陳為新，兼正其失。同人觀之，多蒙見許。因呈以詩，所云為知者道也

我本他山石，匪玉能玉攻②。當世忌鑿枘③，古人資磨礱④。
稍為效一得⑤，敢曰睛點龍⑥。但覺微翳去⑦，青天益穹窿⑧。
我亦多撰著，瑕瑜互相蒙⑨。焉得千載後，再生狂笠翁。
一一施針砭⑩，啟我地下聾。聖賢重三益⑪，何必曾相逢。

（《笠翁詩集》卷一，清康熙間刻本）

【注釋】

①《琵琶》：元・高則誠所作傳奇《琵琶記》。《南西廂》：明・李日華所作傳奇《南調西廂記》，據王實甫雜劇《西廂記》改編，因用南曲演唱，故稱《南西廂》。

②「我本」二句：作者以「他山石」自謙，說自己只不過像一塊石頭，但可以用來琢磨美玉。《詩・小雅・鶴鳴》：「他山之石，可以攻玉。」攻：琢磨。

③鑿枘（音蕊）：以方榫頭插入圓卯眼，比喻不相容。鑿：卯眼。枘：榫頭。宋玉〈九辯〉：「圓鑿而方枘兮，吾固知其鉏鋙而難入。」

④磨礱：磨擦。比喻鍛鍊、鑽研。陸游〈示友〉：「學問更當窮廣大，友朋誰與共磨礱。」以上二句說，批評當世劇作恐怕人家不能接受，於是就拿古人的劇作來進行琢磨。

⑤一得：一點心得，一點可取之處，謙辭。《史記・淮陰侯列傳》：「智者千慮，必有一失；愚者千慮，必有一得。」

⑥睛點龍：唐・張彥遠《歷代名畫記》：「（梁）武帝崇飾佛寺，多命（張）僧繇畫之。……金陵安樂寺四白龍，不點眼睛，每云：『點睛即飛去。』人以為妄誕，固請點之。須臾雷電破壁，兩龍乘雲騰去上天，二龍未點眼者見在。」後比喻在詩文中以一二精闢詞句點明要旨。

⑦微翳（音義）：微小的遮蔽物。這裡指微小的缺點。

⑧穹窿：物狀中高而周下垂。南朝梁・蕭綱〈京洛篇〉：「重門遠照耀，天閣複穹窿。」以上二句說糾正了微小的缺點，作品就顯得更加完美，正如去掉塵埃，天空更加明朗一樣。

⑨瑕瑜互相蒙：即瑕瑜互見，優點、缺點摻相在一起。瑕：玉的斑點。瑜：美。

⑩針砭：以石針刺穴位治病，後多指規勸告誡。

⑪三益：三種有益的朋友。《論語・季氏》：「益者三友，……友直，友諒，友多聞，益矣。」意謂同正直的人交朋友，同誠實的人交朋友，同見聞廣博的人交朋友，是有益的。

【簡析】李漁認為《琵琶記》、《明珠記》、《南西廂》都是好戲，但也有不夠嚴密或不完全適合舞臺演出的地方，因此對它們進行了改編。李漁的改編是否成功，姑置不論。但他不迷信前人，認為不論是前人的劇作，還是他李漁本人的作品，都可以批評。這種坦率真誠的批評風氣，精益求精的創作態度，對於戲劇藝術的發展無疑是有益的。李漁在詩中說他不敢批評當代人的戲劇，其實也不盡然，比如他就曾經對尤侗的劇作提過意見，並無什麼顧忌。

次韻和婁鏡湖使君顧曲（二首選一）

莫作人間韻事誇①，立錐無地始浮家②。製成小曲慚〈巴里〉③，折得微紅異舜華④。

檀板接來隨按譜，豔妝洗去即漚麻⑤。當筵枉拜纏頭賜⑥，難使飛蓬綴六珈⑦。

（《笠翁詩集》卷二，清康熙間刻本）

【注釋】

①韻事：風雅、高雅的事。

②立錐：比喻極小之地。《呂氏春秋・為欲》：「無立錐之地，至貧也。」浮家：漂泊江湖，四海為家。

③〈巴里〉：〈下里巴人〉。本句說自己所寫皆鄙俗之作。

④舜華：即木槿花。《詩・鄭風・有女同車》：「有女同車，顏如舜華。」本句說自己創作的劇本不是最出色的。

⑤漚麻：以水浸麻，供紡織。本句說他的家伎除演劇外還要從事家務勞動。

⑥當筵：在筵席上。枉拜：白白領受。

⑦飛蓬：飄蕩無定的蓬草。此處比喻散亂的頭髮。《詩・衛風・伯兮》：「自伯之東，首如飛蓬。」六珈：古代婦女髮簪上所加的金玉裝飾物。《詩・鄘風・君子偕老》：「副笄六珈。」此句說自己家伎的表演當不得如此豐厚的賞賜。

【簡析】李漁在本詩中說，帶著家庭戲班浪跡江湖，不能看作「人間韻事」，只不過是一種謀生的手段而已。閱讀這首詩，可以幫助我們全面理解李漁其人及其戲劇活動。

虎丘千人石上聽曲四首

其一

曲到千人石，惟宜識者聽。若逢門外客①，翻著耳中釘②。

【注釋】

①門外客：猶言門外漢。

②「翻著」句：反而像耳中釘釘那樣感覺刺耳。

【簡析】李漁這四首五言絕句，描繪的是每年中秋節蘇州虎丘千人石上的賽曲大會。將本篇與袁宏道的〈虎丘〉、張岱的〈虎丘中秋夜〉、鄒迪光的〈八月十五夜虎丘坐月〉等篇參看，可見賽曲大會自明入清，歷久而不衰。這第一首說，到千人石上來賽唱的崑曲都是非常高雅的，只有知音才能賞識，門外漢聽了反而會不舒服。

其二

並無梁可繞①，祇有雲堪遏②。唱與月中聽，嫦娥應咄咄③。

【注釋】

①梁可繞：用「餘音繞梁」典故。

②雲堪遏：用「響遏行雲」典故。

③咄（音多）咄：感歎。

【簡析】這首說，千人石上的演唱真可以響遏行雲，令月中的嫦娥也驚歎不已。

其三

堂中十分曲，野外祇三分。空聽猶如此①，深歌那得聞②。

【注釋】

①空聽：在曠野聽清唱表演。

②深歌：在深宅大院的廳堂裡面表演的戲曲。

【簡析】野外演唱由於場地空曠，效果不是太好。儘管如此，已經令人如醉如癡。那麼在正式舞臺上演出的效果會好到何等地步，只能由讀者自己去想像了。

其四

一贊一回好，一字一聲血①。幾令善歌人，唱殺虎丘月②。

（《笠翁詩集》卷三，清康熙間刻本）

【注釋】

①「一字」句：形容曲唱得聲情並茂，字字催人淚下。

②「唱殺（音薩）」句：唱得虎丘月都失去了光輝。殺，暗淡貌。《史記・倉公傳》：「故傷脾之色也，望之殺然黃。」

【簡析】唱者聲情並茂，聽者贊聲不絕。正是演員與聽眾這樣熱烈的感情交流，使得全場籠罩在一片濃郁的藝術氣氛中。

四方諸友書來，無不訊及新製填詞者①，不能盡答，二詩共之

其一

熱鬧場中嘆水難②，祇宜初夢到邯鄲③。近詞頗似西湖月④，縱好誰人耐冷看⑤。

【注釋】

① 填詞：即製曲，創作劇本。
② 噀（音訊）：噴水，意謂冷水澆背，使人清醒。
③ 初夢到邯鄲：用邯鄲夢典故。
④ 近詞：近來的劇作。
⑤ 冷看：冷冷清清地觀賞。

【簡析】這兩首詩都是談戲劇排場冷熱的問題。李漁在《閒情偶寄》中說過：「今人之所尚，時優之所習，皆在熱鬧二字。」「戲文太冷，詞曲太雅，原足令人生倦。」他認為應當考慮觀眾的這種心理，否則劇本文詞再美，也只像冷冷清清地觀賞西湖之月，不能激發觀眾的興趣。

其二

〈白雪〉、〈陽春〉世所嗔①，滿場洗耳聽〈巴人〉②。調高猶喜非春雪③，冷熱同觀但未勻④。

（《笠翁詩集》卷三，清康熙間刻本）

【注釋】

① 〈白雪〉、〈陽春〉：古時雅調。宋玉〈對楚王問〉：「其為〈陽阿〉、〈薤露〉，國中屬而和者數百人，其為〈陽春〉、〈白雪〉，國中屬而和者不過數十人而已。」嗔：怒，生氣。

② 〈巴人〉：即〈下里巴人〉，古時俗調。宋玉〈對楚王問〉：「客有歌於郢中者，其始曰〈下里巴人〉，國中屬而和者數千人。」

③ 調高：曲調高雅。

④ 冷熱：戲曲術語，冷即排場冷靜，熱即排場熱鬧。

【簡析】李漁主張戲劇排場要「熱」一點，但他對「冷」也並非一概排斥。他認為戲劇應當是〈陽春〉、〈白雪〉與〈下里巴人〉的統一，應當創造出「冷中有熱」、「雅中有俗」的藝術境界，以便「冷熱同觀」，滿足不同層次觀眾的不同審美需求。這種意見是深得戲劇創作三昧的藝術家的甘苦之言，相當辯證，也是切中當時戲劇創作與表演的弊病的。所以尤侗評本詩說：「今人閱傳奇，止以冷熱辨優劣，即元人復出，安所用之！讀此為之三歎。」

端陽前五日尤展成、余淡心、宋淡仙諸子集姑蘇寓中觀小鬟演劇①，淡心首唱八絕②，依韻和之，中逸其二（六首選四）

其一

纔上氍毹齒未開③，周郎顧曲眼爭回④。未經出口先成誤，目斷驚魂字不來。

【注釋】

①尤展成：尤侗。余淡心：余懷。宋淡仙：未詳。姑蘇寓：李漁蘇州寓所，在百花巷。小鬟：古時少女把頭髮梳成雙鬟，故稱小鬟。

②首唱：首先賦詩。

③氍毹（音渠書）：一種毛織或毛與其他材料混織的毯子。舊時舞臺演出常鋪紅色氍毹，因以「氍毹」或「紅氍毹」代稱舞臺。

④周郎：周瑜。《三國志・吳志・周瑜傳》：「瑜少精意於音樂，雖三爵之後，其有闕誤，瑜必知之，知之必顧，故時人謠曰：『曲有誤，周郎顧。』」顧曲：欣賞音樂、戲曲。

【簡析】這天小鬟一開始演出就唱錯了，因為在場聽戲的都是行家，怎麼能不緊張呢。

其二

舊曲改充新樂奏，溪毛拾作玳筵張①。全憑小婦斑斕舌②，逗出嘉賓錦繡腸③。

【注釋】

①溪毛：溪邊野菜。語出《左傳・隱公三年》：「苟有明信，澗溪沼沚之毛……可薦於鬼神，可羞於王公。」杜預注：「溪，亦澗也。毛，草也。」辛棄疾〈鷓鴣天・睡起即事〉詞：「呼玉友，薦溪毛，殷勤野老苦相邀。」玳筵：玳瑁筵，席面裝飾高妙華貴，形容筵席至盛至精。

②斑斕舌：形容語言精妙絕倫，這裡兼指唱腔和念白。

③錦繡腸：形容文思優美，詞藻華麗。

【簡析】這首說筵席菜肴不精，演出的也是老的劇目，但家班女伶的唱腔和念白精妙可聽，引得觀劇諸位詩興大發。

其三

響遏行雲事果真①，飛來過曲盡天神②。諦觀不似霓裳舞③，悔殺蓬萊枉駕人④。

【注釋】

① 響遏行雲：《列子・湯問》：「薛譚學謳於秦青，未窮青之技，自謂盡之，遂辭歸。秦青弗止，餞於郊衢，撫節悲歌，聲振林木，響遏行雲。薛譚乃謝求反，終身不敢言歸。」

② 過曲：猶言顧曲，欣賞音樂、戲曲。

③ 霓裳舞：〈霓裳羽衣曲〉又稱〈霓裳羽衣舞〉，一種唐代宮廷樂舞，是唐代歌舞的集大成之作，唐玄宗作曲。安史之亂後失傳。南宋年間，姜夔發現商調〈霓裳曲〉的樂譜十八段，保存在他的《白石道人歌曲》裡。

④ 枉駕：敬辭，屈尊相訪。

【簡析】這首說來訪各位都是尊貴的客人，戲曲的行家，自己的家班演出差強人意，但細細推敲，水平還是不夠的。

其四

更衣正待演無雙①，報道新曦映綠窗②。佳興未闌憎夜短③，教人飲恨撲殘釭④。

（《笠翁詩集》卷三，清康熙間刻本）

【注釋】

①更衣：換裝。無雙：劉無雙，《明珠記》的女主角。

②新曦：曙光。

③闌：盡。

④飲恨：含恨。殘釭：殘燈。

【簡析】本詩作者原注：「是夕演《明珠煎茶》一折，未及終曲而曉。」按《明珠記》中《煎茶》一折，李漁認為多有「疏漏」，因此寫有改本，此次是請尤侗、余懷等一同觀看演出，再做推敲。

端陽後七日，諸君子重集寓齋，備觀新劇。淡心又疊前韻，即席和之（六首選三）

其一

廣席長筵閉復開①，雲車又逐晚風回②。神仙不耐聽凡樂，自挾鈞天小部來③。

【注釋】

① 廣席長筵：多人的筵席。

② 雲車：以雲彩為裝飾花紋的車子。

③ 鈞天：鈞天在古代漢族神話傳說指天之中央。小部：指唐代宮廷中的少年歌舞樂隊。唐・袁郊《甘澤謠・許雲封》：「值梨園法部置小部音聲，凡三十餘人，皆十五以下。」泛指梨園、教坊演劇奏曲。

【簡析】本詩作者原注：「是日淡心攜幼童三人至，亦奏新歌。」可見余懷看了李漁小鬟的演出，意猶未盡，於是又帶了幼童來此演出。

其二

誰家顧曲小周郎，七歲聽歌慧眼張①。隨手拍來檀板合②，數聲驚斷老人腸。

【注釋】

① 慧眼：佛教謂佛眼能看到過去和未來，故稱慧目或慧眼。後泛指敏銳的眼力。

② 檀板：檀木製的拍板。

【簡析】本詩作者原注：「淡心幼子甫七歲，解辨歌聲，以手按板，無不合拍。」余懷之子才七歲就熱愛戲曲，而且知曲到如此程度，可見戲曲藝術在當時流行之廣，影響之深。

其三

忘羞纔覺露天真，鞏不矜持笑有神①。誰是夷光誰嫫姆②，自安常態便宜人③。

（《笠翁詩集》卷三，清康熙間刻本）

【注釋】

① 矜持：拘謹，做作，不自然。

② 夷光：即西施。嫫姆：古代傳說中的醜婦，相傳是黃帝時人，又作「嫫母」。

③ 宜人：合人心意。

【簡析】強調戲曲表演要「天真」、「不矜持」、「自安常態」，認為只有這樣才能給觀眾以美的享受，這是李漁一貫的看法。

風流子・虎丘千人石上贈歌者

一曲清謳石上①，到處箜篌齊放②。思喝采，慮喧嘩，默默低頭相向。早停莫唱③，十萬歌魂齊喪④。

（《耐歌詞》，清康熙間刻本）

【注釋】

① 清謳：清唱。
② 放：放下不彈。
③ 莫唱：不唱。
④ 十萬歌魂。十萬聽歌者的魂。

【簡析】明末人張岱〈虎丘中秋夜〉寫虎丘千人石賽曲：「三鼓，月孤氣肅，人皆寂闃，不雜蚊虻。一夫登場，高坐石上，不簫不拍，聲出如絲，裂石穿雲，串度抑揚，一字一刻，聽者尋入針芥，心血為枯，不敢擊節，唯有點頭。」李漁這首詞所描寫的也正是這種情景。你看，清唱一開始，所有的樂器都停止演奏；觀眾聽到妙處，忍不住要喝采，又怕打斷美妙的歌聲，只好默默低頭諦聽。歌唱早已停止，可是十萬聽眾還像掉了魂似的，完全沉浸在那美妙的境界之中。

花心動・王長安席上觀女樂①

此曲只應天上有②，今日創來人世。聽有餘音，看有餘妍，演處卻全無意。當年作者來場上，描寫出毫端筆底③。雖愛飲，只愁忽略，不教沉醉。　我亦逢場作戲。歎院本雖多，歌聲盡沸。曲止聞聲，態不摹情，但使終場而已。焉能他日盡如斯，俾逝者常留生氣④。借君灑，權代古人收淚。

（《耐歌詞》，清康熙間刻本）

【注釋】

① 王長安：拙政園主人王永寧，余懷有〔鷓鴣天〕〈王長安拙政園宴集觀家姬演劇〉。

② 「此曲」句：形容曲子高妙動聽。杜甫〈贈花卿〉：「此曲只應天上有，人間能得幾回聞。」

③ 「當年」二句：由於表演出色，完全反映了劇本的創作意圖。就好像作者親臨舞臺，用他的生花妙筆描繪出來。

④ 俾（音比）：使。按《世說新語・品藻》引庾道季（龢）云：「廉頗、藺相如雖千載上死人，懍懍恆如有生氣。」本句意近此。

【簡析】這是一篇詩化的戲曲表演論。中國古典美學以抒情、表現為特徵，追求「象外之象」「景外之景」、「味外之旨」、「韻外之致」。李漁在戲曲表演領域發展了這一傳統，要求戲曲表演「聽有餘音，看有餘妍」，給觀眾留下豐富的想像餘地。而要達到這種藝術境界，表演起來就必須完全自然、不露痕跡、舉重若輕，即「演處卻全無意」。「意」在「無意」之中，這正是傳神藝術所追求的一種極致。表演就是為了抒情，所以李漁反對「曲止聞聲，態不摹情」的表演。傳神、自然、抒情，達到這些要求，就能把戲演活，「變死音為活曲」（《閒情偶寄・演習部》）。李漁殷切期望生機勃勃的戲曲表演，所以表示了「焉能他日盡如斯，俾逝者常留生氣」的願望。

杜　濬（一六一一——一六八七）

杜濬，字于皇，號茶村，湖北黃岡人。崇禎時太學生。明亡後隱居江寧，家貧常至斷炊。有人欲代為申請免徵「房號銀」，因恥居官紳之列，堅決拒絕。又致書友人，勸勿出仕清廷做「兩截人」。與龔鼎孳、李漁交往密切。詩長於五律，風格渾厚，部分作品流露了眷戀明室的感情。有《變雅堂集》。

看苦戲①

何代傳歌譜②，今宵誤酒杯③。心傷情理絕④，事急鬼神來⑤。
蠟淚寧知苦⑥，雞聲莫漫催⑦。吾生不如戲，垂老未甘回⑧。

（《變雅堂詩集》卷三，清光緒二十年黃岡沈氏刻本）

【注釋】

① 苦戲：略同於今天所說的悲劇。
② 歌譜：指戲曲劇本。
③ 誤酒杯：觀眾被劇中情節所打動，傷感不已，無心飲酒。
④「心傷」句：指劇中人物悲苦的感情心理被表現得維妙維肖，令人歎絕。
⑤「事急」句：說戲劇演到緊張之處，氣氛陰慘，有如鬼神疊現。
⑥ 蠟淚：蠟燭燃燒時滴下的油。古人詩歌中常把蠟淚寫成有感情色彩的，如杜牧〈贈別〉二首之二：「蠟燭有心還惜別，替人垂淚到天明。」寧知苦：哪兒知道苦。
⑦「雞聲」句：儘管天已將明，但觀眾希望雞不要報曉，讓戲繼續演下去。
⑧ 甘回：苦盡甘來。

【簡析】中國古代戲曲理論中對「悲劇」這一概念的表述與西方不同。如李贄稱《琵琶記》「慘殺」，揭示了它的悲劇實質。本詩所寫的「苦戲」，與我們今天所說的「悲劇」意義略同。因此，這首詩對我們瞭解古人的悲劇觀念是有益處的。

杜濬與龔鼎孶（龔詩見後）兩人所談的都是「苦戲」，也就是悲劇。杜詩說，劇中人物悲苦的感情被表現得淋漓盡致，令人黯然神傷；戲劇演到緊張之處，氣氛陰慘，有如鬼神疊現。龔詩則形容戲劇情境由歡突變為悲，彷彿晴天陡降雨雪，又彷彿共工怒而觸不周之山，使得天柱折，地維絕。末句更強調悲劇不僅看的過程中使人驚心動魄，更難得的是看後仍能使人感到如諫果（橄欖）一般回味無窮。可以看出，二人對於悲劇的藝術感覺都是相當準確的。

龔宗伯座中贈優人扮虞姬絕句①

年少當場秋思深②，座中楚客最知音③。八千弟子封侯去④，唯有虞兮不負心⑤。

（《變雅堂詩集》卷五，清光緒二十年黃岡沈氏刻本）

【注釋】

① 宗伯：古代官名，西周置，掌邦禮。後世以大宗伯為禮部尚書的別稱。禮部侍郎稱少宗伯。
② 年少：少年，指扮虞姬的演員。
③ 楚客：作者自稱。
④ 八千子弟：項羽初起兵江東，有八千子弟。這句暗指不少明朝的文臣武將已經投降清朝，以求功名利祿。
⑤ 虞兮：即虞姬。

【簡析】這裡的「龔宗伯」是龔鼎孳，「楚客」是作者自稱。杜濬是湖北黃岡人，是名副其實的「楚客」；楚為漢所滅，所以自稱「楚客」，又有前朝遺民之意。因看戲而嘲笑堂堂鬚眉還不如虞姬這樣一位弱女子，這種話說在明清易代之際，自然是有弦外之音的了。

贈蘇伶王子玠①

分明南去客，忽接北來音。出岫雲俱懶②，登場缽自吟③。
淺夫頻擊節④，識者但觀心⑤。儔輩無消息⑥，春風吹素琴⑦。

（《變雅堂詩集》卷七，清光緒二十年黃岡沈氏刻本）

【注釋】

① 王子玠：即王紫稼。

② 岫（音秀）：山洞。陶淵明〈歸去來辭〉：「雲無心以出岫。」

③ 缽：銅缽。南齊．蕭文琰與丘令鍇、江洪等共打銅缽立韻，擊缽音止，詩即成。見《南史．王僧儒傳》。

④ 「淺夫」句：說欣賞水平不高的人只知道欣賞音律之美。擊節：以手拍節表示激賞。

⑤ 「識者」句：說有見識的人只是體會演員所表現的人物的內在感情。

⑥ 儔（音仇）輩：同輩。

⑦ 素琴：不加裝飾的琴。《晉書．陶潛傳》：「性不解音，而畜素琴一張，弦徽不具，每朋酒之會，則撫而和之，曰：『但識琴中趣，何勞弦上聲！』」

【簡析】戲曲藝術的欣賞，同其他藝術的欣賞一樣，具有不同的層次。「淺夫頻擊節，識者但觀心」二句，說明欣賞戲曲不能只停留在音律的層面上，而要深入體會它的內在感情。這無疑是一種有價值的見解。

黃周星（一六一一—一六八〇）

黃周星，字景虞，號九煙，後變名黃人，字略似。湖南湘潭人，一說江蘇南京人。明亡不仕，往來吳越間，以教經糊口。清康熙十九年（一六八〇）農曆五月初五日投水死。工詩，著有《九煙詩抄》、傳奇《人天樂》、雜劇《惜花報》、《試官述懷》和曲論《製曲枝語》。

擬作雜劇四種①

美人才子與英雄，更著神仙四座中。演作傳奇隨意唱，柳枝風月大江東②。

（《續本事詩》卷七，清光緒十四年邵武徐氏刻本）

【注釋】

① 作者擬作雜劇哪四種，不得而知，從詩的內容看，似是美人、才子、英雄、神仙各一種。作者〈製曲枝語〉謂已「忽忽至六旬，始思作傳奇。然頗厭其拘苦，屢作屢輟。如是者又數年，今始毅然成《人天樂》一種。……將來尚欲續成數種。」

② 「柳枝」句：指文學作品婉約、豪放兩種不同風格。相傳蘇軾曾問歌者：「吾詞比柳（永）詞何如？」對曰：「柳郎中詞，只好十七八女孩兒執紅牙拍板，唱『楊柳岸曉風殘月』；學士詞，須關西大漢抱銅琵琶，執鐵綽板，唱『大江東去』。」見宋・俞文豹《吹劍續錄》。

【簡析】本詩作者在〈製曲枝語〉中說：「論曲之妙無他，不過三字盡之，曰『能感人』而已。感人者，喜則欲歌欲舞，悲則欲泣欲訴，怒則欲殺欲割：生趣勃勃，生氣凜凜之謂也。」只要能夠達到這樣的藝術效果，各種不同的藝術風格都是允許的。「柳枝風月」固好，「大江東去」亦佳。而且隨著表現內容的不同，風格也應當各各有異。這種看法是通達的。

冒　襄（一六一一—一六九三）

冒襄，字辟疆，號巢民。如皋（今屬江蘇）人。明崇禎十五年（一六四二）副貢，用臺州推官不就。與方以智、陳貞慧、侯方域並稱「明季四公子」。入清，屢被徵召而不肯出仕。在家築水繪園，交會四方文士。讀書酬唱以終。古文筆調秀逸，詩律深細，葩采灩發。有《巢民詩集》、《文集》、《影梅庵憶語》，另輯有《同人集》。

與其年諸君觀劇，各成六絕句（選一）

最無消息是清音①，竹肉喧闐未易尋②。唱到情來生意思③，一絲嫋嫋碧雲心④。

（《巢民詩集》卷六，清康熙間刻本）

【注釋】

① 無消息：最難尋求，最難達到。
② 竹：管樂。肉：歌聲。泛指音樂。喧闐（音田）：哄鬧聲。
③ 意思：意義，意味。白居易〈送王卿使君赴任蘇州……〉：「鶯入故宮含意思，花迎新使生光彩。」
④ 嫋（音鳥）嫋：聲音回旋不絕，也形容思緒連綿不絕。

【簡析】作者在這首詩裡表述了他對戲曲演唱藝術的看法。他認為戲曲演唱要能感動觀眾，不在於樂器伴奏的熱鬧，而在於演員深入體驗劇中人物的思想感情，並把它完美地表現出來，讓觀眾獲得玩味不盡的審美感受。這和李漁《閒情偶寄》所說的「唱曲宜有曲情」，和俞維琛等《明心鑑》所說的「各聲雖皆從口出，若無心中意，萬不能切也」，是同一意思，不過表達得更為含蓄、更富詩意罷了。

鵲橋仙

重九日登望江樓①，演陽羨萬紅友《空青石》新劇②，老懷棖觸③，倚聲待和④。

樸巢已覆⑤，苔岑遙隔⑥，剩有丹楓堪玩⑦。今朝重上望江樓，悵南北、煙林全換⑧。
尊前新譜⑨，曲終雅奏⑩，一字一聲低按⑪。縱然海水遠連天，抵不得、閒愁一半⑫。

（《全清詞鈔》第一卷，北京：中華書局，一九八二年版）

【注釋】

①重九：農曆九月初九，重陽日。

②萬紅友：萬樹，字紅友、花農，號山翁，陽羨（今江蘇宜興）人。編有《詞律》二十卷，為詞家所重。作有雜劇、傳奇二十餘種。傳奇《空青石》寫鍾青家藏眼病良藥空青石，因此生出種種奇遇，得婚兩佳人。

③棖（音呈）觸：感觸。

④倚聲：填詞。凡填詞多依前人詞調，而詞調是依歌舞的節奏而作的，故稱倚聲。待和：期待別人唱和。

⑤樸巢：築在叢生的樹木上的巢穴。此句喻家園淪落。

⑥苔岑（音層）：長滿青苔的山峰。岑：小而高的山。

⑦玩：玩賞。

⑧煙林：煙霧籠罩的樹林。

⑨尊前：在酒樽之前。指酒筵上。新譜：指《空青石》傳奇。

⑩曲終雅奏：全曲結束時奏出雅聲，言結局之完美。《漢書・司馬相如傳贊》：「猶騁鄭衛之聲，曲終而奏雅。」

⑪低按：低奏。

⑫閒愁：無事愁。這裡隱含國破家亡、山河變異之愁。

【簡析】冒襄是由明入清的人物。本詞寫登樓觀劇，充滿故國滄桑之感。

方　文（一六一二—一六六九）

方文，字爾止，號明農，又號嵞山，安徽桐城人。與復社、幾社諸君子相厚善。明亡，隱居南京，以賣卜為業，與林古度等遺民為詩友。詩文善抒性情，風格樸素無華。錢謙益、施閏章、龔鼎孳輩均推許之。有《嵞山集》、《嵞山續集》。

六聲猿（六首）

昔徐文長作《四聲猿》①，借禰衡諸君之口以洩其胸中不平，真千古絕唱矣。予欲仿其義作《六聲猿》，蓋取宋末遺臣六事演為雜劇。詞曲易工，但音律未諳②，既作復止。先記以詩，俟他日遇知音者始填詞焉③。

其一　謝侍郎建陽賣卜④

骯髒乾坤八尺軀⑤，且將卜肆溷屠沽⑥。當時猶解欽風節⑦，今日程劉輩亦無⑧。

【注釋】

① 徐文長：徐渭。《四聲猿》：徐渭所作雜劇。
② 諳（音安）：熟悉。
③ 俟（音四）：等待。填詞：填入曲詞。
④ 謝侍郎：謝枋得（一二二六—一二八九），宋末信州弋陽人，字君直，號疊山。元兵東下，枋得知信州，力戰兵敗，變姓名入山。元統一後，隱居閩中，薦者不絕。至元二十六年（一二八九），福建行省強之北行，至京不食死。《宋史》有傳。建陽：縣名，屬福建省。賣卜（音補）：替人占卜為生。
⑤ 骯（康上聲）髒：剛直倔強貌。乾坤：天地。
⑥ 卜肆：占卜之市。溷（音混）：混雜。屠沽：屠戶和賣酒者。
⑦ 風節：風骨，氣節。
⑧ 程劉：作者原注：「程文海、劉夢炎也。」程文海，字鉅夫。元世祖時屢遷集賢直學士。曾薦趙孟頫等二十餘人。劉夢炎，應為留夢炎，字漢輔。在宋為狀元、宰相，降元後，官禮部尚書、翰林學士承旨。

其二　家參政河間談經①

平生志業在《春秋》②，說與諸生洙泗流③。吳楚風詩猶不採④，那堪戎索遍神州⑤。

【注釋】

①家參政：家鉉翁，宋眉山（今屬四川省）人。累官端明殿學士，簽書樞密院事。奉命使元，被押於館。聞宋亡，旦夕哭涕不食。元欲官之，不受。改館河間，以《春秋》教授弟子，論宋之興亡，或流涕太息。後放還，賜金帛，皆不受。卒於家。河間：宋縣名，今屬河北省。

②志業：志向，事業。《春秋》：古編年體史書，相傳孔子據魯史修訂而成，為儒家經典之一。

③涕泗：眼淚和鼻涕。

④吳楚：古代的吳國和楚國，指長江南北，即南宋故土。古代有採集風詩（民間歌謠）的制度，風詩不採，謂文化受到摧殘。

⑤戎索：戎人之法，指元人之法。戎，古代泛指中國西部少數民族。

其三　唐玉潛冬青記骨①

鳳巢龍穴不成棲②，玉匣珠襦踏作泥③。唯有年年寒食節④，冬青樹下杜鵑啼。

【注釋】

①玉潛：唐玨，字玉潛，會稽山陰（今浙江紹興）人。家貧，聚徒授經。元世祖至元十五年（一二七八），總江南浮屠者楊璉真珈率人發掘宋皇陵，攫取珠玉，斷殘肢體，焚其肉，棄骨於草莽。唐玨聞之悲憤，賣家具、借貸得金，與里人密掩之，上植冬青以為記。事見元·陶宗儀《南村輟耕錄》。

②鳳巢龍穴：指宋皇室陵寢。

③玉匣（音狹）：盛玉之盒。珠襦（音如）：用珠綴串而成的短衣。

④寒食節：在農曆清明前一或二日。相傳春秋時晉國介之推輔佐重耳（晉文公）回國後，隱於山中，重耳燒山逼之出，之推與母抱樹而死。文公為悼念他，禁止在之推死日生火煮食，只吃冷食。以後相沿成俗，叫做寒食禁火。

其四　鄭所南鐵函藏書①

吳門春草綠參差，枯井藏書那得知。三百餘年書始出，中原又似畫蘭時②。

【注釋】

① 鄭所南：鄭思肖（一二四一—一三一八），字所南，宋連江（今屬福建省）人。宋亡，隱居吳下，自稱三外隱人。與朝客交往，坐必南向。著《心史》七卷，記宋亡諸事，以鐵函封之，藏於蘇州承天寺井中，至明崇禎十一年（一六三八）始發現而流傳。或疑為後人偽託。

② 畫蘭：鄭思肖善畫蘭。宋亡後所畫之蘭，皆不畫土根，人問之，泫然曰：「地已為人奪去矣！」

其五　王炎午生祭文相①

文相精忠泣鬼神②，當年猶有見疑人③。可知盡節唯應死④，才說權宜便不真⑤。

【注釋】

① 王炎午：南宋末愛國者，廬陵（今江西吉安）人。咸淳間補太學生。元兵攻陷臨安時，為文天祥幕賓，傾其家資，全力抗戰。不久，因母病歸。文天祥被俘，他作生祭文，勉勵其以身殉國。

② 精忠：赤誠的忠心。

③ 見疑：懷疑。

④ 盡節：盡心竭力，保全節操。

⑤ 權宜：變通的措施，隨時勢而採取的適宜辦法。

其六　謝皋羽慟哭西臺①

嚴子灘頭風雪飄②，生芻一束薊門遙③。傷心豈獨悲柴市④，萬古厓山恨不銷⑤。

（《嵞山集》卷十二，清康熙二十八年王概刻本）

【注釋】

① 謝皋羽：謝翱（一二四九—一二九五），字皋羽，自號晞髮子，宋長溪（今福建霞浦）人。嘗為文天祥諮事參軍，後別去。天祥死，翱悲痛不已，行至浙水東，設天祥神主於嚴子陵釣臺（即西臺）以祭，並作〈楚歌〉以招之。事後又作〈登西臺慟哭記〉。翱卒，葬於子陵臺。

② 嚴子灘：後漢・嚴光（子陵）隱於浙江富春江，後人名其處曰嚴陵瀨，也稱嚴子灘。

③ 生芻（音除）：新割的青草。《後漢書・徐稚傳》：「林宗（郭泰）有母憂，稚往弔之，置生芻一束於廬前而去。」後世因稱弔喪禮物為生芻。薊（音記）門：即薊丘，元大都（今北京）地名。元大都八景中即有「薊門煙樹」一景。此處代指大都。

④ 柴市：大都街市名，文天祥就義處。

⑤ 厓（音牙）山：山名，也稱厓門山，在廣東新會南大海中。宋紹興中置厓山寨。是扼守南海的門戶。宋末為抗元的最後據點。宋祥興二年（一二七九）宋軍戰敗，陸秀夫負少帝於此沉海。

【簡析】「巴東三峽巫峽長，猿鳴三聲淚沾裳！」徐渭的雜劇《四聲猿》即取此義，通過對禰衡等人物事蹟的描寫，以抒發自己胸中的不平。方文這一組詩作於清世祖順治七年（一六五〇）。作者親身經歷國破家亡的滄桑巨變，其悲憤更甚於徐渭，所以擬作《六聲猿》以寄託哀思。他擬作的六出雜劇分別是：《謝侍郎建陽賣卜》，寫謝枋得誓不仕元，絕食而死事；《家參政河間談經》，寫家鉉翁誓不仕元，以《春秋》教授弟子事；《唐玉潛冬青記骨》，寫義士唐玨變賣家產，掩埋南宋帝后骸骨事；《鄭所南鐵函藏書》，寫鄭思肖隱居吳下，著《心史》事；《王炎午生祭文相》，寫文天祥幕賓王炎午作生祭文，勉勵文天祥以身殉皋國事；《謝皋羽慟哭西臺》，寫謝翱於嚴子陵釣臺祭文天祥事。方文選擇的六劇主人公，都是宋元易代之際堅持民族氣節的人物，這正是他自己人格的寫照。

廣陵一貴家宴客①，伶人呈劇目，首坐者點《萬年歡》②。予大呼曰：「不可！豈有使祖宗立於堂下而我輩坐觀者乎？」主人重違客意③，予即奮袖而起曰：「吾寧先去，留此一線於天地間！」王貽上拊几曰④：「壯哉，遺民也⑤！」遂改他劇（二首選一）

〈黍離〉、〈麥秀〉尚消魂⑥，何況威儀儼至尊⑦。莫道人心盡澌滅⑧，也留一線在乾坤。

（《嵞山續集》卷五，清康熙二十八年王概刻本）

【注釋】

① 廣陵：江蘇揚州。

② 《萬年歡》：即《玉搔頭》，李漁所作傳奇，講明武宗與劉倩倩、范淑芳的姻緣故事，為《笠翁十種曲》之一。

③ 重違：難以違背。

④ 王貽上：清初詩人王士禛（一六三四—一七一一），字貽上。拊（音府）几：拍案。

⑤ 遺民：此處指改朝換代後不仕新朝的人。

⑥ 〈黍離〉：《詩・王風》有〈黍離〉篇，《詩・序》謂西周亡後，周大夫過故宗廟宮室，盡為禾黍，彷徨不忍去，乃作此詩。〈麥秀〉：箕子朝周，過故殷墟，感宮室毀壞，生禾黍，心傷之，因作〈麥秀〉之詩歌之，見《史記・宋微子世家》。二者皆感慨亡國、觸景生情之詞。

⑦ 威儀：莊嚴的容貌舉止。至尊：帝王。此處當指《萬年歡》劇中有明朝皇帝形象出現。

⑧ 澌（音斯）滅：滅盡。

【簡析】本詩作於康熙元年（一六六二）。上年，吳三桂執殺南明最後一個皇帝永曆帝。本年，李定國卒於軍中，明亡。但人們的故國之思並沒有完全消逝。方文不忍觀看有明代皇帝形象出現的戲劇表演，就反映了他在這一特定時期的特定感情。

周亮工（一六一二—一六七二）

周亮工，字元亮，一字緘齋，又號櫟園，河南祥符（今開封）人。明崇禎十三年（一六四〇）進士，官御史。降清後曾任福建左布政使、戶部右侍部。工古文詞，一稟秦漢風骨，喜為詩，宗仰少陵。有《賴古堂集》和筆記《因樹屋書影》。

章丘追懷李中麓前輩①（四首選二）

其一

焉文閣裡舊詞魔②，自說聞聲泣下多。鵾管檀槽明月夜③，百年猶按奉常歌④。

【注釋】

① 章丘：山東省章丘縣。李中麓：即李開先。

② 焉文閣：李開先閣名。詞魔：對戲曲出奇地熱愛的人。

③ 檀槽：按本句見李開先《詞謔·詞樂》：「濟南胡春，無論其彈唱，只以鵾管作笛，有穿雲裂石之聲，名為『欺壓樂官』，素長於竹聲者；唯旁觀歎羨而已。」

④ 奉常，官名，漢景帝以後改名太常，掌宗廟禮儀。李開先官至太常寺少卿。

【簡析】本篇作者原注：「公以焉文名閣，常言演自作劇，客無不泣下沾襟。」又注：胡春的彈唱藝術，「予過章丘，猶見有為此技者」。可見李開先戲曲的感人力量及其深遠影響。

其二

憑教一笑散窮愁，小令元家字字搜①。南客不知宮調好②，虞山近始豔章丘③。

（《續本事詩》卷九，清光緒十四年邵武徐氏刻本）

【注釋】

① 小令元家：猶言元人小令，此處泛指元代戲曲與散曲。
② 南客：南方人。宮調：曲調的總稱。「宮調好」指李開先對戲曲藝術的造詣。
③ 虞山：指錢謙益，他是虞山（江蘇常熟）人。豔：羨慕。章丘：指李開先。

【簡析】本篇作者原注：「公所著雜劇如《園林午夢》類，總名曰《一笑散》。公所藏元人曲有百十種，如馬東籬、白仁甫諸曲，皆手自改訂付梓。又最喜張小山、喬夢符小令，專刻以行。公名噪於北，江以南猶不深知。近虞山刻《列朝詩選》，始為闡揚，《小傳》頗悉公生平。」李開先對元曲有廣泛的收藏和深入的研究，這對他的戲曲創作產生了有益的影響。

曹　溶（一六一三—一六八五）

曹溶，字潔躬，號秋岳，一號倦圃，浙江秀水人。明崇禎十年（一六三七）進士。官御史。入清歷官戶部侍郎，降廣東布政使，再降山西陽和道。溶工詩，與龔鼎孶、冒襄等友善。有《靜惕堂集》。

令昭水部招同百史、豈凡兩少宰，芝麓奉常、孝緒太史、雪航侍御，爾唯、舒章兩中翰①，演自度《西樓》曲②，即席賦二首（選一）

油碧簾深步障圍③，客中嘉會綏思歸。填詞白紵喧檀板④，貰酒紅樓出舞衣⑤。
吳國迢遙雲未散，才人彷彿鳳初飛。若非江左知音在⑥，安使當筵誤曲稀⑦。

（《靜惕堂集》卷三十，清雍正三年李維鈞刻本）

【注釋】

①令昭：袁于令（一五九二—一六七二），江南吳縣（今蘇州）人，原名晉，字令昭，又字蘊玉，號籜庵、幔亭歌者、幔亭仙史、吉衣道人、白賓。人稱梟公。明諸生。降清，任工部虞衡司主事、營繕司員外郎等職。曾

為蘇州士紳代寫降表進呈，順治五年（一六四八）升任荊州知府。順治十年（一六五三）被參罷官，僑寓江寧，後寄居會稽，落魄以終。精詞曲、音律。有《西樓記》、《金鎖記》、《長生樂》、《玉麟符》、《瑞玉記》等傳奇。水部：工部司官的一般稱呼。百史：陳名夏（一六〇一—一六五四），字百史，溧陽（今屬江蘇）人，降清後任吏部左侍郎。金之俊（一五九三—一六七〇），字豈凡，吳江（今屬江蘇）人，降清後任兵部右侍郎。少宰，明清為吏部侍郎的俗稱。芝麓：龔鼎孳（一六一六—一六七三），字孝升，號芝麓，合肥（今屬安徽）人。降清後任太常寺少卿。奉常：太常寺卿。孝緒：胡統虞（一六〇四—一六五二），字孝緒，武陵（今屬湖南）人。降清後，歷官國子監祭酒、祕書院學士等職，故稱太史。雪航：周愷（生卒年不詳），號雪航，常熟（今屬江蘇）人，畫家。侍御：唐代稱殿中侍御史、監察御史。爾唯：張學曾（生卒年不詳），字爾唯，山陰（今浙江紹興）人，以副車官中書，曾任蘇州知府。舒章：李雯（一六〇八—一六四七），字舒章，華亭（今上海松江）人。入清官中書舍人。

② 《西樓》：袁于令所作傳奇《西樓記》。

③ 步障：用以遮蔽風塵或視線的一種屏幕。曹植〈妾薄命〉詩之二：「華燈步障舒光，皎若日出扶桑。」

④ 白紵：樂府吳舞曲名。鮑照〈白紵歌〉之五：「古稱〈淥水〉今〈白紵〉，催弦急管為君舞。」《新唐書・禮樂志下》：「清樂三十二曲中有〈白紵〉，吳舞也。」

⑤ 「貰酒」句：用唐代詩人王昌齡、高適、王之渙旗亭賭勝典故。貰（音世）：賒欠。

⑥ 江左：古時在地理上以東，為左，江左也叫江東，指長江下游南岸地區，也指東晉、宋、齊、梁、陳各朝統治的全部地區。

⑦ 「安使」句：用周郎顧曲典故。《三國志・吳志・周瑜傳》：「瑜少精意於音樂，雖三爵之後，其有闕誤，瑜必知之，知之必顧，故時人謠曰：『曲有誤，周郎顧。』」顧曲，欣賞音樂。

【簡析】眾多文人聚會，觀看袁于令《西樓記》的演出。出席者多半是江南人，他們不但喜愛崑曲，也是崑曲行家，大家聚在一起，興趣盎然，指指點點，使得這次演出，氛圍極好，水平也非同一般。

宋琬（一六一四—一六七四）

宋琬，字玉叔，號荔裳，萊陽（今屬山東）人。順治四年（一六四七）進士，授戶部主事，累遷吏部郎中，出為隴西道，擢浙江按察使。因山東于七起義，讎家告他有牽連，因此，繫禁三年，幾乎死於獄中。獲釋後，長時期流寓吳、越，康熙十一年起用為四川按察使。次年入京覲見，適逢吳三桂舉兵占領成都，因家屬留蜀，驚悸憂愁去世。宋琬詩在清初頗有名，與施閏章並稱「南施北宋」。有《安雅堂全集》，包括《安雅堂未刻稿》、《入蜀集》、《二鄉亭詞》及雜劇《祭皐陶》等。

滿江紅

鐵崖、顧庵、西樵、雪洲小集寓中[1]，看演《邯鄲夢》傳奇，殆為余五人寫照也[2]。

古陌邯鄲[3]，輪蹄路[4]，紅塵飛漲[5]。恰半晌，盧生醒矣[6]，龜茲無恙[7]。三島神仙遊戲外[8]，百年卿相氍毹上[9]。歎人間、難熟是黃粱[10]，誰能餉[11]。　滄海曲，桃花漾[12]；茅店內，黃雞唱。閱今來古往，一杯新釀[13]。蒲類海邊征伐碣[14]，雲陽市上修羅杖⑮。笑吾儕⑯，半本未收場⑰，如斯狀⑱。

（《國朝名家詩餘・二鄉亭詞》卷下，康熙留松閣刻本）

【注釋】

① 鐵崖：王士譽，字令子，號鐵崖樵人，山東新城人，順治中舉鄉薦，工古文詩畫。顧庵：曹爾堪，字子顧，號顧庵，浙江嘉善人，順治進士，授官翰林院編修，官至侍講學士。西樵：王士祿，字子底，號西樵，山東新城人，順治進士，官吏部員外郎。雪洲：王追騏，號雪洲，湖北黃岡人，順治進士。

② 殆：近，幾乎。

③ 陌（音暮）：街道。

④ 輪蹄：車輪馬蹄。

⑤ 紅塵：飛揚的塵土，形容繁華熱鬧。又佛道等家稱人世為紅塵。此處兼有二義。

⑥ 盧生：《邯鄲夢》的主角。

⑦ 龜（音秋）茲：龜茲騾。《漢書・西域傳》：「龜茲王數來朝賀，樂漢衣服制度，歸其國治宮室，作徼道周衛，出入傳呼撞鐘鼓如漢家儀，外國胡人皆曰：『驢非驢，馬非馬，若龜茲王所謂騾也。』」此處指盧生一夢醒來，他的騾還在吃草。

⑧ 三島：秦人方士稱東海中仙人所居之地，名曰蓬萊、方丈、瀛洲。或曰三神山；因形狀像壺，故又稱三壺。遊戲：遊樂嬉戲。《史記・莊子傳》：「我寧遊戲汙瀆之中自快，無為有國者所羈，終身不仕，以快吾志焉。」

⑨ 卿相：卿與相，都是古代的官名。

⑩ 黃粱：粟的一種。《邯鄲夢》謂盧生一夢醒來而黃粱飯尚未熟。

⑪ 餉（音響）：軍糧，此處作「吃」解。

⑫ 「滄海曲」二句：即滄海變為桑田之意。

⑬ 新釀：新釀之酒。

⑭ 蒲類：漢西域城國名。原為匈奴右部，後屬姑師。漢宣帝神爵二年，破姑師，以其地置蒲類前後等八國。城西北有池，即古蒲類海，唐人亦名婆悉海。在今新疆維吾爾自治區巴里坤哈薩克自治縣境。征伐碣（音接）：記敘戰功的碑。

⑮ 雲陽：秦地名，在雍州雲陽縣西八十里，秦始皇建甘泉宮於此。韓非、李斯先後死於此。後因以雲陽為行刑地之代稱。修羅：阿修羅之簡稱，梵語音譯，古印度神話中惡神名。修羅杖指行刑時差役所用之杖。

⑯ 吾儕（音柴）：我輩。

⑰ 半本未收場：謂半世未過完。

⑱ 斯狀：這樣的情狀。

【**簡析**】宋琬此詞是一首名篇，當時就有很多和作。宋琬仕途多難，又曾受人誣陷而下獄，所以此詞比一般人感慨真摯而且深刻，因此也贏得不少共鳴。

龔鼎孳（一六一五—一六七三）

龔鼎孳，字孝升，號芝麓，祖籍江西臨川，後遷安徽合肥。明崇禎七年（一六三四）進士，在兵科任職，前後彈劾周延儒、陳演、王應熊、陳新甲、呂大器等權臣。明亡後，先降李自成，後降清，官至刑部尚書、兵部尚書、禮部尚書。與杜濬、曹溶等交往。詩與錢謙益、吳偉業並稱「江左三大家」。著有《定山堂集》等等。

觀劇偶感同于皇作①

乾坤同白首，涕淚且深杯。歡入笙簫變，晴看雨雪來②。
盤渦天一折③，裂石鼓三催④。痛久疑忘味，心傷諫果回⑤。

（《定山堂詩集》卷十二，清康熙十五年吳興祚刻本）

【注釋】

① 于皇：杜濬字。
② 雨雪來：古人詩中常以雨雪形容曲調的悲涼。鄭愔〈胡笳詩〉：「曲斷江山月，聲悲雨雪陰。」
③ 盤渦：水流回旋成渦。本句用共工觸不周山故事。《列子・湯問》：「共工氏與顓頊（音專須）爭為帝，怒而觸不周之山，折天柱，絕地維。故天傾西北，日月星辰就焉；地不滿東南，故百川水潦歸焉。」
④ 裂石：形容聲音高亢激揚。常與「穿雲」連用為「穿雲裂石」。
⑤ 諫果：即橄欖。因果味雖澀，但食後回甘，有如忠言逆耳，故名。宋・趙蕃〈倪秀才惠橄欖〉詩二：「直道堪嗟故不容，更持諫果欲誰從。」

【簡析】本詩寫觀劇感受，談的是悲劇。不僅看的時候使人感到驚心動魄，更難得的是看後仍使人回味無窮。聯繫作者的經歷，他的「涕淚」、「心傷」，就更可以理解了。

比較前選杜濬〈看苦戲〉，可以看出兩人所談的都是「苦戲」，也就是悲劇。杜濬詩說，劇中人物悲苦的感情被表現得淋漓盡致，令人黯然神傷；戲劇演到緊張之處，氣氛陰慘，有如鬼神疊現。龔鼎孳此詩則形容戲劇情境由歡突變為悲，彷彿晴天陡降雨雪，又彷彿共工怒而觸不周之山，使得天柱折，地維絕。末句更強調悲劇不僅看的過程中使人驚心動魄，更難得的是看後仍能使人感到如諫果（橄欖）一般回味無窮。可以看出，二人對於悲劇的藝術感覺都是相當準確的。

袁鳧公水部招飲①，演所著《西樓》傳奇②，同秋岳賦③（二首）

其一

鳳管鵾弦奏合圍④，酒場新約醉無歸⑤。可憐薊北紅牙拍⑥，猶唱江南〈金縷衣〉。

詞客幸隨明月在，清歌應遏彩雲飛⑦。上林早得琴心賞，粉黛知音世總稀。

【注釋】

①袁鳧公：明末清初戲曲作家袁晉。

②《西樓》：袁晉所作傳奇《西樓記》，演書生于鵑與妓女穆素徽的愛情故事。

③秋岳：曹溶（一六一三—一六八五），字秋岳，浙江嘉興人。崇禎十年（一六三七）進士。入清，官至戶部侍郎。家富藏書，工詩詞。有《靜惕堂集》。

④鳳管：即笙。合圍：猶言合樂，合奏。

⑤醉無歸：醉了也不歸去。《詩・小雅・湛露》：「厭厭夜飲，不醉無歸。」本句即由此引申而出。

⑥薊北：河北。此處指北京。作者當時與袁晉同在北京。紅牙：檀木製的拍板，用以調節樂曲的節拍。

⑦清歌：清亮的歌聲。遏雲：用「響遏行雲」典故。以上兩句化用晏幾道〈臨江仙〉「當時明月在，曾照彩雲歸」詞句。

其二

寒城客思繞更籌①，夢裡橫塘阻十洲②。一部管簫新解語③，六朝人物舊多愁。
烏棲往事談何綺④，鶯囀當筵滑欲流⑤。落魄信陵心自苦⑥，徵歌莫訝錦纏頭。

（《定山堂詩集》卷十七，清康熙十五年吳興祚刻本）

【注釋】

① 客思（音四）：懷念家鄉的心情。更籌：古代夜間報更的牌。
② 十洲：指祖洲、瀛洲等十洲。傳說都在八方大海中，為神仙居住的地方。以上二句說自己寒夜思鄉，經常徹夜難眠；有時夢見故鄉，但也非常遙遠，不可接近。
③ 解語：能說話，能表達人的心思。
④ 烏棲：南朝古樂府西曲歌名。梁·簡文帝、元帝、陳·徐陵等皆有此作。何綺：何等綺麗。
⑤ 鶯囀：鶯鳴。滑欲流：歌聲圓潤宛轉，彷彿要流動似的。
⑥ 信陵：戰國時魏公子無忌，封信陵君。曾使如姬竊符救趙。後為上將軍，率五國兵，大破秦軍。因功高名盛為魏王所忌，遂稱病不朝，病酒卒。

【簡析】袁晉的《西樓記》是當時舞臺上經常演出的名劇。劇作者親自主持這次演出，說明當時的戲劇創作與舞臺實踐保持著密切的聯繫。本詩作者與袁晉一樣，都是由明入清的人物，因此這兩首詩的重點是抒發由觀劇而引起的思鄉之情和身世之感。

口號四絕贈朱音仙①，為阮懷寧歌者②

其一

江左曾傳〈秋水〉篇③，揚州煙月更堪憐。難呼百子山樵客④，重聽花前《燕子箋》。

【注釋】

① 朱音仙：明末阮大鋮家伶。
② 阮懷寧：阮大鋮。
③ 〈秋水〉：《莊子》篇名。
④ 百子山樵：阮大鋮號。

其二

當筵妙舞復清歌，自愛腰身稱綺羅①。醉後莫談天寶事，新翻樂府已無多。

【注釋】

① 稱（音秤）：相稱。

其三

急管清箏度夜分①，落花聲裡幾回聞②。東風吹別能惆悵，吹送春江一片雲。

【注釋】

①急管清箏：形容樂曲節拍急促，樂聲清爽。夜分：夜半。

②「落花」句：此句暗用杜甫〈江南逢李龜年〉「正是江南好風景，落花時節又逢君」詩意。

其四

萬甲樓船仗水犀①，一軍鶯燕散前溪②。難聞擁髻消魂語③，戰壘蒼茫落日低。

（《定山堂詩集》卷三十六，清康熙十五年吳興祚刻本）

【注釋】

①樓船：有疊層的大船。水犀：犀牛之一種。此處拍用水犀皮製成的甲。

②前溪：溪名，在今浙江德清縣，南朝時江南舞樂多出於此。此處代指江南。以上二句謂南明的軍隊雖有堅固的鐵甲，高大的樓船，但在清軍的攻勢面前，一觸即潰，作鳥獸散。

③擁髻：捧持髮髻。舊題漢・伶玄《趙飛燕外傳》附〈伶玄自敘〉：「通德（伶玄之妾樊通德）占袖，顧視燭影，以手擁髻，淒然泣下，不勝其悲！」

【簡析】本組詩第四首作者原注：「音仙曾供事軍中，談江上情形甚悉。」可見朱音仙直到清兵占領南京，是一直在阮大鋮家班中的，因此成為這一段歷史的見證人之一。阮大鋮家班是明末著名的家樂，張岱《陶庵夢憶》說：「阮圓海家優，講關目，講情理，講筋節，與他班孟浪不同。然其所打院本，又皆主人自製，筆筆勾勒，苦心盡出，與他班鹵莽者又不同。故所搬演，本本出色，腳腳出色，出出出色，句句出色，字字出色。」然而，隨著改朝換代的滄桑巨變，這一切都發生了巨大的變化。正因為如此，這一組詩既反映了劇壇的變遷，又包含了對歷史的反思。

余懷（一六一六—？）

余懷，字淡心，別號曼持老人，福建莆田人，寓居南京。與李漁、尤侗等為友，詩文為王士禛等所推許。才情豔逸，工於詩。有《味外軒文稿》、《研山堂集》、《秋雪詞》及筆記《板橋雜記》等。

李笠翁招飲出家姬演新劇即席分賦（八首選五）

其一

釧動花飛素口開①，狂言忽發紫雲回②。湘簾直下風吹起③，舞出山香薛夜來④。

【注釋】

① 素口：素口蠻腰，樊素與小蠻原為白居易小妾，素善歌，蠻善舞。白居易詩：「櫻桃樊素口，楊柳小蠻腰。」後素口蠻腰作為成語用於形容美貌的女子。

② 紫雲，人名。晚唐時期司徒李聽的歌妓。《本事詩・高逸》記杜牧為御史，分務洛陽，在李聽宴會上詢問紫雲，李指示之。杜凝睇良久曰：「名不虛得，宜以見惠。」李俯而笑。諸妓亦皆回首破顏。杜又自飲三爵，朗吟而起曰：「華堂今日綺筵開，誰喚分司御史來。忽發狂言驚滿座，兩行紅粉一時回。」意氣閒逸，傍若無人。

③ 湘簾：用湘妃竹做的簾子。

④ 薛夜來：魏文帝曹丕的寵姬。原名薛靈芸，常山人，美容貌。魏文帝改其名曰夜來。

【簡析】這一首寫李漁家姬之美，比曹丕寵姬薛夜來、李聽寵姬紫雲毫不遜色。

其二

曲子相公今姓李①，記歌孃子又逢張②。江南紅豆花開後③，一串珍珠壓酒腸④。

【注釋】

①曲子相公：五代晉相和凝，少年時好為曲子詞，布於汴洛。洎入相，專託人收拾焚毀不暇。然相國厚重有德，終為豔詞玷之。契丹人稱其為「曲子相公」。見宋・孫光憲《北夢瑣言》卷六。

②記歌娘子：即記曲娘子。唐大曆中，歌者張紅紅與其父丐食於路，將軍韋青聞其歌喉，納為姬。嘗有樂工撰新聲未進，先印可於青。青潛令紅紅聽於屏後，以小豆數合記其拍。樂工歌罷，青入問，云：「已得矣。」青出云：「有女弟子曾歌此，非新曲也。」即令隔屏風歌之，一聲不失。樂工大驚異。尋達上聽，召入宮，宮中號曰「記曲娘子」。見唐・段安節《樂府雜錄・歌部》。

③紅豆：相思木所結子，大如豌豆，微扁，色鮮紅或半紅半黑。古常以比喻愛情或相思。王維〈相思〉詩：「紅豆生南國，秋來發幾枝。勸君多採擷，此物最相思。」

④酒腸：指酒興。

【簡析】李漁《閒情偶寄・演習・授曲》：「予作一生柳七，交無數周郎，雖未能如『曲子相公』，身都通顯，然論其生平製作，塞滿人間。」本詩第一句指李漁，第二句指李漁家班。余懷、尤侗與李漁常在一起切磋戲曲藝術，本詩就是這種生活的一份紀錄。

其三

紅紅好好又真真①，不數思王賦〈洛神〉②。錦瑟玉笙供奉曲，果然燕趙有佳人③。

【注釋】

①紅紅：張紅紅，唐代歌妓，見《樂府雜錄》。好好：張好好，唐代歌妓，見杜牧〈張好好詩〉。

②不數：不亞於。思王：曹植，封陳思王。〈洛神〉：〈洛神賦〉。

③燕趙有佳人：漢無名氏詩：「燕趙多佳人，美者顏如玉。被服羅裳衣，當戶理清曲。音響一何悲！弦急知柱促。馳情整巾帶，沉吟聊躑躅。思為雙飛燕，銜泥巢君屋。」

【簡析】這一首以「燕趙佳人」稱譽李漁家姬，是兼顧容貌與音樂修養兩個方面。

其四

自斷此生休問天①，蹉跎富貴與神仙。可憐驚破〈霓裳舞〉，落在人間五百年②。

【注釋】

①「自斷」句：杜甫〈曲江三章章五句〉之三：「自斷此生休問天，杜曲幸有桑麻田，故將移往南山邊。短衣匹馬隨李廣，看射猛虎終殘年。」

②「可憐」二句：〈霓裳羽衣曲〉又稱〈霓裳羽衣舞〉，

一種唐代宮廷樂舞，是唐代歌舞的集大成之作，唐玄宗作曲。安史之亂後失傳。南宋年間，姜夔發現商調〈霓裳曲〉的樂譜十八段，保存在他的《白石道人歌曲》裡。

【簡析】這一首說人生在世，有曲可聽，是最大的福氣，更何況是像〈霓裳羽衣曲〉一樣美妙的樂曲呢。

其五

衙城洞裡玉清歸①，結綺樓前試舞衣②。誰擘箜篌誰擫管③？行雲遏住繞梁飛④。

（《續本事詩》卷十一，清光緒十四年邵武徐氏刻本）

【注釋】

①玉清：指仙人。陳士元《名疑》卷四引唐・李冗《獨異志》謂：「梁玉清，織女星侍兒也。秦始皇時，太白星竊玉清逃入衙城小仙洞，十六日不出，天帝怒謫玉清於北斗下。」

②結綺樓：南朝陳後主寵妃張麗華所居。

③擘（音撥）：彈琴弦的指法，用拇指抬弦稱擘，引申為彈奏。箜篌：中國古代傳統彈弦樂器，又稱擘弦樂器。古代除宮廷雅樂使用外，民間也廣泛流傳。

④行雲遏住：即響遏行雲。《列子・湯問》：「薛譚學謳於秦青，未窮青之技，自謂盡之，遂辭歸。秦青弗止，餞於郊衢，撫節悲歌，聲振林木，響遏行雲。薛譚乃謝求反，終身不敢言歸。」繞梁飛：即餘音繞梁，形容歌聲或音樂優美，餘音回旋不絕。語出《列子・湯問》：「昔韓娥東之齊，匱糧，過雍門，鬻歌假食，既去，而餘音繞梁欐，三日不絕。」

【簡析】這一首說李漁家姬演出的新劇，聲容兼美，音樂伴奏亦佳，給人以餘音繞梁的美妙感覺。

尤侗（一六一八—一七〇四）

尤侗，字同人、展成，號悔庵、西堂，江蘇長洲（今蘇州）人。順治年間以貢生任永平府推官，因鞭撻旗丁而被黜。康熙十八年（一六七九）舉博學鴻詞科，授翰林院檢討。文名早著，先後為順治帝、康熙帝賞識。作有傳奇《鈞天樂》，雜劇《讀離騷》、《弔琵琶》、《桃花源》、《黑白衛》、《清平調》，合稱《西堂樂府》。亦長詩文，有《西堂全集》。

春夜過卿謀①，觀演《牡丹亭》

私幸春風第一行②，女郎新唱〈竹枝〉聲。翠簾衣暖飄香霧③，紅燭花低試玉箏。

永夜畫眉妝半面⑤，殢人困酒到三更⑥。十年惆悵今猶在，小院歸來起夢情。

（《西堂剩稿》卷下，清康熙間刻《西堂全集》本）

【注釋】

① 過：過訪。卿謀：湯傳楹，字子翰，更字卿謀，江蘇吳縣人，諸生，早夭。工詞，有《湘中草》。與尤侗為好友，贈答之作頗多。

② 私幸：私臨，私至。

③ 翠簾：青綠色的簾幕。

④ 玉箏：飾玉之箏。箏，樂器名，有十三弦。

⑤ 永夜：長夜。半面：《文房四譜》：「賈弼夢易其頭，遂能半面笑半面啼。」此處「妝半面」指化妝後進行戲劇表演。

⑥ 殢（音替）：引逗。困酒：因飲酒過量而困乏。

【簡析】《牡丹亭》自問世以後，一直是舞臺上常演不衰的劇目。尤侗今夜絕非第一次觀看此劇，但看後猶惆悵不能自已，充分說明了此劇豐富的思想內涵和巨大的感染力量。

同諸子宴珍示堂中①，觀靜容演西子、紅娘雜劇②，再疊前韻

錦瑟迎歡金犢車③，《霓裳》一部本仙家④。鐘聲曉寺來傳箭⑤，花影清溪出浣紗⑥。

珠箔驟飛白雪下⑦，畫梁常嫋彩雲斜⑧。都疑此夜魂銷盡，背語教人剪燭花。

（《看雲草堂集》卷三，清康熙間刻《西堂全集》本）

【注釋】

① 珍示：盛符升，字珍示，崑山人。

② 靜容：姓馮，女伎。西子、紅娘雜劇：當指梁辰魚的傳奇《浣紗記》、李日華的傳奇《南西廂》。

③ 錦瑟：繪有錦繡般美麗花紋的瑟。瑟，古代一種弦樂

器，據說原有五十根弦，後改為二十五弦。金犢車：盛加裝飾之牛車。韋莊〈延興門外〉詩：「芳草五陵道，美人金犢車：」

④《霓裳》：此處指馮靜容所演的美妙的戲曲。

⑤傳簡：傳遞信件。此句指紅娘為張生、鶯鶯傳遞情書。

⑥「花影」句：指馮靜容表演的《浣紗記》。

⑦珠箔（音薄）：即珠簾。白雪下：合下句「彩雲斜」乃用張衡〈西京賦〉中「度曲未終，雲起雪飛」的典故。

⑧畫梁：有彩飾之梁。

【簡析】本詩前六句用瑰麗的語言渲染了馮靜容精湛美妙的演技和令人陶醉的藝術效果。末句寫燭花成堆，可見演出時間之長，之所以「背語教人剪」，一是怕干擾演員的演出，二是自己還想多欣賞一會，故不忍明言夜已深沉。這裡對觀眾的心理描繪十分細緻，更襯托出演員演技的高超。

笠翁席上顧曲和淡心韻①（七首選一）

乍看登場瞤眼波②，才當入破蹙雙蛾③。可知一字千金值④，盡道新腔是水磨⑤。

（《看雲草堂集》卷六，清康熙間刻《西堂全集》本）

【注釋】

①笠翁：李漁。淡心：余懷。

②瞤（音閏）：目動。

③入破：唐宋大曲專用語。大曲每套都有十餘遍，歸入散序、中序、破三大段。入破即為破這一段的第一遍。唐

白居易〈臥聽法曲霓裳〉詩：「朦朧閒夢初成後，宛轉柔聲入破時。」《新唐書・五行志二》：「至其曲遍繁聲，皆謂之『入破』……破者，蓋破碎云。」吳熊和《唐宋詞通論・詞調》：「中序多慢拍，入破以後則節奏加快，轉為快拍。」

④ 一字千金：秦相呂不韋使門客著《呂氏春秋》，書成，公佈於咸陽城門，聲言有能增刪一字者，賞予千金。見《史記・呂不韋傳》。後用來稱譽詩文價值很高。此處喻演唱之美。

⑤ 水磨：水磨腔，指崑曲，以曲調細膩宛轉，故稱。

【簡析】「盡道新腔是水磨」，尤侗依據自己長期欣賞經驗，用詩句言簡意賅地概括了崑山腔音樂纏綿宛轉、柔曼悠遠的特色。

再集笠翁寓齋顧曲疊韻（七首選一）

新人巧寫舊人真，頰上添毫妙入神①。漢殿重翻出塞曲②，吳宮活現浣紗人③。

（《看雲草堂集》卷六，清康熙間刻《西堂全集》本）

【注釋】

① 「頰上」句：晉代著名畫家顧愷之畫裴楷像，在面頰上添三根毛，人物因此更加有神。見《世說新語・巧藝》。

② 翻：按本句指扮演王昭君出塞的劇目，如元・馬致遠雜劇《漢宮秋》、明・陳與郊雜劇《昭君出塞》等。

③ 「吳宮」句：指扮演西施故事的劇目，即明・梁辰魚傳奇《浣紗記》。

【簡析】本詩以簡潔的語言概括了戲曲反映生活的特點：既要「寫真」、「活現」，又要「入神」，就是說既要再現歷史，又不照抄歷史，重在表現人物的風神。明潘之恒《鸞嘯小品・神合》說戲劇是「生於千古之下，而游於千古之上，顯陳跡於乍見，幻滅影於重光」，但是必須「以神求者，以神告，不在聲音笑貌之間」。本詩的意思與潘之恒的觀點是契合的。

吳　綺（一六一九—一六九四）

吳綺，字薗次，一字豐南，號綺園，又號聽翁。江都（今江蘇揚州）人。順治十一年（一六五四）貢生，薦授弘文院中書舍人，升兵部主事、武選司員外郎。又任湖州知府，以多風力，尚風節，饒風雅，時人稱之為「三風太守」。後失官，再未出仕。善詩詞駢文，著有傳奇《忠潛記》、《嘯秋風》、《繡平原》，當時多被管弦，今均無存。有《林蕙堂集》。

入署拜椒山楊先生祠①（二首選一）

排雲寧計九重賒②，猶剩清風滿署衙。觸佞角應同獬豸③，驅奸膽不借蚺蛇④。

當年臣節何須補，異代君恩更有加。欲譜遺忠難握筆，先生原是古夔牙⑤。

（《林蕙堂全集》卷十七《亭皋詩集》，文淵閣四庫全書本）

【注釋】

① 椒山：楊繼盛（一五一六—一五五五），字仲芳，號椒山，明容城（今屬河北）人。嘉靖二十六年（一五四七）進士。任兵部武選員外郎時，上疏劾權相嚴嵩十大罪、五奸，下獄，備受酷刑，在獄三年，送刑部論死。嵩敗，贈太常少卿，謚忠愍。《明史》有傳。

② 排雲：排開雲層，多形容高。九重賒：言其高。賒，多。

③ 獬豸（音懈至）：中國古代神話傳說中的神獸，體形大者如牛，小者如羊，類似麒麟，額上通常長一角。獬豸能辨是非曲直，能識善惡忠奸，發現奸邪的官員，就用角把他觸倒，然後吃下肚子。

④「驅奸」句：《明史・楊繼盛傳》：「初，繼盛之將杖也，或遺之蚺蛇膽，卻之，曰：『椒山自有膽，何蚺蛇為！』」蚺（音然）蛇，相傳其膽能治病止痛。

⑤ 夔（音葵）牙：舜時樂官夔與春秋時精於琴藝者伯牙的並稱。借指精通音樂者。按楊繼盛嘉靖二十六年（一五四七）登進士第，初任南京吏部主事，師從南京吏部尚書韓邦奇學習律呂。

【簡析】本詩作者原注：「時奉命譜椒山傳奇。」這是奉順治帝之命。據楊恩壽《詞餘叢話》，「吳園次奉敕譜《忠愍記》，由中書遷武選司員外郎，即以椒山原官官之」。吳綺本人詩中不止一次寫到此事，對此是頗為自豪的。吳綺《忠愍記》之作，與丁耀亢《蚺蛇膽》同時受命，題材亦相同，而吳綺改本稱旨，加官進爵，丁耀亢改本則以措辭違礙，未能進呈。兩劇同樣奉旨而作，而命運不同如此，令人感慨。然而時至今日，吳綺《忠湣記》已佚，而丁耀亢《蚺蛇膽》尚存，這也是當時人始料未及的。

減字木蘭花

題尤悔庵《清平調》雜劇①

仙子供奉②，豈借尋常科第重③？失卻珊瑚，只笑唐家結網疏④。　知君寄託，掃盡里兒容做作⑤。爛醉沉香⑤，此後誰堪七寶床⑦？

（《藝香詞》，《清名家詞》本，上海：開明書店，一九三六年版）

【注釋】

① 尤悔庵：尤侗。《清平調》：尤侗所作雜劇，寫李白遊長安，草〈清平調〉，受到唐玄宗賞識的故事。

② 供奉：此處指唐代的翰林供奉。

③「仙子供奉」二句：謂李白以謫仙人而任皇帝的翰林供奉，原不必憑藉尋常科舉而成名。

④「失卻」二句：言唐明皇放李白歸山，使唐朝失去了一位安邦治國的人材。詩詞中常以「結網疏」表示遺失人材。唐・陳陶〈閒居雜興五首〉之二：「中原莫道無麟鳳，自是皇家結網疏。」

⑤ 里兒：里巷俗人。

⑥ 沉香：即沉香亭。唐明皇與楊玉環同賞牡丹處。李白〈清平調〉有「解釋春風無限恨，沉香亭北倚闌干」之句。

⑦ 七寶床：用多種珠寶裝飾的床，宮中所用之物。

【簡析】尤侗的雜劇《清平調》較好地塑造了李白這位狂放不羈、才華橫溢的大詩人的形象，本詞作者對此是讚許的。但尤劇寫李白因〈清平調〉受楊貴妃賞識而中狀元，作者卻持有不同意見，詞的開頭兩句就表示了委婉的批評。

採桑子

題尤悔庵《讀離騷》雜劇①

瀟湘千古傷心地②，歌也誰聞？怨也誰聞？我亦江邊憔悴人③！　青山剪紙歸來晚④，幾度招魂？幾度銷魂？不及高唐一片雲！

（《藝香詞》，《清名家詞》本，上海：開明書店，一九三六年版）

【注釋】

① 《讀離騷》：尤侗所作雜劇，演屈原寫〈天問〉，作《九歌》，問卜於鄭詹尹，見漁父，投汨羅等故事。末寫宋玉賦〈高唐〉及〈招魂〉以祭，並附以巫山神女等事。

②瀟湘：猶言清深的湘水。傳說舜妃娥皇、女英死於此，屈原又赴湘而死，故曰「千古傷心地」。

③江邊憔悴人：《楚辭・漁父》：「屈原既放，遊於江潭，行吟澤畔，顏色憔悴，形容枯槁。」這裡作者以屈原自比。

④剪紙：舊俗，剪紙為錢形，懸於門簷，以示招魂。

【簡析】吳綺康熙五年（一六六六）湖州知府，三年後，康熙八年（一六六九）失官，從此不再出仕。此詞當寫於罷官之後，故以「江邊憔悴人」自比。

清平樂

題尤悔庵《醉桃源》雜劇①

山空石古，遮斷桃花櫓②。採菊東籬杯自舉③，獨把義熙留取④。　門生兒子籃輿⑤，有時直上匡廬⑥。人道賢哉隱者，不知禪也仙乎⑦？

（焦循《劇說》轉引）

【注釋】

①《醉桃源》：尤侗所作雜劇，以陶潛為主人公，以〈桃花源記〉為藍本，演《歸去來辭》起，概括王弘送酒，廬山結社，過虎溪三笑，做生壙自祭，後歸桃源洞仙去作結。

②櫓（音魯）：撥水使船前進的器具。以上二句說桃花源杳不可尋。

③「採菊」句：從陶潛〈飲酒〉詩其五「採菊東籬下，悠然見南山」句化出。

④義熙：晉安帝司馬德宗年號（四〇五—四一八）。本句指東晉滅亡後，陶潛仍不忘故國。《宋書・陶潛傳》言陶潛自宋武帝劉裕代晉、改元永初後，「不復肯仕，所著文章，皆題其年月，義熙以前則書晉氏年號，自永初以來，唯云甲子而已」。

⑤門生：學生。籃輿：竹轎。

⑥匡廬：江西廬山。按《宋書・陶潛傳》：「潛嘗往廬山……。潛有腳疾，使一門生、二兒輿籃輿，既至，便欣然共飲酌。」

⑦禪：指佛家。仙：指道家。

【簡析】這首詞題尤侗所作雜劇《醉桃源》，讚美陶潛不但具有隱士情懷，而且具有政治氣節，知人論世，看法比較全面。

梁清標（一六二〇—一六九一）

梁清標，字玉立，一字蒼岩，號棠村。明崇禎癸未年進士，選翰林院庶吉士。入清授編修官，累遷侍講學士，兵、禮、刑、戶部尚書，保和殿大學士。在正定城內築蕉林書屋，藏儲典籍字畫，為當時文人雅士聚集之所。勤敏好學，著作頗豐，有《蕉林詩集》、《棠村詞》等。

劉園觀陳伶演《秋江》劇次雪堂韻①（六首選三）

其一

秦青一曲和人難②，寫出秋江木葉寒。搖落渾疑江上立③，不知酒醒是長安④。

【注釋】

①《秋江》：明高濂所作傳奇《玉簪記》第二十三出，又名《追別》，為常演之折子戲。雪堂：熊文舉，號雪堂。

②秦青：古代善歌者。

③搖落：凋謝，零落。宋玉〈九辯〉：「悲哉秋之為氣也！蕭瑟兮草木搖落而變衰。」

④長安：指北京。

其二

芙蓉秋影亂平波①，折柳江頭哀怨多。未免有情還我輩，停杯搔首恨無那②。

【注釋】

①芙蓉：荷花。按《秋江》折有詞：「白雲陣陣催黃葉，唯有江上芙蓉獨自開。」

②搔首：抓頭，撓髮，有所思貌。無那：無奈。

其三

詞場玉茗古今師①，繼起〈陽春〉更在斯②。吏部文章司馬淚③，秋塘蕭瑟柳絲絲。

（《續本事詩》卷八，清光緒十四年邵武徐氏刻本）

【注釋】

① 玉茗：湯顯祖。

② 〈陽春〉：即〈陽春〉、〈白雪〉。斯：這，指《玉簪記》。

③ 吏部：唐代著名文學家韓愈，唐穆宗時曾任吏部侍郎，其文為後世所宗。司馬淚：由白居易〈琵琶行〉「座中泣下誰最多？江州司馬青衫濕」之句化出。

【簡析】高濂的傳奇《玉簪記》自問世以來，就與《西廂記》、《牡丹亭》一樣，被道學家們誣衊為「淫詞」。然而這阻擋不住它在廣大觀眾、包括一部分士大夫中廣泛流傳，不脛而走。寫於康熙五年（一六六六）的《梨園說》記載當時的情況說：「近日優人所能演者，唯《玉簪》、《綠袍》等戲，問以《五福》、《百順》、《四德》、《十義》，則皆曰不能。由是觀之，今世之優人，只見有淫事，不見有善行也，人心安得而不邪，世道安得而還淳哉！」（湯來賀《內省齋文集》七）梁清標正是這個時代的人，不過他的看法與道學家們相反，他認為《玉簪記》是和古代秦青之曲一樣的絕代佳音，是品格純正的〈陽春〉、〈白雪〉，並推崇湯顯祖是「詞場」「古今師」，而《玉簪記》則在某些方面繼承了《牡丹亭》的精神。詩人還寫到了自己觀看《玉簪記》所受到的感染，「搖落渾疑江上立，不知酒醒是長安」，「未免有情還我輩，停杯搔首恨無那」，正是十分形象的描述。

冬夜觀伎演《牡丹亭》

優孟衣冠鬼亦靈①，三生石上牡丹亭②。臨川以後無知己③，子夜聞歌眼倍青④。

（《續本事詩》卷八，清光緒十四年邵武徐氏刻本）

【注釋】

① 優孟：春秋時楚國著名優人，擅長滑稽諷諫，善於假扮古人或模仿他人。後以優孟衣冠比喻登場演戲。

② 三生石：傳說唐代李源與僧圓觀友好，圓觀和李約定，待他自死後十二年在杭州天竺寺相見。十二年後李到寺前，有一牧童唱道：「三生石上舊精魂，賞月吟風不要論。慚愧情人遠相訪，此身雖異性長存。」牧童就是圓觀的托身。見唐・袁郊《甘澤謠》。本來是宣揚佛教輪回宿命的故事，詩文中多用作因緣前定的典故。

③ 臨川：指湯顯祖。

④ 子夜：夜半子時，即夜十一時至第二天凌晨一時。眼倍青：格外重視。眼睛青色，其旁白色。正視則見青處，邪視則見白處。晉・阮籍不拘禮教，能為青白眼。見凡俗之士，以白眼對之。嵇康來訪，籍大悅，乃對之以青眼。見《世說新語・簡傲》、《晉書・阮籍傳》。後因謂對人重視曰青眼，對人輕視曰白眼。

【簡析】本詩引湯顯祖為知己，和前面一組詩推崇湯顯祖是「詞場」「古今師」，精神是一致的。梁清標入清後累官至保和殿大學士，他就是稱讚《長生殿》「乃一部鬧熱《牡丹亭》」的

「棠村相國」（洪昇《長生殿・例言》）。看來，他對《牡丹亭》與《長生殿》的精神聯繫還是有體會的。

宋荔裳觀察召飲寓園《祭皋陶》新劇①（二首選一）

對酒當歌水竹叢②，人間何事謗書同③？不須重讀三君傳④，今古傷心一曲中⑤。

（《續本事詩》卷八，清光緒十四年邵武徐氏刻本）

【注釋】

①宋荔裳：宋琬。《祭皋陶》：宋琬所作雜劇。順治十八年（一六六一），宋琬任浙江按察使時，因受人誣告而被捕入京，繫獄三年，本劇殆其繫獄時所作，借舜時執法官皋陶的故事以傾訴自己的不平。

②對酒當歌：曹操〈短歌行〉：「對酒當歌，人生幾何？」

③謗書：攻擊他人的書函。《戰國策・秦策二》：「魏文侯令樂羊將攻中山，三年而拔之。樂羊反而語功，文侯示之謗書一篋。」

④三君：東漢・陳蕃、竇武、劉淑三人，並受世人景仰，稱「三君」。後陳蕃、竇武謀誅當權宦官曹節、王甫等，事洩被害。事見《後漢書・黨錮傳》。又東漢陳寔及其子陳紀、陳諶三人，亦受宦官陷害，也稱「三君」，見《後漢書・陳寔傳》。

⑤一曲：指《祭皋陶》雜劇。

【簡析】宋琬的《祭皋陶》是一部抒憤之作。劇中所寫的顛倒黑白的事實，在封建社會裡是屢見不鮮的。詩人因此表示了很深的感慨。

滿庭芳

觀女伶演淮陰故事①

絳燭清宵②，彩雲華館，蠻腰細舞回風③。嬋娟忽變④，繡襖染猩紅⑤。鎖甲豔分雪色⑥，兜鍪小⑦、雙頰芙蓉⑧。氍毹映，將軍紅粉⑨，錦傘黛眉同⑩。

登壇當日事⑪，衣冠優孟⑫，寫出偏工。歎英雄佳麗，一樣飄蓬⑬。飛絮落花舊恨⑭，誰憐取、桃李春穠⑮。乘月夜、衣香人面⑯，莫放酒杯空。

（《棠村詞》，《清名家詞》本，上海：開明書店，一九三六年版）

【注釋】

① 淮陰：指韓信。漢滅楚後，封為楚王。後有人告其謀反，降為淮陰侯。寫韓信故事的戲曲有元金仁傑的雜劇《蕭何月下追韓信》、明・沈采的傳奇《千金記》等。此處當指後者。

② 絳燭：紅燭。清宵：清朗的夜晚。

③ 蠻腰：即小蠻腰。小蠻為白居易女侍。唐・孟棨《本事詩・事感》：「白尚書姬人樊素善歌，妓人小蠻善舞，嘗為詩曰：『櫻桃樊素口，楊柳小蠻腰。』」後以「蠻腰」形容舞女腰肢的靈活。回風：旋風。

④ 嬋娟：形態美好。以下至「雙頰芙蓉」句寫女伶化裝，扮演韓信。

⑤ 猩紅：似猩血之紅色。

⑥ 鎖甲：即鎖子甲，一種鎧甲。其甲五環相互，箭不能入。

⑦ 兜鍪（音都謀）：頭盔。

⑧ 芙蓉：荷花。此言兩頰如蓮花一樣明豔。

⑨紅粉：婦女化妝用的胭脂和粉，舊時借指年輕婦女、美女。

⑩錦傘：古代大將出行所張之傘。黛眉：以青黑色的顏料所畫之眉，特指女子之眉。「氍毹映」以下幾句說，在紅氍毹的映照下，這位女伶扮演的韓信，既有將軍的英武，又帶有幾分嫵媚。

⑪登壇：劉邦築高壇，使韓信登之，拜為大將。見《史記‧淮陰侯列傳》。

⑫優孟：春秋時楚國著名優人，擅長滑稽諷諫，善於假扮古人或模仿他人。後以優孟衣冠比喻登場演戲。

⑬飄蓬：像風中蓬草一樣漂泊無定。

⑭飛絮落花：比喻英雄、美人漂泊無依的不幸結局。

⑮穠（音濃）：花木繁盛貌。

⑯人面：美人之面。唐‧崔護〈題都城南莊〉：「去年今日此門中，人面桃花相映紅。人面只今何處去，桃花依舊笑春風。」

【簡析】 一位女伶把韓信的形象塑造得英氣勃勃，反映出當時戲曲表演的高度水平。

孫枝蔚（一六二〇—一六八七）

孫枝蔚，字豹人，號溉堂，陝西三原人。世為富商。明末走揚州，閉門讀書，遂以詩名。康熙十八年（一六七九）舉博學鴻詞，年老不能應試，特旨授中書舍人。詩詞多激壯之音。有《溉堂集》。

秋日過查伊璜齋中留飲兼觀女劇①

堂前來往熟，林鳥總依依。菊屋桃花面②，青山白苧衣③。
周郎原善顧④，惠子不思歸⑤。日日金樽裡⑥，全忘客計非⑦。

（《溉堂前集》卷之四，清康熙間刻本）

【注釋】

①查伊璜：查繼佐（一六〇一—一六七七），字伊璜，浙江海寧人。崇禎時舉於鄉，明亡後不復出。作有雜劇《續西廂》、傳奇《三報恩》等五種。其家伶為當時著名的家樂。

②「菊屋」句：言查伊璜家伎之美。

③「青山」句：言自己的隱居生活。白苧衣：白色苧麻織成的衣。

④周郎：此處周郎指查伊璜。

⑤惠子：惠施，春秋時宋人，為梁惠王相。此處為作者自指。

⑥金樽：金杯。

⑦客計：為客的生計。非：無。

【簡析】鈕琇《記吳六奇將軍事》：「海寧查孝廉培繼，字伊璜。……放情詩酒，盡出其橐中裝，買美鬟十二，教之歌舞，每於良宵開宴，垂簾張燈，珠聲花貌，豔徹簾外，觀者醉心。……以此查氏女樂，遂為浙中名部。」本詩正是記述了這種場面。鈕琇誤「繼佐」為「培繼」，非是。

何　絜（一六二〇—一六九六）

何絜，字雍南，江蘇鎮江人。家有晴江閣，人稱晴江先生。父親是明朝遺老，臨終囑咐他不要做清朝的官。所以他一生不應科舉。交遊甚廣，詩文名重一時。少年時得到文壇領袖周鑣和黃道周的器重。後與程世英並稱「京口二家」。鄭成功攻打鎮江失敗後，有八十三家被清廷殺害，地方文獻對此都不敢記載，幸賴何絜《晴江閣集》保存了一點資料。曾應聘兩修府志，兩修縣志。康熙二十二年（一六八三），又受兩江總督于成龍之聘，擔任《江南通志》總纂。

四憶詩（四首選一）

陽彭山上遊覽多①，陽彭山下風日和。華堂傑閣矗空起②，梨園選勝早徵歌③。
點染雙文王實父④，玉茗堂空粲花主⑤。吐納宮商誤後生⑥，檀板低敲因按譜⑦。
南調流傳梁伯龍⑧，紛紛相和許誰同。懷寧尚書荊州守⑨，演出新聲李笠翁⑩。
種種傳奇翻不足，綠鬟子弟喉如玉⑪。鳳羽裁成翡翠妝⑫，驪珠轉出胭脂曲⑬。
二八歌姬勝小鬟⑭，螺黛纖纖柳葉彎⑮。蓮步蹁躚羨長袖⑯，花枝婀娜舞輕鬟⑰。
絳唇鶯吐成黃絹⑱，嬌羞閃映桃花扇⑲。曲罷歌臺夜似霜，樓頭早下雙銅箭⑳。

自古繁華不相待，桑田尚爾變滄海㉑。燕舞鶯歌能幾時，雕欄繡樹須臾改㉒。回首華筵逐斷雲㉓，歌場開府總千軍㉔。十年習慣〈伊〉、〈涼〉調㉕，〈玉樹〉、〈霓裳〉那處聞㉖。

（《晴江閣集》卷三，清康熙間刻增修本）

【注釋】

① 陽彭山：在丹徒城西一里，上有東嶽廟、藏佛禪院、碧霞元君殿，後有麗春臺，為明代仕宦管弦送客之所，至清廢。

② 華堂：華美的廳堂。傑閣：高聳的樓閣。

③ 選勝：尋遊名勝之地。

④ 點染：揮筆作畫，後引申稱信筆書寫。雙文：《西廂記》女主角崔鶯鶯。王實父：《西廂記》作者王實甫。

⑤ 粲花：明末戲曲作家吳炳（？—約一六四七），字石渠，號粲花主人，江蘇宜興人。作有傳奇《綠牡丹》、《療妒羹》、《畫中人》、《西園記》、《情郵記》，合稱《粲花別墅五種》。他的作品在風格上模仿湯顯祖。

⑥ 吐納：呼吸。

⑦ 檀板：檀木製的拍板。

⑧ 梁伯龍：明代戲曲家梁辰魚，《浣紗記》的作者。

⑨ 懷寧尚書：明末戲曲家阮大鋮，安徽懷寧人，南明弘光朝曾任兵部尚書。荊州守：明末清初戲曲作家袁于令，入清曾任荊州知府。

⑩ 笠翁：清初戲曲家李漁，號湖上笠翁。

⑪ 綠鬟：烏亮的髮鬟。

⑫ 「鳳羽」句：比喻服裝之美。

⑬ 驪珠：寶珠。傳說出自驪龍頷下，故名。這裡比喻圓轉的歌聲。

⑭ 二八：十六歲，指年幼。小蠻：白居易歌姬。唐・孟棨《本事詩・事感第二》：「白尚書姬人樊素善歌，妓人小蠻善舞。嘗為詩曰：『櫻桃樊素口，楊柳小蠻腰。』」

⑮ 螺黛：即螺子黛，畫眉的墨。柳葉，形容女子細長秀美的眉毛。

⑯ 蓮步：謂美人的腳步。翩躚（音騈仙）：行不正之貌。

此指舞者旋轉之姿。

⑰婀娜：輕柔搖曳貌。輕鬟：輕盈的髮鬟。

⑱絳唇：紅唇。鶯吐：吐聲如鶯，形容歌喉之美。黃絹：即「黃絹幼婦」，為「絕妙」二字的隱語。

⑲桃花扇：點染有桃花之扇。宋・晏幾道〈鷓鴣天〉：「舞低楊柳樓心月，歌盡桃花扇底風。」

⑳銅箭：即漏箭，古代計時器漏壺的部件，上刻節文，隨水浮沉以計時。也泛指時間。

㉑「桑田」句：田地變成大海，比喻世事變遷。

㉒雕欄繡榭：繪有彩飾的樓閣。

㉓華筵：盛美的筵席。逐斷雲：猶煙消雲散之意。

㉔開府：開建府署，辟置僚屬。漢制，惟三公可開府。及漢末，始以將軍開府。後世稱督撫為開府。總：統領。

㉕〈伊〉、〈涼〉：〈伊州〉、〈涼州〉，唐曲調名。王灼《碧雞漫志》卷三：「唐史及傳載稱『天寶樂曲，皆以邊地為名，若涼州、伊州、甘州之類』」，均為少數民族樂曲，此處借指北方曲調。

㉖〈玉樹〉、〈霓裳〉：〈玉樹後庭花〉、〈霓裳羽衣曲〉，南朝、唐代歌曲。

【簡析】這首詩反映了明末清初鎮江、丹徒一帶戲曲活動的變遷。晚明時期，這裡的戲曲演出十分頻繁，王實甫、湯顯祖、吳炳、阮大鋮、袁于令、李漁等戲劇家的作品都曾在此演出。演員數量眾多，演技也很高超，觀眾反響熱烈，演出往往夜以繼日。這種盛況，入清之後還延續了一段時間，此時已風光不再，昔日的歌場變成了軍營，熟悉的崑曲再也不能聽見，這引起了作者很深的感慨。

顧景星（一六二二—一六八七）

顧景星，字赤方，一字黃公，湖北蘄春人。少有神童之譽，長更博覽，才氣縱橫，詩文雄贍。明貢生，入清薦舉博學鴻詞，不就。有《白茅堂集》。

無錫舟中大風雨，聽張燕筑歌①（三首）

其一

白髮黃冠老布衣②，扁舟一曲汨如絲③。坐中盡是江南客，莫唱秋娘舊日詞④。

【注釋】

① 張燕筑：作者原注：「金陵人，年八十二。」張燕筑與丁繼之、朱維章三人均為著名崑劇串客，人稱「三老」。余懷《板橋雜記》下卷云：「丁繼之扮張驢兒娘，張燕筑扮賓頭盧，朱維章扮武大郎，皆妙絕一世。丁、張二老並壽九十餘。」

② 黃冠：道士之冠。轉為道士的別稱。布衣：庶人之服。也作為平民的代稱。

③ 扁（音偏）舟：小船。

④ 秋娘舊日詞：作者原注：「〈望江南〉，唐・李朱厓悼謝秋娘作。」李秋厓，唐李德裕，他曾被貶於厓州（又名朱厓），故稱。

【簡析】明亡後，張燕筑著道士裝，表現了明遺民的氣節，因此作者引為同調。

其二

琵琶破撥變新聲①，痛哭當年雷海青②。一曲遏雲天欲暮③，無端風雨作河傾④。

【注釋】

① 破撥：弦樂器的一種彈法。即劇彈。唐・段成式《酉陽雜俎》六〈樂〉：「開元中，段師能彈琵琶，用皮弦。賀懷智破撥彈之，不能成聲。」

② 雷海青：唐代宮廷樂師，精通琵琶。據《明皇雜錄》：安祿山入長安，掠文武朝臣及宮嬪、樂師至洛陽，在凝碧池設宴，露刃威迫樂師奏樂。雷擲樂器於地而痛哭，被安祿山肢解。王維有詩詠其事。《長生殿》中《罵賊》一出即寫此。

③ 遏雲：用「響遏行雲」典故。

④ 無端：無因，無緣無故。河傾：像河水一樣傾倒下來。陸游〈長歌行〉：「哀絲豪竹助劇飲，如巨野受黃河傾。」

【簡析】雷海青在安祿山叛軍的淫威下堅貞不屈，大義凜然，與那些卑躬屈膝的達官貴人相比，不知高出多少倍。作者以雷海青比張燕筑，表現了對這位老藝人的崇敬。

其三

椒山封事論河套①，樂府流傳萬曆初②。昨日當場生意氣③，停杯歎絕老尚書④。

（《白茅堂集》卷六，清康熙間刻本）

【注釋】

①椒山：楊繼盛（一五一六—一五五五），字仲芳，號椒山，明容城（今屬河北）人。嘉靖二十六年（一五四七）進士。任兵部武選員外郎時，上疏劾權相嚴嵩十大罪、五奸，下獄，備受酷刑，在獄三年，送刑部論死。嵩敗，贈太常少卿，謚忠愍。《明史》有傳。封事：密封的章奏。古代百官上書奏機密事，為防洩露，用皂囊封緘呈進，故稱封事。河套：賀蘭山以東、狼山和大青山以南的黃河沿岸地區，統稱河套。因黃河由此流成一個大彎曲，故名。論河套，指楊繼盛指責嚴嵩不收復河套地區。

②樂府：此處指王世貞所作傳奇《鳴鳳記》。楊繼盛是其中主角。萬曆：明神宗朱翊鈞年號（一五七三—一六二〇）。

③「昨日」句：指前一日張燕筑曾演出《鳴鳳記》。

④老尚書：指錢謙益。

【簡析】《鳴鳳記》中的楊繼盛是一位鐵骨錚錚、寧死不屈的硬漢子，張燕筑特地演出此劇，可以說是有深意在焉。

合肥公邀同錢牧齋看丁繼之演《水滸》赤髮鬼①，丁年已八十，即席次牧齋壽丁六十詩韻②

左右看君正少年，翠鬟紅袖並花前③。按歌傳遍青樓曲④，作使當場自打錢⑤。
酒態慣撩監史罰⑥，舞腰猶博善才憐⑦。貞元朝士今無幾⑧，卻有民間地上仙⑨。

（《白茅堂集》卷十，清康熙間刻本）

【注釋】

① 合肥公：龔鼎孳。錢牧齋：錢謙益。赤髮鬼：《水滸》人物赤髮鬼劉唐。

② 本詩作於順治十四年（一六五七）。

③ 翠鬟：婦女髮式的美稱。紅袖：婦女的紅色衣袖，也代指美女。

④ 按歌：歌唱。

⑤ 作使：古樂府：「堂上置樽酒，作使邯鄲倡。」打錢：擲錢為戲，賭博的一種。

⑥ 監史：酒席上監酒的人。

⑦ 善才：唐代琵琶師之稱。唐元和中，曹保有子善才，精通琵琶，因以「善才」稱琵琶師。見唐・段安節《琵琶錄》。白居易〈琵琶行〉：「曲罷曾教善才服，妝成每被秋娘妒。」

⑧ 貞元：唐德宗李適年號（七八五—八〇五）。朝士：泛稱中央的官吏。劉禹錫〈聽舊宮中樂人穆氏唱歌〉詩：「休唱貞元供奉曲，當時朝士已無多。」

⑨ 地上仙：即地仙，方士稱住在人間的仙人。丁繼之享高壽，故稱。

【簡析】《水滸記》中的赤髮鬼劉唐，是丁繼之的拿手好戲。他年已八十，仍然寶刀不老，表演起來精神抖擻，不由人不讚歎。

閱梅村〈王郎曲〉①，雜書絕句誌感②（十二首選二）

其一

崑山腔管三弦鼓③，誰唱新翻〈赤鳳兒〉④。說著蘇州王紫稼，教坊紅粉淚偷垂⑤。

【注釋】

① 梅村〈王郎曲〉：即前吳偉業〈王郎曲〉。

② 本詩作於康熙九年（一六七〇）。

③ 三弦：樂器名。長柄，方槽，圓角，上蒙蛇皮，架三根弦，以指撥弦而發聲。

④〈赤鳳兒〉：即〈赤鳳來〉，古曲名，見舊題漢・伶玄《飛燕外傳》。

⑤ 紅粉：婦女化妝用的胭脂和粉，舊時借指年輕婦女，美女。

【簡析】本詩作者原注：「王郎為江南御史杖殺。」按著名崑曲演員王紫稼於順治十一年（一六五四）以前，自北京重返蘇州，被江南御史李森先（琳枝）杖死。

其二

柳生凍餓王郎死①，話到勾闌亦愴情②。好把琵琶付盲婦，裹頭彈說舊西京③。

（《白茅堂集》卷十五，清康熙間刻本）

【注釋】

① 柳生：柳敬亭（一五八七—一六七〇？），明末泰州人，一說通州人。本姓曹，因避捕改姓柳。當時著名說書藝人，周旋於士大夫之間，曾入左良玉幕府。明亡，仍操故業，潦倒以死。

② 愴（音創）情：傷情。

③ 舊西京：唐時以長安為西京。此處「彈說舊西京」用安史之亂後人們回憶昔日長安繁華來比擬明亡後遺民的故國之思。

【簡析】柳敬亭、王紫稼兩位藝人，一位窮愁潦倒，一位受杖而死，詩人所同情的，不僅是他們兩位的不幸遭遇，而且是當時廣大藝人的命運。

毛奇齡（一六二三—一七一三）

毛奇齡，原名甡，又名初晴，字大可，又字齊於，號西河，學者稱之西河先生，浙江蕭山人。少時聰穎過人，以詩名揚鄉里。因兵亂，避於縣之南山，築土室讀書其中。後輾轉兩淮，遍歷河南、湖北、江西等地。康熙十八年（一六七九）以廩監生薦舉博學鴻儒科，授翰林院檢討，充《明史》纂修官。二十四年，充會試同考官。旋以病乞歸鄉里，專心從事著述。毛奇齡博覽群書，主張經世致用。工詩文，精音律，善書畫。著述極富，後人編有《西河全集》。

揚州看查孝廉所攜女伎七首①（選二）

其一

氍毹布地燭屏開②，紫袖三弦兩善才③。二十四橋明月夜④，爭看歌舞竹西來⑤。

【注釋】

① 查孝廉：查繼佐（一六〇一——一六七六），號伊璜、東山釣史，浙江海寧人。崇禎六年（一六三三）舉人。明亡後，隨魯王監國紹興，授兵部職方，在浙東地區率軍抗清。順治三年（一六四六）清軍攻占紹興後，隱居海寧硤石東山，後於杭州講學。康熙元年（一六六二），罹南潯莊廷鑨私刻《明史》案，列名參校，下獄論死，後獲救。著有《罪惟錄》、《續西廂》等。

② 氍毹（音渠書）：一種毛織或毛與其他材料混織的毯子。舊時舞臺演出常鋪紅色氍毹，因以「氍毹」或「紅氍毹」代稱舞臺。燭屏：燭光映照的畫屏。

③ 三弦：三弦鼓。善才：唐代琵琶師之稱，這裡指琵琶師。本句作者自注：「旦色末泥善彈。」

④ 「二十」句：杜牧〈寄揚州韓綽判官〉詩：「二十四橋明月夜，玉人何處教吹簫？」二十四橋，在江蘇省揚州市。有二說。《方輿勝覽》說隋代已有二十四橋，並以城門坊市為名。後來宋築州城，別立橋梁，所謂二十四橋或存或廢，已難考查。李斗《揚州畫舫錄》卷十五：「二十四橋即吳家磚橋，一名紅藥橋，在熙春臺後。」紅藥橋之名出自姜夔〈揚州慢〉：「二十四橋仍在，波心蕩，冷月無聲。念橋邊紅藥，年年知為誰生？」吳家磚橋在揚州西郊。

⑤ 竹西：古亭名。杜牧〈題揚州禪智寺〉：「誰知竹西路，歌吹是揚州。」後人因於其處築竹西亭，又名歌吹亭，在今揚州市北。

【簡析】本詩描繪了查繼佐家班的一次夜間演出，燈燭交輝，笙歌聒耳。其中特別寫到旦、末二色，他們既長於演出，又善於彈奏。稱得上多才多藝。

其二

新歌教就費千金，歌罷重教舞綠林①。年小不禁提趕棒②，花裙欲卸幾沉吟。

（《西河集》卷一百三十八，文淵閣四庫全書本）

【注釋】

① 舞綠林：扮演綠林好漢。

② 趕棒：即杆棒，用作武器的粗木棒。明・朱權《太和正音譜》「雜劇十二科」中有「鈸刀趕棒」科，專演綠林好漢之類。

【簡析】家伎人數一般不多，因此特別需要一專多能。這位小姬被指派扮演綠林好漢，本詩寫出了她在換裝前嬌羞沉吟的情態。

汪琬（一六二四—一六九一）

汪琬，字苕文，號鈍庵，晚年隱居太湖堯峰山，學者稱堯峰先生。長洲（今江蘇蘇州）人。順治十二年（一六五五）進士，曾任戶部主事、刑部郎中等。後因病辭官歸家。康熙十八年（一六七九），召試博學鴻詞科，授翰林院編修，預修《明史》，在館六十餘日，乞病歸。其文疏暢條達，與侯方域、魏禧合稱清初散文「三大家」。亦能詩，以清麗為宗，成就及影響不如其文。有《堯峰文鈔》。

贈南員外家歌兒（二首）

其一

聞道秦箏最有名，秦兒玉雪可憐生①。自從偷得江南曲②，不愛伊涼隊裡聲③。

【注釋】

① 秦兒：秦地（今陝西省）少年。可憐生：可愛。「生」為詞尾，無義。

② 江南曲：指崑曲。

③ 伊涼：曲名，即〈伊州〉、〈涼州〉二曲，皆為西北地

區歌曲。

【簡析】陝西省的戲曲藝術，本來就有很好的基礎，現在崑曲的影響又滲透到這裡，使得藝術風氣發生了微妙的變化。

其二

洞簫一曲共關情①，白髮吳儂感慨生②。記得虎丘明月夜，劍池側畔按歌聲③。

（《堯峰文鈔》卷四，文淵閣四庫全書本）

【注釋】

① 洞簫：樂器名。古代的簫以竹管編排而成，稱為排簫。排簫以蠟蜜封底，無蠟蜜封底的稱洞簫。關情：使人動情。

② 白髮吳儂：作者自謂。

③「記得」二句：寫虎丘聽曲事。可參見前李漁〈虎丘千人石上聽曲〉等篇。劍池：池名，在今江蘇蘇州市虎丘山。相傳秦始皇東巡時在這裡找尋過吳王闔廬的寶劍，一說闔廬葬在這裡，曾用魚腸、扁諸等寶劍各三千殉葬，故名。

【簡析】詩人聽到南員外家歌兒演唱的崑曲，自然聯想到蘇州虎丘一年一度的唱曲大會，思鄉之情油然而生。

陳維崧（一六二五—一六八二）

陳維崧，字其年，號迦陵，江蘇宜興人。少負才名，而考試不中，曾南北漫遊。康熙十八年（一六七九），舉博學鴻詞科，授官翰林院檢討。維崧學識淵博，詩文俱佳。詞的成就更高。他用過的詞調極多，填詞一千六百餘闋，詞量之多，清代幾乎無人超過。被前人稱為陽羨派的領袖。詞宗蘇辛。著有《湖海樓詩集》、《湖海樓詞集》。

同諸子夜坐巢民先生宅觀劇①，各得四絕句（選二）

其一

南華天問真奇絕②，接武除非肉與絲③。卻笑康王矜老手④，強將北曲傲吳兒⑤。

【注釋】

① 巢民先生：冒襄。

② 《南華》：《南華經》，《莊子》的別名。〈天問〉：《楚辭》篇名，屈原作。全詩對自然現象、神話、歷史故事提出許多疑問，色彩瑰麗奇異。

③ 接武：人或事前後相接。武，足跡。肉與絲：南朝宋・劉義慶《世說新語・識鑑第七・一十六》引《孟嘉別

傳》記桓溫問孟嘉：「又問：『聽伎，絲不如竹，竹不如肉，何也？』答曰：『漸近自然。』」絲，弦樂器。竹，管樂器。肉，肉聲，沒有樂器伴奏的清唱。

④康王：康海（一四七五—一五四〇）、王九思（一四六八—一五五一），明代曲家。矜老手：自誇老手。

⑤吳兒：吳地少年，指吳地歌者。

【簡析】本詩作者原注：「康對山海、王渼陂九思，俱以北曲擅名。」本詩認為，南曲、北曲各有源流，各具特色，強分軒輊、揚此抑彼是不對的。

其二

少日魂銷湯義仍①，而今老去意如冰②。聽歌忽憶當年事，月照中門第幾層。

（《湖海樓詩集》卷一，四部叢刊初編本）

【注釋】

①魂銷：為……而銷魂。湯義仍：湯顯祖。

②意如冰：謂意冷。

【簡析】「少日魂銷湯義仍」一句，反映出自明萬曆以後直到清代初期，湯顯祖及其戲曲創作在知識分子中所產生的廣泛而深遠的影響。

崇川署中觀小史演劇①（四首選一）

王郎年小好腰身②，吳子風姿儼洛神②。寒夜如年情似水④，相看真是畫中人。

（《續本事詩》卷十二，清光緒十四年邵武徐氏刻本）

【注釋】

① 小史：侍童。

② 腰身：身段，體段。

③ 吳子：吳地的人，此處指吳地的演員。儼（音演）：活像。

④ 寒夜如年：說要珍惜寒夜，不使空過。郭玨〈除夕詩〉：「短日如年度，寧知歲又殘。」情似水：比喻情意纏綿。秦觀〈鵲橋仙〉：「柔情似水，佳期如夢，忍顧鵲橋歸路。」

【簡析】本詩作者原注：「時演《畫中人》。」按《畫中人》為明末吳炳所作傳奇，演庾長明、鄭瓊枝的愛情故事，在風格上模仿湯顯祖的《牡丹亭》，但也有作者自己的創造，也是一部優美的詩劇。

贈歌者袁郎①

袁郎十五餘，生小愛弦索。作人未入侯王門②，相逢便傾金鑿落③。

憶昔當筵一再彈，鵾弦鐵撥掃秋籜④。側身橫坐紅氈毹⑤，夜闌目轉飛烏鵲⑥。袁郎袁郎我具陳⑦，古來一物皆有神。郎遊聲伎非末藝⑧，況遇興亡必寫真⑨。琵琶音派出王府⑩，調雜金元頗凄苦。嘉隆之間張野塘⑪，名屬中原第一部。是時玉峰魏良輔⑫，紅顏嬌好持門戶⑬。一從張老來婁東⑭，兩人相得說歌舞⑮。邇來萬事不足道，何獨梨園歎潦倒。練川雅宗不復傳⑯，姑蘇子弟自言好。袁郎玉貌世所佳，何愁弦索聲不諧⑰。檀槽豈是尋常物⑱，要令豪傑開胸懷。君不見潁川陳生懶無匹⑲，老大青樓聽音律。黃昏騎馬城北門，萬騎千營吹觱栗⑳。

（《續本事詩》卷十二，清光緒十四年邵武徐氏刻本）

【注釋】

①袁郎：生平未詳。
②侯王：王侯貴族。
③鏨落：以鐫鏤金銀為飾的酒器。
④鐵撥：彈琵琶等管弦樂器之具。唐・段安節《樂府雜錄・琵琶》：「開元中，有賀懷智，其樂器以石為槽，鵾雞筋作弦，用鐵撥彈之。」秋籜（音脫）：秋天的落葉。
⑤氈毹：猶氍毹（音渠書），一種毛織或毛與其他材料混織的毯子。舊時舞臺演出常鋪紅色氍毹，因以「氍毹」或「紅氍毹」代稱舞臺。
⑥「夜闌」句：曹操〈短歌行〉：「月明星稀，烏鵲南飛。」
⑦具陳：詳細陳述。
⑧末藝：小伎藝。
⑨寫真：本意是摹畫人物肖像，此處指把興亡之事、興亡之感通過戲曲反映出來。
⑩音派：曲調流派。
⑪嘉隆：明世宗嘉靖到明穆宗隆慶年間（一五二二—一五

七二）。張野塘：明代音樂家。壽州（今安徽壽縣）人，一說河北人。善彈三弦，又善唱北曲。曾為戍卒，嘉靖年間獲罪謫發太倉，娶魏良輔之女；研習南曲，更定弦索，並協助魏良輔，對流行在崑山一帶的戲曲聲腔進行整理加工，成「水磨腔」，即崑腔。

⑫ 玉峰：指崑山。

⑬ 紅顏：本句指魏良輔有一個女兒，不肯輕易嫁人。張野塘來後，魏良輔與之甚為相得，因以女許之。

⑭ 張老：指張野塘。婁東：婁江之東，指太倉。

⑮ 相得：意氣相投。

⑯ 練川：又名練渠、練祁塘，嘉定（今屬上海）的一條江，因其澄徹如練，故名。此處代稱嘉定。雅宗：正宗。

⑰ 弦索：樂器上的弦。金元以來或稱琵琶、三弦等弦樂伴奏的戲曲曲藝為弦索，一般指北曲，此處指崑曲。

⑱ 檀槽：檀木做成的琵琶、琴等弦樂器。

⑲ 潁川：古郡名，今河南省中部及南部地區。三國魏陳群封潁陰侯於此。潁川陳生為本詩作者自稱。懶：懶散。

⑳ 觱（音閉）栗：古樂器名。又名悲栗、笳管。本出龜茲，後傳入中國。以竹為管，以蘆為首，形似胡笳。

【簡析】這首詩不是一般地讚揚袁郎高超的演唱藝術，而是從大處著眼，認為「聲伎非末藝」，可以為「興亡」「寫真」，可以「令豪傑開胸懷」，具有廣泛的、積極的社會作用。作者還認為「古來一物皆有神」，而同其他藝術、其他事業一樣，戲曲藝術也有它自身固有的規律，而這不經過長期的、艱苦的探索是不能掌握的。

夜合花

廿二夜原白堂中觀劇即事①劇演《精忠》②

青溪門邊，碧油坊底③，一庭霜月初濃。鄰家夜賽④，春燈社火攢空⑥。儆越覡⑥，舞巴童⑦，颭靈旗⑧、不滿微風。正無聊賴⑨，聽歌簾罅⑩，沖酒欄東⑪。　神弦一曲才終⑫。更有梨園雜爨⑬，院本絲桐⑭。岳家遺恨，夜堂一片刀弓⑮。悲曼衍，嘯魚龍⑯，惹當場、淚灑鵑紅⑰。須行樂耳，何知底事⑱，且嚼金鍾⑲。

（《湖海樓詞》，《清名家詞》本，上海：開明書店，一九三六年版）

【注釋】

① 原白堂：陳維崧友人潘原白。

② 《精忠》：指明・李梅實作、馮夢龍潤色的傳奇《精忠旗》，演岳飛故事。

③ 碧油：青綠色。

④ 賽：賽會，用儀仗、簫鼓、雜戲迎神。

⑤ 春燈：春日燈會之燈。社火：節日迎神賽會所排演的雜戲、雜耍。攢（音躥陽平）：聚集。

⑥ 儆（音七）：偏側貌。《詩・小雅・賓之初筵》：「亂我籩豆，屢舞儆。」覡（音習）：為人禱祝鬼神的男巫。

⑦ 巴童：巴渝之童，善歌舞。鮑照〈舞鶴賦〉：「燕姬色沮，巴童心恥。」

⑧ 颭（音展）：風吹物動。靈旗：繪有日、月、星斗等圖像的旗。

⑨ 無聊賴：無所寄託。

⑩ 簾罅（音下）：簾之縫隙。

⑪沖酒：對酒。欄東：欄杆之東。
⑫神弦：神弦曲，祀神所用的樂曲。
⑬雜爨：雜耍。
⑭絲銅：指琴。古多用桐木製琴，練絲為弦，故稱。
⑮「岳家」二句：指岳家父子被秦檜害死於風波亭上。
⑯「悲曼衍」二句：曼衍，亦作漫衍、曼延，巨獸名，古代仿照它排演百戲節目。魚龍，古代百戲節目。《漢書・西域傳贊》：「作巴俞都盧，海中碭極，漫衍魚龍，角抵之戲，以觀視之。」
⑰淚灑鵑紅：用杜鵑啼血典故。
⑱底事：何事。
⑲嚼：辨味。金鍾：金酒杯，代指酒。

【簡析】岳飛故事是古代戲曲中常見的題材。這樣的戲曲每次上演，都能深深激動許多觀眾。作者本人又是由明入清的人物，這種感慨自然更加深沉。

沁園春

桐川楊竹如刺史招飲①劇演《黨人碑》②即席有作。竹如係忠烈公塚孫③，《黨人碑》宋元祐、紹聖事④。

屈指潛孫，惟我與君⑤，今日相逢。歎家世膺滂⑥，破巢剩壘；丹青褒鄂，硬箭強弓⑦。磊塊誰澆⑧，飛揚不禁⑨，願學當年曹景宗⑩。銀燈底，恰清歌宛轉，妙伎玲瓏。

燭花墳起如龍⑪，又聞樂中山淚滿胸⑫。任刺史筵前，嬌絲脆竹⑬；黨人碑上，怪雨盲風⑭。我已冥鴻⑮，人方談虎⑯，愁殺長安老石工⑰。歌且止，思爾兩家舊事，此曲難終。

（《湖海樓詞》，《清名家詞》本，上海：開明書店，一九三六年版）

【注釋】

①桐川楊竹如刺史：為明末楊漣長孫。

②《黨人碑》：清初邱園所作傳奇，演宋徽宗時蔡京專政，追貶前朝司馬光、蘇軾、文彥博等人，立黨人碑於端禮門。尚書劉逵上疏諫阻而被捕，其婿謝瓊仙因打碎黨人碑而逃亡的故事。

③忠烈公：楊漣（一五七二—一六二五），字文孺，號大洪，明應山人。萬曆三十五年（一六〇七）進士。天啟四年（一六二四）官至左副都御史，上疏劾宦官魏忠賢二十四大罪。次年下獄，拷掠至死。崇禎初謚忠烈。《明史》有傳。塚孫：長孫。

④元祐（一〇八六—一〇九四）、紹聖（一〇九四—一〇九八）：均宋哲宗趙煦年號。

⑤滑（音皺）孫：可憐的孫兒。《南史・袁粲傳》：「粲幼孤，其祖名之曰滑孫。」按陳維崧祖父陳于廷天啟時曾任吏部左侍郎，因忤魏忠賢，被斥為民，故云。

⑥膺滂：李膺、范滂。李膺（一一〇—一六九）東漢潁川襄城人，字元禮，桓帝時因反對宦官專權而入獄，靈帝時又與陳蕃、竇武謀殺宦官，失敗被殺。范滂（一三七—一六九），東漢汝南征羌人，字孟博，為清詔使，有意澄清吏治。以得罪宦官，繫獄，事釋得歸。靈帝建寧二年大殺黨人，詔下急捕滂黨，自赴獄死。此處以李膺、范滂比喻。

⑦「丹青」句：作者原注：「忠烈公遺像存余家三十年矣，今始奉還。」褒鄂：唐初功臣段志玄封號褒國公，尉遲恭封號鄂國公，當時並稱「褒鄂」。杜甫〈丹青引〉：「褒公鄂公毛髮動，英姿颯爽來酣戰。」

⑧磊塊：以壘石高低不平喻阻梗或心中鬱結不平。澆：謂以酒澆愁。《世說新語・任誕》：「阮籍胸中壘塊，故須酒澆之。」

⑨飛揚不禁：猶言飛揚跋扈，指豪放不羈。杜甫〈贈李白〉：「痛飲狂歌空度日，飛揚跋扈為誰雄？」

⑩曹景宗（四四七—五〇八）：字子震，新野（今河南新野縣南）人。梁武帝時武將，屢立戰功，官至右衛將軍。他的〈華光殿侍宴賦競、病韻〉，是一首氣魄雄偉的好詩。

⑪墳：高起。

⑫聞樂中山：《漢書・中山靖王勝傳》：漢武帝建元三年，中山靖王劉勝來朝，「天子置酒，勝聞樂聲而泣，問其故，勝對曰：臣聞悲者不可累欷，思者不可為歎息。故高漸離擊筑易水之上，荊軻為之低而不食，雍門子壹微吟，孟嘗君為之於邑。今臣心結日久，每聞幼眇之聲，不知涕泣而橫集也。」

⑬嬌絲脆竹：清脆的樂音。

⑭盲風：疾風。

⑮冥鴻：高飛的鴻雁。後用以比喻避世隱居的人。陸龜蒙〈和寄題羅浮軒轅先生所居〉：「暫應青詞為冗風，卻思丹繳伴冥鴻。」

⑯談虎：談虎色變，比喻明末對東林、復社的迫害，至今人們談起還感到恐懼。

⑰長安老石工：明・李東陽〈安石工〉：「端禮門，金石刻，丞相手書奸黨籍。長安役者安石工，不識人賢愚，但識司馬公。卑疏不敢預國事，倖免刻名為後累。匹夫憤泣天為悲，黃門夜半來毀碑。碑可毀，亦可建。蓋棺事，久乃見。不見奸黨碑，但見奸臣傳。」

【簡析】楊竹如的祖父楊漣和陳維崧的祖父陳于廷在明天啟年間都曾因反對魏忠賢而受到迫害，楊漣更是被迫害至死。因此作者在楊竹如席上觀看反映宋代黨爭的《黨人碑》一劇，自然引起很多感觸。詞中用「聞樂中山淚滿胸」典故，寫自己「心結日久，每聞幼眇之聲，不知涕泣而橫集也」的觀劇情感體驗，也是十分貼切的。

夜半樂

春夜觀小伶演《葛衣》劇①，任西華故事也

當時江左才調，樂安任昉②，風麗推無偶③。記驃騎陪軒④，祕書把袖⑤。青宮好士⑥，朱門接客⑦，更聞出入宮輦⑧，翱翔苑囿⑨。奈玉樹⑩，人世偏難久。　諸郎憔悴至此，西華東里，南容北叟⑪。漫細數⑫，平生密親懿友⑬，葛帔誰嗟⑭，練裙疇惜⑮，可憐野鮮動輪，門稀漬酒⑯。想此事，將毋古今有⑰。　閱此不覺，滿瀉瓊舟⑱，狂斟玉斗⑲。我論絕交君信否⑳。倘然疑，君再聽、當筵紅豆㉑。算蘭簿㉒，何必籌身後。清歌且喜簾垂繡。

（《湖海樓詞》，《清名家詞》本，上海：開明書店，一九三六年版）

【注釋】

①《葛衣》：明顧大典所作傳奇《葛衣記》，本事出《南史・任昉傳》：昉卒後，子西華冬月著葛帔練裙，道逢劉孝標，泫然矜之。乃著〈廣絕交論〉以譏其舊交。到溉見其論，抵几於地，終身恨之云。劇謂西華本到溉婿，溉逼寫休書，大雪飢凍，投父故舊訴之，皆拒不納。劉峻見而憫之，邀歸，賴沈約薦，授官。溉女聞父逐西華，憤而投江，為女尼所救。劉峻往見溉嘲之。溉已思女傷目，夫人言女尚存，立即迎歸，贅西華為婿。此事出於虛構。

②任昉（四六〇—五〇八），南朝梁博昌（今山東博興縣南）人，字彥昇。仕宋、齊、梁三代。擅長表、奏等各體散文，當時有「任筆沈（約）詩」之稱。

③無偶：無雙，無比。

④驃騎：梁武帝蕭衍，即帝位前曾為驃騎將軍，任昉曾為驃騎記室參軍。

⑤祕書：到溉、到洽兄弟，並有才學，皆與任昉交好。

⑥青宮：太子居東宮，東方色為青，故稱太子宮為青宮。

⑦朱門：紅漆門。古代王侯貴族的住宅大門漆成紅色，表示尊貴，因稱豪門為朱門。

⑧宮輦（音碾）：指皇宮。輦是皇帝乘坐的車。

⑨苑囿（音右）：畜養禽獸的園地。

⑩：指任昉姿貌秀美，才幹優異。

⑪諸郎：諸子。指任昉四子：東里、西華、南容、北叟。

⑫漫：徒然，枉然。

⑬ 懿友：至友，關係很深的朋友。

⑭ 葛帔（音配）：葛布製的披巾。

⑮ 綀（音疏）裙：粗絲布製成之裙。

⑯ 漬（音字）酒：後漢・徐稚常於家預炙雞一隻，棉絮一兩漬酒中，曝乾。遇諸公之喪，逕攜往前，以水漬棉，使有酒氣，祭享畢即去，不見喪主，事見《後漢書・徐稚傳》。後因以漬酒作為舊友弔喪祭墓的典故。按以上二句出自南朝梁・劉孝標（峻）〈廣絕交論〉：「繐帳猶懸，門罕漬酒之彥；墳未宿草，野絕動輪之賓。」

⑰ 將毋：或不，抑或不能。表示疑問之詞。

⑱ 瓊舟：玉酒杯。蘇軾〈玉盤盂〉之二：「但持白酒勸嘉客，直待瓊舟覆玉彝。」

⑲ 玉斗：酒器。

⑳ 「我論」句：指自己也曾遭到冷遇。

㉑ 紅豆：相思木所結子，大如豌豆，微扁，色鮮紅或半紅半黑。古常以比喻愛情或相思。王維〈相思〉詩：「紅豆生南國，秋來發幾枝。勸君多採擷，此物最相思。」

㉒ 蘭簿：金蘭簿。唐・馮贄《雲仙雜記》卷五〈金蘭簿〉：「戴弘正每得密友一人，則書於編簡，焚香告祖考，號為金蘭簿。」或作「金蘭譜」。

【簡析】陳維崧為明世家子弟，入清以後，家世衰落，故對世態炎涼多所感慨。因此他看《葛衣記》，感情非常投入，時時以任西華自比。「我論絕交君信否」句，指自己也曾遭到父輩舊友的冷遇，因此對真摯的友誼十分珍視。

賀新郎　自嘲用贈蘇崑生韻同杜于皇賦①

于皇曰：「朋輩中，惟僕與其年最拙②，他不具論，一日旅舍風雨中，與其年杯酒間談，余因及首席決不可坐，要點戲是一苦事，余常坐壽筵首席，見新戲有《壽春圖》③，名甚吉利，亟點之④，不知其殺伐到底⑤，終坐不安。其年云：『亦嘗坐壽筵首席，見新戲有《壽榮華》⑥，以為吉利，亟點之，不知其哭泣到底，滿堂不樂。』相與抵几大笑⑦，何兩拙不謀而同也。故和此詞。」余因是亦有此作。

高館燈如繡。屈指算，攝衣登座⑧，放顛時有⑨。慣罵孟嘗門下客⑩，無過雞鳴盜狗⑪。吾寧與灌夫為友⑫。曾被兩行官伎哂⑬，玳筵前⑭，一片喧聲透。香醪潑⑮，汙紅袖。

歡場百戲魚龍吼⑯。卻何來，敗人意興⑰，難開笑口。自顧無聊惟直視，奪得鸞篦播首⑱。叱若輩⑲，何堪祗候⑳。事後極知余謬誤，恰流傳，更有黃岡叟㉑。疏狂態㉒，誰甘後。

（《湖海樓詞》，《清名家詞》本，上海：開明書店，一九三六年版）

【注釋】

① 蘇崑生：原名周如松，河南固始人，明末清初著名的唱曲家。杜于皇：即杜濬。

② 其年：陳維崧字。

③ 《壽春圖》：傳奇名，已佚，本事未詳。

④ 亟：急忙。

⑤ 殺伐：征戰。

⑥ 《壽榮華》：明末清初朱佐朝所作傳奇。壽、榮、華乃三美玉名，最後促成壽希文與蘭氏榮娘、公羊氏華娘為配。

⑦ 抵几：抵著桌子。

⑧ 攝衣：整頓衣冠。

⑨ 放顛：表示顛狂。

⑩ 孟嘗：戰國時齊國孟嘗君田文，為戰國時著名的四公子之一。

⑪ 雞鳴盜狗：即「雞鳴狗盜。」孟嘗君之秦，秦王留之不使歸。孟嘗君門客有能為狗盜者，盜千金之狐白裘以獻

秦王幸姬，王從幸姬之請，遣孟嘗君歸。旋悔而追之。此時孟嘗君已至關，關法：雞鳴而出客。客有能為雞鳴者，一鳴而群雞盡鳴，遂能出關。見《史記・孟嘗君傳》。後以稱有卑微技能者。

⑫ 灌夫（？—前一三一）：字仲孺，西漢潁陰人。曾任太僕、燕相，為人剛直不阿，任俠，好使酒，家財千萬，食客日數十百人。與魏其侯竇嬰相善，嬰置酒延丞相田蚡，夫使酒罵坐，為蚡所劾，以不敬罪族誅。見《史記》本傳。

⑬ 官伎：指戲曲藝人。哂（音沈）：微笑。這裡指譏笑。

⑭ 玳筵：以玳瑁裝飾坐具的宴席，指盛宴。

⑮ 香醪（音勞）：香酒。

⑯ 百戲魚龍：即魚龍百戲，漢時京城長安等地盛行的魚龍漫衍及角抵之戲。這裡指戲曲表演。

⑰ 意興：意趣、興致。

⑱ 鸞篦（音閉）：飾有鸞鳥圖案的篦子，梳頭用具。

⑲ 叱（音斥）：大聲斥責。若輩：汝輩，你們。指上片所寫的那些發笑的藝人。

⑳ 祗（音之）候：恭迎，問候。

㉑ 黃岡叟：指杜濬，他是湖北黃岡人。

㉒ 疏狂：狂放不羈貌。

【簡析】看戲先要點戲，點戲必求吉利，這反映出當時戲曲演出的情況。但戲曲名稱與內容有時不一致，如果望文生義，點錯了就要鬧笑活，不僅同場觀眾不滿意，戲曲藝人也會譏笑。作者和杜濬都有類似經歷，談及此事，只好以「何兩拙不謀而同也」互許。本詞對這一點的描寫，筆調輕鬆，頗具幽默感。

朱彝尊（一六二九—一七〇九）

朱彝尊，字錫鬯，號竹垞，晚號小長蘆釣魚師，又號金風亭長。秀水（今浙江嘉興）人。康熙十八年（一六七九）舉科博學鴻詞，以布衣授翰林院檢討，入直南書房，參與纂修《明史》。曾出典江南省試。後因疾未及畢其事而罷歸。學識淵博，作文、考據均擅長。詩歌工整雅健，與當時王士禛南北齊名。詞是「浙西派」的開創者。有《曝書亭集》、《日下舊聞》、《經義考》，選有《明詩綜》、《詞綜》。

酬洪昇①

金臺酒座擘紅箋②，雲散星離又十年③。海內詩家洪玉父④，禁中樂府柳屯田⑤。
梧桐夜雨詞淒絕⑥，薏苡明珠謗偶然⑦。白髮相逢豈容易？津頭且纜下河船⑧。

（《曝書亭集》）

【注釋】

①《酬洪昇》：作於康熙四十年（一七〇一）。酬：答。洪昇（一六四五—一七〇四），字昉思，號稗畦、稗村、南屏樵者，錢塘（今浙江杭州）人。其父洪起鮫曾在清初出仕，外祖父黃機在康熙年間官至文華殿大學士兼吏部尚書。康熙初年遭受「家難」，父親幾乎被充軍。康熙七年（一六六八）從北京國子監肄業，一直到四十五歲為止，二十年均科舉不第，從未有過一官半職。康熙二十七年（一六八八），《長生殿》問世後引起社會轟動。次年，因佟皇后喪期內觀演《長生殿》而被劾下獄，革去太學生籍，後離開北京返鄉。康熙四十三年（一七〇四），江寧織造曹寅在南京主持演出全本《長生殿》，洪昇應邀前去觀賞，返回杭州途中，於烏鎮酒醉後失足落水而死。先以詩詞聞名於世，先後寫過十二個劇本，只有傳奇《長生殿》和雜劇《四嬋娟》傳世。與孔尚任並稱「南洪北孔」。

②金臺：戰國時燕昭王築黃金臺，其後遂為燕京八景之一，這裡用以指代北京。擘（音白陰平）紅箋：指題詩寫字。

③雲散星離：比喻分別。十年：洪昇因演《長生殿》致禍，離開北京，至此已經十年。

④洪玉父：宋代詩人洪炎，字玉父，黃庭堅的外甥，負文名。

⑤禁中樂府：指宋代詞人柳永曾經傳人宮中的詞。柳永曾任屯田員外郎，故稱柳屯田。以上二句以古人比洪昇。

⑥「梧桐」句：《長生殿》中的情節，寫唐明皇雨夜難眠，思念楊貴妃。

⑦薏苡（音意以）：多年生草本植物，果仁叫薏米。《後漢書・馬援傳》：「馬援從交趾回，見薏苡實大，欲以為種，載一車回。……及卒，有上書譖之者，以為前所載還皆明珠。」此處借喻洪昇因《長生殿》所受的冤屈。

⑧津口：渡口。纜：纜繩。此處用如動詞。

【簡析】這首詩高度評價洪昇的劇作《長生殿》，並對他所蒙受的冤屈致以慰問。情真意切，感人至深。

題洪上舍傳奇①

十日黃梅雨未消②，破窗殘燭影芭蕉③。還君曲譜難終讀④，莫付尊前沈阿翹⑤。

（《曝書亭集》卷二十）

【注釋】

① 洪上舍：洪昇。上舍，上舍生，宋代太學生之一。洪昇是國子監生，故稱上舍。傳奇：疑指《長生殿》。
② 黃梅雨：夏初梅子黃熟時之雨，亦稱梅雨。
③ 影：作動詞用，照出……之影。
④ 曲譜：即題中所說「傳奇」。終讀：讀完。
⑤ 沈阿翹：唐文宗時宮人。善歌舞。舞〈何滿子〉，「調辭風態，率皆婉暢」；奏〈涼州曲〉，「音韻清越」（唐・蘇鶚《杜陽雜編》）。

【簡析】此詩作於康熙四十一年（一七〇二）。作者當時在杭州。雨窗蕉影之下，他挑燈夜讀洪昇創作的傳奇劇本，但終於難以卒讀，因為太令人傷感了。為何傷感，詩人沒有明言，但與《長生殿》之禍留下的創傷不會沒有關係吧。

彭孫遹（一六三二—一七〇〇）

彭孫遹，字駿孫，號羨門，又號金粟山人。海鹽（今屬浙江）人。順治十六年（一六五九）進士，康熙十八年（一六七九）召試博學鴻詞，得第一名，授翰林院編修，官至吏部左侍郎，兼掌院學士。才藻工麗，存詩一千五百首。詞亦著名。有《松桂堂全集》、《延露詞》。

四月初三日作（四首選二）

其一

高堂列黼帳①，雜然進齊優②。簫管吹參差③，妙舞兼清謳④。
境去態仍在，器往聲還留。涉想每多妄⑤，冥心亦愈流⑥。
此中有實義，本與靜者謀。不假思惟得，豈從聞見求。

【注釋】

① 黼（音府）帳：猶華帳。司馬相如〈美人賦〉：「芳香芬烈，黼帳高張。」

② 齊優：齊國的女樂。借指取悅於人的優伶。
③ 簫管：排簫和大管。泛指管樂器。南朝宋・鮑照〈代升天行〉：「鳳臺無還駕，簫管有遺聲。」
④ 清謳：清亮的歌聲。《藝文類聚》卷六十二引三國魏何晏〈景福殿賦〉：「吳姬擢歌，越女鼓枻，詠《採菱》之清謳，奏〈淥水〉之繁會。」
⑤ 涉想：想像。南朝梁・何遜〈為衡山侯與婦書〉：「帳前微笑，涉想猶存。」
⑥ 冥心：潛心苦思，專心致志。宋・蘇舜欽〈詔獄中懷藍田高先生〉詩：「仰首羨飛鳥，冥心思故山。」

【簡析】中國文學藝術，講究有「餘味」、「餘韻」，本詩說表演藝術要做到「境去態仍在，器往聲還留」，正表現出這種美學追求，而這在崑曲藝術中是非常明顯的。

其二

越人善泅水，吳娃工走馬①。盤旋風電中，出沒波濤下②。當其呈技時③，意思何瀟灑。與物既相忘，我形亦自捨。豈惟無我心，並無無我者。

（《松桂堂全集》卷八，文淵閣四庫全書本）

【注釋】

① 吳娃：吳地美女。
② 「盤旋」二句：上句寫走馬，下句寫泅水。
③ 呈技：呈現技藝。

【簡析】這首詩所描繪的藝術表演境界，大體同於明人潘之恆《鸞嘯小品・神合》所說的「以神遇者以神告」。比較切近的還有《莊子・養生主》中庖丁所說的「臣以神遇而不以目視，官知止而神欲行」。對照一下焦循《劇說》卷六摘引袁宏道轉述齊優娥教誨弟子的一番話是很有意思的：「予初入排場時，村叟有聚觀者，余面若塗血，心若累石，口噓噓不能終折。已遊三街六衢，與諸少年狎，視村叟之觀者蔑如也。又過達人貴官之家，分杯連席，謔浪終日，歸而見市井少年，猶奴隸也。已而入京師，隸籍樂部，出入掖廷，聲遍長安，王侯公子爭為挾箏負琴，視達官貴人猶家鶩庭鳥也。今余又出京十年餘，高賢大士，遊公猥賈，閱歷既多，處萬人場有若幽室，籠指撚撥，隨手應歌，盤旋不拘本腔，人無不擊節者。何則？不見己焉耳，不見人焉耳。」這「不見己」、「不見人」的境界，也許就是「神合」的境界吧。

曹貞吉（一六三四—一六九八）

曹貞吉，字升六，號實庵。安丘（今屬山東）人。康熙三年（一六六四）進士，官禮部郎中。以疾辭湖廣學政，歸里卒。工詞，以南宋為宗。論詞與朱彝尊旨趣相近。詩清新俊逸，近體最工，但為詞名所掩。有《珂雪集》。

蝶戀花

又看演《祭皋陶》劇①，仍用前韻。

水面綾紋堆亂纈②。一曲清商③，寫出清流節④。枉矢離離光未歇⑤，若盧閑處飛霜雪⑥。呵壁左徒聲乍闋⑦。南北甘陵⑧，鴻影冥冥絕⑨。尺霧消來天問徹⑩，一鞭好弄山間月⑪。

（《珂雪詞》卷上，文淵閣四庫全書本）

【注釋】

①《祭皋陶》：宋琬所作雜劇。
②纈（音斜）：染花的絲織品。
③清商：此處指清越的戲曲。
④清流：舊時指負有時望的清高的士大夫。
⑤枉矢：箭名。八矢之一。《周禮・夏官・司弓矢》：「凡矢，枉矢、絜矢利火射，用諸守城、車戰。」鄭玄注：「枉矢者，取名變星，飛行有光，今之飛矛是也。」離離：歷歷分明。
⑥若盧：漢官署名。主藏兵器，有郎中二十人，主弩射。又掌詔獄，主審訊將相本臣。飛霜雪：相傳戰國時，鄒衍事燕惠王，被人陷害下獄。鄒衍在獄中仰天而哭，時正炎夏，天忽然降霜。
⑦「呵壁」句：相傳屈原放逐後，彷徨山澤，見楚先王廟及公卿祠堂，壁間畫有天地山川神聖及古聖賢等，因作〈天問〉，書於其壁，呵而問之，以洩憤懣。見《楚辭集注》王逸〈天問・序〉。李賀〈公無出門〉詩：「分明猶懼公人信，公看呵壁書問天。」左徒：屈原。闋（音確）：樂終。

⑧南北甘陵：甘陵，地名，故址在今河北漳河縣。據《後漢書・黨錮傳・序》：漢桓帝曾受業於甘陵周福，及即位，擢為尚書。時甘陵人房植任河南尹，有名當朝。二家各樹朋徒，互相對立，稱為南北甘陵。

⑨「鴻影」句：指南北甘陵這樣的事已經成了往事。尹廷高〈八詠樓〉詩：「倚闌千古意，鴻影去悠悠。」

⑩尺霧：《資治通鑑》卷一百九十八唐太宗語：「譬尺霧障天，不虧於大；寸雲遮日，何損於明。」比喻對正人的誣陷、誹謗。

⑪末二句說：誣陷不能得逞，陰雲消散，可以脫離是非場，詠吟山水。

【簡析】宋琬的雜劇《祭臯陶》寫的是舜時故事，反映的是清代的現實，本詞所詠是借古諷今。

王士禛（一六三四—一七一一）

王士禛，字貽上，號阮亭，又號漁洋山人。生長於山東新城（今桓臺）世家，順治十四年（一六五七）進士，初官揚州推官，入為部曹，轉翰林，官至刑部尚書。未仕時賦〈秋柳〉詩，嶄露頭角；官揚州五年，得江山之助，詩名大起。後名位日高，不改名士風流，朝野名流多出其門，被尊為詩壇領袖。論詩本之於嚴羽，以盛唐為宗，標舉「神韻」，以含蓄蘊藉、意在言外為最佳境界。詩作多留連風景，詠懷古蹟，贈答友朋，大都著墨簡淡，意境清遠，饒有韻致，尤以七言絕句最富此特色。詩文集為《帶經堂集》，又刪訂其詩為《漁洋山人精華錄》。

秦淮雜詩①（二十首選四）

其一

新歌細字寫冰紈②，小部君王帶笑看③。千載秦淮嗚咽水，不應仍恨孔都官④。

【注釋】

①《秦淮雜詩》作於順治十八年（一六六一）。

②冰紈：一種潔白透明的絲織品。

③小部：指唐代宮廷中的少年歌舞樂隊。唐．袁郊《甘澤謠．許雲封》：「值梨園法部置小部音聲，凡三十餘人，皆十五以下。」泛指梨園、教坊演劇奏曲。

④孔都官：孔範，南朝陳都官尚書，與江總同為陳後主狎客。

【簡析】本首作者原注：「宏光時，阮司馬以吳綾作朱絲闌，書《燕子箋》諸劇進宮中。」本詩通過一個歷史細節，總結南明君臣淫佚亡國的歷史教訓。秦淮流水嗚咽悲憤，應該痛恨阮大鋮的誤國，不應只恨陳後主的狎客江總、孔範之流了。

其二

舊院風流數頓、楊①，梨園往事淚沾裳。尊前白髮談天寶②，零落人間脫十娘③。

【注釋】

① 舊院：在今之南京，明朝為妓女叢聚之所。余懷《板橋雜記・雅遊》：「舊院，人稱曲中，前門對武定橋，後門在鈔庫街，妓家鱗次，比屋而居。」頓、楊：明代秦淮二名妓。頓，謂頓文，字小文。楊，謂楊玉香。皆色藝超群。

② 尊前：在酒樽之前。指酒筵上。天寶：唐玄宗年號（七四二—七五六）。談天寶，比喻談論前朝。

③ 脫十娘：明代金陵名妓。

【簡析】王士禛《池北偶談》：「金陵舊院有頓、楊諸姓，皆元人沒入教坊者。順治末，予在江寧，聞脫十娘者，年八十尚在，萬曆中北里之尤也。予感而賦之。」本詩即是借舊院變遷感懷前朝往事的。

其三

傅壽清歌沙嫩簫①，紅牙紫玉夜相邀②。而今明月空如水，不見青溪長板橋③。

【注釋】

① 傅壽：字靈修，秦淮名妓，善演戲曲。沙嫩：沙宛在，字嫩兒，秦淮名妓，善吹簫。

② 紅牙：檀木製的拍板，用以調節樂曲的節拍。紫玉：古人多截紫竹為簫笛，因以紫玉為簫笛的代稱。

③ 青溪：古水名，發源於南京鍾山西南，經市區流入秦淮河，逶迤十五里。今已湮沒。

【簡析】傅壽、沙嫩都是明末南京劇壇上風流一時的人物，而今只有月色依舊，當日繁華已成過眼雲煙。

其四

新月高高夜漏分①，棗花簾子水沉熏②。石橋巷口諸年少③，解唱當年《白練裙》④。

（《漁陽山人精華錄》卷五，四部叢刊初編本）

【注釋】

① 夜漏：夜間的時刻。古代用銅壺滴漏記時，故稱夜漏。

② 水沉：沉香。

③ 年少：少年。

④ 《白練裙》：明・鄭之文所作傳奇，演屠隆、王百谷等文人與南京妓院事。

【簡析】時代由明入清，而描寫當年文人與名妓交往故事的戲曲還為人們耳熟能詳，津津樂道，可見秦淮風流不絕。

門人陸次公輅通判撫州①，半載掛冠②，重建玉茗堂於故址，落成大宴郡僚，出吳兒演《牡丹亭》劇二日，解纜去③。自賦四詩紀事，和寄

落花如夢草如茵④，弔古臨川正暮春。玉茗又聞風景地，丹青長憶綺羅人。
瞿塘回棹三生石⑤，迦葉聞箏累劫身⑥。酒罷江亭帆已遠，歌聲猶繞畫梁塵⑦。

（《帶經堂全集・蠶尾續詩》卷五，四部叢刊初編本）

【注釋】

① 陸次公輅：陸輅，字次公，王士禛門人。通判：官名，一州輔佐之官。撫州：江西地名，湯顯祖的故鄉臨川即屬撫州。

② 掛冠：辭官。

③ 解纜：開船。

④ 茵：褥墊。

⑤ 瞿塘：峽名，在四川奉節縣東，為長江三峽之首，峽險水急。棹（音照）：划船撥水的用具。三生石：傳說唐代李源與僧圓觀友好，圓觀和李約定，待他自死後十二年在杭州天竺寺相見。十二年後李到寺前，有一牧童唱道：「三生石上舊精魂，賞月吟風不要論。慚愧情人遠相訪，此身雖異性長存。」牧童就是圓觀的托身。見唐・袁郊《甘澤謠》。本來是宣揚佛教輪回宿命的故事，詩文中多用作因緣前定的典故。

⑥ 迦（音加）葉：釋迦牟尼弟子。累劫：猶言多世。佛經謂天地的形成到毀滅謂之一劫。

⑦ 「歌聲」句：從「餘音繞梁」的成語化出。

【簡析】 清康熙三十三年（一六九四），陸輅任撫州通判，在臨川重建玉茗堂，演出《牡丹亭》，固然是一時風流盛事。但作者特別讚賞的是陸輅的氣質很有些像湯顯祖。第三聯兩句寫陸軺掛冠歸隱，急流勇退，與湯顯祖從浙江遂昌辭官還家就很相仿。

觀演《瓊花夢》傳奇①，柬龍石樓宮允②（八首選二）

其一

臨川遺跡草蕭蕭③，絕調荊溪又寂寥④。自掐檀痕親顧曲⑤，江東唯有阿龍超⑥。

【注釋】

①《瓊花夢》：清初龍燮所作傳奇，一作《江花夢》。

②龍石樓：龍燮（一六四〇—一六九七），字石樓，安徽望江人。康熙中舉鴻博，授檢討。有詩名，工詞曲。

③臨川：湯顯祖。

④絕調：中斷或已經散失的樂調。荊溪：江蘇宜興的別稱。此處指明末戲曲家吳炳。

⑤顧曲：欣賞音樂、戲曲。《三國志・吳志・周瑜傳》：「瑜少精意於音樂，雖三爵之後，其有闕誤，瑜必知之，知之必顧，故時人謠曰：『曲有誤，周郎顧。』」

⑥超：高超，超絕。

【簡析】這首詩稱讚龍燮在戲曲藝術上是湯顯祖、吳炳的繼承者。

其二

漏盡何辭倒玉壺①，清歌十斛走明珠②。《金荃》曲妙無人解③，合付柔奴與態奴④。

（《帶經堂全集・蠶尾續詩》卷五，四部叢刊初編本）

【注釋】

① 漏盡：謂夜深。

② 「清歌」句：清亮的歌聲圓潤宛轉，好像許多明珠在盤中轉動。十斛（音胡）：言明珠之多。

③ 《金荃》：唐溫庭筠有《金荃集》十卷。

④ 柔奴：蘇軾詞〈定風波・南海歸贈王定國侍人寓娘〉小序：「（王）定國歌兒名柔奴，姓宇文氏。」態奴：白居易〈江南喜逢蕭九徹因話長安舊遊戲贈五十韻〉：「師子尋前曲，聲兒出內坊。花深態奴宅，竹錯得憐堂。」按柔奴、態奴均為歌妓。

【簡析】這首詩稱讚龍燮的《瓊花夢》寫得好，又得好的演員表演，遂取得相得益彰的效果。

挽洪昉思①

送爾前溪去②，棲遲歲月多③。蒐裘終未卜④，魚腹恨如何⑤？
採隱懷苕霅⑥，招魄弔汨羅⑦。新詞傳樂部⑧，猶聽雪兒歌⑨。

（《帶經堂全集・蠶尾續詩》卷七，四部叢刊初編本）

【注釋】

① 洪昉思：洪昇。康熙四十三年（一七〇四）六月初一，洪昇從江寧返鄉，行經烏鎮，酒後登舟，墮水死。

② 「送爾」句：康熙二十八年（一六八九），洪昇因觀演《長生殿》之禍而下獄，後被革去國學生籍。康熙三十年（一六九一）離京歸杭。

③ 棲遲：淹留，隱遁。

④ 菟（音圖）裘：地名，故地在山東泗水境，後借指告老退隱的居處。出處見《左傳》隱公十一年。

⑤ 魚腹恨：洪昇落水死，故云。

⑥ 採隱：猶採逸，徵求隱逸之士。苕（音條）：苕溪。霅（音閘）：霅溪。均在浙江吳興縣。

⑦ 汨（音密）羅：汨羅江，在湖南省東北部，相傳屈原懷石自沉於此。

⑧ 新詞：指《長生殿》。

⑨ 雪兒歌：家伎的樂曲。雪兒，古代歌女。

【簡析】本詩原注：「昉思工詞曲，所製《長生殿》傳奇刻初成。」洪昇曾受業於王士禛，二人有不少贈答之作。王士禛〈寄懷西泠三子〉說：「稗畦樂府紫山詩，更有吳山絕妙詞。此是西泠三子者，老夫無日不相思。」深情厚誼如此。本詩對洪昇的藝術才能表示熱情讚賞，特別對他的不幸遭遇表示深摯的同情。

雜題近人諸傳奇（五首）

其一

漳南百戰畏重瞳①，玉玦三提失沛公②。千載楚江秋色裡，寒山如嘯哭英雄。

【注釋】

① 漳南：漳河之南，項羽曾與秦將章邯等多次在此交戰。重瞳：項羽目有二瞳子。《史記・項羽本紀》：「太史公曰：吾聞之周生曰『舜目蓋重瞳子』，又聞項羽亦重瞳子。羽豈其苗裔邪？」

② 玉玦（音決）：開缺口的玉環，古時常用以提示人決斷、決絕。在鴻門宴上，范增要預羽下決心殺劉邦，曾三次舉起所佩的玉玦，但項羽置若罔聞。沛公：劉邦。

【簡析】本首詠明・沈自徵所作雜劇《杜秀才痛哭霸亭秋》。這個劇寫宋代秀才杜默屢試不第，下第後路過烏江項羽廟，引項羽為落魄知己而痛哭之，實際上是抒發作者自己對現實的強烈不滿。

其二

鄴中餘子一醯雞①，薦禰高風孰與齊②？快意漁陽三弄罷③，墓門無魄署征西④。

【注釋】

① 鄴：鄴都，魏都之一，故址在今河北省臨漳縣北。醯（音西）雞：即蠓，小蟲。本句指與禰衡相比，當時魏都的才士都微不足道。語本孔融〈薦禰衡表〉：「鷙鳥累百，不如一鶚。使衡立朝，必有可觀。」

② 薦禰：指孔融上表推薦禰衡。高風：高卓的風範。

③ 漁陽三弄：鼓曲名。

④ 無魄：沒有膽量。征西：曹操〈述志令〉談他自己的志向說：「欲望封侯作征西將軍，然後題墓道言『漢故征西將軍曹侯之墓』，此其志也。」

【簡析】本詩詠徐渭的雜劇《狂鼓史漁陽三弄》。前二句稱讚孔融向曹操極力推薦禰衡，高風亮節，令人欽敬。後二句寫禰衡擊鼓罵曹，痛快淋漓，嚇得曹操魂飛魄喪，不敢再想自己的墓門題「漢故征西將軍曹侯之墓」的字樣以自我標榜了。

其三

巾幗兜鍪事亦奇①，織兒那許辨雄雌②。買絲繡作荀崧女③，同配高涼錦傘祠④。

【注釋】

① 巾幗（音國）：婦女的頭巾和髮飾。兜鍪（音謀）：頭盔。

② 織兒：小兒。辨雄雌：〈木蘭詩〉：「兩兔傍地走，安能辨我是雄雌？」

③ 荀崧女：晉襄陽太守荀崧之女灌娘，年十三，曾殺出重圍，向梁州守將周訪搬兵救父，事見《晉書》本傳。清・楊潮觀《吟風閣雜劇》有《荀灌娘圍城救父》一折。

④ 高涼錦傘祠：冼夫人祠。冼夫人（五一二—六〇二），南北朝嶺南地區人，高涼太守馮寶妻，曾參與平定侯景之亂，先後歸附陳、隋。

【簡析】這一首寫徐渭的雜劇《雌木蘭替父從軍》。詩中稱讚花木蘭是女中豪傑，應當和荀灌娘、冼夫人一樣，受到人們的崇敬。

其四

牛羊日歷凜陽秋①，不洗平泉草木愁②。曾向籌邊樓上望③，維州不見見崖州④。

【注釋】

①凜陽秋：猶言涼秋，寒秋。

②平泉：平泉莊，唐・李德裕別墅，在洛陽。李德裕有《平泉山居草木記》。

③籌邊樓：在四川成都西郊：李德裕任西川節度使時所建。四壁畫邊地險要，日與習邊事者籌畫其上。宋・陸游有〈籌邊樓記〉。

④維州：唐武德七年（六二四）所置，州治在今四川理縣東北。崖州：州名，今屬海南。本句言李德裕安邊之策未能實現，卻被放逐到崖州。

【簡析】清人王抃所作傳奇《籌邊樓》，寫唐代李德裕銳意安邊反遭貶逐的故事，王士禛曾稱讚此劇「一褒一貶，字挾風霜」，「描摹情狀，為泣鬼神」（《香祖筆記》）。這首詩特別表示了對李德裕遭受政治打擊的同情。

其五

虛聞劍術可通神①，河北淮西僭亂頻②。雲棧茫茫斷消息③，欲將匕首向何人④？

（《帶經堂全集・蠶尾續詩》卷七，四部叢刊初編本）

【注釋】

① 虛聞：空聞。本句詠尤侗《黑白衛》雜劇中的故事：唐・魏博大將聶鋒屢派劍客行刺陳許節度使劉昌裔，均為主持正義的聶鋒之女聶隱娘夫婦所破。

② 河北、淮西：指唐末割據一方的各處藩鎮。僭（音見）亂：與中央政權對立的叛亂。

③ 雲棧：高峻的棧道。

④ 末二句：指劉昌裔死後，聶隱娘夫婦慟哭別去。

【簡析】尤侗的雜劇《黑白衛》，本事出於唐裴鉶《傳奇》所寫聶隱娘故事。王士禛最讚賞此劇，曾帶到如皋，交冒辟疆家伶演出。

宋　犖（一六三四—一七一三）

宋犖，字牧仲，號漫堂，又號西陂、綿津山人，河南商丘人。順治四年（一六四七）應詔以大臣子列侍衛。逾年考試，銓通判。康熙三年（一六六四），授黃州通判，累擢江蘇巡撫，官至吏部尚書。篤學好交遊，淹通掌故，有詩名。與王士禛為好友，但論詩主張有異，是清代學宋詩派中的重要詩人。論文宗唐、宋諸大家。有《西陂類稿》。

題《桃花扇》①（六首）

其一

中原公子說侯生②，文筆曾高復社名③。今日梨園譜遺事④，何妨兒女有深情。

【注釋】

①《桃花扇》：清・孔尚任所作傳奇。凡四十四出。劇本以明代南京為背景，以復社文人侯方域與秦淮名妓李香君的愛情故事為線索，抒寫明末亡國之痛。比較真實地反映了南明弘光王朝的腐敗情況。劇中李香君堅拒馬士英黨羽田仰奪婚，撞地血濺扇面，楊文驄就血點染成桃花一枝，故劇名《桃花扇》。

②侯生：侯方域（一六一八—一六五五），字朝宗，河南商丘人。復社成員，曾作書斥責閹黨阮大鋮。入清後，應河南鄉試，中副榜，過三年，即抑鬱而死。以文名，詩亦多感慨時事。有《壯悔堂文集》、《四憶堂詩集》。《桃花扇》塑造男主角就是以他為原型的。

③復社：明末以江南士大夫為代表的結社之一。天啟年間，江蘇太倉人張溥等集合南北各省文人成立復社，繼承東林黨傳統，以講學批評時政。馬士英、阮大鋮當權，對之屢加迫害。

④梨園譜：梨園花譜是於清代中後期出現的一種文本，專門品鑑男伶。作者對那些男性戲曲演員的描寫和品評，主要不在於其演技，反而詳細描寫其容貌韻致，並繫以詩詞。

其二

南渡真成傀儡場①，一時黨禍劇披猖②。翩翩高致堪摹寫③，僥倖千秋是李香④。

【注釋】

①「南渡」句：指馬士英、阮大鋮擁立弘光小王朝，閹黨餘孽一個個粉墨登場。

② 黨禍：指馬、阮之流對復社黨人的迫害。披猖：猖狂。

③ 高致：高卓的情趣。

④ 李香：李香君，明末秦淮名妓，《桃花扇》的女主角。

其三

氣壓寧南惟倜儻①，書投光祿雜詼諧②。憑空撰出《桃花扇》，一段風流也自佳。

【注釋】

① 寧南：明末大將左良玉，封寧南侯，曾是侯方域父親侯恂的部下。弘光帝即位後，他企圖率兵從武昌東下。侯方域去書責以大義，阻止他的這一行動。《桃花扇》第十出《修劄》寫了此事。倜儻（音替淌）：灑脫豪邁。此處指侯方域。

② 光祿：阮大鋮，他曾任光祿卿。本句指侯方域曾致書阮大鋮，對他加以斥責。雜詼諧：指語含譏刺。

其四

血作桃花寄怨孤①，天涯把扇幾長吁②。不知壯悔高堂下③，入骨相思悔得無。

【注釋】

①「血作」句：指李香君拒嫁馬士英黨羽田仰，血濺紙扇，楊龍友點染作桃花。見《桃花扇》第二十二出《守樓》。

②「天涯」句：指李香君託蘇崑生持扇尋訪侯方域，相遇在黃河岸邊，侯方域見到香君鮮血染紅的桃花扇，不勝感歎。見《桃花扇》第二十七出《逢舟》。

③壯悔：侯方域堂號壯悔堂。

其五

陳吳名士鎮周旋①，狎客追歡向酒邊②。何意塵揚東海日③，江南留得李龜年④。

【注釋】

①陳：陳貞慧（一六〇四—一六五六），字定生，江蘇宜興人。吳：吳應箕（一五九四—一六四五），字次尾，號樓山，南直貴池大演（今屬安徽石臺）人。二人都是復社的重要人物。周旋：應酬，打交道。

②狎（音霞）客：親暱接近常共嬉遊飲宴之人。本句作者原注：「柳敬亭，蘇崑生。」蘇崑生也曾教李香君唱曲。

③塵揚東海：指明清易代這樣翻天覆地的大事變。

④ 李龜年：唐代樂師。通音律，能自撰曲，善歌唱，專長羯鼓。開元中與弟彭年、鶴年在梨園供職。安史亂後，流落江南，不知所終。杜甫有〈江南逢李龜年〉詩。此處以李龜年比柳敬亭，蘇崑生。

其六

新詞不讓《長生殿》①，幽韻全分玉茗堂②。泉下故人呼欲出③，旗亭樽酒一沾裳④。

（《桃花扇》卷首）

【注釋】

① 《長生殿》：洪昇所作傳奇。
② 玉茗堂：指湯顯祖。
③ 泉下故人：已經逝去的故人，指侯方域等。
④ 旗亭：酒樓。

【簡析】這組詩前四首詠侯方域、李香君，第五首詠柳敬亭、蘇崑生，描述了《桃花扇》中的人物群像，指出李香君的形象最令人難忘。第六首指出《桃花扇》繼承了湯顯祖的創作傳統，其藝術成就可與洪昇《長生殿》相媲美，這都是有得之見。

唐孫華（一六三四—一七二三）

唐孫華，字實君，別字東江，江蘇太倉人。少入慎交社，有文名。徐乾學頗重之，招修一統志。康熙二十七年（一六八八）進士，選陝西朝邑知縣。會召試乾清宮稱旨，授禮部主事，兼翰林院行走。後充浙江鄉試副考官，因事落職。既歸，堅臥不出，與二三老友登臨遊宴，有香山、洛下之風。天才敏贍，九試冠軍，名震江左。有《東江詩鈔》。

常熟陸次公曾為撫川別駕[1]，重葺臨川玉茗堂[2]，設湯義仍先生木主[3]，演《牡丹亭》傳奇祀之，詩紀其事，屬和（二首）

其一

臨川逸藻許誰群[4]？筆挾仙靈氣吐芬。才子文章機上錦，美人形影夢中雲。
《金荃集》在傳新句[5]，玉茗堂空冷舊芸[6]。彷彿吟魂來月夜[7]，落霞餘唱或時聞[8]。

【注釋】

① 陸次公：陸輅。別駕：通判的別稱。
② 葺（音氣）：修理房屋。
③ 湯義仍：湯顯祖。木主：為死者立的木製牌位。
④ 逸藻：超群的文采。
⑤ 《金荃集》：唐溫庭筠詞集，今不傳，後人有《金荃詞》輯本。
⑥ 芸：香草。
⑦ 吟魂：詩人之魂。
⑧ 落霞餘唱：王勃〈滕王閣序〉中的「落霞與孤鶩齊飛，秋水共長天一色」是千古名句。這裡「落霞餘唱」指湯顯祖美妙的曲辭。

【簡析】本詩所寫事實可與前王士禎〈門人陸次公輅通判撫州，半載掛冠，重建玉茗堂於故址，落成大宴郡僚，出吳兒演《牡丹亭》劇二日，解纜去。自賦四詩紀事，和寄〉參看。詩人通過這一事件的記敘，表達了對湯顯祖的崇敬心情。

其二

使君才筆繼清河①，佐郡無心嘯詠多②。詞客風流悲逝水③，箏人舞曲按〈回波〉④。
張融宅畔劉璡訪⑤，宋玉庭前庾信過⑥。往哲有靈應一笑⑦，檀痕重掐斷腸歌⑧。

（《東江詩鈔》卷五，清康熙間刻本）

【注釋】

①使君：對州郡長官的尊稱，這裡指陸輅。清河：西晉文學家陸雲，曾任清河內使。

②「佐郡」句：說陸輅對仕宦不熱心，而以吟詠詩篇為樂。

③詞客：詞人。逝水：流逝的光陰。《論語・子罕》：「子在川上曰：『逝者如斯夫，不舍晝夜！』」

④箏人：彈奏樂器者。〈回波〉：〈回波詞〉，或名〈回波樂〉，樂府商調曲。

⑤「張融」句：作者原注：「劉璡至吳曰：『聞張融與陸慧曉並宅，其間有水，必有異味。』遂往酌而飲之。」張融，南齊人，有卓譽。齊太祖奇愛之，嘗曰：「此人不可無一，不可有二。」陸慧曉，南齊人，清介自立，時人謂其「心如明鏡」。劉璡，南齊人。

⑥「宋玉」句：宋玉，戰國時楚國辭賦家。庾信，南北朝時文學家。荊州（今湖北江陵）有宋玉舊宅，庾信八世祖庾滔也在江陵定居。庾信〈哀江南賦〉：「誅茅宋玉之宅，穿徑臨江之府。」

⑦往哲：先哲，指湯顯祖。

⑧「檀痕」句：作者原注：「臨川句云：『自掐檀痕教小伶。』」按此句見湯顯祖〈七夕醉答君東二首〉。

【簡析】這首詩列舉庾信追懷宋玉，劉璡追懷張融，眾多後代文人仰慕前輩文人的風流雅事，讚揚陸輅追步湯顯祖，格調高雅，舉止不凡。

田　雯（一六三五—一七〇四）

田雯，字綸霞，又字紫綸，號山薑，晚號蒙齋，山東德州人。康熙三年（一六六四）進士，曾任江南學政、湖北督糧道、江南巡撫、貴州巡撫、刑部右侍郎、左侍郎、戶部左侍郎。學識廣博，著述豐富。詩與王士禛、施閏章同具盛名。有《古歡堂集》。

題「四夢」傳奇後①

天風綺藻散餘霞②，前輩臨川著作家③。自是詞人風味別④，堂前一樹白茶花⑤。

（《古歡堂集》卷十四，文淵閣四庫全書本）

【注釋】

① 「四夢」傳奇：「臨川四夢」或「玉茗堂四夢」。湯顯祖創作的傳奇《紫釵記》、《牡丹亭》、《邯鄲夢記》、《南柯夢記》，四劇皆以夢境穿插，故稱。

② 綺藻：華麗的文藻。本句化用謝朓〈晚登三山還望京邑〉詩「餘霞散威綺」語意。

③ 臨川：湯顯祖，其為江西臨川人。

④ 詞人：指戲曲家。

⑤ 白茶花：即玉茗花，湯顯祖堂名玉茗堂。

【簡析】本詩讚揚湯顯祖的「臨川四夢」文采富麗，而又天然清新，充分體現了劇作家獨特的風格。

題《桃花扇》（六首）

其一

一例降旗出石頭①，烏啼楓落秣陵秋②。南朝剩有傷心淚③，更向胭脂井畔流④。

【注釋】

①「一例」句：指南明王朝也和東吳、陳、南唐等國一樣，走上了投降的道路。一例：一律，一概。石頭：石頭城，南京。劉禹錫〈西塞山懷古〉：「千尋鐵鎖沉江底，一片降幡出石頭。」

②秣（音末）陵：南京。

③南朝：南明弘光帝也即位於南京，故亦稱南朝。

④胭脂井：南朝陳國景陽殿之井。禎明三年（五八九），隋兵過江，攻占臺城，陳後主聞兵至，與妃張麗華、孔貴嬪投此井。至夜，為隋兵所執。

其二

白馬青絲動地哀①，教坊初賜柳圈回②。春燈燕子桃花笑③，箋奏新詞狎客來④。

【注釋】

① 白馬青絲：南朝梁普通年間，「有童謠曰：『青絲白馬壽陽來。』」其後侯景作亂，乘白馬以青絲為韁，兵皆青衣，從壽春進軍建康。見《梁書・侯景傳》、《隋書・五行志上》。

② 柳圈：戴在頭上的柳條圈，春日遊戲所用。

③ 「春燈」句：指阮大鋮所作傳奇《春燈謎》、《燕子箋》、《桃花笑》等。

④ 新詞：新作戲曲。狎客：陪伴權貴遊樂的人。《陳書・江總傳》：「總當權宰，不持政務，但日與後主遊宴後庭，共陳暄、孔範、王瑗等十餘人，當時謂之狎客。」

其三

江湖無賴弄潺湲①，一載春風化杜鵑。卻怪齊梁癡帝子②，莫愁湖上住年年③。

【注釋】

① 潺湲（音纏元）：水（淚）流貌。

② 齊梁癡帝子：指齊東昏侯、梁敬帝等齊梁昏君。

③ 莫愁湖：湖名，在南京市水西門外。

其四

商丘公子多情甚①，水調詞頭弔六朝②。眼底忽成千載恨，酒鉤歌扇總無聊③。

【注釋】

①商丘公子：指侯方域，他是河南商丘人。

②「水調」句：侯方域《壯悔堂文集》中有〈過江秋詠八首〉（順治九年壬辰作），有憑弔六朝的內容。

③酒鉤：酒席上用具。白居易詩：「酒鉤送盞推蓮子，燭淚粘盤壘蒲萄。」

其五

零落桃花咽水流，垂楊憔悴暮蟬愁。香娥不比圓圓妓①，門閉秦淮古渡頭。

【注釋】

①香娥：指李香君。圓圓妓：陳圓圓（一六二三—一六九五）。本姓邢，明末吳中名妓，善歌舞。初歸貴戚田畹，後為遼東總督吳三桂妾。傳說崇禎十七年李自成攻入北京，圓圓在京被俘。後三桂降清，引清軍入關，攻陷北京，圓圓復歸三桂。吳偉業曾為此作〈圓圓曲〉，有「衝冠一怒為紅顏」之句。

其六

錦瑟消沉怨夕陽，低回舊院斷人腸①。寇家姊妹知何處②，更惜風流鄭妥娘③。

（《古歡堂集》卷十五，文淵閣四庫全書本）

【注釋】

① 舊院：在今之南京，明朝為妓女叢聚之所。余懷《板橋雜記・雅遊》：「舊院，人稱曲中，前門對武定橋，後門在鈔庫街，妓家鱗次，比屋而居。」

② 寇家姊妹：明末南京多寇姓名妓。最著名者為寇湄，字白門。鄭妥娘：一名如英，字無美，明末南京名妓。按《桃花扇》中曾寫到寇白門、鄭妥娘等人。

【簡析】這組詩前三首憑弔南明王朝，譴責導致南明王朝滅亡的昏君奸臣。第四首詠侯方域，第五首詠李香君，第六首借憑弔秦淮舊院，抒寫興亡之感。

新秋雨夕，下司寇齋中觀尤展成《李白登科記》傳奇①

四條弦動第三廳②，一闋〈霓裳〉酒未停③。偶爾清歌天便妒④，秋燈寒雁雨淋鈴⑤。

（《古歡堂集》卷十五，文淵閣四庫全書本）

【注釋】

①尤展成：即尤侗。《李白登科記》：即尤侗所作雜劇《清平調》。

②四條弦：指琵琶的四條弦。第三廳：指飲酒處。李濤〈求酒詩〉：「惱亂玉堂將欲遍，依稀巡到第三廳。」

③霓裳：〈霓裳羽衣曲〉又稱〈霓裳羽衣舞〉，一種唐代宮廷樂舞，是唐代歌舞的集大成之作，唐玄宗作曲。安史之亂後失傳。南宋年間，姜夔發現商調〈霓裳曲〉的樂譜十八段，保存在他的《白石道人歌曲》裡。這裡指戲曲的歌舞。

④清歌：清亮的歌聲。

⑤雨淋鈴：雨打在屋簷下的風鈴上。

【簡析】尤侗的《清平調》雜劇描繪了李白跌宕起伏的命運，看了令人感慨萬端，是當時經常上演並受到士大夫們歡迎的劇目之一。

李良年（一六三五—一六九四）

李良年，原名法遠，又名兆潰，字武曾，號秋錦，浙江秀水人。諸生。少有雋才，與兄繩遠、弟符齊名，時稱「三李」；又與朱彝尊並稱「朱、李」。良年又與彝尊、王翃、周篔、繆泳、沈進等集里中為詩課。往來南北，遊蹤遍天下。後至京師，舉試博學鴻儒科，不遇。徐乾學開志局於洞庭西山，聘主分修。工詩詞，為古文尤長於議論。有《秋錦山房集》。

丁老行①

吾生不見南中全盛日②，秦淮丁老三歎述。達官戚里多歡娛③，碧油錦纜凌晨出④。
三十六曲青溪邊⑤，教坊名部分甲乙⑥。沙嫩清簫絕世工⑦，頓老琵琶更無匹⑧。
脫十娘家盛歌舞⑨，碧紗如煙香滿室。寫生麥紙鬱青縹⑩，定情紅箋擅詩筆。
解貂秉燭千纏頭⑪，鎖袴銖衣金作衵⑫。是時法曲選梨園⑬，丁老排場推第一⑭。
建業春風〈懊惱歌〉⑮，開元舊譜龜茲律⑯。當筵聽者不敢喧，明星未抵華燈密。
席門趙李盛經過⑰，醉歸不逢當路叱⑱。為歡只道絲滿絇⑲，買笑休矜髮如漆⑳。
笛床一旦煙塵生㉑，再見南都傳警蹕㉒。大尹朝潛朱雀航㉓，炮車夜照京口驛㉔。
降幡盤盤穿雉迎㉕，柳市花樓眼中失㉖。莫愁湖上飛鴛鴦㉗，小姑祠前吹觱篥㉘。
自此紅顏同逝水㉙，啼巾淚損燃脂帙㉚。勾欄月裡聞乳烏㉛，井水秋千斷長繘㉜。
間殺秦淮渡口人，風冷檀指霜折瑟㉝。嗚呼亂離那可悉，由來物理渾難必㉞。
典衣買醉君莫笑㉟，丁老明年八十七。

（《秋錦山房集》卷三，清康熙間刻乾隆間續刻李氏家集四種本）

【注釋】

①丁老：明末清初江南著名崑劇串客丁繼之。

②南中：泛指國土南部。此處指江南。

③達官：顯貴之官。戚里：帝王外戚聚居之處。

④碧油：碧油幢，青綠色的油布帷幕。南齊公主所乘車用碧油幢。此處代指車。錦纜：錦製之纜，代指遊船。

⑤青溪：三國東吳在建業（今南京）東南所鑿東渠，發源於紫金山西南，流經南京主城入秦淮河，曲折達十餘里，亦名九曲青溪。年久湮廢，今僅存入秦淮河的一段。

⑥教坊：唐代掌管女樂的官署名。宋元也置教坊。

⑦沙嫩：沙宛在，字嫩兒，秦淮名妓，善吹簫。

⑧頓老：即明武宗時南教坊著名樂工頓仁。

⑨脫十娘：明代金陵名妓。王士禎《池北偶談》：「金陵舊院有頓、楊諸姓，皆元人沒入教坊者。順治末，予在江寧，聞脫十娘者，年八十尚在，萬曆中北里之尤也。」

⑩寫生：描繪實物。此處指繪畫。麥紙：麥紋紙，唐代書詔用紙。此處代指繪畫用紙。鬱：茂盛貌。青縹：青色。《爾雅・未及上翠微疏》：「山氣青縹色，故曰翠微也。」

⑪解貂：慷慨解囊。韋莊〈早春〉詩：「主人年少多情味，笑換金龜解珥貂。」

⑫銖衣：五銖衣，古代傳說神仙穿的本服。一銖為一兩的二十四分之一，五銖言其極輕。衵（音逆）：內衣，近身衣。

⑬法曲：樂曲，因用於佛教法會而得名。原為含有外來音樂成分的西域各族音樂，傳至中原地區後，與漢族的清商樂相結合，後發展為隋唐法曲。唐玄宗酷愛法曲，命梨園弟子學習，稱為「法部」。

⑭排場：劇場，舞臺，亦指登臺演出。曹雪芹〈題敦誠《琵琶行》傳奇〉詩：「白傅詩靈應喜甚，定教蠻素鬼排場。」

⑮建業：南京。〈懊惱歌〉：樂府吳聲歌曲名，也作〈懊儂歌〉。產生於南朝江南民間，抒寫男女愛情受到挫折的苦惱。現存歌詞十四首。

⑯開元：唐玄宗李隆基年號，西元七一三至七四一年。龜茲：漢西域城國。領地以今新疆維吾爾自治區庫車為中心，包括輪臺、沙雅、新和、拜城、阿克蘇、烏什等地。

⑰趙李：指趙飛燕、李延年。趙飛燕本是陽阿公主家的舞女，李延年善歌。這裡以趙李代表歌人舞女。阮籍〈詠懷詩〉：「西遊咸陽中，趙李相經過。」

⑱「醉歸」句：因醉歸習以為常，故路人不叱。

⑲絇（音渠）：網罟的別名。

⑳ 買笑：舊指狎妓。矜（音今）：自誇。髮如漆：言年輕。

㉑ 笛床：安放笛的架子。

㉒ 南都：南京。警蹕（音必）：古時帝王出入稱警蹕，左右侍衛為警，止人清道為蹕，以戒止行人。

㉓ 大尹：此處指大官。潛：沉。朱雀航：又名朱雀桁，晉、南北朝時建康正南朱雀門外的古浮橋。長九十步，寬六丈，戰時有警，則撤航為備。

㉔ 京口：今江蘇鎮江市，為古代長江下游的軍事重鎮。

㉕ 降幡：即降旗。劉禹錫〈西塞山懷古〉：「一片降幡出石頭。」盤盤：曲折回環貌。雉（音至）：計算城牆面積的單位。引申為城牆。

㉖ 柳市花樓：舊指妓院聚集之處。

㉗ 莫愁湖：湖名，在今南京市水西門外。

㉘ 小姑祠：神女祠，在江西彭澤縣北大江中的小孤山（因語音訛傳為小姑山）上。觱篥（音必立）：古樂器名，又名愁簞，笳管。本出龜茲，後傳入中原。以竹為管，以蘆為首，狀似胡笳。

㉙ 逝水：流水。《論語・子罕》：子在川上曰：「逝者如斯夫，不舍晝夜！」借指時光的流逝。

㉚ 燃脂：點燈。徐陵《玉臺新詠・序》：「於是燃脂暝寫，弄筆晨書，撰錄豔歌，凡為十卷。」帙（音至）：書套、書函。書一函稱一帙。按此句指挑燈夜讀，淚損書帙。

㉛ 乳烏：雛鳥。

㉜ 繘（音局）：井口汲水的繩索。

㉝ 檀指：彈奏樂器的手指。檀，檀槽，檀木做成的琵琶、琴等弦樂器。

㉞ 物理：事物的常理。渾：全。必：一定。

㉟ 典衣買醉：典當衣物買酒飲。杜甫〈曲江二首〉之二：「朝回日日典春衣，每日江頭盡醉歸。」

【簡析】丁繼之是一位高壽的老人，不僅曲學修養深厚，技藝高超，對崑曲的傳承有很大貢獻，也是明清易代之際滄桑巨變的一位見證者。本詩可以幫助我們瞭解明末清初戲劇發展和藝人生活的狀況。

褚人穫（一六三五—一七〇四後）

褚人穫，字稼軒，一字學稼，號石農，長洲（今江蘇蘇州）人。生平事蹟闕如。平生不求聞達，於書無所不閱，尤諳明代野史稗乘、雅好著述，與尤侗、洪昇、顧貞觀、張潮、毛宗崗等交遊。著有《堅瓠集》、《讀史隨筆》、《退佳鎖錄》、《續蟹譜》、《隋唐演義》等。

戲目詩四首

辛未夏日觀女優演雜劇亦集成四律云①。

其一

文章用到女開科，臚唱三元四景多②。碧玉串垂金印佩，珍珠衫掛瑞霓羅③。
九華燈燦全家慶，六月霜寒易水歌④。寄語西園折桂客，萬年歡賞在南柯⑤。

【注釋】

①辛未：康熙三十年（一六九一）。

②「文章」二句：原注：「《文章用》、《女開科》、《三元記》、《四景記》」，四劇作者分別為固無居士、葉稚斐、沈受先、李日華。

③「碧玉」二句：原注：「《碧玉記》、《金印記》、《珍珠衫》、《瑞霓羅》」，四劇作者分別為佚名、蘇復之、袁于令、朱佐朝。

④「九華」二句：原注：「《九華燈》、《全家慶》、《六月霜》、《易水歌》」，四劇作者分別為佚名、佚名、佚名、徐沁。

⑤「寄語」二句：原注：「《西園記》、《折桂記》、《萬年歡》、《南柯記》」，四劇作者分別為吳炳、紀振倫、朱素臣、湯顯祖。

其二

種玉人歸四喜前，軟藍橋畔釣魚船①。龍膏能續情燈影，獅吼休驚畫舫緣②。

五代榮華長命縷，又冠誥敕永團圓③。文心現顯英雄概，河上盟情合鏡年④。

【注釋】

①「種玉」二句：原注：「《種玉記》、《四喜記》、《藍橋記》、《釣魚船》」，四劇作者分別為許自昌、謝讜、龍膺、張大復。

②「龍膏」二句：原注：「《龍膏記》、《情燈影》、《獅吼記》、《畫舫緣》」，《畫舫緣》疑為《花舫緣》，四劇作者分別為楊珽、佚名、汪廷訥、孟稱舜。

③「五代」二句：原注：「《五代榮》、《長命縷》、《雙冠誥》、《永團圓》」，四劇作者分別為朱佐朝、梅鼎祚、陳二白、李玉。

④「文心」二句：原注：「《文心現》、《英雄概》、《河上盟》、《合鏡記》」，四劇作者分別為不詳、葉稚斐、佚名、佚名。

其三

金雀銜環義俠奇，贈書雙捷報家知①。香囊擬貯珊瑚玦，玉合還藏琥珀匙②。
孔雀屏開三桂候，芙蓉影畔四賢祠③。錦衣歸第滿床笏，吉慶圖成題塔時④。

【注釋】

①「金雀」二句：原注：「《金雀記》、《義俠記》、《贈書記》、《雙捷記》」，四劇作者分別為無心子、沈璟、佚名、佚名。

②「香囊」二句：原注：「《香囊記》、《珊瑚玦》、《玉合記》、《琥珀匙》」，四劇作者分別為邵燦、周稚廉、梅鼎祚、葉稚斐。

③「孔雀」二句：原注：「《孔雀屏》、《三桂記》、《芙蓉影》、《四賢記》」，茸城墁傭有《孔雀記》，後三劇作者分別為紀振倫、西泠長、佚名。

④「錦衣」二句：原注：「《錦衣記》、《滿床笏》、《吉慶圖》、《題塔記》」，朱素臣有《錦衣歸》，後三劇作者分別為范希哲、朱佐朝、徐復祚。

其四

盤陀山下醉菩提，祝髮西廂憶小尼①。奇衫揾透胭脂雪，綠綺裁成芍藥辭②。
漫把雙魚題扇贈，莫忘玉玦繡鞋期③。琴心微逗牟尼合，人獸關分五福兮④。

（《堅瓠集》四集卷二，清康熙間刻本）

【注釋】

①「盤陀」二句：原注：「《盤陀山》、《醉菩提》、《祝髮記》、《西廂記》」，四劇作者分別為佚名、張大復、張鳳翼、李日華。

②「奇衫」二句：原注：「《奇衫記》、《胭脂雪》、《綠綺記》、《芍藥辭》」，四劇作者分別為佚名、盛際時、楊柔勝、佚名。

③「雙魚」二句：原注：「《雙魚記》、《題扇記》、《玉玦記》、《繡鞋記》」，四劇作者分別為沈璟、任鴞臣、鄭若庸、佚名。

④「琴心」二句：原注：「《琴心記》、《牟尼合》、《人獸關》、《五福記》」，四劇作者分別為孫柚、阮大鋮、李玉、鄭之珍。

【簡析】褚人穫所作戲目詩有兩組，一組是康熙三十年（一六九一）所作的〈戲目詩四首　辛未夏日觀女優演雜劇亦集成四律云〉，另一組是康熙四十三年（一七〇四）所作的〈後戲目詩四首　甲申春連觀演劇，復成四律〉，這裡選的是前面一組。

這一組四首七律，一共涉及傳奇六十四部，劇作者包括邵燦、鄭若庸、張鳳翼、蘇復之、沈受先、湯顯祖、沈璟、李日華、孫柚、謝讜、龍膺、周稚廉、梅鼎祚、鄭之珍、汪廷訥、孟稱舜、許自昌、紀振倫、袁于令、吳炳、阮大鋮、李玉、朱素臣、朱佐朝、葉稚斐、盛際時、張大復、陳二白、楊柔勝、徐復祚、范希哲等名家，也包括一些無名氏作家。劇作則包括《香囊記》、《玉玦記》、《祝髮記》、《金印記》、《南柯記》、《義俠記》、《南西廂記》、《琴心記》、《藍橋記》、《玉合記》、《金雀記》、《獅吼記》、《西園記》、《牟尼合》、《滿床笏》、《人獸關》、《永團圓》、《琥珀匙》、《醉菩提》、《雙官誥》等名劇。這份名單中，李玉、朱素臣、朱佐朝等蘇州派劇作家占了相當大的比重，證明他們在蘇州有著深厚的群眾基礎。

以上劇目的演出，都是褚人穫在不長的時間裡親自觀看的，由此可見蘇州戲曲演出的頻繁，亦可見包括褚人穫在內的觀眾觀賞戲曲的熱情之高。這正是康熙年間崑曲繁榮的生動寫照。

徐　釚（一六三六—一七〇八）

徐釚（音求），字電發，號拙存，又號虹亭，江蘇吳江人。少工詩詞古文，善畫山水，入慎交社後，聲譽日盛。康熙十八年（一六七九）試博學鴻詞科，授翰林院檢討。適當轉外任，遂乞歸。好古博學，為詩綿麗幽深。其詩始尚華秀，及與四方豪俊相切磋，格調為一變。著有《南州草堂集》。其《菊莊詞》曾與納蘭容若《飲水詞》同流傳海外。

寒夜署中觀劇即事（四首選一）

感慨淒涼調不同，銀箏鐵板唱江東[1]。舊人縱有何戡在[2]，此地曾無南九宮[3]。

（《南州草堂集》卷十四，清康熙三十四年刻本）

【注釋】

①銀箏：飾銀之箏。箏，樂器名。按本句取意於前人對蘇軾詞風格的評價。

②何戡：唐長慶時著名歌者。劉禹錫〈與歌者何戡〉詩：「舊人唯有何戡在，更與殷勤唱〈渭城〉。」

③九宮：南北曲中常用的曲牌，大都屬仙呂宮、南呂宮、中呂宮、黃鐘宮、正宮、大石調、雙調、商調和越調九個宮調。通稱九宮或南北九宮。

【簡析】本詩作於長江北岸的安徽安慶。作者原注：「江北無崑腔。」一江之隔，戲曲聲腔風格便不同，可見中國戲曲音樂的豐富性。

摸魚兒

寒夜觀劇，演韓蘄王夫人故事①

舞氍毹②，霜天夜冷，畫簾銀燭如晝。一聲〈河滿〉腸千折③，只有青衫依舊。君見否。西陵畔④，兩家錢趙惟衰柳⑤。〈霓裳〉休奏⑥。但紅粉英雄⑦，也曾相助，擂鼓長江口。

空侘傺⑧，驗取衣冠優孟⑨，幾回燈下搔首。猩絨繡襖芙蓉頰⑩，值得當年消受⑪。揎短袖⑫。人未老，功名莫漫同芻狗⑬。天移星斗。灑珠淚羅巾，悲歌慷慨，拚與銷殘漏⑭。

（《菊莊詞》，《清名家詞》本，上海：開明書店，一九三六年版）

【注釋】

① 韓蘄王夫人：指宋代抗金名將韓世忠夫人梁紅玉。本京口（今江蘇鎮江）娼女。識世忠於微時。建炎四年，世忠與金兀朮戰於黃天蕩，梁親擂鼓助戰，金兵終不得渡。事見《宋史》三六四〈列傳第一百二十四：岳飛〉。

② 氍毹（音渠書）：一種毛織或毛與其他材料混織的毯子。舊時舞臺演出常鋪紅色氍毹，因以「氍毹」或「紅氍毹」代稱舞臺。

③ 河滿：即〈何滿子〉，舞曲名。相傳以樂人何滿而名。《樂府詩集》卷八十引白居易曰：「何滿子，開元中，滄州歌者臨刑進此曲以贖死，竟不得免。」

④ 西陵：渡口名，又名西興，在浙江蕭山縣西。

⑤ 錢趙：指先後在杭州建都的五代吳越錢姓君主和南宋趙姓君主。

⑥ 霓裳：〈霓裳羽衣曲〉，又稱〈霓裳羽衣舞〉，一種唐代宮廷樂舞，是唐代歌舞的集大成之作，唐玄宗作曲。安史之亂後失傳。南宋年間，姜夔發現商調〈霓裳曲〉的樂譜十八段，保存在他的《白石道人歌曲》裡。這裡指戲曲的歌舞。

⑦ 紅粉：婦女化妝用的胭脂和粉，舊時借指年輕婦女、美女。

⑧ 侘傺（音叱斥）：失意而精神恍惚的樣子。

⑨ 優孟：春秋時楚國著名優人，擅長滑稽諷諫，善於假扮古人或模仿他人。後以優孟衣冠比喻登場演戲。

⑩ 猩絨：大紅色絨。芙蓉頰：像荷花一樣明麗的面頰。

⑪ 消受：享受，受用。

⑫ 揎（音宣）：捋起。

⑬ 芻（音鋤）狗：草和狗。比喻輕賤無用之物或言論。

⑭ 殘漏：將盡的漏聲。謂天將明。

【簡析】宋代巾幗名將梁紅玉抗金兵的戲曲，看了令人神往。

陳玉璂（一六三六—一七〇〇後）

陳玉璂，字賡明，號椒峰，江蘇武進人。少有大志，凡天文、地志、兵刑、禮樂、河渠、賦役等等，皆研究明悉。康熙六年（一六六七）進士，授內閣中書。十八年，試「博學鴻儒」科，罷歸。玉璂苦學不息，夜中兩眸欲合，輒以艾灼臂。為詩文下筆千言，旬日間動至盈尺，時稱俊才。有《學文堂集》。

題《長生殿》（二首選一）

渺渺燕雲入望微①，金臺逾比舊時非②。君才小露《長生殿》，便爾驚人放逐歸。

（《長生殿》卷首）

【注釋】

① 燕雲：燕雲十六州，今河北、山西兩省北部地。

② 金臺：黃金臺，亦稱招賢臺，戰國時期燕昭王築，用以尊師郭隗，其地點有河北易縣東南北易水南和北京城東南兩說。

【簡析】本詩前兩句用陳子昂〈登幽州臺歌〉詩意，感慨壓抑人材、摧殘人材的狀況今甚於古，愈演愈烈；後兩句結合洪昇的不幸遭遇，對不合理現實做了深沉的控訴。

邵長蘅（一六三七—一七〇四）

邵長蘅，字子湘，號青門山人，江蘇武進人。性穎悟，讀書數行下。十歲補諸生，因事除名。

束髮能詩，弱冠以古文辭名。客遊京師，與施閏章、汪琬、陳維崧、朱彝尊等時相過從。旋入太學。再應順天鄉試，報罷。歸，寄情山水，放遊浙西。蘇撫宋犖禮致幕中。工於詩文，為王士禛、汪琬所稱。有《青門集》。

吳趨吟（八首選一）

余久客吳閶，見風俗有可慨者，輒記以詩[1]，學白香山〈秦中吟〉作八首[2]，似亦足備采風[3]，詩體則不盡仿白也。

度曲

有明嘉隆間[4]，吳騷變新聲[5]。唐祝擅填詞[6]，崑腔始魏生[7]。
流傳百餘年，屢變伎益精。兩兩清客輩[8]，弦拍簫笛箏。
相與期何所[9]，虎丘可中亭[10]。相與期何時，三五蟾兔盈[11]。
廣場人聲寂，獨奏眾始驚。細如駐遊絲，簷牙揚春晴[12]。
一字度一刻，嫋嫋絕復縈。或如瑣窗語[13]，喃喃未分明[14]。
又如春園花，關關啼流鶯[15]。入耳忽淒緊[16]，淅淅蕉雨清[17]。

聽者喚奈何，靡靡蕩我情⑱。坐立互徙倚⑲，彷徨達五更。
何人理元曲，嗑然笑荒傖⑳。人情貴後來，世俗悅哇淫㉑。
新衣自勝故，古調不如今。元曲且掩耳，何況瑟與琴㉒。

（《青門詩》卷九，清康熙間刻本）

【注釋】

①輒（音折）：每，總是。
②白香山：唐代詩人白居易；晚年居洛陽香山，號香山居士。〈秦中吟〉：白居易所作組詩，共十首。內容寫作者在秦中（長安一帶）所見所聞的社會情狀，暴露社會矛盾，頗為深刻。形式為五言古體。
③采風：搜集民間歌詩。《漢書‧藝文志》：「故古有采詩之官，王者所以觀風俗，知得失，自考正也。」
④嘉隆：嘉靖、隆慶。
⑤吳騷：指崑曲。明張琦有《吳騷合編》。
⑥唐祝：唐寅，祝允明。唐寅（一四七〇—一五二三），字伯虎，一字子畏，號六如居士，吳縣人。工書畫詩文。祝允明（一四六一—一五二七），字希哲，自號枝山，長洲（今江蘇吳縣）人。擅詩文，工書法，與唐寅、文徵明、徐禎卿並稱「吳中四才子」。
⑦崑腔：崑山腔。魏生：魏良輔。
⑧清客：作者原注：「吳人工簫管度曲者稱清客。」
⑨相與：相偕。
⑩可中亭：傳說宋文帝在這裡聚僧施食，但是已過了中午，當時佛法戒律過了中午不能吃飯，所以僧人左右為難。宋文帝說，現在正好是中午，沒有過時辰，大家請吃，於是眾僧吃了起來。可中，正好日中的意思。
⑪三五：農曆十五日。蟾兔：傳說月中有蟾兔，借指月亮。
⑫簷牙：簷際翹出如牙的一種建築裝飾。春晴：即遊絲，因在春天晴朗的日子最易看見，故稱晴絲。《牡丹亭‧驚夢》：「嫋晴絲吹來閒庭院，搖漾春如線。」
⑬瑣窗：鏤刻有連瑣圖案的窗櫺。
⑭喃（音南）喃：低語聲。
⑮關關：鳥鳴聲。
⑯淒緊：寒風厲疾，寒氣逼人。

⑰淅（音西）淅：風聲。
⑱靡靡：柔弱的樂聲。
⑲徙倚：留連徘徊。
⑳嗑（音蝦）然：笑聲。荒傖：魏晉南北朝時，吳人以上國自居，常稱北人為傖，地遠者稱荒傖，言其人既粗野，又出於邊鄙之區。
㉑哇淫：放蕩的歌曲。哇是不合正統樂種的曲調。
㉒瑟與琴：指高雅的音樂。

【簡析】本詩簡要概括了崑曲演變的歷史，描繪出清初崑曲受到廣大觀眾喜愛的情況。開頭寫聽眾的期待，做了充分的鋪墊；「細如駐遊絲」以下一段對於崑曲演唱特色的描繪頗為細緻形象，完全是行家的語言；「聽者喚奈何」以下四句寫聽者入神之態，也能維妙維肖。「人情貴後來」，「古調不如今」，反映了廣大觀眾戲劇審美心理的變化。

李漁、邵長蘅寫虎丘曲會的這些詩，如與明人鄒迪光〈八月十五夜虎丘坐月〉、袁宏道〈虎丘〉、張岱〈虎丘中秋夜〉等篇參看，可以證明虎丘中秋曲會作為一種自發的群眾性戲曲演唱活動，從明萬曆到清康熙延續了一個多世紀。應當說這是中國藝術史上的一個奇蹟。

梅庚（一六四〇—一七一六）

梅庚，安徽宣城人。梅鼎祚之孫。康熙二十年（一六八一）舉人，官泰順知縣。善篆、隸，畫山水、花卉，脫略凡格，不宗一家，偶爾落筆，韻致翩然。兼工白描人物。工詩，有《吳市吟》、《山陽笛漫興集》、《玉笥遊草》。

長生殿題辭（二首）

其一

老按紅牙尚放顛，驚弦已脫罷相憐①。開元天子〈無愁〉曲②，不掛彈文事不傳③。

【注釋】

① 驚弦：猶言「驚弓之鳥」，指受過驚嚇而心有餘悸。
② 開元天子：指唐玄宗李隆基。〈無愁〉曲：《北齊書・幼主記》：「乃益驕縱，盛為〈無愁〉之曲，親自彈胡琵琶而唱之，侍和之者以百數。人間謂之無愁天子。」此句指李隆基因耽於享樂而導致了安史之亂的發生。
③ 彈文：猶「彈章」。此指洪昇等觀演《長生殿》遭御史彈劾一事。

【簡析】洪昇等人因觀演《長生殿》而致禍，但這在客觀上反而促進了《長生殿》的廣泛流傳。本詩立意重在這一點。

其二

會飲徵歌過亦輕①，飛章元借舜欽名②。誰知白下司農第③，又打《長生》院本成④。

（《長生殿》卷首）

【注釋】

① 會飲：聚會飲酒。

② 飛章：匿名飛告文書，又作「飛書」。元：同「原」。舜欽：宋代蘇舜欽（一〇〇八—一〇四八），字子美，為權勢者所忌恨，以細故被除名。

③ 白下：南京。司農：指曹寅（一六五八—一七一二），時任江寧織造，以詩文戲曲廣結江南名士。

④ 打：此處為排練之意。《長生》院本：指《長生殿》。

【簡析】康熙四十三年（一七〇四）春末，洪昇應江南提督張雲翼、江寧織造曹寅之聘，先後到松江、江寧作客，兩地都演出了《長生殿》。據洪昇友人金埴《巾箱說》記載：「昉思之遊雲間、白門也，提帥張侯雲翼降階延入，開宴於九峰三泖間，選吳優數十人，搬演《長生殿》。軍士執殳者，亦許列觀堂下。而所部諸將，並得納交昉思。時督造曹公子清寅，亦即迎致於白門。曹公素有詩才，明聲律，乃集江南北名士為高會。獨讓昉思居上座，置《長生殿》本於其席，又自置一本於席。每優人演出一折，公與昉思讎對其本，以合節奏。凡三晝夜始闋。兩公並極盡其興賞之豪華，以互相引重，且出上幣兼金賮行。長安傳為盛事，士林榮之。」晚明戲曲家梅鼎祚之孫、畫家梅庚（一六四〇—一七一六）亦與會，並作〈《長生殿》題辭〉二首。

宋代詩人蘇舜欽曾因細故被人彈劾而除名，洪昇因《長生殿》遭禍，性質亦類似。但《長生殿》的影響不會因此而削弱，頻繁的演出、廣泛的讚譽一再證明了這一點。

周在浚（一六四〇—一六九六）

周在浚，字雪客，河南祥符人，周亮工之子。嘗官經歷。夙承家學，淹通史傳。嘗注《南唐書》。又工詩，嘗作金陵百詠及竹枝詞，盛行於時。有《雲煙過眼錄》、《晉稗》、《黎莊集》、《遺谷集》、《秋水集》等。

金陵古蹟詩①（九首選一）

頓老琵琶奉武皇②，流傳南内北音亡③。如何近日人情異，悅耳吳音學太倉④。○南院頓老琵琶，是威武南巡所造法曲。今太倉弦索勝而北音亡矣。

（《續本事詩》卷十二，清光緒十四年邵武徐氏刻本）

【注釋】

① 金陵古蹟詩：共九首，這裡選的是其中第八首。

② 頓老：即明武宗時南教坊著名樂工頓仁。武皇：指明武宗。

③ 南內：唐時興慶宮稱南內。此處指明朝在南京的皇宮。北音：北曲。本句謂頓仁所彈琵琶是明武宗南巡時所製的北曲，曾經在南京皇宮內流傳，現已成絕響。

④ 太倉：即作者原注中所說「太倉弦索」，指崑腔中的太倉曲派。潘之恆《鸞嘯小品・曲派》云：「太倉，上海，俱麗於崑。」

【簡析】本詩作者原注：「南院頓老琵琶是威武南巡所造法曲，今太倉弦索勝而北音亡矣。」這反映明代中葉以後崑曲興盛，取代北曲在劇壇的統治地位的情況。而崑曲內部又有多種風格流派，這也是值得注意的。

題《長生殿》（三首選一）

錢塘才子譜新腔①，紙貴長安遞寫忙②。不數沉香亭畔調③，何妨名姓入彈章④。

（《長生殿》卷首）

【注釋】

① 錢塘才子：指洪昇，他是浙江錢塘（今杭州市）人。譜新腔：指創作《長生殿》。

② 紙貴：《世說新語・文學》記晉・庾闡作〈揚都賦〉，人人競寫，都下紙為之貴。又《晉書・左思傳》：左思

成〈三都賦〉，張華稱思為班固、張衡之流，於是豪貴之家競相傳寫，洛陽為之紙貴。後因以紙貴作為著作風行之典。長安：指清都北京。遞寫：傳寫。

③ 不數：不亞於。沉香亭畔調：指李白所作〈清平調〉。

④ 彈章：彈劾官吏的奏章。

【簡析】關於《長生殿》的盛行情況，當時人多有記述。如《長生殿》吳人序云其「傳聞益遠，畜家樂者攢筆競寫，轉相教習。優伶能是，身價什佰。」這篇用詩的語言反映出《長生殿》演出之後受到熱烈歡迎的盛況，並對洪昇因此致禍深表惋惜。但作者又翻進一層說：洪昇寫出了不亞於李白〈清平調〉的高雅之作，與此相比，遭受的一點困厄又算得了什麼呢。

吳　雯（一六四四——一七〇四）

吳雯，字天章，原籍奉天遼陽，後居山西蒲州。少明慧，博覽群籍。康熙十八年（一六七九）召試「博學鴻儒」科，報罷，乃遊京師，謁父執梁熙、劉體仁、汪琬等，皆激賞之。尤以詩見知於王士禛，稱為仙才。卒以不遇，歷遊四方。不久，居母憂，哀毀卒。雯工於詩，有鄉人元好問之風。有《蓮洋集》。

觀柳明庵演《金雀》雜劇①，戲贈二首

其一

梅子拈來齒半酸②，繞場何處覓潘安。從來本地風光好，莫借他人院本看③。

【注釋】

① 柳明庵：當時一名善於串戲的文人。《金雀》：明無心子所作傳奇《金雀記》，演晉·潘安貌美，其出門女子擲果盈車。終因金雀得成良緣事。寫晉代文士風氣，稍得神似，為典雅而富有詩意的喜劇。

② 「梅子」句：指《金雀記·喬醋》一出。

③ 院本：金元時行院（妓院）演唱用的戲曲腳本。這裡指劇本。

其二

相公曲子久堪傳①，不是癡腸不是顛。領盡人間花月味，風情重見柳屯田②。

（《蓮洋集》卷十）

【注釋】

①相公曲子：五代和凝喜作小詞，人稱「曲子相公」。　②柳屯田：北宋詞人柳永。

【簡析】《金雀記》是一出輕喜劇，其《覓花》、《庵會》、《喬醋》等折是經常上演的劇目。詩人寫柳明庵的表演技巧，很自然地以北宋詞人柳永作比，也幽默而富有風趣。

孔尚任（一六四八—一七一八）

孔尚任，字聘之，又字季重，號東塘，別號岸堂，自稱雲亭山人。山東曲阜人，孔子六十四代孫。早年在家養親、讀書。康熙南巡北歸，至曲阜祭孔，孔尚任奉詔御前講經，得賞識，授國子博士。後奉命赴江南治水，歷時四載。康熙二十九年（一六九〇），奉調回京，歷任國子監博士、戶部主事、廣東司員外郎。康熙三十八年完成《桃花扇》。次年三月被免職。在京賦閒兩年多，回鄉隱居，直至逝世。其作品，還有與顧采合著的《小忽雷》傳奇，另有詩文集《湖海集》、《岸堂文集》、《長留集》、《綽約詞》等，今人編為《孔尚任詩文集》。

有事維揚①，諸開府大僚招宴觀劇②

東南繁華揚州起，水陸物力盛羅綺。朱橘黃橙香者橼③，蔗仙糖獅如茨比④。
一客已開十丈筵，客客對列成肆市⑤。鈞天鼓樂何震駭⑥，絮語熱言須附耳⑦。
須臾禮成各舉觴，一箸一匕聽侑史⑧。江瑤施乳曾耳聞⑨，訝紫疑紅試舌齒。
酒味法傳太尉廚⑩，雪水書生愧欲死⑪。一尊未盡兩部齊⑫，雙聲疊作異宮徵⑬。
座客總厭清商歌⑭，院本斟酌點鳳紙⑮。曲曲盛事太平春，烏帽牙笏雜劍履⑯。
亦有侏儒喜諧多⑰，粉墨威儀博眾喜⑱。無情哭難笑不易，人歡亦歡乃絕技。

（《孔尚任詩文集》卷二）

【注釋】

①維揚：揚州。
②開府：本詩作於康熙二十五年（一六八六）。這年康熙帝派孔尚任隨兵部侍郎孫在豐去淮安、揚州一帶疏浚黃河海口。
③香者橼（音緣）：香橼，果名。
④蔗仙、糖獅：皆糖食名。茨比：堆積，陳列。
⑤肆市：集市。
⑥鈞天：天上的音樂。
⑦絮語：連續不斷的話語。
⑧箸（音柱）：筷子。匕（音比）：食器，曲柄淺斗，狀如今之羹匙。侑（音又）史：勸酒的侍僮。
⑨江瑤：貝類，其肉柱味鮮美，名江瑤柱，為海味珍品。施乳：即西施乳，河豚腹內腴白的別稱。
⑩「酒味」句：言酒之美。宋・曹勳〈謝衛太尉送新酒〉：「君家冰玉傳素風，甕頭色與冰玉同。薰人氣和喜屢接，入琖色輕看若空。梅花破萼香澹澹，江天欲雪

雲濛濛。坐客已醉複讚歎，頭不岑岑常憶公。」

⑪ 雪水書生：猶言清寒書生。

⑫ 一尊：一杯酒。兩部：樂部。

⑬ 宮徵（音止）：音律。

⑭ 清商歌：亦名清商樂、清商曲，東晉南北朝間，承襲漢、魏相和諸曲，吸收當時民間音樂發展而成的伎樂的總稱，隋唐時簡稱清樂。主要用於宴飲、娛樂等場合，也用於朝會、宴饗、祀神等活動。

⑮ 鳳紙：帝王用的紙，上印金鳳，故名。這裡指戲單。

⑯ 烏帽：隋唐貴者多服烏紗帽，其後上下通用，省稱烏帽。牙笏（音互）：象牙製的朝會時所執的手板。按此句指場上各種角色的化裝和道具。

⑰ 侏儒：雜伎藝人，這裡指丑角。

⑱ 威儀：莊嚴的容貌、舉止。

【簡析】清代康雍乾年間，揚州是一座商業繁華的都市，水陸交通的樞紐，也是戲劇活動的中心。本詩反映的正是揚州戲劇活動的一個場面。

蘭紅小部①

小部齊抽玉筍條②，相公曲子最魂消③。才開衣篋襟多𧙗④，乍點笙簧字未調⑤。
鶯會囀時猶費舌，柳能眠處已成腰⑥。詞人滿把拋紅豆，扇影燈花鬧一宵。

（《長留集》卷四，清康熙間刻本）

【注釋】

① 小部：此處指小伶戲班。

② 玉筍條：比喻人才濟濟，如筍並立。

③ 相公曲子：五代和凝喜作小詞，人稱「曲子相公」。

④ 𧙗（音迭）：衣裙上的褶子。

⑤ 笙簧：指笙。簧，笙中之簧片。亦指笙的樂音。宋・張先〈木蘭花〉詞：「樓下雪飛樓上宴，歌咽笙簧聲韻顫。」

⑥ 柳能眼：初生柳葉，細長如人睡眼初展。成腰：以柳樹的柔條形容女子纖柔的腰肢。

【簡析】詩人筆下的蘭紅小部，幼稚而又可愛，富有自己的藝術特點。

燕臺雜興①（四十首選二）

其一

席帽青衫遍染塵②，七年記得陸郎真③，岐王席上笙歌裡④，扇掩燈光認舊人。予遊吳時，常聽陸九歌。今又遇於王府，年已二旬，彷彿識之。

【注釋】

① 燕臺：指北京。雜興：興致不一，不拘流例，遇物即言之詩。

② 席帽：以藤席為骨架編成的帽，取其輕便，相當於後來的笠。

③ 陸郎：即作者原注中所說「陸九」。

④ 「岐王」句：杜甫〈江南逢李龜年〉：「岐王宅裡尋常見，崔九堂前幾度聞。」岐王，唐睿宗之子李範。崔九，中書令崔湜之弟崔滌。他們都愛好文采風流。

【簡析】從十來歲到二十歲，從南方到北方，崑曲藝人就這樣走向全國，而崑曲藝術也就被他們帶到了四面八方。

其二

顧郎新譜《楚詞》成①，南雅清商絕妙聲②。何事《招魂》刪一折③？筵前無淚與君傾。無錫顧天石名彩，作《楚詞譜》傳屈、宋故事，南雅小班特喜之，然不演《招魂》一折，觀者以為恨。

（《長留集》卷六，清康熙間刻本）

【注釋】

① 顧郎：顧彩，字天石，號補齋，一號夢鶴居七，江蘇無錫人。工曲，與孔尚任友善，二人作曲，多相切磋。《楚詞》：指顧彩當時所作《楚辭譜》一劇。此劇今佚。

② 南雅：即南雅小班，當時的一個戲班。

③ 招魂：《楚辭》篇名。王逸謂宋玉作，為屈原招魂。後有屈原作，為楚懷王招魂或自招魂二說。

【簡析】詩人讚賞顧彩的《楚辭譜》一劇，但對南雅小班不演《招魂》一折表示不滿，因為這樣悲劇的力量便不能得到充分發揮。

燕臺雜興（三十首選三）

其一

壓倒臨川舊宮商[1]，白雲樓子碧山堂。傷春未醒朦朧眼[2]，又看人間夢兩場[3]。〇玉池生作《揚州夢傳奇》[4]，龍改庵作《瓊花夢傳奇》[5]，曾於碧山堂、白雲樓兩處扮演，予皆見之。

【注釋】

① 臨川：指湯顯祖。此處指湯顯祖的劇作。
② 傷春：感傷春天的流逝。
③ 夢兩場：指《揚州夢傳奇》、《瓊花夢傳奇》。
④ 玉池生：岳端（一六七一——一七〇五），號玉池生，清初宗室。所作傳奇《揚州夢》本《醒世恆言》，寫揚州巨商杜子春三入長安，後遇老君得道的故事。
⑤ 龍改庵：即龍燮（一六四〇——一六九七），號石樓、改庵，江南望江縣（今屬安徽）人。康熙中，舉博學鴻詞，授檢討。左遷大理寺評事。官至中允。有詩名，亦工詞曲，所作《瓊花夢》傳奇，寫書生江雲仲建立軍功，並且娶得袁餐霞、鮑雲姬兩位佳人的故事。

【簡析】岳端、龍燮的兩部傳奇都以「夢」為題，看來都是受了湯顯祖「臨川四夢」的影響。

其二

朱門一出路茫茫，篋裡空藏斷袖香①。走上氍毹歌一曲②，從新人看李修郎。〇李修郎聲伎擅場，為貴人所寵，人難窺見。後被棄擲③，仍到歌場，見者驚為絕藝。

【注釋】

① 斷袖：截斷衣袖。指男性之間的同性戀。典出《漢書‧佞幸傳‧董賢》：「（董賢）為人美麗自喜，哀帝望見，說其儀貌，……寵愛日甚，嘗晝寢，……偏藉上袖，上欲起，賢未覺，不欲動賢，乃斷袖而起。」

② 氍毹：氍毹（音渠書）：一種毛織或毛與其他材料混織的毯子。舊時舞臺演出常鋪紅色氍毹，因以「氍毹」或「紅氍毹」代稱舞臺。

③ 棄擲：拋棄。

【簡析】前為貴人所寵，後來又遭棄擲，李修郎的遭遇正是當時藝人命運的一個反映。所幸李修郎藝術生命尚在，仍然受到觀眾歡迎。

其三

南部煙花劫後灰①，曲終人散老相催②。崑山弦索姑蘇口③，絕調誰傳小忽雷④？〇予《小忽雷》填詞成，長安傳看⑤，欲付梨園⑥，竟無解音⑦。

（《長留集》卷六，清康熙間刻本）

【注釋】

① 南部煙花：此處指演唱南曲的劇團。本句指經過明末清初的戰亂，演唱南曲的劇團成了劫後餘灰。
② 「曲終」句：言不少劇團解散，演員漸老。
③ 弦索：金元以來或稱琵琶、三弦等弦樂伴奏的戲曲、曲藝為弦索，一般指北曲，此處崑山弦索指崑山腔。姑蘇口：蘇州伶人的歌唱。
④ 《小忽雷》：傳奇，為孔尚任、顧彩合作，本唐．段安節《樂府雜錄》，演宮女鄭中丞與書生梁厚本的愛情故事。
⑤ 長安：指北京。
⑥ 付梨園：交戲班演出。
⑦ 解音：懂得音律。

【簡析】《小忽雷》是孔尚任創作《桃花扇》的藝術準備。本詩記錄了《小忽雷》創作和演出的一些情況。

平陽竹枝詞①（五十首選五）

其一

蒙城小部試宮商②，不是崑山亦擅場③。爛熟傳奇人未解④，跪將點本讓城隍⑤。

【注釋】

① 平陽：古平陽府，明以來府治在今山西省臨汾市。
② 蒙城：縣名，屬安徽省。小部：樂部。
③ 崑山：指崑山腔，崑曲。
④ 傳奇：明清時代以演唱南曲為主的長篇戲曲。

⑤點本：點戲。城隍：神名。

其二

太行西北盡邊聲①，亦有崑山樂部名②。扮作吳兒歌水調，申衙白相不分明③。

【注釋】

①太行：太行山，綿延山西、河北、河南三省界。邊聲：邊遠地區的音樂。

②崑山樂部：指崑曲戲班。

③申衙：明萬曆首輔申時行（一五三五—一六一四），蘇州府長洲縣（今屬蘇州）人，其家班頗有名。白相：吳語方言，閒遊的意思。

其三

平陽簾外月黃昏，一曲能消座客魂。此地風流原有種①，唐時豔體說西崑②。

【注釋】

①有種：有根源。

②西崑：宋初楊億、劉筠、錢惟演等，作詩宗法晚唐詩人溫庭筠、李商隱，相與唱和，編為《西崑酬唱集》，後遂稱之為「西崑體」。此句主要指溫庭筠，因溫為山西太原人。

其四

亂彈曾博翠華看①，不到歌筵信亦難。最愛葵娃行小步，氍毹一片是邯鄲②。

【注釋】

① 亂彈：自明至清初，陝西地方戲梆子腔（秦腔）因用彈撥樂器伴奏而被稱為「亂彈」。清初劉獻廷《廣陽雜記》：「秦優新聲，有名亂彈者，其聲甚散而哀。」某些同秦腔藝術風格接近以及受秦腔影響較多的劇種或腔調，亦常以亂彈為名，如晉南的「亂彈」（蒲劇）。翠華：用翠羽飾於旗杆頂上的旗，為皇帝儀仗。詩文中多以之指皇帝。按康熙帝曾到過平陽。

② 邯鄲：用邯鄲夢典故。此句謂演劇的紅氍毹上能變幻出種種境界，使人恍若入夢。

其五

秦聲秦態最迷離①，屈九風騷供奉知②。莫惜春燈連夜照，相逢怕到落花時③。

（《長留集》卷六，清康熙間刻本）

【注釋】

① 秦聲秦態：亂彈出於秦（陝西），故云。迷離：令人捉摸不透。

② 屈九風騷：屈原《九歌》裡所描寫的那些俊俏、秀麗的情態。

③末二句謂：讓我們多多觀賞這些藝人的演出吧，下次再見到他們就不知是什麼景象了。末句用杜甫〈江南逢李龜年〉「正是江南好風景，落花時節又逢君」詩意。

【簡析】這一組詩勾畫出清代康熙年間山西平陽一帶戲劇發展的情況。第一首寫踏燈詞，二、三首寫崑曲，四、五首寫亂彈詞。由詩中可以看出，當時活躍在劇壇上的，既有來自南方的崑腔藝人，又有學唱崑曲的本地戲班，而本地亂彈，生機勃勃，聲態迷離，對於崑曲構成了競爭的態勢。特別值得注意的是二、三兩首，寫的是學唱崑腔的當地戲班。「申衙」指的是明萬曆年間大學士申時行的家班，是蘇州有名的戲班；「白相」是吳語方言，閒遊的意思。由詩中的描寫看來，這個戲班的崑腔唱得不夠地道，但演出還是能夠吸引人的。作者由此想到溫庭筠、李商隱，溫庭筠是山西人，李商隱也在山西生活過，此地文學藝術的傳統可以說是源遠流長。

查慎行（一六五〇—一七二七）

查慎行，初名嗣璉，字夏重，後改名慎行，字悔餘，號他山，又號初白。海寧（今屬浙江）人。康熙四十二年（一七〇三）進士，特授翰林院編修，入直內廷。五十二年（一七一三），乞休歸里，家居十餘年。雍正四年（一七二六），因弟查嗣庭訕謗案，以家長失教獲罪，被逮入京，次年放歸，不久去世。查慎行受經史於黃宗羲，受詩法於錢澄之，又與朱彝尊為中表兄弟，得其獎譽，聲名早著。詩兼學唐宋，為清初效法宋詩最有成就者。有《敬業堂詩集》、《敬業堂文集》。

金陵雜詠①（二十首選二）

其一

頓老琵琶擅教坊②，供筵法曲別歌章③。故須小技通文義④，垂老知音付漫郎⑤。

【注釋】

① 《金陵雜詠》共二十首，這裡選的是原第十二、十三首。

② 頓老：即明武宗時南京教坊樂工頓仁。

③ 法曲：此句謂供宮廷筵會用的法曲與一般歌章應是不向的。

④ 小技：指演奏音樂。

⑤ 漫郎：唐時人稱元結為漫郎。此處代指明代曲論家何良俊（字元朗）。

【簡析】明人何良俊《曲論》有云：「余家小鬟記五十餘曲，而散套不過四五段，其餘皆金、元人雜劇詞也，南京教坊人所不能知。老頓言：『頓仁在正德爺爺時隨駕至北京，在教坊學得，懷之五十年。供筵所唱，皆是時曲，此等辭並無問及。不意垂死，遇一知音。』」本詩即歌詠此事。從中可以看出正德至嘉靖年間，南曲逐漸取代北曲，在曲壇上占據統治地位的歷史演變。

其二

雷雨隨弦四座驚①，秀之絕調自泠泠②。隔簾傳語催停頓，頭白扶來制淚聽③。

（《敬業堂詩集》卷一，文淵閣四庫全書本）

【注釋】

① 雷雨隨弦：琵琶彈奏時即有雷雨隨之而生，極寫其藝術境界之高。

② 秀之：明正德間琵琶名手鍾秀之。

③「隔簾」二句：何良俊《曲論》記載：鍾秀之的徒弟查八十曾在舊院楊家彈琵琶，「有妓女占板，甫一二段，其家有瞎媽媽，最知音，連使人來言：『此官人琵琶與尋常不同，汝占板俱不是。』半曲後，使女子扶憑而出，問查來歷，查云是鍾秀之徒弟。此媽媽舊與秀之相處，與查相持而泣，留連不忍別。」

【簡析】本詩讚揚鍾秀之、查八十高超的彈奏藝術。

燕九日郭于宮、范密居招諸子社集①，演洪稗畦《長生殿》傳奇②，余不及赴，口占二絕句答之

其一

曾從崔九堂前見③，法曲依稀焰段傳④。不獨聽歌人散盡，教坊可有李龜年⑤。

【注釋】

① 燕九日：舊俗節日名，農曆正月十九日，為金道人丘處機生辰。是日北京人「致漿祠下，遊冶紛沓，走馬蒲博，謂之燕九節，又曰宴丘」（明・劉侗、于奕正《帝京景物略》卷三）。郭于宮：郭元釪字。元釪為江都人，家世為鹽商。好學工詩，以諸生與修《佩文韻府》等書，授中書。范密居：范遂字。遂為如皋人，有《昌晚集》、《范密居詩餘》。

② 洪稗畦：洪昇。

③ 「曾從」句：杜甫〈江南逢李龜年〉：「岐王宅裡尋常見，崔九堂前幾度聞。」岐王，唐睿宗之子李範。崔九，中書令崔湜之弟崔滌。他們都愛好文采風流。

④ 焰段：金元院本、雜劇正劇前附加的一段小故事。明・陶宗儀《南村輟耕錄・院本名目》：「又有焰段，亦院本之意，但差簡耳。取其如火焰，易明而易滅也。」

⑤ 李龜年：唐代樂師。通音律，能自撰曲，善歌唱，專長羯鼓。開元中與弟彭年、鶴年在梨園供職。安史亂後，流落江南，不知所終。

其二

上客紅筵興自酣，風光重說後三三①。老夫別有燒香曲，憑向聲聞斷處參②。

（《敬業堂詩集》卷三十八，文淵閣四庫全書本）

【注釋】

①後三三：《傳燈錄》：無著文喜禪師往五臺山華嚴寺，至金剛窟遇一老翁，邀師入寺、升堂，堂宇皆耀金色，翁踞床指繡墩命坐。問此間佛法如何，住持翁曰：「龍蛇混雜，凡聖同居。」師曰：「多少眾？」翁曰：「前三三，後三三。」這裡用「後三三」一詞指這次重演《長生殿》，盛況與前相似。

②聲聞：聲聞乘，佛教三乘之一。悟四諦（苦、集、滅、道）之真理而得道者，稱聲聞乘。

【簡析】本詩作於康熙四十九年（一七一〇），回憶的是二十一年前事。康熙二十八年（一六八九，己巳），作者因《長生殿》一案的牽連被革除國學生籍，現在《長生殿》的作者洪昇和許多友人都已下世，當年演出《長生殿》的演員們也都杳無蹤跡。再回顧這些年來自己的坎坷遭遇，作者怎能不感慨萬千！「不及赴」，也許是託辭，不忍赴，才是作者的本心。結尾雖然流露出消極情緒，但作者心靈所受的創傷卻給讀者留下了深刻的印象。

查嗣瑮（一六五三—一七三四）

查嗣瑮，字德尹，號查浦，浙江海寧人。查慎行（原名嗣璉）之弟。性警敏，通切韻諧聲。與伯兄慎行學為詩，兄唱弟酬，斐然可觀。康熙三十九年（一七〇〇）進士，官翰林院編修，升侍講。以兄嗣庭案株連受謫譴，卒於戍所。詩名與慎行相埒。著有《查浦詩鈔》。

查氏勾欄①

查氏勾欄第一家，十些新變楚詞耶②！騷翁獨絕歌郎絕③，魂宕風些與月些④。

（《不下帶編》卷六，北京：中華書局，一九八二年版）

【注釋】

① 查氏：謂查繼佐。

② 十些：查繼佐家僮侍婢，解音律者十人，悉以「些」呼之，時稱「十些」。楚詞：指「些」。《楚辭・招魂》句尾皆有「些」字，為楚人習用的語氣詞。此句謂：查氏勾欄用「十些」稱呼家伶，大概是新從楚詞變化出來的吧。

③ 騷翁：風雅老翁。指查繼佐。獨絕：超群出眾。

④ 魂宕：即「魂蕩」，令人神魂飛蕩。風些：查繼佐家班小生。月些：查繼佐家班小旦。

【簡析】查繼佐家伎是當時著名的家班之一，本詩讚揚了查家戲班的十位演員，特別是小生風些、小旦月些。

玄燁（一六五四—一七二二）

玄燁，即清聖祖，清世祖福臨第三子。八歲即位，年號康熙。康熙八年（一六六九）親政後，逮捕專擅朝政的鼇拜。康熙二十年（一六八一），平定三藩之亂。在位期間曾六次南巡。開博學鴻詞科、明史館，編纂《全唐詩》、《佩文韻府》、《康熙字典》等。有《聖祖文皇帝御製文集》。

偶觀演劇作

雅頌不能傳①，詩詞降作調。唐人歌舞精②，元曲選聲妙。
若曰得仙音，究未探其要。暫為遣見聞，寄此發長嘯。

（《聖祖文皇帝御製文集》卷三十二，文淵閣四庫全書本）

【注釋】

①「雅頌」句：指《詩經》唱法失傳。
②唐人歌舞：指〈霓裳羽衣曲〉。

【簡析】康熙帝對戲曲史甚有瞭解，對戲曲聲腔特點亦有認識。懋勤殿舊藏《聖祖諭旨》中，他對南府有這樣的要求：「崑山腔，當勉聲依詠，律和聲察，板眼明出，調分南北，宮商不相混亂，絲竹與曲律相合而為一家，手足與舉止睛轉而成自然，可稱梨園之美何如也。又弋陽佳傳，其來久矣，自唐〈霓裳〉失傳之後，惟元人百種世所共喜。漸至有明，有院本北調不下數十種，今皆廢棄不問，只剩弋陽腔而已。近來弋陽亦被外邊俗曲亂道，所存十中無一二矣。獨大內因舊教習，口傳心授，故未失真。爾等益加溫習，朝夕誦讀，細察平上去入，因字而得腔，因腔而得理。」康熙帝對崑山腔十分重視，要求南府認真組織排練，精益求精。他對於「梨園之美」的概括十分精到，先從「曲律」著眼，繼而要求「絲竹與曲律相合而為一家」，進而要求「手足與舉止睛轉而成自然」，可以說包括了戲曲表演之美的各個要素，完全是行家之言。他的視野還從崑曲擴展到整個南北曲，從唐代歌舞談到元明雜劇，要求「因字而得腔，因腔而得理」，探其精要，存其本真。他的這種見解，還寫進了詩歌，就是這首〈偶觀演劇作〉。

孫鳳儀（生卒年不詳）

孫鳳儀，字愚廷、愚亭，號牟山，仁和（今杭州）人。性傲岸，豪放不羈。與洪昇是往來稠密之詩友。有《牟山詩鈔》。

和贈洪昉思原韻（十首選一）

吳山頂上逢高士，廣席當頭坐一人①。短髮蕭疏公瑾在②，看他裙屐鬥妝新③。

（《牟山詩鈔》，清康熙間刻本）

【注釋】

① 廣席：猶廣坐，眾人聚會的場所。
② 蕭疏：稀散。公瑾：指洪昇，用「顧曲周郎」為喻。
③ 裙屐：指藝人。鬥妝新：競賽服妝的新奇。此處指競獻演技。

【簡析】本篇作者原注：「予於吳山演《長生殿》劇，是日恰遇昉思。」據章培恆先生《洪昇年譜》考證，孫鳳儀招伶於吳山演《長生殿》，是康熙四十三年（一七〇三），即洪昇去世前一年的事。《長生殿》問世以來盛演不衰，反映了廣大觀眾對這部傑出劇作的高度評價。

曹　寅（一六五八—一七一二）

曹寅，字子清，一作幼清，號荔軒、楝亭，祖籍河北豐潤縣，遷居遼寧瀋陽後入旗。七歲辨四聲，有神童之譽。及長，琴棋書畫無所不精。十六歲被選為皇室侍衛。康熙二十三年（一六八四），襲任江寧織造，並任巡視兩淮鹽漕監察御使等，深得康熙帝信賴。能詩善文，兼擅詞曲，以詩文戲曲廣結江南名士，並曾奉命編刻《全唐詩》。有《楝亭詩鈔》、《楝亭詞鈔》，還作有傳奇《表忠記》（一名《虎口餘生》）、《續琵琶記》等。亦精於校刻古籍，編刻有《楝亭藏書十二種》。

念奴嬌

題贈曲師朱音仙〇朱老乃前朝阮司馬進御梨園①。

白頭朱老，把殘編幾葉②，尤耽北調③。事去東園④，鐘鼓散⑤，司馬流螢衰草⑥。燕子風情⑦，春燈身世⑧，零落桃花笑⑨。當場搬演，湯家殘夢偏好⑩。　高皇曾賞琵琶，家常日用⑪，史記南音早⑫。誤國可憐，餘唾罵，頗怪心腸雕巧⑬。紅豆悲深，氍毹前卻⑭，昔日曾年少。雞皮姹女⑮，還解捲舌為嘯⑯。

（《楝亭詞鈔》，康熙刻本）

【注釋】

① 前朝阮司馬：即阮大鋮，因其在南明福王朝曾任兵部尚書。進御：進獻。

② 把：執，握住。殘編：殘缺不全的書籍，此處指曲。

③ 耽：專心研習，玩賞。北調：即北曲。

④ 東園：作者原注：「東園，內監梨園。」

⑤ 鐘鼓；鐘鼓司。

⑥ 司馬：指阮大鋮。流螢衰草：比喻人已死去。

⑦ 《燕子》：指阮大鋮所作傳奇《燕子箋》。

⑧ 《春燈》：指阮大鋮所作傳奇《春燈謎》。

⑨ 桃花笑：指阮大鋮傳奇《桃花笑》，已佚。

⑩ 湯家殘夢；指湯顯祖所作《玉茗堂四夢》，即《紫釵記》、《牡丹亭》、《邯鄲記》、《南柯記》四種傳奇。

⑪ 「高皇」二句：指明太祖朱元璋對《琵琶記》的讚賞。據徐渭《南詞敘錄》記載，朱元璋曾說過：「五經、四書，布、帛、菽、粟也，家家皆有；高明《琵琶記》，如山珍、海錯，富貴家不可無。」

⑫ 南音：猶言南曲：此句謂：根據歷史記載，南曲的起源很早。似指徐渭《南詞敘錄》對南曲起源的種種考證。

⑬ 「誤國」三句：指阮大鋮誤國，如今只留下世人的唾罵，這只能怪他的心腸太狡作、奸巧。

⑭ 氍毹（音渠書）：一種毛織或毛與其他材料混織的毯子。舊時舞臺演出常鋪紅色氍毹，因以「氍毹」或「紅氍毹」代稱舞臺。前卻：前停。

⑮ 雞皮：老年人皮膚起粟如雞皮。姹（音岔）女：少女。此句言朱音仙年紀雖老，尚能扮演少女。

⑯ 捲舌為嘯：指歌唱。

【簡析】此詩寫朱音仙的高超演技，既能搬演湯顯祖的「玉茗堂四夢」，又能搬演阮大鋮創作的《燕子箋》、《春燈謎》、《桃花笑》，由此可以看出明末清初家班的表演水平。阮大鋮富有編劇才能，可惜用心不正，因誤國而招人唾罵，而朱音仙作為梨園故人，其遭遇也令人嗟歎不已。

吳陳琰（一六五九—？）

吳陳琰，字寶厓，號芋町，錢塘（杭州）人，監生。康熙四十三年（一七〇三）御試一等，官山東茌平知縣。負文名，廣交遊，有《北征》、《江右》、《江東》、《聊復》等集。

題《桃花扇》（二十首選二）

其一

代費纏頭用意深，奄兒強欲附東林①。絕交書別金陵去，肯負香君一片心。

【注釋】

①奄（音淹）兒：太監的乾兒子。阮大鋮曾認太監魏忠賢為乾爹，故稱。東林：東林黨。明萬曆年間，有正義感的士大夫顧憲成、高攀龍等重修宋朝理學家楊時的東林書院，在裡面講學，被目為東林黨。他們反對代表頑固舊勢力的宦官魏忠賢，而主張保護東南兼營工商業的地主。楊漣、左光斗、周順昌等都是東林黨的重要人物。侯方域的父親侯恂曾參加東林黨。明天啟時張溥集合南北文士組織的復社，就繼承了東林黨的傳統。侯方域是復社的重要分子。

【簡析】本首詠《桃花扇》第七出《卻奩》。阮大鋮千方百計企圖依附復社，他打聽到侯方域要娶李香君，便託人送上豐厚的妝奩。在這大是大非面前，侯方域態度曖昧。李香君義正辭嚴，怒斥阮大鋮的陰謀。這深深感動了侯方域，他退還妝奩，與阮大鋮絕交。後來馬士英、阮大鋮當權，企圖加害侯方域。侯方域不得不離開南京，去揚州投奔史可法。

其二

侯生仙去宋公存①，同是梁園社裡人②。使院每聞歌一闋③，紅顏白髮暗傷神。

（蘭雪堂本《桃花扇》卷首）

【注釋】

① 侯生：侯方域。仙去：逝世。宋公：指宋犖。
② 梁園：園囿名，又號兔園、梁苑。在今河南開封市東南。漢梁孝王劉武所築，為遊賞與延賓之所，當時名士司馬相如、枚乘、鄒陽皆為座上客。
③ 使院：唐節度使留後（官名）的官署。宋犖曾任巡撫，此處用「使院」指巡撫官署。

【簡析】本詩作者原注：「往余客宋中丞幕，每有宴會，輒演此劇。」宋犖與侯方域是同鄉，因此每看《桃花扇》便分外傷情。其實又何嘗是一個宋犖呢。孔尚任〈《桃花扇》本末〉說：「長安之演《桃花扇》者，歲無虛日，……然笙歌靡麗之中，或有掩袂獨坐者，則故臣遺老也；燈灺酒闌，唏噓而散。」可見這部形象的歷史曾經打動了多少觀眾的心。

楊嗣震（生卒年不詳）

楊嗣震，字東厓，浙江海寧人。康熙五十七年（一七一八）歲貢。有《晚雷詩鈔》。

《長生殿》題辭（二首）

其一

曾是江湖氈毿身①，歸來暫喜臥湖濱。狂名厭殺天涯滿②，小字呼來北里真③。

窈窕吳娘歌此曲④，風流老輩數斯人⑤。旗亭市上紅樓裡⑥，群指先生折角巾⑦。

【注釋】

① 氈毿（音冒臊）：煩惱，鬱悶。

② 厭殺：忌之者厭其狂而欲殺之。杜甫〈不見〉詩寫李白：「不見李生久，佯狂真可哀。世人皆欲殺，我獨憐其才。」彷彿此意。

③ 小字：乳名，小名。

④ 窈窕（音咬挑上聲）：美好貌。吳娘：吳地女子。此曲：指《長生殿》。

⑤ 斯人：指洪昇。

⑥ 旗亭：酒樓。

⑦ 折角巾：後漢・郭泰，字林宗，負盛名，嘗出行遇雨，巾一角墊。時人乃故折巾一角，名為林宗巾。見《後漢書》六十八〈郭泰傳〉。

其二

文章豪俠動公卿①，〈水調〉何妨曲轉清。是處青衫增悒悵②，可憐紅豆誤功名③。

話來天寶千年恨④，翻出〈霓裳〉一部聲⑤。我欲燈前親按拍，舞裙歌扇未分明。

（《長生殿》卷首）

【注釋】

① 豪俠：強橫任俠。

② 悒（音義）悵：憂悶，惆悵。

③ 紅豆：此句指洪昇創作描寫李隆基、楊玉環愛情的《長生殿》，竟然招來災難，斷送了功名。

④ 天寶：此句指《長生殿》所寫為天寶軼事。

⑤ 〈霓裳〉：〈霓裳羽衣曲〉。

【簡析】這兩首詩對洪昇文章豪俠、狂放不羈的性格做了生動的刻畫。「旗亭市上紅樓裡，群指先生折角巾」二句，反映出當時群眾對這位劇作家的崇敬。

趙執信（一六六二—一七四四）

趙執信，字伸符，號秋谷，又號飴山，益都（今屬山東）人。康熙十八年（一六七九），十八歲時中進士，授翰林院編修。曾主持山西鄉試。後遷右贊善，兼翰林院檢討，並擔任《明史》纂修官。康熙二十八（一六八九）年，因在「國喪」期間觀演《長生殿》被革職，其時尚不滿三十歲。後曾數次漫遊江南，又遊河南、嶺南等地，抑鬱困頓到老。詩自寫性真，力去浮靡。有《因園集》、《飴山堂詩文集》。

寄洪昉思①

垂堂高坐本難安②，身外鴻毛擲一官③。獨抱焦桐俯流永④，哀音還為董庭蘭⑤。

（《飴山詩集》卷五《還山集下》，清康熙間刻本）

【注釋】

① 洪昉思：洪昇。

② 垂堂高坐：司馬相如〈諫獵書〉：「家累千金，坐不垂堂。」垂堂，正當簷下近階的地方，有被墜瓦打傷的可能。本雅安：言坐的地方本難安全，比喻受打擊是在意

料之中的事。

③身外：身外之物。鴻毛：比喻極輕之物。

④焦桐：指琴。《後漢書・蔡邕傳》：「吳人有燒桐以爨者，邕聞火烈之聲，知其良木，因請而裁為琴，果有美音，而其尾猶焦，故時人名曰焦尾琴焉。」俯：俯視。流水：用「志在高山，志在流水」的典故。

⑤董庭蘭：唐朝琴師，曾出入宰相房琯門下，後被治罪。

【簡析】趙執信因國喪演出《長生殿》一案而被革職，他感到哀傷的不是自己，而是自己的知音洪昇的難堪處境。

聽歌口占

牢落周郎發興新①，管弦閒對自由身②。早知才地宜江海③，不道清歌誤卻人④。

（《因園集》卷五，文淵閣四庫全書本）

【注釋】

①牢落：窮困失意，無所寄託。周郎：周瑜。這裡是作者以周瑜自比。發興新：發生了新的興趣。

②「管弦」句：《長生殿》案件後，作者長久未聽歌，這次又以閒散人的身份來聽歌，故有此說。

③才地：才能與門地。宜江海：宜於在野。

④不道：不料。

【簡析】這首七言絕句，是作者在廣州聽歌之後感懷往事而作。按自己的才能和門地，原應在野，受到權貴的排擠是在意料之中的事。但這些人竟利用聽曲這樣的小事來打擊自己，卻沒有想到，憤激之意自在言外。

上元觀演《長生殿》劇十絕句①（選四）

其一

傾國爭誇天寶時②，才人例解說相思。三生影響陳鴻傳③，一種風情白傳詩④。

【注釋】

① 本詩作於康熙六十一年（一七二二）或雍正元年（一七二三），作者當時六十一或六十二歲。上元：上元節，農曆正月十五日。

② 傾國：絕色女子。

③ 影響：消息。陳鴻傳：唐・陳鴻所作《長恨傳》，寫李隆基、楊玉環人間、天上幾世的愛情故事，故曰「三生影響陳鴻傳」。

④ 白傳詩：唐白居易所作〈長恨歌〉，亦寫李隆基、楊玉環故事。

【簡析】這首詩寫《長生殿》題材的淵源。李、楊愛情故事本來很有傳奇色彩，而文人才子又是喜歡用自己的筆來描摹相思之情的。《長生殿》取材於〈長恨歌〉、《長恨傳》，而其風神、情致也是一脈相承的。

其二

月殿酣歌夢許攀，輕將仙樂落人間[1]。笑他穆滿無情思，身到瑤池白手還[2]。

【注釋】

①仙樂：指〈霓裳羽衣曲〉。

②「笑他」二句：周穆王名滿。《穆天子傳》說他乘八駿赴瑤池去見西王母。

【簡析】這首詩詠《長生殿》第十一出《聞樂》。楊玉環夢遊月宮，學了〈霓裳羽衣曲〉，帶回人間。作者因此譏笑周穆王，到了瑤池卻空手而回，比起楊玉環真是差多了。

其三

蜀山秋雨感飄零，殘夢頻回舊驛亭[1]。妙寫鈴聲入新曲，可能渾似月中聽[2]。

【注釋】

①驛亭：古代驛傳有亭，為行旅休息之所，稱驛亭。

②渾似：全似。

【簡析】《長生殿》第二十九出《聞鈴》是全劇中極富有詩意的一出。其中「淅淅零零，一片淒然心暗驚。遙聽隔山隔樹，戰合風雨，高響低鳴。一點一滴又一聲，一點一滴又一聲，和愁人血淚交相迸」幾句，把淒風苦雨與蜀道鈴聲結合起來寫，對楊玉環死後李隆基的哀婉寂寞心境做了淋漓盡致的刻畫，給人留下了深刻的印象。

其四

清歌重引昔歡場①，燈月何人共此堂。六百餘年尋覆轍，菟裘怪底近滄浪②。○余以此劇被放，事蹟頗類蘇子美。昔過蘇州有句云：「聞道滄浪有遺築，故應許我問菟裘。」

（《因園集》卷十，文淵閣四庫全書本）

【注釋】

①引：延長。

②菟（音兔）裘：古邑名。春秋魯地。在今山東泰安東南。後世稱士大夫告老退隱的處所為「菟裘」。滄浪：蘇州滄浪亭，宋代詩人蘇舜欽（字子美）隱居處。

【簡析】康熙二十八年（一六八九），趙執信二十八歲，因在康熙佟皇后病逝尚未除服的「國恤」期間觀演《長生殿》受到彈劾，被革職除名，成了統治階級內部派系鬥爭的犧牲品。現在事隔三十多年，重觀此劇的演出，自己已是六十出頭的老人，撫今思昔，不禁感慨萬千。當年同觀此劇的故人，已經大半凋零，劇本的作者洪昇已經故去近二十年（洪昇於一七〇四年落水而死）。想到這些，更是悲從中來。末二句以自己的遭遇與宋代蘇舜欽的冤案作比，蘊含著一片牢騷憤激之情。

金　埴（一六六三—一七四〇）

金埴，字苑孫，山陰（今浙江紹興）人。與洪昇、孔尚任交好。工詩，精文字聲韻學。有《壑門吟帶》、《巾箱說》、《不下帶編》。

題《桃花扇》後二截句①

予過岸堂②，索觀《桃花扇》本，至香君寄扇一折，藉血點作桃花，紅雨著於便面③，真千古新奇之事，所謂「全秉巧心，獨抒妙手」，關、馬能不下拜耶④！予一讀一擊節，東塘亦自讀自擊節。當是時也，不覺秋爽侵人，墜葉響於庭階矣。憶洪君昉思譜《長生殿》成，以本示予，與予每醉輒歌之。今兩家並盛行矣，因題二截句於《桃花扇》後云。

其一

潭水深深柳乍垂，香君樓上好風吹。須知當日張郎筆⑤，染就桃花纔畫眉。

【注釋】

① 截句：絕句。詩題為本書編者所加。
② 岸堂：孔尚任號東塘，別號岸堂。
③ 便面：扇子的一種，《漢書・張敞傳》：「自以便面拊馬。」顏師古注：「便面，所以障面，蓋扇之類也。不欲見人，以此自障面，則得其便，故曰便面，亦曰屏面。」後亦泛指扇面。
④ 關、馬：關漢卿、馬致遠。
⑤ 張郎：張敞，西漢平陽人，宣帝時為京兆尹。《漢書・張敞傳》：「又為婦畫眉，長安中傳張京兆眉憮。」

其二

兩家樂府盛康熙，進御均叨天子知①。縱使元人多院本，勾欄爭唱孔洪詞②。亡友洪君昉思有《長生殿》傳奇，與《桃花扇》先後入內廷，並盛行於時。

（康熙本《桃花扇》卷首）

【注釋】

①叨（音濤）：承受。關於《長生殿》傳入宮內的情況，吳梅《中國戲曲概論》云：「初登梨園，尚未盛行，後以國忌裝演，得罪多人，於是進入內廷，作法部之雅奏，而一時流轉四方，無處不演此記焉。」關於《桃花扇》傳入內廷的情況，孔尚任〈《桃花扇》本末〉云：「己卯秋夕，內侍索《桃花扇》本甚急，予之繕本莫知流傳何所，乃於張平州中丞家覓得一本，午夜進之直邸，遂入內府。」吳梅《顧曲麈談》云：「相傳聖祖最喜此曲，內廷宴集，非此不奏，……每至《設朝》、《選優》諸折，輒皺眉頓足曰：『弘光，弘光，雖欲不亡，其可得乎！』往往為之罷酒也。」

②孔洪詞：指孔尚任的《桃花扇》、洪昇的《長生殿》。

【簡析】前一首讚揚《桃花扇》巧妙的藝術構思，後一首對兩部傑作給予很高的評價。看來金埴已經意識到「若無新變，不能代雄」，同其他藝術一樣，戲曲藝術也需要不斷推陳出新，才能保持旺盛的生命力。「南洪北孔」的劇作之所以「勾欄爭唱」，正是因為它們包含了前人作品所不曾有過的新內容，藝術上也達到了新的高度。這些評論都是發人深思的。

東魯春日展《桃花扇》傳奇①，悼岸堂先生作（二首）

其一

南朝軼事斷人魂②，重展香君便面痕。不見滿天紅雨落③，老伶泣過魯西門。

【注釋】

①東魯：指山東曲阜。曲阜為古魯國地，故稱東魯。這是孔尚任的故鄉，他病逝亦在此地。

②軼（音義）事：同逸事。不見於記載的事蹟。

③紅雨：比喻落花。李賀〈將進酒〉：「況是青春日將暮，桃花亂落如紅雨。」

【簡析】後二句作者原注：「先生歿，雖梨園舊部，亦有泣下者。」這生動地表現了孔尚任這位大戲劇家與戲曲藝人之間的密切聯繫。

其二

桃花忽見魯門西①，正樂人亡咽鳥啼②。一代風徽今墜也③，雲亭山色轉淒迷④。

（康熙本《桃花扇》卷首）

【注釋】

①桃花句：作者原注引李白詩：「桃花夾岸魯門西。」

②正樂：校正聲樂。顧況《樂府》：「國風新正樂，農器近銷兵。」咽（音業）鳥：悲咽之鳥。

③風徽：風範、美德。

④雲亭山：雲雲、亭亭二山合稱。相傳神農、堯、舜等封泰山，禪雲雲；黃帝封泰山，禪亭亭。見《史記・封禪書》。孔尚任別署雲亭山人。

【簡析】康熙四十三年（一七〇四），洪昇溺水而死。康熙五十七年（一七一八），孔尚任病逝。輝映清初劇壇的「南洪北孔」兩顆巨星先後隕落，而他們又都是金埴的好友，詩人的惋惜和哀痛是可想而知的。

題梨園會館①

從來名彥賞名優②，欲訪梨園第一流。拾翠幾群從茂苑③，千金一唱在揚州。
定偕侯白為聲黨④，還倩秦青作教頭⑤。歌吹竹西能不羨⑥，更知誰占十三樓⑦。

（《不下帶編》卷七，北京：中華書局，一九八二年版）

【注釋】

① 會館：同籍貫或同行業的人在京城及各大城市所設立的機構，建有館所，供同鄉同行集會、寄寓之用。梨園會館指戲曲演員的公所。

② 名彥：著名美士，才德傑出的人。名優：名演員。

③ 拾翠：拾取翠鳥羽毛以為首飾。茂苑：花木繁茂的苑囿。此句指許多名士到梨園會館尋訪名優，正如婦女入茂苑拾取翠羽一樣。

④ 侯白：隋魏郡人，字君素。性滑稽，愛說諷刺詼諧的話。見《隋書・陸爽傳》。後來因稱詼諧的演員為侯白。聲黨：謂同臺演出之人。見沈亞之《歌者葉記》。

⑤ 倩（音欠）：借助。

⑥ 竹西：古亭名。杜牧〈題揚州禪智寺〉：「誰知竹西路，歌吹是揚州。」後人因於其處築竹西亭，又名歌吹亭，在今揚州市北。

⑦ 十三樓：宋時杭州名勝，去錢塘江二里許，蘇軾治杭州日，多治事於此。見宋・周淙《乾道臨安志》二。蘇軾

〔南柯子〕〈遊賞〉：「遊人都上十三樓，不羡竹西歌吹古揚州。」

【簡析】梨園會館是戲曲藝人聚集的地方。藝人之間相互切磋，廣泛交流經驗，促進了表演技巧的提高和戲曲藝術的繁榮。

佚　名（生卒年不詳）

佚名，康熙年間人。

演《長生殿》口號（三首選一）

秋谷才華迴絕儔①，少年科第盡風流②。可憐一出《長生殿》③，斷送功名到白頭。

（阮葵生《茶餘客話》卷九，北京：中華書局，一九五九年版）

【注釋】

① 秋谷：趙執信。絕儔（音籌）：無與倫比。

② 「少年」句：趙執信十八歲就考中進士，選入翰林院；二十三歲，就擔任山西省鄉試正考官；二十五歲，又晉升為右春坊右贊善。當時目為少年才子。

③ 「可憐」句：指演《長生殿》之禍。

【簡析】趙執信因演《長生殿》之禍而被免職的時候，只有二十八歲。由此直到八十三歲逝世，他一直沒有做過官。這首詩對趙執信的才華表示讚賞，對他的不幸遭遇表示惋惜。

沈德潛（一六七三—一七六九）

沈德潛，字確士，號歸愚。長洲（今江蘇蘇州）人。乾隆四年（一七三九）進士。官至內閣學士兼禮部侍郎。七十七歲辭官歸里。詩受乾隆帝賞識，常出入禁苑，與乾隆帝唱和、論詩，詩論和作品風靡一時，影響很大。沈德潛論詩的宗旨，主要見於所著《說詩晬語》及所編《古詩源》、《唐詩別裁集》、《明詩別裁集》、《清詩別裁集》等書。有《沈歸愚詩文全集》。

凌氏如松堂文燕觀劇①

置酒高堂夜撾鼓②，錦幃捲處紛歌舞。〈霓裳〉拍序鐵板聲③，傳出英雄與兒女。梨園子弟聲價高，法曲親聞天尺五④。座中半是人中龍⑤，盛名煜爚推南東⑥。鴻文素積玄圃玉⑦，榮遇直上長楊宮⑧。妙年聯翩擅豪氣⑨，俊邁似欲無終童⑩。而我頹齡亦在列⑪，何異春苑飛秋蓬⑫。憶昔康熙歲辛巳⑬，橫山先生執牛耳⑭。堂開如松延眾英⑮，一時冠蓋襄陽里⑯。酒酣樂作翻新曲（時朱翁素臣製曲，有《杜少陵獻三大禮賦》、《琴操問禪》、《楊升庵伎女遊春》諸劇⑰），龍笛鵾弦鬥聲伎⑱。雲鬟小隊舞柘枝⑲，雪面參軍墮簪珥⑳。流風無跡彩雲散，花月歡場曾有幾㉑。側身天地念前塵㉒，日月奔波一彈指。雪中鴻爪記當初㉓，重上華堂三紀餘㉔。此日庭前喬木在，往時筵上故人無。封胡羯末逢公姓㉕，樹蕙滋蘭憶左徒㉖。弦管聲中增歎息，綺筵慚愧白髭鬚㉗。

（《歸愚詩鈔》卷十，清刻本）

【注釋】

① 文燕：文人宴集，
② 撾（音抓）：敲打。
③ 拍序：唐代法曲中序始加拍，稱為拍序。
④ 天尺五：形容法曲美妙，是天上之曲。

⑤人中龍：人中豪傑。

⑥煜爚（音玉月）：光耀。南東：東南。

⑦鴻文：巨著，大作。玄圃：崑崙山頂，為仙人所居。

⑧長楊宮：漢行宮名。漢•揚雄有〈長楊賦〉。

⑨妙年：少壯時期。聯翩：鳥飛貌，形容連續不斷，前後相接。同「連翩」。

⑩俊邁：英俊出眾。終童：指漢終軍。終軍少即出眾。用以喻指少年有為之人。無終童：連終童也不放在眼裡。

⑪頹齡：老年。

⑫「何異」句：自己這樣一個老人與許多青年人在一起，好像春天的花園裡飛來了一株凋零的蓬草。

⑬辛巳：康熙四十年（一七〇一，辛巳），作者二十九歲。

⑭橫山先生：葉燮（一六二七—一七〇三），字星期，號己畦，時稱橫山先生，吳江（今屬江蘇）人，著有《原詩》等著作，是沈德潛的老師。這裡指葉燮是當日文壇盟主。

⑮如松：如松堂：延：引進，請。

⑯冠蓋：禮帽和小車蓋，是官吏的服飾和車乘，借指官吏。

⑰樂作：奏樂。朱翁素臣：朱素臣，清初戲曲作家。名㿥（音胡），號苼庵，吳縣（今屬江蘇）人，作有傳奇《十五貫》、《秦樓月》等。《杜少陵獻三大禮賦》：演杜甫故事。《琴操問禪》：演蘇軾與妓女琴操的故事。《楊升庵伎女遊春》：演楊慎被貶滇南故事。朱素臣此三劇從未見於其他任何著錄。

⑱龍笛：笛名，以笛聲似水中龍鳴，故名。

⑲雲鬟：言婦人髮鬟如雲。

⑳雪面：白面。珥（音耳）：耳飾。墮簪珥：滑稽詼諧表演中的情狀。

㉑歡場：歡樂之所。

㉒側身：置身。前塵：往事。全句即杜甫〈將赴成都……寄嚴鄭公〉詩「側身天地更懷古」之意。

㉓雪中鴻爪：往事的記憶。蘇軾〈和子由澠池懷舊〉：「人生到處知何似？應似飛鴻踏雪泥。泥上偶然留指爪，鴻飛那復計東西。」

㉔紀：十二年為一紀。

㉕封胡羯末：分別為東晉時謝韶、謝朗、謝玄、謝川幼名，並一時俊秀，人稱封胡羯末。見《晉書•王凝之妻謝氏傳》。公姓：統治家族的子弟，猶言公子。

㉖樹蕙：種植香草。滋蘭：培育蘭草。左徒：屈原。《離騷》：「余既滋蘭之九畹兮，又樹蕙之百畝。」這裡是以屈原作比，追念葉燮對自己和其他弟子的培養。

㉗綺筵：盛大的筵會。

【簡析】本篇既描寫了乾隆年間一次觀劇活動，更追記了康熙四十年（一七〇一，辛巳），作者二十九歲時一次觀劇盛況，反映出崑劇從康熙到乾隆年間持續繁榮的局面。特別是康熙四十年那次演出，作者的老師葉燮亦曾到場，群賢畢至，盛況空前。而當年所見朱素臣的《杜少陵獻三大禮賦》、《琴操問禪》、《楊升庵伎女遊春》三個劇作，亦從未見於其他任何著錄，是研究戲曲史的珍貴資料。

秦淮雜詠（十首選一）

不數回風唱麗娟①，懷寧一曲萬人憐②。家亡國破渾閒事③，留得新聲《燕子箋》④。

（《歸愚詩鈔》卷十九，清刻本）

【注釋】

① 「不數」句：舊題漢・郭憲《洞冥記》卷四：「帝所幸宮人名麗娟……。每歌，李延年和之，於芝生殿唱〈回風〉之曲，庭中花皆翻落。」

② 懷寧：阮大鋮。

③ 渾：全。

④ 《燕子箋》：阮大鋮所作傳奇。

【簡析】國破家亡全都不以為意，整日沉湎歌舞，演出阮大鋮所編的傳奇《燕子箋》。這就是南明弘光小朝庭昏君佞臣的所作所為。詩人對此表示了深沉的感慨。

觀劇席上作（十二首選十）

其一

歌舞吳宮香色迷，館娃散後鳥空啼[1]。泛湖一去無蹤跡，誰識儂家舊姓西[2]。

【注釋】

①館娃：春秋時吳王夫差建宮於硯石山（今江蘇吳縣西南靈巖山），讓西施住。吳人稱美女為娃，故稱館娃宮。此處館娃指西施。

②儂：我。古代吳人自稱。今吳方言稱人為儂。本句作者自注：「用東坡語意」。

【簡析】本詩詠明．梁辰魚的傳奇《浣紗記》。前二句說西施為滅吳做出了貢獻。後二句說西施隨范蠡泛舟五湖，從此隱姓埋名，無跡可尋。

其二

鴻溝割後轉運兵，垓下聞歌盡楚聲[1]。雖與虞兮拋不得[2]，英雄自古最多情。

【注釋】

① 「垓下」句：項羽被劉邦圍困於垓下（今安徽靈壁縣東南），夜聞漢軍四面皆唱楚歌，項羽大驚，以為漢已經占領了楚的全境。

② 「騅與」句：《史記・項羽本紀》：「項王則夜起，飲帳中。有美人名虞，常幸從；駿馬名騅（音追），常騎之。於是項王乃悲歌慷慨，自為詩曰：『力拔山兮氣蓋世，時不利兮騅不逝。騅不逝兮可奈何！虞兮虞兮奈若何！』歌數闋，美人和之。項王泣下數行。左右皆泣，莫能仰視。」

【簡析】《霸王別姬》是戲曲舞臺上經常上演的一個保留劇目，它的演變有一個過程。本詩歌詠的是明人沈采《千金記》的第三十七出《別姬》。

其三

絕代佳人去紫臺①，寸心未死已成灰②。李陵碑畔纖纖草，莫遣生連青塚來③。

【注釋】

① 絕代佳人：指王昭君。紫臺：即紫宮，或紫禁，天子所居。去紫臺，猶言離漢宮。杜甫〈詠懷古蹟〉其三：「一去紫臺連朔漠，獨留青塚向黃昏。」

② 寸心：猶心。心位於胸中方寸之地，故稱寸心。

③ 青塚：王昭君墓。

【簡析】本詩稱頌王昭君情操高尚。面對這位女子，李陵是應當面有愧色，無地自容的。

其四

〈清平〉絕調洗陳因①，妃子名花共占春②。力士脫靴汙我足③，才人真個目無人。

【注釋】

①〈清平〉絕調：指李白作的〈清平調〉三首。洗陳因：一洗陳陳相因的舊調，有所創新。

②「妃子」句：李白〈清平調〉以名花比楊貴妃，如謂「名花傾國兩相歡，長得君王帶笑看。」

③「力士」句：《彩毫記》第十三出《脫靴捧硯》有李白草〈清平調〉，要唐玄宗寵幸的近侍高力士為他脫靴、楊貴妃為他捧硯的情節。

【簡析】《太白醉寫》是崑曲舞臺上的保留劇目：其源出於明人屠隆《彩毫記》第十三出《脫靴捧硯》。本詩歌詠了這一出，突出了李白蔑視權貴、傲岸不群的性格特徵。

其五

梨花葬處近郵亭①，蜀道歸來夢乍醒。夜靜更長聽不得，攪人離思〈雨霖鈴〉②。

【注釋】

①「梨花」句：謂楊玉環被迫自縊於馬嵬坡梨樹之下。見《長生殿》第二十五出《埋玉》。郵亭：驛館。此處指

馬嵬驛。

② 〈雨霖鈴〉：唐教坊曲名，亦作《雨淋鈴》。相傳唐玄宗避安祿山之亂至蜀，初入斜谷，霖雨涉旬，於棧道中聞鈴聲與山相應，因悼念楊貴妃，遂採其聲製〈雨霖鈴〉曲以寄恨。時梨園弟子中惟張野狐善觱篥，因吹之，遂傳於世。參閱唐・鄭處誨《明皇雜錄》、宋・樂史《楊太真外傳》。

【簡析】本首和下首都詠洪昇傳奇《長生殿》。本首著重寫《長生殿》中濃墨重彩描繪的唐明皇對楊貴妃的思念。

其六

梨園往事散如煙，一曲琵琶劇可憐①。最是春殘花謝候，江南零落李龜年②。

【注釋】

① 劇：極，甚。

② 李龜年：唐代樂師。通音律，能自撰曲，善歌唱，專長羯鼓。開元中與弟彭年、鶴年在梨園供職。安史亂後，流落江南，不知所終。

【簡析】《長生殿》第三十八出《彈詞》寫安史之亂後，宮廷樂工李龜年流落南方，彈奏琵琶演唱天寶舊事的故事。《彈詞》一出，與李玉傳奇《千鍾祿》的《慘睹》一出都是當時傳唱很盛的戲。因《彈詞》出唱詞首句為「不提防餘年值亂離」，《慘睹》出唱詞首句為「收拾起大地山河一擔裝」，所以當時有「家家『收拾起』，戶戶『不提防』」的說法。

其七

掣肘汪黃勢不支[①]，杜充那可任安危[②]。渡河殺賊平生願[③]，垂死長吟蜀相詩[④]。

【注釋】

①掣肘：比喻使人做事故意留難牽制。汪黃：汪伯彥，黃潛善，宋高宗時的奸臣。此句說宗澤徒有抗金決心，卻處處受到高宗信任的奸臣汪伯彥、黃潛善的牽制，大勢遂不支。

②杜充（？—一一四一）：字公美，相州（今河南安陽）人。高宗建炎二年（一一二八）繼宗澤為東京留守，盡反宗澤所為，澤所招兩河義軍皆不為用。此年棄東京南下。金兵渡江，他棄金陵（今江蘇南京）南逃，旋即降金。

③「渡河」句：宗澤因多次上書宋高宗請求還都開封，收復失地，皆不納，憂憤成疾。臨終時連呼「過河」者三。

④「垂死」句：宗澤垂危時吟誦杜甫〈蜀相〉詩中「出師未捷身先死，長使英雄淚滿襟」句。表現了他極端憂憤的心情。

【簡析】元人孔文卿的雜劇《東窗事犯》，明人姚茂良的傳奇《精忠記》都寫岳飛事蹟，但都沒有正面描寫宗澤。明末清初人張大復的傳奇《如是觀》則塑造了宗澤的英雄形象，揭示了他的愛國精神對岳飛的強烈影響。本詩就是歌詠此劇中的宗澤形象的。

其八

鏡花水月夢偏驚[1]，因夢生情是至情。今古不離情字裡，情深能死復能生[2]。

【注釋】

① 鏡花水月：鏡中花、水中月，比喻虛幻的事物。

② 「情深」句：可參湯顯祖《牡丹亭・題詞》：「如麗娘者，乃可謂之有情者耳。情不知所起，一往而深。生者可以死，死可以生。生而不可與死，死而不可復生者，皆非情之至也。」

【簡析】本首歌詠湯顯祖的名作《牡丹亭》，特別強調了貫串全劇的「情」的超越生死的力量。

其九

秋江一樣遠分離，苦甚巴山夜雨時[1]。江畔芙蓉亦傷別[2]，替人憔悴減容姿[3]。

【注釋】

① 巴山夜雨：李商隱〈夜雨寄北〉：「君問歸期未有期，巴山夜雨漲秋池。何當共剪西窗燭，卻話巴山夜雨時。」寫自己在蜀地懷念親人之情。

② 芙蓉：《玉簪記》第二十三出《追別》陳妙常唱〔紅衲襖〕：「好似江上芙蓉獨自開，只落得冷淒淒飄泊輕盈態。」

③ 「替人」句：說芙蓉也同情人的離別之苦，因此也面容憔悴，風姿頓減。

【簡析】明人高濂的傳奇《玉簪記》第二十三出《追別》（又名《秋江》）是充滿詩情畫意、膾炙人口的折子戲，至今還活在許多劇種的舞臺上。本詩歌詠的就是這一出。

其十

夏嚴雞門議囂喧①，師未與時已喪元②。宰相不須悲禍烈③，風波亭獄更沉冤④。

（《歸愚詩鈔》卷二十，清刻本）

【注釋】

① 夏：夏言（一四八二—一五四八），明江西貴溪人，字公瑾。嘉靖時為首輔執政。後受嚴嵩排擠。嘉靖二十五年（一五四六）支持陝西總督收復河套的主張，而嚴嵩迎含嘉靖帝苟安之意，誣告夏言；夏遂被害。嚴：嚴嵩（一四八〇—一五六九），明江西分宜人，字惟中。嘉靖時官至少傅兼太子太師，攬權貪賄，殘害異己。子世蕃尤橫行不法。御史鄒應龍等極力論嵩父子不法：遂籍沒嵩家，斬世蕃，罷嵩官。嵩後寄食寒舍而死。雞門：作者原注：「江西呼人為雞。夏、嚴相在朝，眾人趨之，有以昌黎『大雞昂然是，小雞聳而待』為戲者。」

② 喪元：人被斬首。元，頭。

③ 宰相：指夏言。

④ 風波亭：宋大理寺獄風波亭，相傳為岳飛遇害處。故址在今杭州小東橋附近。

【簡析】本首詠明人傳奇《鳴鳳記》（傳為王世貞作）。詩人指出：夏言被嚴嵩陷害而致死，固然是一樁冤案，但在程度上還不如岳飛所受的冤屈。

孔傳鋕（一六七八—？）

孔傳鋕，字振文，號西銘、蜨庵、也是園叟，山東曲阜人，襲翰林院五經博士。作有傳奇《軟羊脂》等三種。以詩詞見長，撰有《補閒集》二卷、《清濤詞》二卷。

題《桃花扇》歌

金陵三月飛桃花，金陵城頭啼暮鴉。珠樓翠院皆寂寞[1]，菜畦瓜隴交橫斜。
憶昔南朝太平日[2]，占勝秦淮與桃葉[3]。王孫苑外驟鞭過，少婦樓頭靚妝出[4]。
往來狎客溢經過[5]，買笑追歡駐錦窩[6]。豔妝婢子擎高燭，冶服仙姝整翠蛾[7]。
路人錯認公侯宅，爭知盡是煙花窟[8]。東家豆蔻尚含胎[9]，西院芙蓉已堪折[10]。
就中尤數玉娉婷[11]，二八香君是小名[12]。偶然心許知名士[13]，齧臂焚香早締盟[14]。
皖城逐宦權奄友[15]，見擯清流時已久[16]。欲招狂客入私門[17]，願贈香奩媚行首[18]。
豈知巾幗心偏烈[19]，視若鴻毛渾棄擲[20]。才子天涯去避仇，佳人掩鏡甘淪寂[21]。
開府樓船勢正炎[22]，千金不惜聘鶼鶼[23]。長齋謝客嚴辭拒，十二紅樓不捲簾[24]。
從此芳名遍吳下[25]，桃花扇影胭脂寫[26]。何限男兒繞指柔[27]，斯人卻是純鋼者[28]。

詞客吾宗老岸堂㉙，清歌一闋譜興亡㉚。同時賭勝旗亭者㉛，更數江東顧辟疆㉜。
悲歡聚散尋常事，話到滄桑發深喟㉝。三才蘇張舌辯鋒㉞，一腔信國憂時淚㉟。
總作浮雲過眼看，何論拆散與團欒㊱。紅兒按拍周郎顧㊲，猶可尊前助合歡㊳。

（《補閒集》下，清刻本）

【注釋】

①珠樓：珠飾的樓閣。翠院：華美的庭院。
②南朝：指南明弘光小王朝。
③占勝：占踞勝地。秦淮：秦淮河。桃葉：桃葉渡，渡口名，在秦淮河畔。相傳因晉王獻之在此歌送其妾桃葉而得名。
④靚（音競）妝：美麗的妝飾。
⑤狎（音俠）客：嫖客。恣（音字）：放縱，聽任。
⑥買笑追歡：狎妓以尋求歡樂。錦窩：猶言「風月營」、「鶯花寨」、「翠紅鄉」，指妓院。
⑦冶服：豔麗的服飾。仙姝（音書）：仙女。此處指妓女。翠娥：美人之眉。眉修長如蛾，以黛點色，故稱。
⑧爭知：怎知。煙花窩：與「錦窩」同義。
⑨豆蔻：植物名，多年生常綠草本。其中紅豆蔻生於南海諸谷中，南人稱其花尚未大開者名含胎花，言如懷妊之身。詩人或以喻未嫁少女，言其少而美。杜牧〈贈別〉詩：「娉娉嫋嫋十三餘，豆蔻梢頭二月初。」
⑩芙蓉：蓮花，此處喻已成年之少女。
⑪娉婷（音乒亭）：姿態美好。此處「玉娉婷」指美女。
⑫二八：十六歲。香君：李香君。
⑬心許：以心相許。知名士：指侯方域。
⑭齧（音捏）臂：咬臂出血，以示誠信。《史記・吳起傳》：「吳起……東出衛郭門，與其母訣，齧臂而盟曰：『起不為卿相，不復入衛！』」
⑮皖城逐宦：阮大鋮，他是皖城（今安徽懷寧）人，天啟時投靠權宦魏忠賢，崇禎時因此而受到貶逐。權奄（音淹）：指天啟年間掌握大權的宦官魏忠賢，他是東林黨的死對頭。
⑯見擯（音鬢）：被排除於……，遭遺棄於……。清流：舊時用以指負有時望的清高的士大夫。此處指東林黨與復社黨人。

⑰狂客：狂放不羈的人。此處指侯方域。

⑱香奩（音連）：婦女梳妝用的鏡匣。此處指嫁妝。行首：宋元稱上等妓女。此處指李香君。以上二句說阮大鋮想拉攏侯方域，趁侯方域與李香君結合之機，託楊龍友送來嫁妝，討好侯、李。事見《桃花扇》第四出《偵戲》、第七出《卻奩》。

⑲巾幗（音國）：婦女的頭巾和髮飾。後即作為女子的代稱。

⑳棄擲：拋棄。以上二句說李香君識破了阮大鋮的詭計，義正辭嚴地拒絕了他的誘惑，把他送來的嫁妝扔出去。事見《桃花扇》第七出《卻奩》。

㉑淪寂：淪落，寂寞。以上二句說弘光朝建立，阮大鋮得勢，隨即對復社黨人進行殘酷的迫害，侯方域不得不離開南京去揚州投奔史可法，李香君堅持氣節，獨守妝樓。

㉒開府：此處指弘光朝大學士馬士英的親戚、淮揚巡撫田仰。勢正炎：權勢正盛。

㉓鶼（音兼）鶼：即鶼。比翼鳥。似鳧，青赤色，古人言其「相得乃飛」。此處「聘鶼鶼」比喻媒聘。

㉔以上四句說田仰倚仗馬士英中權勢，不惜千金強娶李香君。李香君血濺妝樓，誓死不嫁，從此長齋謝客，以明己志。事見《桃花扇》第十七出《拒媒》、第二十二出《守樓》。

㉕吳下：指南京一帶。

㉖「桃花扇」句：李香君的鮮血濺在扇上，楊龍友以之點染成為桃花，這就是桃花扇的由來。事見《桃花扇》第二十二出《守樓》、第二十三出《寄扇》。

㉗何限：多少。繞指柔：軟弱。劉琨〈重贈盧諶〉：「何意百煉鋼，化為繞指柔。」

㉘斯人：這個人。指李香君。

㉙詞客：詞人，此處指戲曲作家。吾宗：我的同宗。岸堂：《桃花扇》作者孔尚任，號岸堂。參見前孔尚任詩作者介紹。

㉚清歌：此處指《桃花扇》。

㉛賭勝旗亭：據唐《集異記》，開元中詩人王昌齡、高適、王之渙曾在旗亭飲酒，聽諸妓唱詩，約定誰作的詩被唱得多，即為優勝。最後一位最美的妓女所唱的是王之渙的〈涼州詞〉（黃河遠上白雲間）。

㉜顧辟疆：顧彩，江蘇無錫人，家有辟疆園，故人稱顧辟疆：作有傳奇《小忽雷》、《後琵琶記》，又改《桃花扇》為《南桃花扇》。

㉝深喟：長歎。

㉞三寸舌：能說善辯，以言語勝人。《史記・平原君傳》：「毛（遂）先生以三寸之舌強於百萬之師。」蘇張：蘇秦、張儀，戰國時有名的縱橫家。

㉟信國：文天祥，他曾被封為信國公。

㊱團欒：團聚。

㊲紅兒：唐鄜州李孝慕歌妓，善歌唱。與羅虬交往，後為

蚪所殺。蚪追悔之餘，曾作〈比紅兒〉絕句百首。

㊳ 尊前：在酒樽之前。指酒筵上。合歡：聯歡。

【簡析】李香君是《桃花扇》中最有光彩的人物形象。在這位出身微賤的青樓女子身上，孔尚任寄託了自己的理想。本詩滿腔熱情地讚揚了李香君「威武不能屈，富貴不能淫，貧賤不能移」的崇高人格。「何限男兒繞指柔，斯人卻是純鋼者」的感歎更是寓意深長，令人三思。

王特選（一六八〇—一七五六）

王特選，字策軒，一字仕可，號臯南，山東滕縣人。康熙四十四年（一七〇五）舉人，曾任東昌府教授。有《銜山閣詩集》。

題《桃花扇》（六首選二）

其一

板蕩維持見幾人①，隻身閣部泣江濱②。卻教世俗思忠毅③，曾許他年社稷臣④。

【注釋】

①板蕩：《詩・大雅》有〈板〉、〈蕩〉二篇，譏刺周厲王無道，敗壞國家。後因以板蕩指政局變亂或社會動盪不安。《舊唐書》卷六十三〈蕭瑀傳〉太宗詩：「疾風知勁草，板蕩識誠臣。」

②閣部：指史可法。《桃花扇》第三十八出《沉江》寫南京失守後，史可法知大事不可圖，乃沉江殉國。本句即指此。

③忠毅：左光斗（一五七五—一六二五），字遺直，號浮左，又號滄嶼，安徽桐城人，萬曆三十五年進士，累官左僉御史。剛直敢言，與楊璉同為閹黨側目，並稱楊左。因上書彈劾魏忠賢，被誣陷下獄，備受酷刑，死於獄中。

④社稷：土、穀之神。歷代封建王朝必先立社稷壇壝；滅人之國，必變置滅國的社稷。因此以社稷為國家政權的標誌。

【簡析】本詩作者原注：「史公貌寢（容貌醜陋），應童子試時，左忠毅識之，曰：『好自愛，他年社稷臣也。』聞者譁焉，至後果驗。」這首詩讚揚了史可法以身殉國的高風亮節，並由此聯想到當年識拔史可法於貧賤之中的左光斗。

其二

鼉鼓冬冬夕照微①，耳剽舊事演新機②。仲連去後誰排難③，長倚軍門柳布衣。

（蘭雪堂本《桃花扇》卷首）

【注釋】

①鼉（音駝）鼓：鼉（俗稱豬婆龍，鱷魚的一種）皮蒙的鼓。

②耳剽（音瓢）：猶耳學，憑耳聞而得。機：機鋒。此句言柳敬亭的說書藝術達到很高的水平，能從舊的題材中發掘出新意。

③仲連：魯仲連，亦稱魯連，戰國齊人。高蹈不仕，喜為人排難解紛。排難：即排難解紛。魯仲連曾為解除秦國對趙都邯鄲的包圍出力，趙欲封仲連。仲連辭曰：「所貴於天下之士者，為人排患釋難，解紛亂而無所取也。」見《戰國策・趙策三》、《史記・魯仲連傳》。後因謂為人解圍為排難解紛。

【簡析】《桃花扇》中的柳敬亭是一位富有正義感，又富有幽默感的藝人，是平民階層的一個很有光彩的人物。詩人對他表示了深深的敬意。

唐　英（一六八二—一七五五）

唐英，字雋公，號蝸寄居士，奉天（今遼寧瀋陽）人，隸漢軍正白旗。初授內務府外郎兼佐領，歷任淮關、九江關、粵海關監督以及督陶使等。能文善畫，兼書法篆刻，又精通製瓷。作有傳奇、雜劇十七種，合稱《古柏堂傳奇》，其中大部分依照民間戲曲改編，部分保留了民間戲曲的優點，《十字坡》、《面缸笑》等成就較高。詩集名《陶人心語》。

立夏後二夜雨窗觀劇，偶演予《笳騷》填詞[1]，座上有擊節歎息形之吟詠者[2]，率和原韻示之（二首選一）

西江決水滌胸塵，慷慨淋漓自寫真[3]。綠酒紅燈翻漢史[4]，零風碎雨餞殘春[5]。
佳人腸斷胡雛遠[6]，騷客情深拍調新[7]。擫笛鳴笳愁滿座[8]，縱教見慣也傷神。

（《陶人心語》卷三，清乾隆間唐寅保刻本）

【注釋】

① 《笳騷》：唐英所作雜劇，演蔡文姬歸漢故事。凡一折。一名《入塞》。本事見《後漢書・董祀妻傳》、《烈女傳》及《三國演義》。作於乾隆七年（一七四二）上元節。
② 擊節：用手或拍板以調節樂曲。吟詠：歌唱，抒寫，指賦詩。
③ 寫真：抒寫真情。
④ 翻：翻寫，改寫。
⑤ 餞：餞別，送別。
⑥ 胡雛：胡兒。指蔡文姬在匈奴所生的兒子。
⑦ 騷客：詩人。拍調：指蔡文姬所作〈胡笳十八拍〉。
⑧ 擫（音葉）：以指按捺。

【簡析】以蔡文姬命運為題材的戲曲作品在唐英之前有元・金仁傑的《蔡琰還朝》雜劇（今佚）、明・陳與郊《文姬入塞》雜劇、清・尤侗《弔琵琶》雜劇等，唐英自出新意，再譜新詞，「擬其當年之形神心事，熔鑄其十八拍之節調遺音」（《笳騷》題辭）。乾隆七年（一七四二）立夏後二夜，唐英家班首次在眾賓客面前上演了《笳騷》，蔡文姬由唐英家班的梁柱阿雪扮演，唐英本人記錄當時演出場景是：「輕吹合以洞簫，歌聲嗚咽，四壁淒清。予則掀髯而聽，聽然而笑，拍案大叫，……歌竟雨歇，江風大作，濤聲彭湃，響震几筵，若助予之悲歌慷慨者。」（《笳騷》題辭）從此，《笳騷》成為唐英家班的保留劇目，據商盤〈將至九江，可晤唐俊公先生，以詩預柬〉詩後自注：「公有家部，能歌自製樂府〈入塞〉、〈旗亭〉諸曲，向曾聞之。」《笳騷》一劇在當時曲壇的影響由此可見一斑。

觀劇

戲前場外人心熱①，戲後局中人不忙②。傀儡漫嗤無義意③，隱然一度小滄桑④。

（《陶人心語》卷五，清乾隆間唐寅保刻本）

【注釋】

① 場外人：指觀眾。

② 局中人：指演員。

③ 傀儡：指戲曲演出。漫：任由。嗤（音吃）：譏笑。

④ 滄桑：滄海桑田。大海變成桑田，桑田變成大海。比喻世事變化很大。

【簡析】本詩只有四句，內涵卻相當豐富。前兩句概括了演員、觀眾在戲曲演出中的不同表現和感受，後兩句強調了戲曲的意義和價值。這種認識，唐英是從戲曲史上得來的，是從自己的創作實踐中得來的，也是從戲曲與觀眾關係的考察中得來的。

厲　鶚（一六九二—一七五二）

厲鶚，字太鴻，號樊榭，浙江錢塘（今杭州）人。康熙五十九年（一七二〇）舉人，乾隆元年（一七三六）薦舉博學鴻詞。其詩幽新雋妙，刻琢研煉，尤工五言，取法陶謝及王孟韋柳，而自成一家。又是浙西派重要詞人，亦工曲。著有《樊榭山房集》。

滿江紅　題《桃花扇》傳奇

千古南朝，剩滿眼鍾山廢綠①。問誰記，渡江五馬②，玉樓金屋。復社尚興風影禍③，教坊偏占煙花福。笑無愁帝子莫愁湖④，歡娛速。　醉舞散，灰緋燭⑤；宮騎走，降幡矗⑥。看湘東已了⑦，枯棋殘局⑧。桃葉渡邊飛燕語，桃花扇底銅仙哭。算付將此曲雪兒歌，難終曲。

（《樊榭山房集》集外詞卷二，四部叢刊初編本）

【注釋】

① 鍾山：即紫金山，在南京市東。

② 渡江五馬：晉時有童謠說：「五馬浮渡江，一馬化為龍。」舊史認為是指永嘉中，司馬睿（琅玡王）、繹（彭城王）、羕（西陽王）、祐（汝南王）、宗（南頓王）五王南奔過長江，而睿登帝位的預言。馬，指晉帝姓司馬。參閱《晉書・元帝紀》。

③ 風影：捕風捉影。

④ 無愁帝子：此處借喻南明弘光帝。

⑤ 灰緋燭：紅燭成灰。

⑥ 降幡（音帆）：降旗。

⑦ 湘東：指南明藉以支持的南方地區。

⑧ 枯棋殘局：猶言敗局。

【簡析】以詩的形式評論《桃花扇》的不少，以詞的形式來評論的卻不多見。厲鶚此作，是寫得比較成功的一首。

金德瑛（一七〇一—一七六二）

金德瑛，字汝門、慕齋，晚號檜門老人，仁和（今浙江杭州）人。乾隆元年（一七三六）進士第一，授翰林院修撰。歷任右庶子、太常寺卿、內閣學士、禮部侍郎，官至左都御史。著名戲曲家蔣士銓、楊潮觀都是他的門生。生性好古，善於鑑別金石字畫。有《檜門詩存》。

觀劇絕句三十首有序（選二十二首）

稗官院本①，虛實雜陳，美惡觀感，易於通俗，君子猶有取焉。其間褻昵荒唐②，所當刊落③。今每篇舉一人一事，比興諷喻④，猶詠史之變體也。藉端節取⑤，實實虛虛，期於言歸典據⑥，或曰譎諫之風⑦，或曰小說之流，平心必察，朋友勿以是棄余可矣。當時際冬春公餘漏永⑧，地主假梨園以娛賓⑨，衰年賴絲竹為陶寫⑩，觸景生情，波瀾點綴⑪，與二三知己為旅邸消寒之一道耳。

【注釋】

①稗官：野史小說。院本：金元時，行院（妓院）演唱用的戲曲腳本。體製與宋雜劇相同，是北方的宋雜劇向元雜劇過渡的形式。演時僅用五人，又稱「五花爨弄」。作品都已失傳，僅《南村輟耕錄》載有院本名目七百餘種。

②褻（音歇）昵：輕浮，不莊重。

③刊落：刪除。

④比興：古代詩歌的常用技巧，起源於《詩經》。朱熹《詩集傳》：「比者，以彼物比此物也。」「興者，先言他物以引起所詠之詞也。」諷喻：運用比喻委婉地進行諷諫。

⑤藉端節取：加以剪裁之意。

⑥典據：有典故可以依據。

⑦譎（音決）諫：委婉地規諫。

⑧漏永：時間長。

⑨地主：指住在本地的人（跟外地來的客人相對）。假：借。

⑩絲竹：漢族傳統民族弦樂器和竹製管樂器的統稱。亦泛指音樂。《禮記・樂記》：「德者，性之端也。樂者，德之華也。金石絲竹，樂之器也。」陶寫：怡悅情性，消愁解悶。

⑪波瀾：比喻之辭。杜甫〈敬贈鄭諫議十韻〉：「毫髮無遺恨，波瀾獨老成。」

【簡析】金德瑛的《觀劇絕句三十首》非常有名，這篇小序也相當重要。小序表明了這樣的觀點：劇本常取材於歷史，但又是虛實結合的藝術創造，並不都等同於實事。其作用，可用於規諫，但亦可用於娛樂。自己這三十首詩，每篇詠一人一事，包含比興諷喻之意，可以視為詠史詩的變體。我們看他的詩，褒貶分明，確實可以視為詠史詩的變體。金德瑛還先後將這些詩寫給了楊潮觀等人，實際上起了倡導作用。以後楊潮觀創作《吟風閣雜劇》，在三十二個劇本前面各繫以小序，如《凝碧池忠魂再表》小序云：「凝碧池，思忠義之士也。妻子具則孝衰矣，爵祿具則忠衰矣，上失而求諸士，士失而求諸伶工賤人焉。昔晏子有言：『非其私暱，誰敢任之。』若雷海青者，其可同類而共薄之耶？」可以看出是受了金德瑛的影響。

加官

舉笏雍容喻不言①，吉祥善事是加官。有生仕宦兼才命②，但盡前途莫退看。

【注釋】

① 笏（音互）：古代大臣上朝拿著的手板，用玉、象牙或竹片製成，上面可以記事。

② 才命：才能和命運。

【簡析】《加官》即《跳加官》，舊時戲曲開場或在演出中遇顯貴到場時，加演的舞蹈節目。多由生腳演員扮演，出場時頭戴相紗、面具，身著大紅或黃色或綠色加官解袍，手執一疊條幅，上書「天官賜福」、「加官進爵」、「一品當朝」、「富貴長春」等字樣，配合各種誇張性身段、步法和舞蹈動作，逐次向臺下展示條幅上的吉祥詞語。金德瑛這首詩說，《加官》表達的是吉祥的祝願，誰不希望事實如此呢。但仕宦之途是要兼待才能和命運兩個方面的，作為個人，只有努力向前，顧慮太多是沒有必要的。

八仙

風隔蓬萊不露津①，蟠桃爭獻事疑真②。就中有杖扶持者，意謂登天許蹇人③。

【注釋】

① 蓬萊：神話中渤海裡仙人居住的三座仙山之一（另兩座為方丈、瀛洲）。津：津渡，渡水的地方。

② 「蟠桃」句：相傳八仙定期赴西王母蟠桃大會祝壽。

③ 登天許蹇人：成語「蹇人登天」，比喻不可能實現的事。王莽末年，天下大亂。隗囂少年時生病腳跛，在天水起兵反王莽。後來屯據陝甘一帶，有野心稱帝，被東漢光武帝劉秀率軍殲滅。隗囂稱帝之前，天水童謠曰：「出吳門，望緹群。見一蹇人，言欲上天。今天可上，地上安得民！」見《後漢書・五行志一》。蹇人，跛足之人。此處指鐵拐李。

【簡析】八仙形象系列有一個定型過程。明代吳元泰作《八仙出處東遊記》，正式定型為漢鍾離（或鍾離權）、張果老、韓湘子、鐵拐李、呂洞賓、何仙姑、藍采和及曹國舅。八仙過海是八仙最膾炙人口的故事之一，最早見於雜劇《爭玉板八仙過海》中。相傳白雲仙長有一回於蓬萊仙島牡丹盛開時，邀請八仙及五聖共襄盛舉，回程時鐵拐李（或呂洞賓）建議不搭船而各自想辦法，就是後來「八仙過海，各顯神通」或「八仙過海，各憑本事」的起源。

虞姬

廿八騎殘尚幾時①，滔滔江水豈還期。谷城他日遊魂到②，不作蒼龍夢薄姬③。

【注釋】

① 廿八騎：垓下之圍中，項羽引兵而東，至東城僅餘二十八騎。

② 谷城：項羽自刎之後，劉邦將其首級葬於古谷城南，今山東省泰安市東平縣舊縣鄉舊縣三村。

③ 蒼龍夢薄姬：漢文帝劉恆之母薄太后為姬時，久未得幸。一次偶然被劉邦召見，薄姬曰：「昨暮夜妾夢蒼龍據吾腹。」高帝曰：「此貴徵也，吾為女遂成之。」這次寵幸之後，她便生下了劉恆。見《史記‧外戚世家》。

【簡析】本詩歌詠明人沈采《千金記》的第三十七出《別姬》，稱讚在項羽大勢已去、英雄末路的情況之下，虞姬仍然忠於項羽，以死相從，留下了令人難忘的故事。

蘇子卿末用褚淵事①

望鄉對友郁忠情②，通國憐於雪窖生③。卻有終宵懷不亂④，黃羅負託白虹情⑤。

【注釋】

① 蘇子卿：蘇武（前一四〇—前六〇），字子卿。褚淵（四三五—四八二），字彥回。南北朝時劉宋、南齊兩朝大臣。受宋明帝信任，受遺詔為中書令、護軍將軍，與尚書令袁粲共輔蒼梧王（後廢帝）。元徽五年（四七七），雍州刺史蕭道成（齊高帝）殺後廢帝，另立順帝。褚淵推舉蕭道成錄尚書事，後又助蕭道成代宋建齊。

② 「望鄉」句：《牧羊記》有蘇武望鄉、對友（李陵）等情節，表現了蘇武對漢朝的忠誠。

③ 通國：指整個國家。雪窖生：指蘇武。

④ 終宵懷不亂：山陰公主劉楚玉，為宋前廢帝劉子業同母姐，生性淫恣，窺見褚淵悅之，以告前廢帝。帝召褚淵西上閣宿十日，公主夜就之，備見逼迫，褚淵整身而立，從夕至曉，不為移志。

⑤ 黃羅負託：「彥回後為吳郡太守，帝寢疾危殆，馳使召之，欲托後事。及至召入，帝坐帳中流涕曰：『吾近危篤，故召卿，欲使著黃䙰。』指床頭大函曰：『文書皆函內置，此函不得復開。』彥回亦悲不自勝。黃䙰，乳母服也。帝雖小間，猶懷身後慮。」白虹情：「及袁粲懷貳，曰：『褚公眼睛多白，所謂白虹貫日，亡宋者終此人也。』」見《南史》卷二十八〈褚裕之傳〉附褚彥回傳。

【簡析】《牧羊記》有《遺妓》一出，寫衛律派妓女張嬌去引誘蘇武，蘇武不受引誘，張嬌自刎而死。此詩認為，蘇武這種表現與南朝劉宋褚淵不受山陰公主誘惑類似，無疑值得稱道，但褚淵有負宋明帝重託，助蕭道成代宋建齊，在大節上與蘇武不可同日而語，可見蘇武是真正值得推崇的。

明妃①

蛾眉一誤賜單于②，為妾伸威畫士誅③。賢傅含冤今報未④？琵琶還帶怨聲無？

【注釋】

① 明妃：即王昭君，晉人因避司馬昭諱改稱明君，後人又稱明妃。

② 蛾眉：形容女性的眉毛像蠶蛾觸鬚一樣彎曲細長，代指美女。單于：漢時匈奴稱其君長為單于。

③ 畫士：指宮廷畫工毛延壽。漢元帝后宮既多，不得常見，乃使畫工圖形，案圖召幸之。諸宮人皆賂畫工，獨王昭君不肯，遂不得見。後匈奴入朝，求美人為閼氏，上案圖以昭君行。及去召見，貌為後宮第一。帝悔之，而名籍已定。乃窮案其事，畫工毛延壽等皆同日棄市。見葛洪《西京雜記》。

④ 賢傅：指漢元帝的師傅蕭望之，因遭宦官弘慕、石顯排擠，飲鴆自殺。

【簡析】戲曲中以王昭君故事為題材的極多，有馬致遠《漢宮秋》、陳與郊《昭君出塞》等。本詩詠明陳與郊的雜劇《昭君出塞》。詩人藉昭君故事加以發揮，指出僅殺一個毛延壽是不能解決問題的，如漢元帝的師傅蕭望之那樣，還有多少冤案沒有昭雪。那彈奏著的琵琶，依然還帶著哀怨的聲調。

李太白

行樂〈清平〉草數章①，未將《大雅》壓齊梁②。後來百賦千篇手，爭慕青蓮入醉鄉③。

【注釋】

① 〈清平〉：李白創作的〈清平調〉三首，都是寫楊貴妃的。
② 大雅：《詩經》中有《大雅》，後世多以反映封建王朝重大措施或事件的詩歌為大雅，並以此為正聲。齊梁：指齊梁宮體詩。
③ 青蓮：李白號青蓮居士。

【簡析】寫李白醉草〈清平調〉故事的戲曲很多，僅清代就有尤侗的《清平調》、張韜的《李翰林醉草清平調》等。本篇詠明屠隆的傳奇《彩毫記》，大意說，李白寫作〈清平調〉，也不過是宮詞，但卻充分表現李白的才氣，引起了千古才人的傾慕。

馬嵬驛①

幡髮移情牛女因②，芙蓉花作斷腸顰③。將軍效帝安唐策④，前日親誅韋庶人⑤。

【注釋】

①馬嵬驛：馬嵬驛，即馬嵬坡，位於陝西省興平市西。安史之亂時，唐玄宗逃到這裡，在隨軍將士的脅迫下，賜楊貴妃死。

②皤（音婆）髮：白髮。牛女：牛郎織女。

③斷腸：形容極度思念或悲痛。顰（音頻）：皺眉。

④將軍：指陳玄禮。隨李隆基除韋后有功，後任禁軍龍武大將軍。在馬嵬驛逼迫玄宗賜楊貴妃死。帝：指唐玄宗。

⑤「前日」句：景龍四年（七一〇）唐中宗李顯暴卒，韋氏立溫王李重茂為帝，臨朝稱制。不久臨淄王李隆基發動政變，擁其父相王李旦登基。韋氏被殺於宮中，並被追貶為庶人，稱韋庶人。

【簡析】這一首說李隆基為臨淄王時，曾經誅韋氏而擁立其父相王李旦登基，真是何等氣概，何等英雄。到了馬嵬坡，卻被陳玄禮逼死自己心愛的楊玉環，歷史真是會作弄人。

南內

從謹聽來言已晚①，龜年散後老何方②。杜鵑春去無人拜，墜翼江頭細柳長③。

【注釋】

①「從謹」句：唐玄宗西逃途中，野老郭從謹獻飯並進諫，見《長生殿》第二十二出《獻飯》。

②「龜年」句：安史之亂後，樂工李龜年流落南方，見《長生殿》第三十八出《彈詞》。

③墜翼江頭：指唐玄宗、楊貴妃曾經射獵的曲江頭。本句從杜甫〈哀江頭〉「翻身向天仰射雲，一笑正墜雙飛翼」、「江頭宮殿鎖千門，細柳新蒲為誰綠」等句化出。

【簡析】洪昇的《長生殿》一方面描寫了唐明皇、楊貴妃的愛情發展過程，另一方面也對唐明皇沉湎酒色，不理朝綱，導致安史之亂發生表示了譴責。本詩的立意側重於後一方面。

《白羅衫》用梁豫章王綜事①

七月生兒母話愁②，啟墳驗夢血絲投③。斫空練樹人宵遁④，若問羅衫是竊鉤⑤。

【注釋】

① 《白羅衫》：傳奇，清初劉方作，取材於《警世通言》中之《蘇知縣羅衫再合》。寫明代蘭溪知縣蘇雲偕妻鄭氏赴任，為水寇徐能所劫，徐縛蘇投江中，掠鄭歸。徐能弟徐用暗釋鄭氏，鄭於途中產一子，裹以羅衫，棄於道，遂入庵為尼。徐能率眾追趕，得其子，撫為己子，取名繼祖。蘇雲亦為人所救，於鄉間為塾師。十餘年後，繼祖為監察御史，鄭氏來訴冤，所告者即徐能，蘇雲亦得神示，投狀於林都御史。繼祖自老僕姚大處得羅衫，已疑非徐能子，會徐能至署中，令人擒而誅之，復以羅衫為記，全家團圓。梁豫章王綜事：據《梁書・蕭綜傳》，梁武帝蕭衍次子蕭綜的母親吳淑媛原為南齊東昏侯蕭寶卷宮人，蕭綜實為蕭寶卷之子。

② 「七月」句：蕭寶卷被殺後吳氏得幸於蕭衍，立為淑媛，七個月後生下蕭綜。蕭綜長大後被封為豫章王，吳淑媛密告其身世。

③ 「啟墳」句：蕭綜聞俗說以生者血瀝死者骨，滲，即為父子，乃私發蕭寶卷墓，出骨，瀝臂血試之。有驗，自此常懷異志。

④ 「斫空」句：蕭綜知悉自己的身世之後，仇恨梁武帝，在徐州時曾將練樹統統砍死，因為梁武帝小名叫練。後來他還趁夜投魏而去。

⑤ 竊鉤：盜竊帶鉤，罪之小者。《莊子・胠篋》：「彼竊鉤者誅，竊國者為諸侯；諸侯之門而仁義存焉。」意謂盜竊一個帶鉤的人要受懲罰處死，而盜竊一個國家的人卻做了諸侯。

【簡析】本詩指出傳奇《白羅衫》故事的內核與梁豫章王蕭綜事相似，但蕭綜的身世事關國家，徐繼祖的身世事關家庭，社會關係性質不同，具體情節也大相逕庭。《白羅衫》的價值取向是澄清事實，伸張正義，這反映了人民大眾的願望。

周倉不見史冊，閱《順德府志》云：「守麥城，聞難，與參軍王甫俱死，墓在霍莊東北，有題名石。」①

撫士恩偏史筆昭，漳鄉從死一何寥②。周倉名在傳奇著③，居里原鄰豫讓橋④。

【注釋】

① 順德府：今河北邢臺市舊稱。隋、唐、宋、金稱邢州。元中統三年（一二六二）改為順德府，至元二年（一二六五）升為順德路。明洪武元年（一三六八）又改順德府，清沿襲明制。

② 陳壽《三國志・蜀志・關張馬黃趙傳》：「然（關）羽剛而自矜，（張）飛暴而無恩，以短取敗，理數之常也。」漳鄉，即章鄉。在今湖北當陽市東北漳水北。《三國志・吳志・呂蒙傳》：關羽「自知孤窮，乃走麥城，西至漳鄉」。

③ 「周倉」句：周倉見於戲曲，如關漢卿《關大王獨赴單刀會》等。

④ 豫讓橋：豫讓橋有兩座。一座為邢臺豫讓橋，明《順德府志》記載，豫讓橋在城北五里，為春秋時期豫讓刺殺趙襄子處，已毀於戰火。另一處為赤橋，原名豫讓橋，在太原市西南赤橋村，現存完好。

【簡析】本篇考察周倉事蹟的來龍去脈，指出關羽麥城遇難之後，周倉與參軍王甫等壯烈而死，表現出難能可貴的義氣，與歷史上的壯士豫讓相比毫無遜色。

尋親記[1]馮名成修，南海人，幼時父他出，於乾隆己未成進士，後解官，屢尋不獲[2]。

闕陷多年父子違，天教旅館夜相依[3]。傷心想到馮儀部[4]，踏遍芒芒黯自歸[5]。

【注釋】

①《尋親記》：據南戲《周羽教子尋親記》改編，現有明・王錂改編本行世。劇寫北宋時黃河決堤，保正黃德藉機勒索秀才周羽錢財，周妻郭氏遂向富豪張敏借債贖役。張敏垂涎郭氏美色，欲強行霸占，乃遣人殺死黃德後移屍於周家門首，使周羽獲判死罪。郭氏鳴冤，因缺乏凶證，新太守改判周羽發配邕州。途中夜宿金山大王廟時，大王顯靈，解差張禁不敢違背神意，遂將周羽私下放去。郭氏因已懷有身孕，為保全腹中骨肉，毀容以拒張敏逼婚。後郭氏教子成材，其子周瑞隆高中進士，除授吳縣縣令。郭氏命子棄官尋親，父子相認於飯店之中。恰名臣范仲淹任開封府尹，茶坊私訪，探清張敏劣跡，將其繩之以法。周羽一家終得團圓。

②馮成修（一七〇二—一七九六）字達夫，號潛齋。廣東南海人。乾隆四年己未（一七三九）進士，官至禮部祠祭司郎中。乾隆十八年典試四川，二十四年督學貴州。成修出世時，其父外事未歸；七歲喪母，寄養在伯父處。成長後，成修每提及其父，輒痛哭流涕。任官後，曾兩次告假回鄉尋父，終無所遇。年八十，每思其父已過百歲，想不在人世，於是易服守孝三年。時人稱成修為「馮孝子」。

③「闕陷」二句：《尋親記》情節，周羽、周瑞隆父子偶然投宿於同一旅館，意外相遇。

④儀部：禮部主事及郎中的別稱。

⑤芒芒：廣大遼闊貌。

【簡析】本詩寫《尋親記》，周羽、周瑞隆父子分離，是人生一大缺陷，但周瑞隆尋親過程中，與父親偶然重逢於旅次，可以說是天意垂憐終得團圓。比起現實生活中屢次告假尋父不得的馮成修，算是幸運多了。

范蠡①

語兒溪水去來春②，風月扁舟遂保身。蒙面太公情太忍③，大夫私自羨巫臣④。

【注釋】

①范蠡（前五三六—前四四八），字少伯，春秋時楚國宛地三戶（今河南淅川縣滔河鄉）人。春秋末著名政治家、軍事家、經濟學家。曾與文種共同輔佐越王勾踐復國，後范蠡隱去，而文種為勾踐所殺。

②語兒：地名，在今浙江嘉興，又名御兒。《國語・越上》：「勾踐之地，南至於勾無，北至於御兒。」

③「蒙面」句：周武王滅商，紂王自焚，姜子牙命殺妲己。因其貌美惑眾，遂蒙其面而殺之。參《國語・晉一》。

④大夫：指范蠡。巫臣：春秋楚國大夫，曾經諫止楚莊王和子反娶夏姬，後自娶夏姬，偕逃晉國。

【簡析】本篇詠梁辰魚傳奇《浣紗記》，說周滅商之後，姜子牙命殺妲己是太殘忍了。《浣紗記》寫越國滅吳之後，西施隨范蠡泛舟五湖，是合情合理的藝術處理，無論對范蠡，對西施，這都是理想的結局。

黨太尉賞雪末用趙祖及花蕊夫人事①

雲璈一曲鳳隨鴉②，失笑風懷屬黨家。似詠玉龍鱗甲落，汴宮人憶錦江花③。

【注釋】

① 黨太尉：黨進（九二七—九七七），朔州馬邑（今山西朔縣）人，北宋初年軍事將領。兩次征討北漢有功，仕至忠武軍節度。宋・無名氏《湘湖近事》：「陶谷學士，嘗買得黨太尉家故妓。過定陶，取雪水烹團茶，謂妓曰：『黨太尉家應不識此。』妓曰：『彼粗人也，安有此景，但能銷金暖帳下，淺斟低唱，飲羊羔美酒耳。』谷愧其言。」趙祖：宋太祖趙匡胤。花蕊夫人：後蜀主孟昶的妃子，姓徐（一說姓費），封為慧妃，青城（今四川灌縣）人，貌美如花蕊故稱為「花蕊夫人」。孟昶降宋後，她被擄入宋，為宋太祖所寵。

② 雲璈：又名雲鑼，打擊樂器。

③「似詠」二句：意謂宋太祖喜歡詠玉鱗龍甲之詩，花蕊夫人更喜歡的恐怕還是描寫錦江風景的詩吧。按北宋時西夏・張元〈詠雪〉詩：「戰退玉龍三百萬，斷鱗殘甲滿天飛。」宋太祖另有一首〈初日〉詩：「欲出未出光辣達，千山萬山如火發。須臾走向天上來，逐卻殘星卻趕月。」

【簡析】崑曲有《黨太尉賞雪》，寫宋將黨進「銷金暖帳下，淺斟低唱，飲羊羔美酒」的豪放情調，這與陶谷學士「取雪水烹團茶」相比當然是大異其趣的，正如宋太祖「詠玉龍鱗甲落」與花蕊夫人「憶錦江花」大異其趣一樣。這實際上也反映崑曲的情調本來就有偏於豪放、偏於婉約兩種，並非只有一樣。

聽琴①

目成兒女競紛紛②，可信橫陳嚼蠟云③。一自琴心傳別調，春風鬢影豔文君④。

【注釋】

①聽琴：指明・孫柚《琴心記》。

②目成：眉來眼去，以目傳情。《楚辭・九歌・少司命》：「滿堂兮美人，忽獨與余兮目成。」

③橫陳：橫臥，橫躺。楚・宋玉〈諷賦〉：「內怵惕兮徂玉床，橫自陳兮君之旁。」南朝梁・沈約〈夢見美人〉詩：「立望復橫陳，忽覺非在側。」

④文君：卓文君。

【簡析】本篇批評許多傳奇描寫男女之情，老是眉目傳情之類故事，味同嚼蠟，明人孫柚的《琴心記》則不同，司馬相如與卓文君先是相互傾慕，繼而通過琴聲傳達情意，終於一道私奔成都。全劇格調高雅，非同一般。

玉簪記

九子無夫問女歧①，摩登梵咒解何時②。花宮多少仙人子③，愛水萍浮不自持。

【注釋】

①女歧：古代漢族傳說中的神女名。傳說為夏朝澆之嫂。《楚辭・天問》：「女歧無合，夫焉取九子？」王逸注：「女歧，神女。無夫而生九子也。」

②「摩登」句：摩登伽女是首陀羅種姓（奴隸階級）的年輕女子。一日，阿難持缽到城內乞食，歸途因為口渴，向摩登伽女乞水。摩登伽女回家之後，日夜思念阿難，請求母親設法。母親知道阿難是修道人，不易動搖，於是使用魔咒，令阿難不由自主地走到摩登伽女家中。佛陀知阿難之難，於是光明護佑，令阿難一念靈覺。而摩登伽女仍不死心，佛陀於是邀請摩登伽女及其雙親一起

來到僧團，並經其父母同意，將摩登伽女留下修行，使其終於醒悟。

③「花宮」句：指尼姑。白居易〈龍花寺主家小尼〉詩，小序云：「郭代公（郭震）愛姬薛氏，幼嘗為尼，小名仙人子。」詩云：「頭青眉眼細，十四女沙彌。夜靜雙林怕，春深一食饑。步慵行道困，起晚誦經遲。應似仙人子，花宮未嫁時。」

【簡析】本篇寫明．高濂傳奇《玉簪記》，說女主角陳妙常身為女尼，卻不能自持而墮入愛河。皮錫瑞《再和檜門先生觀劇絕句三十首》也寫到《玉簪記》，可以參看：「蓮性雖胎藕有絲，青天碧海兩心知。別時淚滴秋江水，應使江流故故遲。」

岳忠武①

十二金牌三字獄②，七陵弗恤況臣躬③。天護碑詞隨地割④，龍蛇生動滿江紅⑤。

【注釋】

①岳忠武：岳飛。宋孝宗時岳飛冤獄平反，改葬於西湖畔棲霞嶺。追諡武穆，後又追諡忠武，封鄂王。

②「十二」句：宋高宗曾經以十二道金牌召岳飛班師，破壞了岳飛的抗金軍事行動。三字獄，指秦檜強加給岳飛的「莫須有」罪名。

③「七陵」句：本句意謂：宋高宗連自己祖宗的陵寢也顧不上了，哪裡還顧得上臣民呢。七陵，指宋太祖到宋哲宗這七代宋朝祖先的陵寢。恤（音序）：憂慮，顧惜。

④「天護」句：本句意謂：宋朝列祖列宗的陵墓隨著大好河山一起割讓給金人了。唐．崔融〈則天皇后哀冊文〉：「天生后稷，飛鳥覆翼。天護武王，躍魚隕航。」

⑤龍蛇生動：形容岳飛〈滿江紅〉詞的激烈慷慨，悲壯淋漓。

【簡析】描寫岳飛事蹟的戲曲很多，明代以來就有姚茂良的《精忠記》，李梅實、馮夢龍的《精忠旗》等。本詩詠《精忠記》，譴責宋高宗、秦檜等投降派，歌頌岳飛，說至今只有岳飛的浩然正氣還瀰漫於天地之間，愛憎是分明的。

掃松①

麋鹿毋驚馬鬣封②，可憐麥飯託鄰翁③。我亦成名親未睹，故邱松柏夢悲風。

【注釋】

① 掃松：又題《掃松下書》，即《琵琶記》第三十八出《張公遇使》。

② 柳宗元〈秋曉行南谷經荒村〉：「機心久已忘，何事驚麋鹿。」馬鬣（音獵）封：墳墓形狀像馬鬣的封土。亦指墳墓。

③ 麥飯：祭祀用的飯食。

【簡析】本篇寫《琵琶記》裡面的蔡伯喈功成名就，而雙親並亡，連祭祀之事都要拜託鄰居張大公。真所謂「樹欲靜而風不止，子欲養而親不待」，這是人子最大的遺憾，詩人自己對此也是感同身受。

寫本①

事本蔣欽劾劉瑾，載於《明史》②，今《鳴鳳記》移之椒山③。

不容上殿比朱雲④，莫以先靈沮蔣欽。肝膽獨前芒角出⑤，風霜字裡夜更深⑥。

【注釋】

① 寫本：《鳴鳳記》第十四出《燈前修本》。

② 「事本」二句：蔣欽（約一四五八—一五〇六）字子修，南直隸蘇州府常熟（今屬江蘇）人，弘治九年（一四九六）進士，官至南京御史。劉瑾亂政，蔣欽疏劾之，廷杖三十，再劾，又杖三十，越三日，又草疏燈下，聞鬼聲，欽知是先靈勸阻，奮筆曰「業已委身，不得復顧死，即死，此疏不可易也。」遂上之，又杖三十而死。事見《明史》。

③ 椒山：楊繼盛。

④ 《漢書・朱雲傳》：「成帝時，丞相故安昌侯張禹以帝師位特進，甚尊重。故槐里令朱雲上書求見，公卿在前。雲曰：『今朝廷大臣上不能匡主，下亡以益民，皆尸位素餐。……臣願賜尚方斬馬劍，斷佞臣一人以厲其餘。』上問：『誰也？』對曰：『安昌侯張禹。』上大怒，曰：『小臣居下訕上，廷辱師傅，罪死不赦。』御史將雲下，雲攀殿檻，檻折。雲呼曰：『臣得下從龍逢、比干遊於地下，足矣！未知聖朝何如耳？』御史遂將雲去，於是左將軍辛慶忌免冠，解印綬，叩頭殿下曰：『此臣素著狂直於世，使其言是，不可誅；其言非，固當容之。臣敢以死相爭。』慶忌叩頭流血，上意解，然後得已。及後當治檻，上曰：『勿易！因而輯之，以旌直臣。』」

⑤ 芒角：棱角。指人的鋒芒或銳氣。

⑥ 風霜：比喻峻厲嚴肅的內容。《西京雜記》卷三：「淮南王安著《鴻烈》二十一篇，鴻，大也，烈，明也，言大明禮教，號為《淮南子》，一曰《劉安子》。自云字中皆挾風霜。」

【簡析】本詩詠明傳奇《鳴鳳記》中《燈前修本》一出，這是塑造楊繼盛形象的關鍵一出。作者寫作時，採取了楊繼盛的前輩蔣欽的某些故事，寫來一氣呵成，感人至深，可以說也是筆挾風霜。這說明，在歷史劇創作中，對素材進行必要的藝術加工，不但是允許的，而且是必要的。

嚴嵩①

偃月堂奸無子孽②，鈐山國賊更親讎③。淋漓寫成卑田院④，快過銅山露布不⑤。

【注釋】

① 嚴嵩（一四八〇—一五六七）：字惟中，號勉庵、介溪、分宜等，江西分宜縣人，弘治十八年（一五〇五）進士。官至首輔，擅專國政達二十年之久，以擅長寫青詞得嘉靖帝歡心。晚年為嘉靖帝所不喜，其子嚴世蕃被斬首，嚴嵩被抄沒家產，削官還鄉，無家可歸，死後既無棺木下葬，亦無弔唁之人。

② 偃月堂：唐玄宗時奸相李林甫堂名，常在此陰謀策畫陷害人。孽（音聶）：庶子，非嫡妻所生之子。

③ 鈐山：山名，在江西分宜縣。嚴嵩曾在鈐山讀書十年，有《鈐山堂集》。親仇：猶言家仇。《鳴鳳記》傳為王世貞所作。王世貞反對嚴嵩，其父王忬又為嚴嵩陷害而死。

④ 卑田院：養濟院，收容乞丐的地方。嚴嵩失勢後被送到此處。

⑤ 銅山露布：唐高宗時權臣李義府聚斂成性，民怨沸騰。高宗命司空李勣與司刑太常伯劉祥道共同查辦，盡除官爵，流放巂州（今四川西昌）。消息傳來，人心大快，有人以民間說唱形式寫了〈河間道行軍元帥劉祥道破銅山大賊李義府露布〉張貼於大街小巷。所謂「銅山大賊」，指李義府劫掠金錢，堆積如山。

【簡析】本篇詠《鳴鳳記》中嚴嵩的形象。這個大奸臣，禍國殃民，惡貫滿盈，最後落得應有的悲慘下場，真是大快人心。

柳敬亭

且休笳吹夜開醽①，坐客搖唇臥帳聽②。班書石勒焉能解③，想亦人如柳敬亭。

【注釋】

①醽（音凌）：酒。

②搖唇：施展口才。

③班書：《漢書》，為班彪、班固、班昭所著，故稱班書。石勒（二七四—三三三），後趙的創建者，出身貧賤，喜歡聽人讀《漢書》，且能發表自己的見解。焉：疑問助詞，怎。

【簡析】本篇寫《桃花扇》第十一出《投轅》。柳敬亭去見左良玉，以詼諧機智的諷喻，打動了左良玉，阻止他率軍東下。後兩句說石勒不識字而能理解《漢書》，恐怕也有像柳敬亭這樣的人為他解說吧。

邯鄲夢

都為饑驅就世羅①，仙人普度竟如何②。到頭富貴勝貧賤，枕上甘心受賺多③。

【注釋】

① 世羅：世網。比喻塵世萬事之牽累。
② 普度：宗教語言。廣施法力，使眾生遍得解脫。
③ 受賺：受欺騙。

【簡析】本篇詠湯顯祖《邯鄲記》。詩人認為世人之所以自就網羅，是因為生活欲望所驅使，仙人又怎能普度！到頭來富貴總是勝過貧賤，所以明知是黃粱一夢，還不斷有人願意受騙。這種見解頗具新意。

達摩①

一蘆飛渡一蘆回，滿壁嵩雲長翠苔②。剩下江心流宕月③，獮猴聯尾共探來。

（《檜門觀劇詩》，光緒三十三年《雙梅景闇叢書》本）

【注釋】

① 達摩祖師，原印度人，原名菩提多羅，後改名菩提達摩，自稱佛傳禪宗第二十八祖，為中國禪宗的始祖。
② 「一蘆」二句：據說達摩先去到南京，與梁武帝談論佛法，但是話不投機，遂踩一蘆葦，橫渡長江到北魏。在北魏國都洛陽，達摩見到永寧寺塔高聳入雲，不禁合掌唸唱南無，說自己活了一百五十多歲，從未見過如此奇觀，於是不再雲遊，居於洛陽城外的少林寺，一心參禪。
③ 流宕：漂泊。

【簡析】本篇詠明人張鳳翼《祝髮記・渡江》，這是淨角獨角戲，曲詞寫得很美，表演者載歌載舞，唱來也很動聽。本篇用優美的詩歌語言描繪了達摩一葦渡江的意境，留給讀者無限的遐想。

袁枚（一七一六—一七九七）

袁枚，字子才，號簡齋，晚年自號蒼山居士，錢塘（今浙江杭州）人。乾隆四年（一七三九）進士，授翰林院庶吉士。曾任江寧、上元等地知縣，有政聲。三十三歲父親亡故，辭官養母，在江寧購置隋氏廢園，改名「隨園」，世稱隨園先生。自此閒居近五十年，從事詩文著述，獎掖後進，為當時詩壇所宗，與趙翼、蔣士銓合稱為「乾隆三大家」。有《小倉山房集》、《隨園詩話》、《子不語》等。

揚州秋聲館即事寄江鶴亭方伯①，兼簡汪獻西（八首選一）

梨園人喚大排當②，流管清絲韻最長③。剛試翰林新製曲④，依稀商女唱潯陽⑤。

（《小倉山房詩文集》卷二十三，清乾隆間刻增修本）

【注釋】

① 秋聲館：江春（鶴亭）館名。見《揚州畫舫錄》。即事：眼前的事物。

② 排當：帝王宮中佈置飲宴稱排當。後來也泛指家庭料理飯菜。

③ 流管清絲：指美妙的樂器奏出的動人的樂音。《拾遺記》：「靈帝遊於西園，奏招商之歌以來涼氣也，歌曰：『清絲流管歌玉凫，千年萬歲喜難逾。』」

④ 翰林：指蔣士銓，他曾為翰林院編修。新製曲：指蔣士銓所作雜劇《四弦秋》。作者原注：「苕生太史（蔣士銓）新製《秋江》一闋，演白司馬故事。」按《秋江》即《四弦秋》，敷演白居易〈琵琶行〉故事，與馬致遠《青衫淚》、顧大典《青衫記》同一題材。

⑤ 潯陽：今江西省九江市。〈琵琶行〉寫的是「潯陽江頭夜送客」時發生的事。

【簡析】本詩寫在揚州觀看蔣士銓《四弦秋》一劇的情景。揚州是當時戲曲活動的中心，蔣士銓曾經在那裡生活過。前人說他「所填院本，朝綴筆翰，夕登氍毹」，本詩所寫正與此相符。

歌者天然官索詩（二首選一）

何夢當筵唱《浣紗》①，但呼小字便妍華②。萬般物是天然好，野卉終勝剪綵花③。

（《小倉山房詩文集》卷三十六，清乾隆間刻增修本）

【注釋】

①《浣紗》：明・梁辰魚傳奇《浣紗記》。

②小字：小名。妍華：美好。

③野卉：野花。

【簡析】袁枚論詩，提倡「性靈說」，要求破除守舊傳統的束縛。他說：「熊掌、豹胎，食之至珍貴者也，生吞活剝，不如一蔬一筍矣；牡丹、芍藥，花之至富麗者也，剪綵為之，不如野蓼山葵矣。味欲其鮮，趣欲其真。人必如此，而後可與論詩。」（《隨園詩話》卷一）在他的戲曲評論中，同樣貫徹了這一觀點。

劉墉（一七一九——一八〇四）

劉墉，字崇如，號石庵，山東諸城人。乾隆進士，官至東閣大學士加太子太保，卒謚文清。書法渾厚雄勁，得鍾太傅、顏魯公神髓，一時名滿天下。有《觀劇十六首》，現存手卷，經胡忌先生〈劉墉（羅鍋）手書《觀劇》詩〉一文介紹而為世人所知。據胡忌先生介紹，劉墉《觀劇十六首》所詠，全屬乾隆時期盛演的崑戲，胡忌先生並對每首所詠劇碼做了箋注。

觀劇十六首

《浣紗記・前訪》

山複水重第一村①，苧羅補屋幾朝昏②。玉人倘向吳宮老③，枉卻殷勤再到門。

【注釋】

① 陸游〈遊山西村〉：「山重水複疑無路，柳暗花明又一村。」

② 苧蘿補屋：把藤蘿牽上屋頂來補草房，形容生活清寒。西施出生地名苧蘿山，在浙江諸暨。

③ 玉人：容貌美麗的人，後多用以指美麗的女子。這裡指西施。

【簡析】《前訪》即《浣紗記》第二出《遊春》。寫范蠡遊苧蘿村，與西施一見鍾情，訂下終身之約。

《浣紗記·採蓮》

齊晉兵休越未來，芙蓉恰傍美人開。銀塘一夜衣香滿[1]，知是蓮舟棹月回。

【注釋】

①銀塘：清澈明淨的池塘。宋·蘇舜欽〈和解生中秋月〉：「銀塘通夜白，金餅隔林明。」

【簡析】《採蓮》為《浣紗記》第三十出。吳國暫無戰事，吳王夫差志得意滿，秋日與西施遊湖，採蓮為樂。

《雙紅記·盜綃》

搴珠拾翠競芳華[1]，朱閣深嚴宰相家[2]。懊惱雙鬟慵不起，夜來風雨損梨花。

【注釋】

① 搴（音牽）：摘取。翠：翠鳥羽毛。以為首飾。搴珠拾翠多指婦女遊春，語出曹植〈洛神賦〉：「或採明珠，或拾翠羽。」此處形容女子美貌。

② 宰相：指郭子儀。

【簡析】這一首寫《雙紅記・盜綃》。《雙紅記》為明・禹航更生子作，係根據梁辰魚《紅綃妓》、《紅線女》兩本雜劇合編而成的傳奇，共二十九出。《盜綃》原本第十三出《月下盜綃》，寫崔慶帶崑崙奴去拜見父執郭子儀，與郭子儀第三妾紅綃目成心許，崑崙奴為使崔慶與紅綃百年好合，趁夜將紅綃、崔慶背出高牆。

《玉簪記・琴挑》

抱琴小立月華邊，消渴書生夜不眠①。一奏〈瀟湘水雲曲〉②，萬珠清露落階圓。

【注釋】

① 消渴書生：以司馬相如比喻《玉簪記》中潘必正。消渴，消渴病，糖尿病。司馬相如有消渴病。蘇軾〈眉子石硯歌贈胡誾〉：「書生性命何足論，坐費千金買消渴。」

② 〈瀟湘水雲曲〉：琴曲名。

【簡析】這一首詠《玉簪記・琴挑》，原本第十六出《寄弄》。潘必正月夜漫步白雲樓下，聽到陳妙常在室內撫琴，循聲而進。陳請潘彈奏一曲，潘借琴曲寄託愛慕之意，陳妙常迫於道規表示嗔怪，而內心實有所動。

《西樓記・樓會》

鉛華久向病來收[1]，良夜偏將好客留。歌罷清詞人已睏，滿天星彩下西樓。

【注釋】

①鉛華：婦女化妝用的鉛粉，借指婦女的美麗容貌、青春年華。

【簡析】這一首詠袁于令《西樓記・樓會》，原本第八出《病晤》，寫相思成疾的歌女穆素徽帶病與自己傾心的書生于鵑相見，唱于所製〔楚江情〕曲，遂定百年之約。

《紅梨記・訪素》

元宵燈火宴豪家，細馬馱來眼帶紗[1]。誤殺書生相侍苦，一庭明月浸梨花。

【注釋】

①細馬：小馬，載女子所用。李白〈對酒〉：「蒲萄酒，金叵羅，吳姬十五細馬馱。」

【簡析】這一首詠徐復祚《紅梨記・訪素》，原本第六出《赴約》，寫才子趙汝州應試入京，與妓女謝素秋互相仰慕，作詩和答，訂下相會之期，與友人雍丘令錢濟之如期往訪，卻得知謝素秋內府承應，為太傅王黼無理拘留，只得怏怏而歸。

《驚鴻記・醉寫》

沉香亭裡報花開，酒態低昂供奉來。奏罷〈清平〉春已去①，六龍西幸謫仙回②。

【注釋】

① 〈清平〉：〈清平調〉。

② 六龍西幸：指安史之亂中唐玄宗西幸成都。李白〈上皇西巡南京歌十首〉之四：「誰道君王行路難，六龍西幸萬人歡。」謫仙：李白。

【簡析】這一首詠吳世美《驚鴻記・太白醉寫》，原本第十五出《學士醉揮》。寫唐明皇與楊貴妃在沉香亭賞牡丹，召李白作新樂章，李白迫高力士磨墨脫靴，帶醉揮毫，立成〈清平調〉三章。不久安史亂起，唐明皇倉皇幸蜀，而李白也墜入了人生的困境。

《長生殿．聞鈴》

蜀道山青怨杜鵑，鳥啼花落雨如煙。鈴聲恰似丁寧語，好為三生話舊緣①。

【注釋】

①舊緣：指唐明皇、楊貴妃生生死死、人間天上的情緣。

【簡析】這一首詠洪昇《長生殿》第二十九出《聞鈴》，寫楊貴妃馬嵬坡自縊後，唐明皇蜀道西行，劍閣避雨，聞簷前鈴聲淅淅零零隨風而響，勾引起國破妃亡淒然之情。這一出唱詞由白居易〈長恨歌〉中「雲棧縈紆登劍閣」、「夜雨聞鈴腸斷聲」等句演化而來，意境幽美，而劉墉此詩的描述又足以表達之。

《西廂記．聽琴》

一夕書帷駐彩雲①，湘弦楚珮暗留芬②。娉婷久立空階冷，露濕金泥蛺蝶裙③。

【注釋】

①書帷：書齋的帷帳。借指書齋。南朝陳．徐陵《玉臺新詠．序》：「開茲縹帙，散此絛繩。永對翫於書帷，長

循環於纖手。」

② 芬：原作「芳」，據詩韻改。

③ 金泥：用以飾物的金屑。孟浩然〈宴張記室宅〉詩：「玉指調箏柱，金泥飾舞羅。」

【簡析】《西廂記》第二本第五折題為《聽琴》。張生因老夫人賴婚而陷入極度苦悶，根據紅娘建議，趁崔鶯鶯月夜燒香之際隔窗操琴，藉以傳遞情愫。鶯鶯於窗外佇聽良久，與張生實現了情感交流，並讓紅娘向張生代致情意。

《西廂記・賴婚》

停觴不御兩魂銷[①]，水遠山長夢亦遙。今夜蒲關蕭寺月[②]，依然花影轉良宵。

【注釋】

① 停觴不御：停杯不飲。

② 蒲關：山西永濟市蒲州古城，普救寺所在地。蕭寺：佛寺。相傳梁武帝（蕭衍）造佛寺，命蕭子雲飛白大書曰蕭寺。後世因亦稱佛寺為蕭寺。

【簡析】《西廂記》第二本第四折題為《賴婚》。張生、鶯鶯因老夫人賴婚而神魂恍惚，哪裡有心思飲酒。今夜的普救寺，空有月色花影，兩位有情人終成眷屬的夢，卻似乎是遙不可及的了。

《漁家樂・藏舟》

漁蓑披向寶衣寒①，漢室山河一葉寬②。載得王孫何處去，滿江風浪起龍蟠。

【注釋】

①寶衣：帝子王孫所著之衣。

②一葉：謂小舟。

【簡析】《藏舟》是朱佐朝《漁家樂》中一折，描寫漁家女鄔飛霞與清河王劉蒜在江邊漁舟偶遇的情形。鄔飛霞因父親被權臣梁冀手下射死，到江邊祭奠。劉蒜為躲賊臣追殺，躲入漁舟。鄔回來後加以盤問，得知追殺劉蒜者即為殺害她父親的仇人，便慨然收留劉蒜，讓他披上漁蓑冒充漁夫，並甘願權稱妻房為其掩飾身份。

《占花魁・受吐》

玉軟紅肌昵枕眠，為郎強釂亦堪憐①。搴帷一顧魂先去②，愛色書生大抵然。

【注釋】

①釂（音叫）：飲盡杯中酒。

②搴（音牽）帷：撩起帷幕。曹植〈棄婦詩〉：「搴帷更

攝帶，撫弦彈鳴箏。」

【簡析】這一首詠李玉《占花魁・受吐》，原本《占花魁》第二十出《種緣》。寫賣油郎秦鍾在西湖畔偶然得見名妓莘瑤琴（改名王美娘），神魂顛倒，便每日辛苦積錢三分，時過一年，終於存得十兩銀子，得與相處一夜。不料美娘大醉而歸，和衣便睡，夜間又渴又吐，秦鍾以衣袖承接穢物，又送茶端水，盡心照顧，直至天亮。美娘醒來，為其誠摯深深感動，也為日後姻緣撒下種子。

《雷峰塔・盜草》

冒死求丹路渺茫，上真喜怒迴難量①。心灰氣盡歸來日，夫婿回生妾斷腸。

【注釋】

① 上真：真仙。李商隱〈同學彭道士參寥〉詩：「莫羨仙家有上真，仙家暫謫亦千春。」

【簡析】《盜草》原本《雷峰塔》第十七　《求草》。寫白娘子為救許宣性命，不顧身懷六甲，親赴嵩山南極仙翁處求取還魂仙草。白娘子好言相求，但白鶴童子執意不肯，雙方打鬥起來，白鶴童子不敵，敗退至南極仙翁處。白娘子為仙翁所擒，但仙翁聽了她的一番申訴後，慨然予以仙草。

《雷峰塔・水門》

浮玉山高鐘磬音①，莫愁艇子在江心②。良人咫尺不相見③，一徑禪房花木深④。

【注釋】

① 浮玉山：指今江蘇省鎮江市的金山、焦山。宋・周必大《二老堂雜志・記鎮江府金山》：「焦山大江環遶，每風濤四起，勢欲飛動，故南朝謂之浮玉山。」

② 莫愁艇子：指白娘子、小青乘坐的小船。《樂府詩・莫愁樂》：「莫愁在何處？莫愁石城西。艇子打兩槳，催送莫愁來。」

③ 良人：古時夫妻互稱為良人，後多用於妻子稱丈夫。

④ 「一徑」句：常建〈題破山寺後禪院〉：「清晨入古寺，初日照高林。曲徑通幽處，禪房花木深。」

【簡析】《水門》原本《雷峰塔》第二十五出。寫白娘子和小青到金山寺找法海欲要回許宣，法海執意不允，許宣亦避而不見。白娘子率水族與法海大戰，水漫金山，法海欲以寶缽收伏白娘子，但因其懷有身孕，文曲星君網開一面，放其逃生。

《雷峰塔・合缽》

已歸仙道更何論，往事尋思卻斷魂。憶子難逢懷婢舊①，怨郎薄幸念師恩②。

【注釋】

① 婢：指小青。

② 郎：指許宣。師：指法海。

【簡析】《合缽》原本《雷峰塔》第二十九出《煉塔》。寫白娘子產下一子後在家休養，不料法海闖入，用寶缽收伏白娘子，一併收了小青。此時許宣心有疚愧，決意出家。白娘子被法海鎮壓於雷峰塔下。

《虎囊彈・山門》

脫韁擐鎖自豪雄[1]，禪板蒲團一掃空[2]。明日清涼山下路，杏花深處酒旗風[3]。

（轉引自胡忌〈劉墉（羅鍋）手書《觀劇》詩〉，《古代戲曲論壇》，澳門：文星出版社，二〇〇三年版）

【注釋】

① 擐：同揎（音宣），推。

② 禪板：亦稱倚板，是坐禪時安放兩手或靠身之器。蒲團：以蒲草編織而成的圓形、扁平的座墊，又稱圓座。乃修行人坐禪及跪拜時所用之物。

③ 酒旗風：風中飄動的酒旗。杜牧〈江南春〉：「千里鶯啼綠映紅，水村山郭酒旗風。」

【簡析】《虎囊彈》，丘園作，全本未見流傳。《山門》，又稱《醉打山門》、《山亭》，為《虎囊彈》中一折，寫魯智深為救金翠蓮打死鄭屠，後往五臺山剃度為僧，不守清規戒律，醉打山門，被長老遣往東京大相國寺。

紀昀（一七二四—一八〇八）

紀昀，字曉嵐，一字春帆，號石雲，直隸獻縣（今屬河北）人。乾隆十九年（一七五四）進士。乾隆三十三年（一七六八），因受牽連被革職戍烏魯木齊，兩年後赦還。先後任翰林院侍講、學政、左都御史、禮部尚書、兵部尚書、協辦大學士等職，卒謚文達。曾任《四庫全書》館總纂。有《紀文達公遺集》。

烏魯木齊雜詩①（一百六十首選八）

其一

竹馬如迎郭細侯②，山童丫角轉清謳③。琵琶彈徹明妃曲④，一片紅燈過彩樓。

【注釋】

① 烏魯木齊雜詩：乾隆三十三年九月（一七六八年十月），前兩淮節度使盧見曾獲罪籍家。紀昀與盧見曾為姻家，漏言其孫盧蔭恩，被革職戍烏魯木齊。他於乾隆三十五年十二月（一七七一年一月）被赦還。三十六年二月（一七七一年三月）始治裝東歸。在巴里坤至哈密的歸途中，創作了《烏魯木齊雜詩》，共一百六十首。

② 「竹馬」句：東漢扶風茂陵人郭伋，字細侯。王莽時曾為并州牧。漢光武帝建武中由潁州太守復調并州牧。伋前在州素結恩德，伋再至，所到縣邑，老幼相攜，逢迎道路。至西河美稷，有童兒數百，各騎竹馬，道次迎拜。見《後漢書》卷六十一列傳第二十一〈郭伋傳〉。

③ 丫角：紮成丫形的兩髻。清謳：清亮的歌唱聲。

④ 明妃曲：即作者注中所說「昭君琵琶雜劇」。明妃：即王昭君，晉代避司馬昭諱，改稱明君，後人又稱之為明妃。彈徹：彈遍，彈到最後一曲。

【簡析】本詩作者原注：「元夕，各屯十歲內外小童扮竹馬燈，演昭君琵琶雜劇，亦頗可觀。」這是一幅生動的邊疆風俗畫。

其二

玉笛銀箏夜不休①，城南城北酒家樓。春明門外梨園部②，風景依稀憶舊遊。

【注釋】

①玉笛：玉製之笛。

②春明門：唐都長安東面有三門，中名春明。因以「春明」為京都的通稱。此處指北京。

【簡析】作者原注：「酒樓數處，日日演劇，數錢買座，略似京師。」此詩不僅反映了戲曲演出的繁盛，而且從一個側面反映了城市的繁榮。

其三

越曲吳歈出塞多①，紅牙舊拍未全訛②。詩情誰似龍標尉③，好賦流人水調歌④。

【注釋】

①越曲：越地（今浙江省一帶）的歌曲。吳歈：庾信〈哀江南賦〉：「吳歈越吟，荊豔楚舞。」此處「越曲吳歈」指崑曲。

②紅牙：檀木製的拍板，用以調節樂曲的節拍。

③龍標尉：唐代詩人王昌齡（六九八—七五七），京兆長安人，字少伯。曾貶龍標尉。

④流人水調歌：作者原注：「王昌齡集有〈聽流人水調子〉詩。」

【簡析】本首作者原注：「梨園數部，遣戶中能崑曲者，又自集為一部，以杭州程四為冠。」遣戶是發配邊疆為奴當差，年滿而予以就地安置者。本詩反映出遣戶中有許多戲曲人材，包括崑曲人材。

其四

樊樓月滿四弦高①，小部交彈鳳尾槽②。白草黃沙行萬里，紅顏未損鄭櫻桃③。

【注釋】

①四弦：琵琶。南朝梁簡文帝〈生別離〉詩：「別離四弦聲，相思雙笛引。」

②小部：此處泛指樂部。鳳尾槽：雕成鳳尾形的琵琶槽，此處代指琵琶等弦樂器。

③鄭櫻桃（？—三四九）：後趙武帝石虎皇后，優伶出身，頗具美色。唐代詩人李頎有〈鄭櫻桃歌〉。後代有人因史書記載鄭櫻桃為優童而誤認為是美少年。

【簡析】本詩作者原注：「歌童數部，初以佩玉佩金一部為冠，近昌吉遣戶子弟新教一部，亦與相亞。」新老劇團爭奇鬥豔，邊疆的戲曲演出十分繁榮。

其五

烏巾墊角短衫紅，度曲誰如鱉相公①。贈與桃花時頮面②，筵前何處不春風。

【注釋】

①鱉相公：原指司馬光。明・謝肇淛《五雜俎》卷十六：「東坡與溫公（司馬光）論事，偶不合。坡曰：『相公此論，故為鱉廝踢。』溫公不諭其戲，曰：『鱉安能廝踢？』曰：『是之謂鱉廝踢。』」廝踢，廝打踢蹬。此處以鱉相公比喻伶人鱉羔子。

②桃花：桃花粉，指胭脂。頮（音會）面：洗面。

【簡析】作者原注：「伶人鱉羔子以生擅場，然不喜盥面。」本首寫當地著名的生角。

其六

半面真能各笑啼，四筵絕倒碎玻璃。搖頭優孟誰描寫①？擬付龍門作品題②。

【注釋】

①搖頭優孟：優孟是春秋時楚國著名優人，擅長滑稽諷諫。他看到楚相孫叔敖持廉至死，其妻子窮困負薪而食，便假扮孫叔敖，在楚莊王面前表演，使楚莊王大受震動，而孫叔敖之子得封。《史記・滑稽列傳》：「優孟搖頭而歌，負薪者以封。」

②龍門：比喻聲望高的人。《後漢書・黨錮列傳第六十七》：「膺獨持風裁，以聲名自高，士有被其容接者，名為登龍門。」品題：評論人物，定其高下。

【簡析】作者原注：「簡大頭以丑擅場，雖京師名部，不能出其上也。」本首寫當地著名的丑角。

其七

逢場作戲又何妨，紅粉青蛾鬧掃妝①。彷彿徐娘風韻在②，盧陵莫笑老劉郎③。

【注釋】

① 紅粉：婦女化妝用的胭脂和粉，舊時借指年輕婦女，美女。青蛾：婦女用青黛畫的眉。鬧掃妝：唐末宮中髻式名，形如炎風亂髮。見明・楊慎《藝林伐山》卷十二〈鬧掃梳頭詩〉。

② 徐娘：《南史・列傳第二・后妃下》：「徐娘雖老，猶尚多情。」指梁元帝（蕭繹）妃徐氏。後稱年老而尚存風韻的婦女為徐娘，本此。此處借指年逾三旬的旦角劉木匠。

③ 「盧陵」句：《過庭錄》：「劉貢父知長安，妓有茶嬌者，以色慧稱，貢父惑之，事傳一時。貢父被召還朝，茶遠送之，貢父為夜宴痛飲，有別詩曰：『畫堂銀燭徹宵明，白玉佳人唱〈渭城〉。唱盡一杯須起舞，關河風月不勝情。』至闕，永叔直出道者院，去城四十五里迓貢父。貢父適病酒未起，永叔曰：『何故未起？』貢父曰：『自長安路中，親識留飲，頗為酒病。』永叔戲之曰：『貢父，非獨酒能病人，茶亦能病人多矣。』」永叔，歐陽修，盧陵人。

【簡析】作者原注：「劉木匠以旦擅場，年逾三旬，姿致尚在。」本首寫當地著名的旦角，而且是一位業餘演員。因劉木匠有風致，故作者引歐陽修嘲劉貢父故事以作詼諧之筆。

其八

老去何戡出玉門①，一聲楚調最銷魂。低回唱煞〈紅綾袴〉②，四座衣裳涴酒痕③。

（《紀文達公詩集》，清嘉慶十七年紀樹馨刻本）

【注釋】

① 何戡：唐長慶時著名歌者。劉禹錫〈與歌者何戡〉詩：「舊人唯有何戡在，更與殷勤唱〈渭城〉。」玉門：古關門。在今甘肅敦煌市西北，陽關在其東南，古為通西域要道。出玉門關者為北道，出陽關者為南道。

② 〈紅綾袴〉：楚調歌曲名。低回：迂回曲折。

③ 涴（音臥）：汙染。

【簡析】作者原注：「遣戶何奇能以楚聲為豔曲，其〈紅綾袴〉一闋，尤妖曼動魄。」本詩寫何奇出色的歌唱及感人的力量。

王昶（一七二四—一八〇六）

王昶，字德甫，號述庵，又號共泉，青浦（今屬上海）人。乾隆十九年（一七五四）進士，授內閣中書，協辦侍讀，入軍機處，後又擢刑部郎中。乾隆三十七年（一七七二）隨阿桂入川，平定大小金川。擢鴻臚寺卿，升大理寺卿，都察院右副都御使。於學無所不究，名滿天下而不立門戶。工詩善文，早年與王鳴盛、吳泰來、錢大昕、趙升之、曹仁虎、王文蓮並稱為「吳中七子」。輯有《湖海詩傳》、《湖海文傳》、《明詞綜》、《國朝詞綜》等。有《春融堂集》。

觀劇六絕（選四）

其一

秦淮舊夢已如塵①，扇底桃花倍愴神②。彷彿鸚鵡初見日③，香鈿珠衩不勝春④。

【注釋】

① 秦淮：秦淮河。

② 愴（音創）神：神情悲傷。

③「彷彿」句：以鸜鵒比伶人之靈巧。

④香鈿（音電）：婦女首飾。珠衱（音潔）：飾以珠寶的裙帶。杜甫〈麗人行〉：「背後何所見，珠壓腰衱穩稱身。」

【簡析】本詩詠《桃花扇》，指出其內容多有今昔盛衰之感。

其二

秋風一夕別雲屏①，軟語匆匆掩淚聽②。回首河東蕭寺遠⑧，碧雲紅葉滿長亭④。

【注釋】

①雲屏：雲母屏風。

②軟語：指男女之間的溫情絮語。

③河東：黃河之東。張生被迫赴長安赴考，渡黃河而西，回望鶯鶯所在，故曰「回首河東」。蕭寺：佛寺。相傳梁武帝（蕭衍）造佛寺，命蕭子雲飛白大書曰蕭寺。後世因亦稱佛寺為蕭寺。《西廂記》第四本第四折《驚夢》張生唱〔新水令〕：「望蒲東蕭寺暮雲遮」。

④「碧雲」句：從《西廂記》第四本第三折《長亭》鶯鶯唱〔端正好〕「碧雲天，黃花地，西風緊，北雁南飛。曉來誰染霜林醉？總是離人淚」化出。

【簡析】本詩詠王實甫《西廂記》，重點是詠《長亭送別》一折，突出了鶯鶯與張生的離愁與原作的詩情畫意。

其三

長生殿裡可憐宵①，曾炷沉檀禮鵲橋②。一樹梨花人不見③，青騾蜀棧雨蕭蕭④。

【注釋】

① 可憐宵：可愛的夜晚。

② 炷（音柱）：點燃。沉檀：沉香和檀香。禮：禮拜。鵲橋：相傳農曆七月初七夜，喜鵲搭橋，讓牛郎織女渡過天河相會。一、二兩句詠《長生殿》第二十二出《密誓》，說的是李隆基、楊玉環在七夕之夜面對牛郎織女盟誓。

③ 「一樹」句：楊玉環吊死在馬嵬驛的梨樹上，見《長生殿》第二十五出《埋玉》。

④ 「青騾」句：此句寫李隆基對楊玉環的想念，詠的是《長生殿》第二十九出《聞鈴》。蜀棧：四川的棧道。

【簡析】本詩詠《長生殿》。詩中以李隆基、楊玉環在長生殿山盟海誓的情景與楊玉環命喪馬嵬、李隆基蜀道聞鈴的場面作為對比，概括地描寫了全劇的意境。

其四

花影層層下玉除①，歸來燈火旅窗虛②。夜深微醉誰相憶，剗襪香階女較書③。

（《春融堂集》卷六，清嘉慶十二年塾南書舍刻本）

【注釋】

① 玉除：玉階。

② 旅窗：旅舍之窗。虛：空。

③ 剗襪香階：形容女子躡手躡腳潛行的情態。李煜〈菩薩蠻〉：「剗襪步香階，手提金縷鞋。」女校書：即女校書，舊時對妓女的雅稱。

【簡析】明人徐復祚的傳奇《紅梨記》，寫宋代書生趙伯疇與妓女謝素秋的愛情故事。本詩詠《紅梨記》第十七出《潛窺》。趙伯疇為友人招飲，醉後帶月而歸。他面對玉階花影，客舍孤燈，思念愛人謝素秋，輾轉難眠。哪知謝素秋此時正在花婆陪伴下，站在窗外，懷著愛慕之情，細細觀察他的一舉一動呢。這是一幅饒有詩意的畫面。

滎經道中閱楊笠湖刺史潮觀所貽《吟風閣》雜曲偶題七絕（選三）①

其一

博浪沙中未報仇②，西行借箸佐炎劉③。赤松黃石辭仙侶④，獨上河潼第一樓。

【注釋】

① 滎經：縣名：在四川省。楊笠湖刺史潮觀：清代雜劇作家楊潮觀（一七一〇—一七八八），字宏度，號笠湖，江蘇無錫人，曾任四川邛州知州。他所創作的《吟風閣雜劇》包括三十二個單折短劇，是短劇中的傑作。

②博浪沙：地名。河南原陽縣東南有秦陽武故城，博浪沙在其南。張良祖先為韓臣，良欲為韓復仇，使力士操鐵錐狙擊秦始皇於此，誤中副車，未獲成功。

③借箸：秦末楚漢相爭，酈食其勸劉邦立六國後代，共同伐楚。邦方食，張良入見，以為計不可行，對曰：「臣請藉前箸為大王籌之。」事見《史記．留侯世家》。藉，借。箸，筷子。後因以「借箸」指為人謀畫。炎劉：漢代的別稱。漢自稱以火德王，姓劉氏，故名。

④赤松：赤松子：傳說中的仙人。《史記．留侯世家》：「願棄人間事，欲從赤松子遊耳。」黃石：黃石公，秦時隱士。相傳張良刺秦始皇不中，於圯上遇老人，授以《太公兵法》，即黃石公。見《史記．留侯世家》。

【簡析】《吟風閣雜劇》中的《逃關》一折，寫張良在博浪沙行刺秦始皇以後遭到緝捕，在黃石公、黃石婆的幫助下逃出關口的故事。本詩即詠此劇。

其二

雲車風馬萬靈趨①，不怨炎天竟渡瀘②。緣識七擒還七縱③，旋師北伐掃當塗④。

【注釋】

①雲車風馬：以雲為車，以風為馬。萬靈：猶言各族人民。李嶠〈汾陰行〉：「漢家四葉才且雄，賓延萬靈服九戎。」

②炎天：暑天。瀘：瀘水，指今雅礱江下游及金沙江會合雅礱江以後的一段江流。此句指蜀漢建興三年（二二五）夏諸葛亮為鞏固後方，率軍渡過瀘水，遠征南中（今四川南部、雲南、貴州等地）。

③七擒還七縱：諸葛亮遠征南中，曾七次生擒孟獲，又七次釋放，最後使得孟獲心悅誠服。

④旋師：回師。當塗：當仕路，指執掌大權。此處指曹魏政權。

【簡析】《吟風閣雜劇》中的《渡瀘》一折，寫諸葛亮七擒七縱孟獲故事。本詩即詠此劇。

其三

輒宴思親涕淚多①，盤堆紅蠟罷笙歌②。憑君更寫澶淵會③，萬隊黃旗唱渡河④。

（《春融堂集》卷十三，清嘉慶十二年塾南書舍刻本）

【注釋】

① 輒（音折）宴：罷宴。

② 笙歌：音樂。

③ 澶（音蟬）淵會：宋真宗景德元年（一〇〇四），遼軍深入宋境，胡廷震動，有人建議遷都金陵、成都以避。宰相寇準力排眾議，奉真宗親征至澶州（今河南濮陽）。遼戰既不得利，乃遣使請盟。史稱「澶淵之盟」。

④ 黃旗：皇帝儀仗所用的黃色旌旗。

【簡析】《吟風閣雜劇》中的《罷宴》一折，寫宋寇準性喜奢侈，大擺生日酒宴。老婢劉嫗對其講述寇母當日青年守寡，百般哀苦，撫孤成立的往事，寇準感傷不已，當即吩咐罷宴。王昶讚賞此劇，並希望楊潮觀再寫一個劇，表彰寇準抗敵保國的事蹟。

蔣士銓（一七二五—一七八五）

蔣士銓，字心餘，號苕生，江西鉛山人。乾隆二十二年（一七五七）進士，官翰林院編修。詩與袁枚、趙翼齊名，稱「乾隆三大家」。作有傳奇、雜劇十六種，均存。其中《臨川夢》等九種合集稱《藏園九種曲》。戲曲、詩文等大部分作品均收入《忠雅堂全集》。

《中州湣烈記》題詞①（四首選二）

其一

法曲依然繼國風②，不隨燈月唱玲瓏。苦將杜宇三更血③，染出氍毹一丈紅④。

【注釋】

①《中州湣烈記》：清·周壎所作傳奇。周壎（一七一四—一七八四），字韻亭、牖如、伯譜，別號冰鶴侍者，江西龍泉（今遂川）人，父早喪，母親苦節養育周壎成人。周壎於乾隆十六年（一七五一）成進士，後官至汝寧知府。周壎精通音律，擅長作劇，今尚存《中州湣烈記》、《拯西廂》、《廣陵勝跡傳奇八種》等。《中州湣烈記》分上下卷，上卷十出，下卷七出。敘乾隆年間，河南延津無賴許忠見本村農婦盧氏貌美，其夫又經

常外出，便常以言語挑逗，但被盧氏嚴辭斥責，一直未能得逞。一夜，許忠翻牆入宅企圖姦汙盧氏，盧氏抵死不從，被許忠勒死，其一雙兒女也遭難。後來許忠被捉拿歸案，處以極刑。官府為褒獎盧氏貞烈，修建滑烈祠，並立貞節牌坊。盧氏靈魂升入天堂，玉帝賜以滑烈仙妃之名，專管人間節烈之事。參見李勝利、王漢民〈清周壎劇作考〉，《藝術百家》二〇一二年第一期。

② 國風：指《詩經》中的十五國風。

③ 杜宇：即杜鵑。

④ 氍毹（音渠書）：一種毛織或毛與其他材料混織的毯子。舊時舞臺演出常鋪紅色氍毹，因以「氍毹」或「紅氍毹」代稱舞臺。

其二

斯文如女有正色①，此語前賢已道之②。安肯輕提南董筆③，替人兒女訴相思。

（《忠雅堂詩集》卷四，嘉慶二十二年刻本）

【注釋】

① 斯文句：出自黃庭堅《次韻子瞻送李廌》，指李廌之文主旨正大。李廌（音至）（一〇五九—一一〇九），字方叔，華州（今陝西華縣）人。少以文為蘇軾所知，譽之為有「萬人敵」之才。由此成為「蘇門六君子」之一。斯文，《論語・子罕》：「天之將喪斯文也，後死者不得與於斯文也。」文，指禮樂制度。後來以斯文指儒者或文人。正色，表情端莊嚴肅。《書・畢命》：「正色率下。」《疏》：「正色，謂嚴其顏色，不惰慢，不阿諛。」

② 前賢：指黃庭堅。

③ 南：南史氏，春秋時齊國史官。《左傳》哀公二十五年記載：齊國大臣崔杼殺死了國君。「太史書曰：『崔杼弒其君。』崔子殺之。其弟嗣書而死者二人；其弟又書，乃捨之。南史氏聞大史盡死，執簡以往。聞既書矣，乃還。」董：董狐，春秋時晉國史官。晉靈公無道，趙盾屢諫，靈公乃欲殺盾，盾出奔，盾族人趙穿因

殺靈公。盾還晉，董狐書曰：「趙盾弒其君。」以示於朝。孔子稱為古之良史，謂其書法不隱。見《左傳》宣公二年。文天祥〈正氣歌〉：「在齊太史簡，在晉董狐筆。」即指南、董。

【簡析】 蔣士銓對周壎的《中州㴜烈記》給予很高的評價，認為它主旨正大，可以上追國風。詩人將此作為一條創作原則提出來，即劇作家應當如同史家那樣，以秉筆書史為己任。

京師樂府詞①（十六首選一）

三面起樓下覆廊，廣庭十丈臺中央。魚鱗作瓦蔽日光②，長筵界畫分畛疆③。
僮僕虎踞豫守席，主客魚貫來觀場⑤。充樓塞院簪履集⑥，送珍行酒傭保忙⑦。
衣冠紛紜付典守⑧，酒胡編記皆有章⑨。砧刀過處雨毛血⑩，酒肉臭時連士商。
臺中奏伎出優孟⑪，座上擊碟催壺觴⑫。淫哇一歌眾耳側⑬，狎昵雜陳群目張⑭。
雷同交口讚歎起，解衣側弁號呶將⑮。曲終人散日過午，別求市肆一飯充饑腸。
我聞示奢以儉有古訓⑯，惰遊侈逸不可無堤防⑰。近來茗飲之居亦復貯雜戲⑱，遂令家無擔石且去尋旗槍⑲。百日之蜡一日澤⑳，歌詠勞苦歲有常。有司張弛之道宜以古為法㉑，毋令一國之人皆若狂㉒。

（《忠雅堂詩集》卷八，嘉慶二十二年刻本）

【注釋】

①《京師樂府詞》作於乾隆二十五年（一七六〇），共十六首，這裡選的是其中第七首。寫的是乾隆時代北京的戲園。
②「魚鱗」句：寫瓦片排成魚鱗狀。
③長筵：長長的筵席。畛（音診）疆：界限，分界。
④「僮僕」句：指僮僕預先來戲園搶占座位。豫：先事為備。
⑤觀場：看戲。
⑥鬢履集：指觀眾當中有男有女。
⑦「送珍」句：指酒保們上菜篩酒，忙個不停。珍：珍貴菜肴。
⑧典守：保管衣物的侍者。
⑨「酒胡」句：指戲園裡的酒具等物皆編有記號，井然有序。酒胡：勸人飲酒之具。刻木為人，而銳其下，置之盤中，左右欹側為舞，視其傳籌所至，或僅視倒時指向，所指向者當飲。
⑩砧（音針）：砧板。
⑪奏伎：表演戲劇。
⑫「座上」句：指座上看客敲著碟子，催著快上酒。
⑬淫哇：淫邪之聲，多指樂曲詩歌。
⑭狎（音狹）昵：親暱。
⑮「解衣」句：臺下看客著到高興處，解衣側帽，喧嚷起來。弁：帽。號呶：喧嚷。將：助詞，無義。
⑯示奢以儉：對奢侈的入應教以勤儉美德。徐夤〈斬蛇劍賦〉：「秦毒之奢，變作長蛇。漢德之儉，化為神劍。奢以儉陷，蛇以劍斬。」
⑰惰遊侈逸：懶惰成性，遊手好閒，奢侈無度，貪圖安逸。
⑱「近來」句：言近來茶館也開始兼營戲園。
⑲家無擔石：家無餘糧，形容十分貧困。旗槍：綠茶的一種，由帶頂芽的小葉製成。因葉展如旗，芽尖似槍，故稱。
⑳「百日」句：《禮・雜記下》：「子曰：『百日之蜡（音榨），一日之澤。』」意思是經過終年勞苦才有蜡祭，得到一日享受。
㉑有司：官吏。古代設官分職，事各有專司，故稱有司。張弛之道：《禮・雜記下》：「張而不弛，文武弗能也；弛而不張，文武弗為也。一張一弛，文武之道也。」
㉒國：指國都。

【簡析】清代乾隆年間，北京的戲曲演出相當頻繁。當時北京的戲園主要有兩種，一種為酒樓所兼營，一種為茶館所附設。看客盈門，笙歌聒耳，演技高超，反應熱烈，充分顯示了當時戲曲（包括花部與雅部）發展的高度水平。這是十八世紀中葉北京的一幅生動的風俗畫。作者看到了戲曲的發展繁榮是建立在人民的血汗的基礎上的，這一見解正顯示出作者深刻的洞察力。

過百子山樵舊宅（二首）①

其一

一畝荒園半畝池，居人猶唱阮家詞②。君臣優孟麒麟楦③，毛羽文章孔雀姿④。
復社空存防亂策⑤，死灰難禁再燃時⑥。城隅指點烏衣巷⑦，只有南朝燕子知⑧。

【注釋】

① 本詩作於乾隆三十三年（一七六八，戊子）。百子山樵：阮大鋮。舊宅：指阮大鋮在南京的舊居，名石巢園，在庫司坊。

② 阮家詞：指阮大鋮所作傳奇《燕子箋》、《春燈謎》等。

③ 麒麟楦（音眩）：指虛有其表的人。唐・馮贄《雲仙雜記》卷九引張鷟《朝野僉載》：「唐楊炯每呼朝士為麒麟楦。或問之，曰：『今假弄麒麟者，必修飾其形，覆之驢上，宛然異物。及去其皮，還是驢耳。無德而朱紫，何以異是？』」

④ 「毛羽」句：皆言其虛有其表。

⑤防亂策：指復社防止閹黨再起的對策，如〈留都防亂揭帖〉之類。

⑥「死灰」句：指阮大鋮等閹黨在弘光朝死灰復燃，重新執掌大權。

⑦城隅（音於）：城之一角。烏衣巷：地名，在今南京市東南。東晉時，王、謝諸望族居此。

⑧南朝：劉禹錫〈烏衣巷〉：「朱雀橋邊野草花，烏衣巷口夕陽斜。舊時王謝堂前燕，飛入尋常百姓家。」以上二句借用詩中某些字面。

其二

中興歌舞荒淫日①，群小風雲際會年②。樂器誰焚亡國主③，詞臣分劈衍波箋④。

名高十客平章重⑤，網盡諸人黨禍連⑥。一樣蓬蒿埋舊宅⑦，白頭江令較他賢⑧。

（《忠雅堂詩集》卷十八，嘉慶二十二年刻本）

【注釋】

①中興：由衰落而重新興盛。這裡指阮大鋮之流的所謂「中興」，帶有諷刺意味。

②群小：眾小人。指馬士英、阮大鋮之流。風雲際會：遭逢好的際遇。

③亡國主：指南明弘光帝。

④詞臣：文學侍從之臣。衍波箋：詩箋名。《詩話總龜》卷三十四引宋・王直方《直方詩話》：「蕭貫少時，嘗夢至宮廷中，……見群婦人如神仙，視貫，驚問何所從來？貫愕然，亦不知對。貫自陳進士，能為詩。中有一人授貫紙，曰：『此所謂衍波箋，煩賦〈宮中曉寒歌〉。』貫援筆立成。」

⑤十客：南朝陳後主（叔寶）親信江總、孔範等十客，號狎客。平章：官名。即宰相。此處指馬士英。此句謂阮大鋮是弘光帝所親信的狎客，又為馬士英所倚重。

⑥ 黨禍：因黨爭而引起的禍難。此處指馬士英、阮大鋮等人對復社黨人的迫害。

⑦ 蓬蒿：蓬草與蒿草，指雜草叢生。

⑧ 白頭江令：江總（五一九—五九四），字總持，南朝陳濟陽考城（今河南省蘭考縣）人，為陳後主所寵信，官至尚書令，世稱江令。在官不理政事，日與後主遊宴後庭，多寫豔詩，號為狎客。

【簡析】阮大鋮奸佞誤國，排斥異己，起了加速南明小朝廷覆亡的作用，其人誠不足取。但他的某些戲曲作品卻還在流傳。面對這一複雜的歷史現象，詩人浮想聯翩，寫下了這兩首詩。

雜感①（十九首選一）

千朵玉茗花②，開時若晴雪。橫斜上簾櫳③，老翁愛其潔。
有時吹玉笛，不免助芳悅④。喚作臨川翁⑤，法曲相嗚咽⑥。
古人不見我，此趣向誰說⑦。

（《忠雅堂詩集》卷二十六，嘉慶二十二年刻本）

【注釋】

① 雜感：這是一組詩，共十九首，作於乾隆四十八年（一七八三，癸卯），作者五十九歲。這裡選了其中一首。

② 玉茗花：湯顯祖堂名玉茗堂。

③ 簾櫳：掛有簾子的窗戶。

④ 芳悅：美好的喜悅之情。

⑤ 臨川翁：湯顯祖。此句謂人以湯顯祖比詩人。

⑥ 法曲：樂曲，因用於佛教法會而得名。原為含有外來音樂成分的西域各族音樂，傳至中原地區後，與漢族的清商樂相結合，後發展為隋唐法曲。唐玄宗酷愛法曲，命梨園弟子學習，稱為「法部」。

⑦ 「古人」二句：辛棄疾〈賀新郎（甚矣吾衰矣）〉：「不恨古人吾不見，恨古人，不見吾狂耳。」這兩句意本此。

【簡析】蔣士銓和湯顯祖都是江西人。對於這位前輩，蔣士銓是滿懷敬仰之情的。他敬仰湯顯祖高尚的人格，敬仰湯顯祖驚人的才華。他所創作的《臨川夢》一劇，對湯顯祖的這兩個方面都做了充分的刻畫和描寫。蔣士銓的劇作，不少洋溢著浪漫主義的氣息，辭采也很華美，可以看出湯顯祖對他的影響。

康山草堂觀劇①

綺筵重聽《四弦秋》，一夜尊前盡白頭②。何必官人皆失意③，歡場各有淚難收。

（《忠雅堂詩集》補遺，嘉慶二十二年刻本）

【注釋】

① 康山草堂：康山在揚州。山上築堂，有明董其昌題「康山草堂」額。按此詩作於乾隆四十三年（一七七八戊戌），作者五十四歲。

② 尊前：在酒樽之前。指酒筵上。

③ 官人：唐時稱居官者為官人。後作為對有一定社會地位的男子的敬稱。

【簡析】《四弦秋》為蔣士銓所作雜劇，一本四出，摒棄馬致遠《青衫淚》雜劇、顧大典《青衫記》傳奇「士子─妓女─商人」的兩性關係故事模式，以〈琵琶行〉詩中本義為主，輔以《新唐書》有關史實，描寫白居易忠而遭貶的心路歷程，使其與琵琶女花退紅的身世悲歡兩相映照，突出了「同是天涯淪落人，相逢何必曾相識」的主題。同樣看這一齣戲，也同樣是感動、流淚，但各人感情的實際內容不同，詩人寫此，揭示了戲曲審美過程中一種很有趣味的現象。

趙　翼（一七二七─一八一四）

趙翼，字雲崧，一字耘松。號甌北，江蘇陽湖（今武進）人。乾隆二十六年（一七六一）進士，授翰林院編修。曾任鎮安、廣州知府，官至貴西兵備道。乾隆三十八年（一七七三）辭官家居，曾一度主講揚州安定書院。長史學。詩與袁枚、蔣士銓齊名，合稱「乾隆三大家」。有《廿二史劄記》、《陔餘叢考》、《甌北詩鈔》、《甌北詩話》等。

戲本所演八仙不知起於何時①，按王氏《續文獻通考》及胡氏《筆叢》俱有辨論②，則前明已有之，蓋演自元時也。沙溪旅館有繪圖成軸而題詩於上者③，詞不雅馴④，因改書數語於後。

何人學作王老志⑤，劾召鬼神示遊戲⑥。把他多少古仙人，亂點鴛鴦集冠帔⑦。
韓湘、張果、呂洞賓⑧，此外載籍無其人⑨。由來化城本荒幻⑩，何必捫籥求其真⑪。
天下都散漢⑫，競作時代看。鐵拐無姓李⑬，或言劉跛子。趙家外戚傳⑭，不聞曹佾
能修煉⑮。藍衫老采和，丈夫忽變為嬌娥⑯。又況何姑愛酬答⑰，偏與群真坐聯榻⑱。
仙家想是無凡心⑲，不妨男女相混雜。舞衣今作畫圖傳，此輩猶為有漏禪⑳。少年狡
獪非我事㉑，舉手自拍洪崖肩㉒。

（《甌北詩鈔》七言古四，上海：商務印書館，一九三六年版）

【注釋】

①八仙：民間傳說中道家的八個仙人，即漢鍾離、張果老、韓湘子、鐵拐李、曹國舅、呂洞賓、藍采和、何仙姑。八仙的傳述甚早，且各地不同，此為明後之說。

②王氏《續文獻通考》：明·王圻所作《續文獻通考》，二百五十四卷。上接宋寧宗嘉定，下迄明神宗萬曆。為續宋末馬端臨《文獻通考》而作。胡氏《筆叢》，明·胡應麟所著《少室山房筆叢》，四十八卷，是以考證為主的筆記，對經史百家及道書、辭典、小說、戲曲都有評論，頗具新見。

③沙溪：地名，在福建寧化縣。

④ 雅馴：溫文不俗。

⑤ 王老志：宋代道士。濮州臨泉（今山西臨縣）人。為小吏時，曾遇異人自稱鍾離權，授予內丹要訣，乃以道術知名。宋徽宗召入京師，封為「洞微先生」。後歸濮州死。

⑥ 劾（音何）召：以法召鬼神。

⑦ 「亂點」句：即亂點鴛鴦譜，湊在一起之意。帔（音沛）：古代披在肩背上的服飾。

⑧ 韓湘：韓愈侄孫，以後附會為韓愈之侄，成為八仙之一。見唐・段成式《酉陽雜俎》、宋・劉斧《青瑣高議》。張果：唐方士。久隱中條山，往來汾、晉間，自言生於堯丙子年。開元中賜號通玄先生。參閱唐・鄭處誨《明皇雜錄》，新、舊《唐書》本傳。後被附會為八仙中之張果老。呂洞賓：相傳為唐京兆人，名岩。咸通（唐懿宗年號，八六〇—八七四）中及第，兩調縣令。後修道於終南山，不知所終。見宋・吳曾《能改齋漫錄》引《雅言系述》。元明以來成為八仙之一。

⑨ 載籍：書籍。

⑩ 化城：佛教語。一時幻化的城郭，比喻小乘所能達到的境界。此處指神話中的幻境。

⑪ 捫籥（音門月）：即揣籥，摸籥。蘇軾〈日喻〉：「生而眇者不識日，……或告之曰：『日之光如燭。』捫燭而得其形。他日揣籥，以為日也。」比喻不懂事物真相，主觀臆斷。籥，一種像笛子一樣的管樂器。

⑫ 天下都散漢：漢鍾離，傳說中八仙之一。俗傳姓鍾離，名權，號雲房。嘗自稱天下都散漢，亦稱散人。見《宣和書譜》卷十九〈鍾離權〉。

⑬ 無：不。

⑭ 趙家：指宋王室。外戚，帝王的母族、妻族。

⑮ 曹佾（音義）：即曹國舅。修煉：通過修身養性而成仙。

⑯ 丈夫：男子。嬌娥：美貌女子。

⑰ 何姑：何仙姑。

⑱ 群真：群仙：聯榻，同榻而坐。

⑲ 凡心：世俗的心思，這裡指男女之情。

⑳ 有漏：佛教名詞。含有煩惱的事物，謂為有漏。漏，佛家稱煩惱的別名。

㉑ 狡獪（音快）：詭變，開玩笑。

㉒ 洪崖。傳說中的仙人名。即黃帝的臣子伶倫，帝堯時已三千歲，仙號洪崖。崖，亦作「涯」。晉・郭璞〈遊仙詩〉之三：「左挹浮丘袖，右拍洪崖肩。」

【簡析】本詩談到戲曲中八仙的起源和演變，可與作者《陔余叢考》卷三十四中的考證參看。「由來化城本荒幻，何必捫籥求其真」的詩句，對於那種把神話與歷史、藝術與生活等同起來的意見表示了淡淡的嘲諷。

題《鶴歸來》戲本（三首）①

前明大學士瞿式耜②，留守桂林，城破殉難。族孫頡作此以傳。

其一

化鶴歸從瘴海濱③，興亡如夢愴前塵④。河山戰敗無餘地，文武逃空剩隻身。

青史一編留押卷⑤，朱衣雙引去成神⑥。覆巢之下猶完卵⑦，想見興朝祝網仁⑧。

【注釋】

①《鶴歸來》：傳奇，共三十五出。作者瞿頡，江蘇常熟人，瞿式耜六世從孫。

②瞿式耜（音四，一五九〇—一六五〇）：江蘇常熟人，字起田，萬曆四十四年（一六一六）進士。福王立南京，起右僉都御史，巡撫廣西。與丁魁楚等擁立桂王。進東閣大學士，兼掌吏部事。及桂王奔全州，瞿式耜自請留守桂林。清順治七年（一六五〇）清兵攻桂林，城破與總督張同敞皆被執，不屈死。

③化鶴：遼東人丁令威學道成仙，四年後，化鶴歸遼。事見《搜神後記》。後人因以化鶴比喻去世。瘴海：舊指嶺南有瘴霧的海域。

④愴（音創）：悲傷。前塵：往事。

⑤「青史」句：作者原注：「《明史》以公為列傳終卷。」

⑥「朱衣」句：作者原注：「公死後為蘇州城隍神，見錢遵王詩注。」朱衣，穿紅衣在前引路的小神。

⑦「覆巢」句：反用「覆巢之下無完卵」之意。「覆巢之下無完卵」，言鳥巢傾覆，其卵皆破。比喻滅門之禍，無一倖免。見《世說新語‧言語》引孔融事。

⑧興朝：興盛的朝代。指清朝。祝網：織網。

其二

江陵孫子亦英風①，來共殘棋一局終。不死則降無兩法，倡予和汝有雙忠②。
青山何處呼皋復③，白首同歸作鬼雄④。楊震自能招大鳥⑤，豈須鎩羽比遼東⑥。

【注釋】

① 江陵孫子：張居正曾孫張同敞。英風：傑出的氣概。按本詩作者自注：「張居正曾孫同敞，與公同被執，幽之民舍，兩人日賦詩，倡和四十餘日，同就戮。」
② 倡予和汝：你唱我和。
③ 皋（音豪）復：猶招魂。《禮・禮運》：「及其死也，升屋而號，告曰：『皋某復。』」
④ 鬼雄：鬼中的強者。屈原《九歌・國殤》：「身既死兮神以靈，魂魄毅兮為鬼雄。」
⑤ 「楊震」句：東漢楊震為官清正，傳說他死後臨葬時，有大鳥高丈餘，在其墓地俯仰悲鳴。見《後漢書・楊震傳》。
⑥ 鎩（音沙）羽：羽毛摧落。遼東：用丁令威化鶴典故。

其三

風洞山前土尚香①，從容就義耿剛腸②。久拚白刃為歸路③，肯乞黃冠返故鄉④。
宗澤必期河速度⑤，福興身殉國垂亡⑥。易名真荷如天度⑦，偏為殷頑特表彰⑧。

（《甌北詩鈔》七言律七，上海：商務印書館，一九三六年版）

【注釋】

①風洞山：桂林地名，瞿式耜、張同敞就義後，吳江義士楊藝瘞二人遺骨於此。

②耿：強硬，剛直。

③拚（音潘）：捨棄。

④黃冠：道士之冠。轉為道士的別稱。

⑤「宗澤」句：宗澤（一〇六〇—一一二八），字汝霖，婺州義烏人。金人逼二帝北行，康王趙構即帝位於南京（今河南商丘），宗澤任東京留守，曾二十多次上書趙構，力主還都東京，均未被採納。因壯志難酬，憂憤成疾，臨終三呼「過河」而卒。見《宋史·宗澤傳》。

⑥「福興」句：完顏福興，後更名承暉。金宣宗遷都汴京，福興與皇太子留守中都（又名燕京，即今北京）。後因受權臣牽制，諸將皆觀望，事不可為，作遺表論國家治亂之本，從容仰藥死。《金史》有傳。

⑦易名：為死者立諡（音式）號，謂易其本名而改稱其諡號。按清乾隆年間諡瞿式耜為忠宣。荷：負擔，包含。如天度：宏大的氣度。

⑧殷頑：殷亡國之後又不奉周朝之命的殷遺民。此處代指明亡國以後又不奉清朝之命的明遺民。

【簡析】這三首詩熱情讚揚了《鶴歸來》傳奇所表現的瞿式耜、張同敞堅貞不屈、視死如歸的高風亮節。近代曲學大師吳梅的《風洞山傳奇》亦寫此題材。

題吟薌所譜《蔡文姬歸漢》傳奇①（四首）

其一

識曲工詩韻若蘭②，忍隨塞馬到呼韓③。人間何限傷心事，千載同悲李易安④。

【注釋】

① 吟薌：張瘦桐，字吟薌，浙江秀水人，曾官內閣中書，與趙翼、蔣士銓均有交往。《蔡文姬歸漢》傳奇，又名《中郎女》，今佚。

② 識曲工詩：《後漢書・董祀妻傳》：「博學有才辯，又妙於音律。」

③ 塞馬：邊塞地區之馬。呼韓：呼韓邪，匈奴單于名號：此處代指匈奴。

④ 李易安：宋代女詞人李清照（一〇八四—一一五一），號易安居士，金兵入據中原後，境遇孤苦，所作詞多悲歎身世。

【簡析】蔡文姬富有文學才能，而命運淒苦，與李清照十分相似，詩人因此發出感歎。

其二

也似蘇卿入塞秋①，黃沙漠漠帶氈裘②。諸君莫論紅顏汙，他是男兒此女流。

【注釋】

① 蘇卿：蘇武。

② 氈裘：用獸毛製成的衣服。《胡笳十八拍》：「氈裘為裳兮，骨肉震驚。」

【簡析】前二句說蔡文姬歸漢，與蘇武從匈奴回朝的情景宛然相同。後二句說不能認為文姬入匈奴改嫁就是失節，她與蘇武男女性別不同，具體情況各異，不能簡單相比。

其三

琵琶馬上忍重彈？家國俱摧兩淚潸①。經過明妃青塚路②，轉憐生入玉門關③。

【注釋】

①摧：摧破。潸（音山）：流淚的樣子。

②明妃：即王昭君，晉代避司馬昭諱，改稱明君，後人又稱之為明妃。

③玉門關：故址在今甘肅敦煌西北。《後漢書・班超傳》：「臣不敢望到酒泉郡，但願生入玉門關。」

【簡析】本首以蔡文姬與王昭君相比，言文姬為能夠歸漢深感慶幸。

其四

逸典能抄四百篇①，不煩十吏校丹鉛②。誰知書籍歸王粲③，翻賴流離一女傳④。

（《甌北詩鈔》絕句一，上海：商務印書館，一九三六年版）

【注釋】

①逸典：經散失的典籍。

②丹鉛：丹砂和鉛粉，古人多用來校勘文字，所以稱考證工作為丹鉛。以上二句所敘事實見《後漢書・董祀妻傳》：「（曹）操因問曰：『聞夫人家先多墳籍，猶能

憶識之不？』文姬曰：『昔亡父賜書四千許卷，流離塗炭，罔有存者。今所誦憶，裁四百餘篇耳。』操曰：『今當使十吏就夫人寫之。』文姬曰：『妾聞男女之別，禮不親授。乞給紙筆，真草唯命。』於是繕書送之，文無遺誤。」

③ 王粲（一七七—二一七）：字仲宣，山陽高平（今山東鄒縣）人，「建安七子」之一。《三國志・魏志・王粲傳》說蔡邕很器重王粲，稱其「有異才，吾不如也。吾家書籍文章，盡當與之」。

④ 翻賴：反而依靠。

【簡析】本首讚揚了蔡文姬歸漢後在文化事業上做出的貢獻。對於一位女性學者，做出如此崇高的評價，證明詩人是有眼光的。

觀劇即事（二首選一）

明識悲歡是戲場，不堪唱到可憐傷。假啼翻為流真淚，人笑癡翁太熱腸。

（《甌北詩鈔》絕句一，上海：商務印書館，一九三六年版）

【簡析】明知是演戲，但看到後來還不免動情、流淚。此詩形象地描繪了戲曲對於觀眾的藝術感染力。

西湖雜事（九首選一）

天水空明笛一枝，斷橋人靜月斜時①。湖樓多少憑欄女，明日家家說項斯②。

（《甌北詩鈔》絕句一，上海：商務印書館，一九三六年版）

【注釋】

① 斷橋：橋名。在杭州市孤山邊。以孤山之路，至此而斷，故自唐以來皆呼為斷橋。

② 說項斯：唐・項斯字子遷，江東人。始未著名，以卷謁楊敬之。楊贈詩云：「幾度見詩詩盡好，及觀標格過於詩。平生不解藏人善，到處逢人說項斯。」詩達長安，明年擢上第。見《唐詩紀事》卷四十九〈項斯〉。後因稱替人說好話為說項斯。

【簡析】本詩作者原注：「吾鄉三項生善歌，來寓湖上，每夕在斷橋亭奏伎，傾一時。」杭州西湖、蘇州虎丘，還有十里煙花的揚州，是當時三個著名的戲曲活動場所。本詩便反映了西湖戲曲活動的一個側面。

揚州觀劇（四首）

其一

又入揚州夢一場，紅燈綠酒奏〈霓裳〉。經年不聽遊仙曲①，重為雲英一斷腸②。

【注釋】

①遊仙：脫離塵俗，遊心仙境。晉・何劭、郭璞都有遊仙詩。至唐・曹唐作遊仙詩及小遊仙詩，改變格調。後來遊仙之作，多敘兒女情懷及仙人遊戲人間之事。

②雲英：唐・鍾陵妓。唐・羅隱〈偶題〉詩：「鍾陵醉別十餘春，重見雲英掌上身。我未成名君未嫁，可能俱是不如人。」此處指歌妓。

【簡析】揚州是當時長江下游最繁榮的都市之一。雲集揚州的鹽商，競蓄戲班，爭奇鬥妍，使得揚州劇壇非常活躍。

其二

回數歡場歲幾更①，梨園今昔也關情②。秋娘老去容顏減③，猶仗聲名壓後生。

【注釋】

① 歲幾更：每年都變換凡次。
② 關情：令人動情。
③ 秋娘：歌舞伎。白居易〈琵琶行〉：「曲罷曾教善才服，妝成每被秋娘妒。」

【簡析】老演員倚仗聲名壓制青年演員的成長，這對戲曲藝術的發展是不利的。詩人對這種現象表示了不滿。

其三

故事何須出史編？無稽小說易喧闐①。武松打虎崑崙犬②，直與關張一樣傳③。

【注釋】

① 無稽：無可稽考，不確實。喧闐（音田）：哄鬧。
② 崑崙犬：崑崙奴殺犬，見唐傳奇《崑崙奴傳》。
③ 關張：關羽、張飛。

【簡析】戲曲的創作素材不一定非要依據正史，稗官野史反而更為人民大眾所喜聞樂見。這一見解符合古代戲曲發展的實際情況。

其四

今古茫茫貉一丘①，恩仇事已隔千秋。不知於我干何事，聽到傷心也淚流。

（《甌北詩鈔》絕句二，上海：商務印書館，一九三六年版）

【注釋】

①「今古」句：《漢書》卷六十六〈楊惲傳〉：「古與今如一丘之貉。」謂古與今並無差別。

【簡析】戲曲演的是古人的事，但由於喚起了觀眾類似的經驗與感受，因此自然產生了感人的力量。詩人以風趣的語言寫到這一點，親切而具有詼諧的意味。

里俗戲劇余多不知，問之僮僕轉有熟悉者，書以一笑。

焰段流傳本不經①，村伶演作繞梁音。老夫胸有書千卷，翻讓僮奴博古今②。

（《甌北詩鈔》絕句二，上海：商務印書館，一九三六年版）

【注釋】

① 焰段：金元院本、雜劇正劇前附加的一段小故事。明・陶宗儀《南村輟耕錄・院本名目》：「又有焰段，亦院本之意，但差簡耳。取其如火焰，易明而易滅也。」不經：缺乏根據，不近情理。

② 翻讓：反讓。

【簡析】博學多才的趙翼，對於民間戲曲反而不如僮僕懂得多，這正說明「里俗戲劇」本來就是大眾的藝術，它的歷久不衰的生命力正在於此。

京口晤夢樓①，聽其雛姬度曲即事②（六首選三）

其一

廿載清齋禮佛香③，翻將禪悅寄紅妝④。始知十六天魔舞⑤，別是僧家一道場⑥。

【注釋】

① 京口：江蘇鎮江。夢樓：王文治（一七三〇——一八〇二），字禹卿，號夢樓，丹徒（今江蘇鎮江）人。詳見後王文治詩作者介紹。

② 雛姬：小姬。

③ 清齋：清心素食。

④ 翻：反，反而。禪悅：謂耽好禪理，心神恬悅。紅妝：指婦女的盛裝。以色尚紅，故稱。後常用以代指美女。

⑤ 十六天魔舞：舞名。元順帝時，在宮內以宮女十六人，頭戴象牙佛冠，身穿纓絡大紅銷金長短裙，贊佛而舞，號天魔舞。見《元史・本紀第四十三・順帝紀六》。

⑥道場：佛道二教誦經禮拜成道修道的地方。

其二

焰段新翻指點勞，要令姿致極妖嬈①。自家忘卻便便腹②，只管呼他學柳腰③。

【注釋】

①姿致：姿態。妖嬈：嬌豔嫵媚。

②便（音駢）便：肚子肥滿的樣子。

③柳腰：柳樹的柔條。舊時用以形容女子纖柔的腰肢。

其三

恐將寒儉惹人嫌①，特與新裁綺縠纖②。蓮步出堂嬌顧影，傲他窣地夏侯簾③。

（《甌北詩鈔》絕句三，上海：商務印書館，一九三六年版）

【注釋】

①儉：寒酸。

②綺：素地織紋起花的絲織物。縠（音胡）：縐紗。

③窣（音素）地：拂地。夏侯簾：南朝梁將夏侯亶性節儉，有妾數十人，無被服容飾，客至常隔簾奏樂，時呼

簾為夏侯妓衣。

【簡析】王文治家樂在當時也是頗有名氣的。姚鼐〈中憲大夫雲南臨安府知府丹徒王君墓誌銘並序〉說王文治「之歸也，買僮教之度曲，行無遠近，必以歌伶一部自隨。其辨論音樂，窮極幽渺，客至君家，張樂共聽，窮朝暮不倦。海內求君書者，歲月饋遺，率費於聲伎，人或諫之不聽，其自顧彌甚也。」這組詩三首，第一首寫王文治既禮佛，又愛度曲，第二首寫他指揮家姬排演，第三首寫他為家姬添置劇裝，從多方面反映了王文治的戲曲活動。

敦敏（一七二九—一七九六？）

愛新覺羅・敦敏，字子明，號懋齋，努爾哈赤第十二子英親王阿濟格五世孫。敦敏與弟敦誠與曹雪芹交好。敦敏十六歲進右翼宗學讀書，二十七歲在宗學考試中列為優等。二十八九歲時曾協助父親在山海關管理稅務，在錦州做稅務官，不久即回北京長期閒居。三十七歲時授右翼宗學副管，四十六歲升總管。五十四歲因病辭官。著有《懋齋詩鈔》。

題敬亭《琵琶行》填詞後二首①

其一

西園歌舞久荒涼②，小部梨園作散場③。漫譜新聲誰識得，商音別調斷人腸④。

【注釋】

① 敬亭：愛新覺羅・敦誠，字敬亭，號松堂，敦敏之弟。家有西園，頗具名勝，以詩酒自娛，亦為曹雪芹好友。年五十餘卒。有《四松堂集》。《琵琶行》，敦誠所作傳奇，演白居易〈琵琶行〉故事。

② 西園：敦誠家園林。

③ 小部：指唐代宮廷中的少年歌舞樂隊。唐・袁郊《甘澤謠・許雲封》：「值梨園法部置小部音聲，凡三十餘人，皆十五以下。」泛指梨園、教坊演劇奏曲。

④ 商音：悽愴的音聲。

其二

紅牙翠管寫離愁①，商婦琵琶湓浦秋②。讀罷樂章頻悵悵，青衫不獨濕江州③。

（《懋齋詩鈔》，北京：文學古籍刊行社，一九五五年影印本）

【注釋】

①紅牙：檀木製的拍板，用以調節樂曲的節拍。翠管：笛。杜甫〈臘日〉詩：「口脂面藥隨恩澤，翠管銀罌下九霄。」

②商婦：商人之婦。白居易〈琵琶行〉：「老大嫁作商人婦」。湓（音盆）浦：湓水入長江處，在江西九江城下。

③江州：指江州司馬，白居易曾貶為江州司馬。

【簡析】敦誠為滿族文人，亦擅戲曲，其所作《琵琶行》，曹雪芹也曾作詩讚賞，可惜全詩已佚，只剩下兩句：「白傅詩靈應喜甚，定教蠻素鬼排場。」（楊鍾羲《雪橋詩話續集》引）《紅樓夢》中多次寫到戲曲，曹雪芹的戲曲修養是很高的。

王文治（一七三〇—一八〇二）

王文治，字禹卿，號夢樓，丹徒（今江蘇鎮江）人。乾隆二十五年（一七六〇）探花，官至翰林院編修、侍讀，後又任雲南姚安知府，罷歸，遂絕意仕途，而與文人墨客交遊，與姚鼐、蔣士銓、趙翼相友善。工詩文，善書法。家中蓄有樂部，行無遠近，必以歌伶自隨。有《夢樓詩集》。

冬日浙中諸公疊招雅集，席間次李梅亭觀察韻①（四首選一）

稗畦樂府紹臨川②，字字花縈柳絮牽。芍藥欄低春是夢③，華清人去草如煙④。

天留餘暖資調笛，酒到微醺更擘箋⑤。雅集西園真不忝⑥，倩誰圖向竹風邊。

（《夢樓詩集》卷十二，清乾隆六十年食舊堂刻道光二十九年補修本）

【注釋】

① 李梅亭：未詳。觀察：清代對道員的尊稱。

② 稗畦：洪昇。紹：連續，繼承。臨川：湯顯祖。

③ 「芍藥」句：指《牡丹亭》。

④ 「華清」句：指《長生殿》。

⑤ 擘（音撥）箋：謂裁紙。陸游〈閬中作〉：「擘牋授管相逢晚，理鬢薰衣一笑譁。」

⑥ 雅集西園：北宋駙馬都尉王詵與蘇軾、蘇轍、黃魯直、秦觀等人雅集西園，請李公麟繪《西園雅集圖》，米芾作記。

【簡析】王文治工詩文書畫，又雅好詞曲。曾為葉堂參定《納書楹曲譜》。貢獻亦多。本詩作於乾隆三十七年壬辰（一七七二），作者時年四十三歲，掌教杭州崇文書院。本詩自注：「時演《牡丹亭》、《長生殿》全本。」由此可證，乾隆後期杭州尚演《牡丹亭》、《長生殿》全本。本詩進而指出，洪昇《長生殿》是繼承湯顯祖《牡丹亭》的。

題蔣苕生前輩《四弦秋》新樂府①

古樂秦漢已淪佚②，中聲在人今不沒③。審音易而作樂難，此話吾服西泠逸④。
堂堂蔣侯起豫章⑤，奇句驚天卓天骨⑥。餘技能為樂府辭⑦，宮徵咀含發古質⑧。
空谷蘭揚幽闌芬⑨，霜林桂傲陰岩茁⑩。協律今見夷夔才⑪，傳奇卻借范班筆⑫。
挑燈偶誦〈琵琶行〉，潯陽遺事從頭述。名倡遠嫁辭青樓⑬，才子南遷望紅日⑭。
元和戡亂時尚隆⑮，樂天敢言道非屈⑯。誰教白璧被蠅點⑰，始信朱顏入宮嫉⑱。
茫茫荻花江浸月⑲，船舫無聲四弦歇⑳。莫怪江州泣下多㉑，多情原自忘情出㉒。
休官余亦臥江干㉓，四十四年霜鬢殘㉔。臨風聽徹銷魂曲，那免青衫淚暗彈。

（《夢樓詩集》卷十二，清乾隆六十年食舊堂刻道光二十九年補修本）

【注釋】

①蔣苕生：蔣士銓，見前蔣士銓詩作者介紹。
②淪佚：沉沒，湮沒。
③中聲：和諧的音樂。
④西泠：作者原注：「吳西泠名穎芳，杭州布衣，精於樂律，著有《吹豳錄》。」按吳穎芳（一七〇一—一七八一），清初文字、音韻學家。
⑤豫章：古地名，故治在今江西省南昌市。蔣士銓為江西人，故云。
⑥卓：卓絕。天骨：天生的骨格。杜甫〈天育驃騎圖歌〉：「矯矯龍性含變化，卓立天骨森開張。」
⑦餘技：以餘力從事的技藝。樂府辭：指戲曲。
⑧宮徵咀含：推敲、玩味音律。古質：具有古人氣質的音樂。
⑨「空谷」句：指蔣士銓傳奇《空谷香》，述作者知友顧

瓚園妾姚夢蘭生前薄命事蹟。幽闥：幽閨，女子所居之處。

⑩「霜林」句：指蔣士銓傳奇《桂林霜》，寫康熙初吳三桂叛亂，廣西巡撫馬雄鎮被囚四年，合家殉難的故事。

⑪夷：馮（音平）夷，河神名。曹植〈洛神賦〉：「馮夷鳴鼓，女媧清歌。」夔（音葵）：傳說為舜的樂官。

⑫傳奇：流傳奇事。范：范曄（三九八—四四五），南朝宋人，為《後漢書》作者。班：班固（三二—九二），東漢人，《漢書》作者。

⑬名倡：著名的倡伎。此句說琵琶女離開長妾的妓院，嫁給江西的茶商。

⑭「才子」句：指白居易被貶江州司馬，但還眷念朝廷。

⑮元和：唐憲宗李純年號（八〇六—八二〇）。戡亂：指唐憲宗時代裴度等人削平部分藩鎮的事。時尚隆：尚是盛世。

⑯敢言：敢於向皇帝進諫。道非屈：堅守正道。

⑰白璧被蠅點：指正人君子受到小人的誣陷。王充《論衡・商蟲》：「讒言傷善，青蠅汙白。」

⑱朱顏入宮嫉：以美女受到嫉妒比喻賢臣受到猜忌和排擠。屈原《離騷》：「眾女嫉余之蛾眉兮，謠諑謂余以善淫。」

⑲「茫茫」句：從〈琵琶行〉中「楓葉荻花秋瑟瑟」、「別時茫茫江浸月」化出。

⑳「船舫」句：從〈琵琶行〉中「東船西舫悄無言，四弦一聲如裂帛」化出。

㉑江州：江州司馬，指白居易。〈琵琶行〉：「座中泣下誰最多？江州司馬青衫濕。」

㉒忘情：對於喜怒哀樂之事，不動感情，淡然若忘。

㉓休官：罷官。江干：江畔。

㉔四十四年：作者時年四十四歲。

【簡析】本詩作於乾隆三十八年癸巳（一七七三），作者時年四十四歲，掌教杭州崇文書院。吳梅〈《曲選・四弦秋》跋〉說蔣士銓此劇問世後，「時丹徒王夢樓，精音律，家有伎樂，即據以付梨園，一時交口稱之」。可見王文治對《四弦秋》的評論不僅著眼於文詞，而且兼顧舞臺演出的實踐。他稱讚蔣士銓「協律今見夷夔才，傳奇卻借范班筆」，大概就是這種意思吧。

李調元（一七三四—一八〇二）

李調元，字羹堂、贊庵、鶴州，號雨村、童山蠢翁，綿州（今四川綿陽）人。自幼好學，少年隨父遍遊浙中山水，錄金石，訪求遺書約萬卷。藏書籍達十多萬卷。凡經史百家，稗官野史無所不覽。乾隆二十八年（一七六三）進士，由吏部主事遷考功司員外郎，辦事剛正，人稱「鐵員外」。歷任翰林編修、廣東學政、通永兵備道等職。遭誣陷，遣戍伊犁，後以母老得釋歸，居家著述終老。著述豐富，撰輯詩話、詞話、曲話、劇話、賦話著作達五十餘種。編輯刊印《函海》共三十集。集名《童山全集》。

七月初一日入安縣界牌①，聞禁戲答安令②（二首）

其一

言子當年宰武城，割雞能使聖人驚③。前言戲耳聊相戲，特送弦歌舞太平④。

【注釋】

① 安縣：四川省縣名。界牌：安縣地名。

② 安令：安縣縣令。

③ 「言子」二句：孔子弟子言偃，字子游，仕魯為武城宰，以弦歌教民。孔子之武城，聞弦歌之聲，笑曰：「割雞焉用牛刀？」

④ 弦歌：以琴瑟伴奏而歌。

其二

昔日江東有謝安，也曾攜妓遍東山。自慚非謝非攜妓[1]，幾個伶兒不算班[2]。

（《童山詩集》卷三十一，清乾隆間刻《函海》道光五年增修本）

【注釋】

① 謝：指謝安。

② 伶兒：小伶。

【簡析】翻開《元明清三代禁毀小說戲曲史料》，各種各樣的禁戲令觸目皆是。這裡安縣縣令禁戲的理由不得而知，但禁戲無疑是一種很迂腐、也很愚蠢的行為。作者用幽默詼諧的筆調嘲笑了這位縣太爺。

錢維喬（一七三九—一八〇六）

錢維喬，字樹參、季木，號曙川、竹初、半園、竹初園士、半竺道人、半園逸叟、林棲居士等。陽湖人。狀元錢維城之弟。乾隆二十七年（一七六二）舉人。學貫古今，詩文博贍。工書善畫。作品風格酷似其兄，當時有「常州二錢」之譽。精於音律，晚通禪理。有《錢竹初山水精品》、《竹初文鈔》、《竹初詩鈔》。

題蓉裳《羅襦》樂府①（四首選二）

其一

一曲東南孔雀飛，秋風吹淚華山畿②。借君五色江郎管③，染作花開緩緩歸。

【注釋】

①蓉裳：楊芳燦，見後楊芳燦詩作者介紹。《羅襦》樂府：楊芳燦所作傳奇《羅襦記》，以樂府詩《孔雀東南飛》為題材。

②華山：廬江府（府治在今安徽省潛山市）附近的小山。畿（音機）：山腳。

③五色江郎管：南朝梁·江淹少時，曾夢人授五色筆，從

此文思大進。

其二

新調《吟風》播洛城①，又從羯末見清聲②。紅牙一任敲殘月③，柳俊辛豪各擅名④。

（《竹初詩鈔》卷八，清嘉慶間刻本）

【注釋】

① 《吟風》：楊潮觀所作《吟風閣雜劇》。

② 羯末：據《晉書‧列女傳‧王凝之妻謝氏》，東晉謝道韞輕視其夫王凝之，嘗謂：「一門叔父有阿大（謝尚）、中郎（謝據）；群從兄弟復有封胡羯末，不意天壤之中乃有王郎！」封、胡、羯、末均為兄弟的小名：封指謝韶，胡指謝朗，羯指謝玄，末指謝川。後用以稱美兄弟子侄之辭。此處「羯末」讚美楊潮觀之侄楊芳燦。清聲：清越的聲音。李商隱〈韓冬郎即席為詩相送……〉：「桐花萬里丹山路，雛鳳清於老鳳聲。」

③ 「紅牙」句：指柳永詞的婉約風格。宋‧俞文豹《吹劍續錄》：「東坡在玉堂日，有幕士善歌，因問：『我詞何如柳七？』對曰：『柳郎中詞，只合十七八女郎，執紅牙板，歌楊柳岸曉風殘月；學士詞，須關西大漢，銅琵琶，鐵綽板，唱大江東去。』東坡為之絕倒。」

④ 柳：柳永。辛：辛棄疾。

【簡析】楊潮觀的《吟風閣雜劇》，總體風格是豪放的，楊芳燦的《羅襦記》則以清俊見長。詩人認為這兩種風格都是值得肯定的，正如詞人中的柳永與辛棄疾各具所長一樣。

洪亮吉（一七四六—一八〇九）

洪亮吉，字君直，一字稚存，號北江，晚號更生居士。陽湖（今江蘇常州）人。自幼喪父而刻苦讀書，與同里黃景仁、孫星衍友善，並得袁枚、蔣士銓的賞識。乾隆五十五年（一七九〇）進士，授翰林院編修，充國史館編纂官。後督貴州學政。嘉慶時，以越職言事獲罪，充軍伊犁。五年赦還，從此家居撰述至終。一生好遊名山大川，足跡遍及吳、越、楚、黔、秦、晉、齊、豫等地，精於史地和聲韻、訓詁之學，善寫詩及駢體文。有《洪北江詩文集》。

萬壽樂歌①（三十六首選一）

昇平寶筏②

三層樓，百盤砌⑧，上干青雲下無際④。上有立部伎、坐部伎⑤，其下回皇陳百戲⑥。蟠天際地不足名⑦，特賜大樂名昇平。考聲動復關民事⑧，不特壽人兼濟世⑨。萬方一日登春臺⑩，快看寶筏從天來⑪。

（《洪北江詩文集・卷施閣詩》卷九，清光緒三年洪氏授經堂刻增修本）

【注釋】

① 萬壽樂歌：本詩作於乾隆五十五年（一七九〇），其年清高宗弘曆八十歲。全詩共三十六章，這裡選的是第三十三章。

② 昇平寶筏：清・張照所編大型宮廷劇，演《西遊記》故事，共十本，每本二十四出，常於上元前後日演之。

③ 百盤：言樓的階級之多。

④ 干青雲：能到青雲，極言天高。

⑤ 立部伎、坐部伎：唐時教坊樂部分立部、坐部二部。堂下立奏，謂之立部伎；堂上坐奏，謂之坐部伎。此處指清宮廷樂部。

⑥ 回皇：輝煌。百戲：古散樂雜技，如扛鼎、尋橦、吞刀、爬竿、履火、耍龍燈之類。

⑦ 蟠天際地：在天地間盤旋。《莊子・刻意》：「精神四達並流無所不極，上際於天，下蟠於地。」不足名：一般的名稱難以概括其內容。

⑧ 考聲：考察樂聲，指觀劇。

⑨ 不特：不僅。壽人：為人祝壽。濟世：救助世人。

⑩ 春臺：登眺遊玩的勝處。

⑪ 寶筏：佛教語。比喻引導人到達彼岸的佛法。筏，渡永的工具。寶，美稱。

【簡析】本詩反映了乾隆末年宮廷戲劇的宏大場面，演出的是大型宮廷戲《昇平寶筏》，詩人強調它的意義不僅在於為乾隆帝慶賀八十大壽，同時還具有教化的作用。

吳錫麒（一七四六—一八一八）

吳錫麒，字聖徵，號穀人。錢塘（今浙江杭州）人。乾隆四十年（一七七五）進士。曾為翰林院庶吉士、編修、國子監祭酒。後以親老乞養歸里。主講揚州安定樂儀書院至終。詩筆清淡秀麗，古體有時藻采豐贍，在浙派詩人中，能繼朱（彝尊）、杭（世駿）、厲（鶚）之後，自成一家。亦能詞。駢文頗著稱，與邵齊燾、洪亮吉、劉星煒、袁枚、孫星衍、孔廣森、曾燠並稱駢文八家。有《有正味齋集》。又有《漁家傲》傳奇，演漢代嚴子陵故事，已佚。

金縷曲　題蔣心餘先生《臨川夢》院本[1]

萬事飄如絮[2]。驀吹來[3]、先生筆底，夢都堪據[4]。不怕殘鐘輕打破[5]，機上穿成縷縷[6]。莫認作荒唐雲雨[7]。一段因緣文字起[8]，續《離騷》[9]、半部精魂語。真共幻，論千古。

宛然玉茗花前句[10]。試喚起、臨川點拍[11]，也應心許[12]。三十種眠全解脫[13]，才識菩提覺路[14]。引蝴蝶、翩翩而舞[15]。世上盡饒軒睡漢[16]，問何人，許入梨園譜。才談罷，夜三鼓。

（《有正味齋詞》，清嘉慶間刻《有正味齋詩集》本）

【注釋】

① 蔣心餘：蔣士銓。《臨川夢》：蔣士銓所作傳奇，寫湯顯祖一生事蹟，並以心醉《牡丹亭》而死之婁江俞二娘事潤色之。湯顯祖所作「臨川四夢」中主要人物在劇中亦一一出現。

② 絮：柳絮。

③ 驀（音墨）：忽然，突然。

④ 堪據：能夠作為依據。

⑤ 「不怕」句：謂蔣士銓此劇將打破世間眾人的幻夢。

⑥ 「機上」句：稱讚蔣士銓此劇構思精巧、細密。

⑦ 雲雨：宋玉〈高唐賦•序〉記宋玉對楚襄王說：「昔者先王嘗遊高唐，怠而晝寢，夢見一婦人曰：『妾巫山之女也，為高唐之客，聞君遊高唐，願薦枕席。』王因幸之。去而辭曰：『妾在巫山之陽，高丘之岨，旦為朝雲，暮為行雨。朝朝暮暮，陽臺之下。』」後因用「雲雨」指男女歡會。

⑧ 因緣：佛教術語，梵語尼陀那。指產生結果的直接原因及促成這種結果的條件。

⑨ 《離騷》：屈原所作長詩，偉大的浪漫主義作品。

⑩ 玉茗：玉茗花，山茶花。湯顯祖堂名玉茗堂。

⑪ 臨川：湯顯祖。

⑫ 心許：賞識，讚許。

⑬ 眠：佛教名詞，指身心昏昧的狀態。

⑭ 菩提：梵語。意譯正覺。即明辨善惡、覺悟真理之意。

⑮ 蝴蝶：《莊子•齊物論》：「昔者莊周夢為蝴蝶，栩栩然蝴蝶也。自喻適志與，不知周也。俄然覺，則蘧蘧然周也。不知周之夢為蝴蝶與？蝴蝶之夢為周與？」

⑯ 饒：多。鼾（音酣）睡：熟睡而有鼾聲。

【簡析】蔣士銓的《臨川夢》傳奇，以浪漫主義的筆調塑造了明代偉大戲曲家湯顯祖的形象。這首詞說《臨川夢》是「夢都堪據」，「真共幻，論千古」，是切合此劇的藝術特點的。

林蘇門（約一七四八—一八〇九）

林蘇門，字步登，又字嘯雲，號蘭癡，甘泉（今江蘇揚州）人。阮元舅父、業師，以學問賅博名於世。助校《四庫全書》十四年，曾在山東曲阜衍聖公府中供職。有《邗江三百吟》、《續揚州竹枝詞》等。

續揚州竹枝詞（選一）

蘇班名戲維揚聚①，副淨當場在莽蒼②。王炳文真為敵手，《單刀》、《送子》、《走劉唐》。

（《續揚州竹枝詞》，《中華竹枝詞》，北京古籍出版社，一九九七年版）

【注釋】

①維揚：揚州。

②莽蒼：形容氣勢充沛。

【簡析】王炳文專工淨角，入揚州洪班，後入江班。師從馬文觀。趙翼有一首詩題為〈康山席上遇歌者王炳文、沈東標，二十年前京師梨園中最擅名者也，今皆老矣，感賦〉，可見王炳文曾經赴京演出，享有時譽。李斗《揚州畫舫錄》對他也很稱讚。這首竹枝詞點出了他的幾出拿手戲，分別是《單刀會》、《白兔記．竇公送子》、《水滸記．劉唐》。

黃景仁（一七四九—一七八三）

黃景仁，字漢鏞，一字仲則，號鹿菲子。武進（今江蘇常州）人。十六歲應童子試，三千人中名列第一，十七歲補博士弟子員，但從此屢應鄉試不中。二十歲起浪遊浙江、安徽、江西、湖南等地。曾在湖南按察使王太岳、太平知府沈業富、安徽學政朱筠幕中為客。二十七歲時赴北京，次年應乾隆帝東巡召試取二等，授武英殿書簽官。三十三歲時，遊西安，客陝西巡撫畢沅幕。明年回京師，為候補丞，未補官。三十五歲，為債家所迫，抱病再赴西安，至山西解州運城，病逝於河東鹽運使沈業富官署中。所作詩歌，多抒發窮愁不遇、寂寞悽愴的情懷，語調清新，感情真摯動人。亦能詞。有《兩當軒集》。

金縷曲　觀劇，時演《林冲夜奔》①

姑妄言之矣②。又何論，衣冠優孟，子虛亡是③。雪夜竄身荊棘裡，誰問頭顱豹子④。也曾望，封侯萬里⑤。不到傷心無淚灑⑥，灑平皋⑦，那肯因妻子⑧？惹我髮，衝冠起。　飛揚跋扈何能爾⑨？只年時⑩，逢場心性⑪，幾番不似。多少纏綿兒女恨，廿以年前如此⑫。今有恨，英雄而已。話到從頭恩怨處，待相持，一慟緣伊死⑬。堪笑否，戲之耳！

（《竹眠詞》，《清名家詞》本，上海：開明書店，一九三六年版）

【注釋】

① 《林冲夜奔》：李開先所作傳奇《寶劍記》中一出，為流行歌場之名作。
② 姑妄言之：姑且隨便說說。語本《莊子・齊物論》：「予嘗為女妄言之，女以妄聽之。」
③ 子虛亡是：漢・司馬相如假託子虛、烏有先生、亡是公三人為辭，作〈子虛賦〉。後人因稱虛無之事為子虛烏有，或子虛亡是。
④ 頭顱豹子：林冲諢號「豹子頭」。
⑤ 「也曾」句：《夜奔》出林冲曾經表示自己原希望做「封侯萬里班超」。
⑥ 「不到」句：《夜奔》出林冲有「丈夫有淚不輕彈，只因未到傷心處」的說白。
⑦ 平皋：水旁平地。
⑧ 妻子：妻與子。
⑨ 飛揚跋扈：謂豪放不羈。杜甫〈贈李白〉：「痛飲狂歌空度日，飛揚跋扈為誰雄？」
⑩ 年時：猶言近年。
⑪ 逢場心性：逢場作戲的心情。
⑫ 廿以年前：二十多年前。
⑬ 緣伊死：為他而死。

【簡析】黃景仁短暫的一生，遭遇坎坷多艱。當他觀看《林冲夜奔》這齣戲的時候，胸中的鬱悒不平之氣便迸發出來了。相傳黃景仁曾經粉墨登場，演出戲劇，嬉笑怒罵，痛快淋漓，這也是「借他人酒杯，澆自己胸中壘塊」吧。

張誠（一七四九—一八一五）

張誠，字希和，一字熙河，晚號嬰上散人，浙江平湖人。乾隆四十二年（一七七七）舉人，侯選知縣。有《嬰山小園集》。

題《吟風閣雜劇》①（十九首選二）

祝英臺近　《荀灌娘圍城救父》②

女英雄年總角③，奇節世間少。殘日孤城，急難向誰告。笑他鎮守將軍，坐愁無策，卻生得閨娃純孝。　救兵到，翠翅殺入重圍，膝前共持抱。誰辨雌雄，更比木蘭好④。小喬合嫁周郎⑤，春風馬上，早相並丹山雙鳥⑥。

【注釋】

①《吟風閣雜劇》：楊潮觀作，包括三十二個一折雜劇。

②《荀灌娘圍城救父》：《吟風閣雜劇》之一折。

③總角：古代男女未成年前束髮為兩結，形狀如角，故稱總角。後因以借指童時。

④「誰辨」二句：說荀灌娘像木蘭一樣女扮男裝上陣殺敵，使旁人認不出她是女子。〈木蘭詩〉：「雄兔腳撲朔，雌兔眼迷離。兩兔傍地走，安能辨我是雄雌？」

⑤小喬：三國時東吳喬玄的小女兒，周瑜之妻。此句比喻荀灌娘與梁州守將周訪之子產生了愛情。

⑥丹山：山名，在今湖北巴東縣西，山間時有赤氣籠林，嶺如丹色，因名丹山。荀灌娘的故事發生在襄陽，就在這一帶，故云。

【簡析】楊潮觀的《荀灌娘》一劇，成功地塑造了這位少年女英雄的形象。這個劇後來京劇、梆子劇、黃梅戲都有改編本，至今還活在舞臺上。

十二時　《寇萊公思親罷宴》①

慼親恩天地高厚，寸草春暉難報②。樹欲靜淒風驚擾③，慘殺私情烏鳥④。玉碗瑤觴⑤，鐘鳴鼎食⑥，逮養人偏少⑦。君請看，昔日萊公，蠟淚滿前⑧，棖觸孤兒懷抱⑨。憶往時，慈闈訓子⑩，夜夜寒窗燈悄。指望成名，寵榮褒大⑪，苦奈黃泉早⑫。

痛哭復痛哭，人間幾許無告。晝錦堂擎天赤手，緬想相州忠孝⑬。自歎餘生，空懷孺慕⑭，淚血憂心擣⑮。又顯揚莫卜⑯，何堪誦，瀧崗表⑰。

（《嬰山小園詩集》，清刻本）

【注釋】

① 《寇萊公思親罷宴》：即《罷宴》。

② 寸草：比喻子女對父母的感情。春暉：比喻父母養育的恩德：孟郊〈遊子吟〉：「誰言寸草心，報得三春暉？」

③ 「樹欲靜」句：比喻親亡不得奉養。本於周代孝子皋魚「樹欲靜而風不止，子欲養而親不待」之語，見《韓詩外傳》。

④ 私情烏鳥：舊稱烏鳥反哺，故稱侍養父母曰烏鳥私情。李密〈陳情表〉：「烏鳥私情，願乞終養。」

⑤ 瑤觴：玉杯。

⑥ 鐘鳴鼎食：古代富貴之家，列鼎而食，食時擊鐘奏樂。

⑦ 逮：及，等到。

⑧ 「蠟淚」句：歐陽修〈歸田錄〉：「公（寇準）嘗知鄧州，而自少年富貴，不點油燈。尤好夜宴劇飲，雖寢室亦燃燭達旦。每罷官去，後人至官舍，見廁溷間燭淚在地，往往成堆。」《罷宴》一劇中寫到了這一細節。

⑨ 棖（音成）觸：觸動。

⑩ 慈闈：指慈母。

⑪ 褒（音包）：讚美嘉獎。

⑫ 黃泉：地下深處。也指葬身之地。

⑬ 「晝錦堂」二句：宋．韓琦，相州安陽（今河南安陽）人，曾任陝西經略招討使、同平章事等職。他曾以武康節度使知相州，建晝錦堂，並刻詩於石，一反以晝衣錦、貴歸鄉為榮之俗見。歐陽修曾為此作〈相州晝錦堂記〉。

⑭ 孺慕：幼童對親人的思慕。

⑮ 憂心擣：《詩．小雅．小弁》：「我心憂傷，惄焉如擣。」擣，腹痛。

⑯ 顯揚：顯親揚名。莫卜：不可預料。

⑰ 瀧崗表：即〈瀧崗阡表〉，歐陽修為其父所作墓表，多追念父母往事。

【簡析】《罷宴》是《吟風閣雜劇》中最為膾炙人口的一折戲，至今還活在許多劇種的舞臺上。這首詩特別讚揚了《罷宴》一劇的感人力量。

楊芳燦（一七五三—一八一五）

楊芳燦，字蓉裳，一字香叔，江蘇金匱（今無錫）人，楊潮觀之侄。工詩文，少即華贍。乾隆四十二年（一七七七）拔貢，補甘肅伏羌知縣。以功擢知靈州。會仲弟揆授甘肅布政使，例迴避，顧不樂外吏，入貲為戶部員外郎，與修會典。公餘擁書縱讀，益務記覽。旋丁母憂，貧甚，鬻書以歸。嘗主講衢杭、關中、錦江三書院，又入蜀修《四川通志》。好為詩，取法於工部、玉溪，填詞亦兼有夢窗、竹山之妙，尤工駢體。著有《真率齋集》。

消夏偶檢填詞數十種，漫題斷句，仿元遺山論詩體（四十首選十五）

其一

沙羅檀槽唱北宮①，詞場關馬足稱雄②。豹頭鳳尾當時體③，大有幽并俠士風④。

【注釋】

① 沙（音梭）羅檀槽：用沙羅木製成的弦樂器。北宮：北曲。

② 關馬：元雜劇作家關漢卿、馬致遠。

③ 豹頭鳳尾：元人喬吉論樂府作法有「鳳頭、豬肚、豹尾」六字，見《南村輟耕錄》。此處有誤。

④ 幽并：幽州和并州，古代燕趙之地，居民以慷慨悲歌、尚氣任俠著名，故多並稱。

【簡析】這首講北曲以弦索伴奏，傑出作家有關漢卿、馬致遠等，其風格酷似幽并俠士，豪爽雄放。

其二

水調聲清戛碧玲①，白公筆墨最精靈②。瀟瀟南內梧桐雨③，蜀道歸人不忍聽④。

【注釋】

① 水調：此處指雜劇曲調。戛（音夾）：敲擊。碧玲：美玉。

② 白公：指元代雜劇作家白樸。

③ 南內：唐玄宗所居之興慶宮。《新唐書・地理志》：「興慶宮在皇城東南，謂之南內。」

④ 蜀道歸人：指唐玄宗，安史之亂發生後，他倉皇幸蜀，後來以太上皇身份回到長安。

【簡析】白樸的《梧桐雨》格調高絕，音律鏗鏘，特別是寫唐明皇夜聽梧桐秋雨，輾轉難眠的第四折，更是有動人心魄的藝術力量，本詩對此深表讚賞。

其三

才調如君未足珍①，獨憐出語任天真②。就中令我情移者③，南浦秋風送遠人④。

【注釋】

① 君：指高則誠。珍：珍視。

② 天真：未受禮俗影響的本性。王維〈偶然作〉詩：「陶潛任天真，其性頗耽酒。」

③ 就中：其中。

④ 「南浦」句：指《琵琶記》第五出《南浦囑別》。

【簡析】這首評論高則誠的傳奇《琵琶記》。作者認為高則誠的才調未見超群，但《琵琶記》的風格天然質樸，是可貴的，特別是《南浦囑別》一折，更加深摯動人。

其四

蕃馬胡笳血淚流①，誰歌孤雁漢宮秋。李陵臺上黃昏月②，訴盡明妃去國愁③。

【注釋】

① 蕃馬：猶胡馬，北方少數民族地區之馬。胡笳：中國古代北方民族的管樂器，其音悲涼。

② 李陵臺：《唐書・地理志》：「雲中都護府燕然山有李陵臺。」

③ 明妃：即王昭君，晉代避司馬昭諱，改稱明君，後人又稱之為明妃。

【簡析】這首歌詠馬致遠的名作《破幽夢孤雁漢宮秋》，對於王昭君的遭遇深致同情。

其五

侵曉猧兒撼寺鐘①，雙文遺事記蒲東②。銀箏譜出淒涼調，千古才人拜下風。

【注釋】

① 侵曉：拂曉。猧（音窩）兒：犬。元稹《會真記》記張生、鶯鶯幽會，「有頃，寺鐘曉，紅娘促去」，本句由此化出。

② 雙文：崔鶯鶯。蒲東：山西永濟市蒲州古城，普救寺所在地。

【簡析】這首說王實甫《西廂記》源出元稹《會真記》，而又匠心獨運，創造出千古不朽的傑作。

其六

杯酒西風夕照斜，眼中人又隔天涯①。聲聲是淚長亭曲，奪得江郎夢裡花②。

【注釋】

①「眼中人」句：即《西廂記・長亭送別》折「供食太急，須臾對面，頃刻別離。若不是酒席間子母們當迴避，有心待與他舉案齊眉」之意。

②江郎夢裡花：南北朝・鍾嶸《詩品》：「初，淹罷宣城郡，遂宿冶亭。夢一美丈夫，自稱郭璞，謂淹曰：『我有筆在卿處多年矣，可以見還。』淹探懷中，得五色筆以授之。爾後為詩，不復成語，故世傳『江郎才盡』。」

【簡析】王實甫《西廂記・長亭送別》一折是膾炙人口的名作。詩人稱讚它「聲聲是淚」，妙筆生花，並非過譽。

其七

飛花如夢柳如煙①，彩板秋千二月天。惆悵牡丹亭下路②，每逢春好即潸然③。

【注釋】

①「飛花」句：秦觀〈浣溪沙〉詞：「自在飛花輕似夢。」白居易〈隋堤柳〉詩：「柳色如煙絮如雪。」

②怊（音超）悵：猶惆悵，失意感傷貌。

③潸（音山）然：淚下貌。

【簡析】本詩用形象的詩歌語言描繪了湯顯祖《牡丹亭》一劇的優美意境和感人力量。

其八

紅牙招遍教歌兒①，玉茗花開譜豔詞②。識破繁華都是夢，臨川猶是為情癡③。

【注釋】

①紅牙：檀木製的拍板，用以調節樂曲的節拍。

②玉茗：玉茗花，山茶花。湯顯祖堂名玉茗堂。

③臨川：湯顯祖。

【簡析】湯顯祖畢生致力於戲劇，他寫出了《紫釵記》、《牡丹亭》這樣歌頌真情的戲曲，又寫出了《邯鄲記》、《南柯記》這樣批判矯情的戲曲，還親自指導歌妓的演出。本詩用形象的語言概括了湯顯祖一生的戲劇活動。

其九

叢林密箐夜猿號①，跋扈徐郎一代豪②。此曲莫教商女唱③，好從沙塞醉弓刀④。

【注釋】

①箐（音京）：大竹林。

②跋扈：此處指豪放不羈。徐郎：指徐渭。

③商女：歌女。杜牧〈泊秦淮〉詩：「商女不知亡國恨，隔江猶唱〈後庭花〉。」

④沙塞：遍地風沙的邊塞。

【簡析】徐渭的《四聲猿》雜劇氣概豪雄，不可一世，所以楊芳燦說它不宜由江南的歌妓演唱，應由北方的壯士來引吭高歌。

其十

羯鼓聲高曲未終①，吳郎衰鬢哭飄蓬②。銅盤金掌咸陽道③，羨殺還家沈侍中④。

【注釋】

①羯（音潔）鼓：古羯族樂器。唐代諸樂龜茲部、高昌部、疏勒部、天竺部皆用羯鼓。形如漆桶。下以小牙床承之。擊用二杖，音聲急促高烈。

②吳郎：吳偉業。飄蓬：飄蕩無定的蓬草，喻行蹤無定。

③ 「銅盤」句：李賀〈金銅仙人辭漢歌・序〉：「魏明帝青龍元年八月，詔宮官牽車西取漢孝武捧露盤仙人，欲立置前殿。宮官既拆盤，仙人臨載乃潸然淚下。」

④ 沈侍中：南朝・陳沈炯，《通天臺》雜劇的主角。

【簡析】本首寫吳偉業的雜劇《通天臺》。此劇寫南朝陳亡於隋後，侍中沈炯流寓長安，鬱鬱寡歡，一日登漢武帝通天臺而痛哭，醉臥而夢武帝召見，並欲起用之，炯力辭，乃送之還鄉。醒來仍在通天臺下酒店中。吳偉業藉此劇抒發了自己不得已而仕清，欲歸不能的矛盾心情。

其十一

紈扇桃花血未乾①，哀絲急管集悲歡②。世人莫笑雕蟲伎③，當作南朝野史看④。

【注釋】

① 紈扇：細絹織成的團扇。此句指李香君血濺紈扇，楊龍友點染成桃花。

② 急管：急管繁弦，形容各種樂器同時演奏的熱鬧情景。白居易〈憶舊遊〉：「修蛾慢臉燈下醉，急管繁弦頭上催。」

③ 雕蟲伎：雕蟲小技，對僅工辭賦者的貶稱。漢・揚雄《法言・吾子》：「或問：『吾子少而好賦？』曰：『然，吾子雕蟲篆刻。』俄而曰：『壯夫不為也。』」

④ 南朝：指南明。

【簡析】這首高度評價《桃花扇》的價值，認為它是形象的、藝術的南明歷史。

其十二

天上人間抱恨長，玉環紅淚點〈霓裳〉①。傳情別有生花管，古驛千秋豔骨香②。

【注釋】

① 玉環：楊貴妃。〈霓裳〉：〈霓裳羽衣曲〉。

② 古驛：馬嵬驛，楊玉環縊死處。豔骨：美人之骨。

【簡析】這首讚揚了洪昇《長生殿》的生花妙筆，燁燁文思。

其十三

吳音誰似李郎多①，僅按秦箏妾唱歌②。贏得市兒開口笑，未能免俗奈君何。

【注釋】

① 李郎，指李漁。

② 秦箏：類似瑟的弦樂器，傳為秦蒙恬所造。

【簡析】李漁曾說過：「我填傳奇非買愁，一夫不笑是吾憂。」本詩稱讚李漁精通戲曲藝術，其家班演出受到市民歡迎，同時指出未能免俗是其缺陷。

其十四

藥煮鶬鶊竟不靈①，蛾眉謠諑誤娉婷②。人間我亦多情客，冷雨幽窗哭小青③。

【注釋】

①鶬鶊：黃鶯的別名，據說入藥可治妒忌。

②謠諑（音濁）：造謠誹謗。屈原《離騷》：「眾女嫉余之蛾眉兮，謠諑謂余以善淫。」娉（音乒）婷：姿態美好，這裡指美女。

③冷雨幽窗：馮小青〈讀《牡丹亭》〉詩有：「冷雨幽窗不可聽，挑燈閒看《牡丹亭》。」小青：吳炳《療妒羹》傳奇中的人物喬小青，一位受到大婦的嫉恨摧殘而死的小妾。

【簡析】本詩作者曾說：「粲花五種樂府中，《療妒羹》最工。」吳炳此劇根據《情史》所記載的馮小青的故事敷衍成戲，表現了作者對備受封建勢力摧殘的婦女的深切同情。

其十五

三椽草閣署吟風①，認取吾家蘇長公②。為倩教坊雷大使③，銅弦鐵撥唱江東④。

（《真率齋初稿》卷五，清乾隆四十四年刻光緒二十四年補刻本）

【注釋】

① 「三椽」句：楊潮觀在邛州任知州時，曾修建草閣，題為吟風閣。

② 蘇長公：蘇軾。這裡借指楊芳燦的伯父楊潮觀。

③ 教坊：唐代掌管女樂的官署名。宋元也置教坊。大使：事務官。教坊雷大使：指宋代教坊藝人雷中慶。陳師道《後山詩話》：「退之以文為詩，子瞻以詩為詞，如教坊雷大使之舞，雖極天下之工，要非本色。」

④ 「銅弦」句：宋・俞文豹《吹劍續錄》：「東坡在玉堂日，有幕士善歌，因問：『我詞何如柳七？』對曰：『柳郎中詞，只合十七八女郎，執紅牙板，歌楊柳岸曉風殘月；學士詞，須關西大漢，銅琵琶，鐵綽板，唱大江東去。』東坡為之絕倒。」

【簡析】詩人伯父楊潮觀的《吟風閣雜劇》由三十二折短劇連綴而成，在體例上有一些大膽創造，風格豪放，所以作者以蘇軾詞風相比。

凌廷堪（一七五五—一八〇九）

凌廷堪，字次仲，安徽歙縣人。六歲喪父。年稍長，至商店學徒，堅持自學。乾隆四十六年（一七八一）出遊揚州，受鹽使伊齡阿之聘，編輯古今雜劇傳奇。因慕江永、戴震之學，遂鑽研經學。乾隆五十五年（一七九〇）中進士，授寧國府學教授。於經史、曆算、六書無所不窺，長於考辨，於古代禮制和樂律深有研究。有《禮經釋例》、《燕樂考原》、《校禮堂文集》、《校禮堂詩集》等。

論曲絕句三十二首

其一

三分損益孰能明①？瓦釜黃鐘久亂聽②。豈特希人知大雅③，可憐俗樂已飄零④。

【注釋】

①三分損益：古樂律管相生的算法。古樂分為黃鐘、太簇、林鐘等十二律。作律者先求黃鐘，謂之元聲，餘律就依黃鐘之管，損益而得。如黃鐘九寸，三分損一得六寸，就得到林鐘；林鐘三分益一得八寸，又得到太簇，依此類推可得十二律。見《漢書・律曆志》上。

②「瓦釜」句：此處比喻雅調、俗調混淆不分。

③希人：很少有人。大雅：雅調。

④俗樂：指金元北曲的音樂。

【簡析】這一首講的是當時音樂研究的狀況。音樂原理缺少人研究，雅調、俗調混淆不分，就連當時稱為俗樂的金元北曲也未能完整地流傳下來。

其二

工尺須從律呂求①，纖兒學語亦能謳②。區區竹肉尋常事③，認取崑崙萬里流。

【注釋】

① 工尺：中國音樂記譜表示音階的符號，共有五、凡、工、尺、上、一、四、六、勾、合十聲。律呂：樂律的總稱。

② 纖兒：小兒。謳：歌唱。

③ 竹：管樂。肉：歌聲。泛指音樂。

【簡析】這一首講僅能歌唱和伴奏還不能稱作內行，必須精通音律，明瞭音樂發展的源流，才算是真正的知音。

其三

誰鑿人間曲海源①？詩餘一變更銷魂②。倘從五字求蘇李③，憶否完顏董解元④？

【注釋】

① 曲海：指浩如煙海的戲曲作品。如明・李開先收藏詞曲作品極為豐富，當時有「詞山曲海」之稱。

② 詩餘：即詞。

③ 五字：指五言詩。蘇李：蘇武、李陵。前人認為他們創

作了最早的五言詩。

④ 完顏：複姓。金的始祖為完顏部人，故以完顏為姓。此處指金國。

【簡析】戲曲的起源究竟是什麼？這是歷來戲曲史家十分關注的問題。凌廷堪認為，曲是從詞演變而來，而其表現力、感染力也比詞更強。他認為董解元是北曲始祖，也有相當道理。從唱腔說，金代諸宮調是元代北曲的先行者。從音樂組織結構說，元雜劇四折一楔子的曲牌聯套體也正是從諸宮調發展而來。從劇本說，王實甫的《西廂記》正是《董西廂》的進一步戲劇化。

其四

時人解道漢卿詞，關馬新聲競一時①。振鬣長鳴驚萬馬②，雄才端合讓東籬③。

【注釋】

① 關馬：關漢卿、馬致遠。

② 振鬣長鳴驚萬馬：明・朱權《太和正音譜》評馬致遠詞「有振鬣長鳴，萬馬皆喑之意」。

③ 東籬：馬致遠號東籬。

【簡析】元曲以關漢卿、馬致遠、鄭光祖、白樸為四大家，其中尤以關、馬成就最高，影響最大。凌廷堪認為馬致遠成就比關漢卿更高，他同意朱權《太和正音譜》的意見，以馬致遠為元曲之首。這是當時一種比較流行的觀點。

其五

大都詞客本風流①，「百歲光陰」老更遒②。文到元和詩到杜③，月明孤雁漢宮秋④。

【注釋】

① 大都：元代首都，即今北京。詞客：詞人，此處指戲曲作家。

② 「百歲光陰」：馬致遠的套曲《秋思》首句為「百歲光陰一夢蝶」。

③ 元和：唐憲宗李純年號（八〇六—八二〇）。韓愈是這個時代的文章大家。此處指韓愈。杜：杜甫。

④ 月明孤雁漢宮秋：指馬致遠的雜劇《破幽夢孤雁漢宮秋》。

【簡析】元雜劇第一期的作家以大都人為多，關漢卿、馬致遠、王實甫、楊顯之、張國賓等都是。這首特別稱頌馬致遠，說他晚年所作的套曲《秋思》遒勁豪放，雜劇《漢宮秋》更是傑作，可以與集詩文大成的杜詩、韓文相媲美。這樣的評價是很高的。

其六

為文前後公相襲①，千古才人慣乞靈②。若為西廂尋粉本③，莫忘《醉走柳絲亭》④。

【注釋】

①公：公然。
②乞靈：求助於神靈。此處指尋求某種幫助。
③粉本：畫稿。
④《醉走柳絲亭》：關漢卿作有《董解元醉走柳絲亭》雜劇，此處借指董解元。

【簡析】本首作者原注：「王實甫《西廂記》全襲董解元，即『莫戀宸京黃四娘』一詩，亦董本所有也。」這首詩探討《西廂記》發展的源流，對董解元的《西廂記諸宮調》表示了高度的推崇，這種見解是可貴的。「闌干倚遍盼才郎，莫戀宸京黃四娘。病裡得書知中甲，窗前覽鏡試新妝」一詩，是崔鶯鶯寫給張生的，見於王實甫《西廂記》第五本第二折。

其七

清如玉笛遠橫秋①，「一月孤明」論務頭②。不獨律嚴兼韻勝，可人「鶯被冷堆愁」③。

【注釋】

①「清如」句：朱權《太和正音譜》評：「周德清之詞，如玉笛橫秋。」

②「一月」句：周德清《中原音韻》論務頭是「以別精粗，如眾星中顯一月之孤明也」。務頭，一般認為指曲中精采、警闢、動聽之處。

③鴛被冷堆愁：周德清〔中呂・陽春曲〕〈別情〉：「鴛被冷堆愁」。

【簡析】周德清的《中原音韻》是北曲最早的韻書，是一部重要的古典戲曲音樂論著。他本人在曲的寫作上也有相當的成就。既是作家，又是理論家，這可以說是中國古代許多曲論家的一個特點。

其八

「殘紅」「撲簌胭脂落」①，〔大石〕新詞最擅場。安得櫻桃樊素口②，來歌一曲《㑳梅香》。

【注釋】

①「殘紅」句：元鄭光祖《㑳梅香騙翰林風月》第二折〔大石調〕：「驚飛宿鳥蕩殘紅，撲簌簌胭脂零落。」

②樊素：白居易的歌妓，也是《㑳梅香》一劇的主角。

【簡析】本首稱讚鄭光祖的《傷梅香》雜劇曲詞寫得好，用的是人們不常用的〔大石調〕，難中見巧。「殘紅」兩句意境優美，若得名伎演唱，就更加楚楚動人了。

其九

「二甫」才名世並誇，自然蘭谷擅風華[②]。紅牙按到《梧桐雨》[③]，可是王家遜白家？

【注釋】

① 二甫：一為王實甫，雜劇《西廂記》的作者；另一為白樸，字仁甫，號蘭谷，雜劇《梧桐雨》的作者。

② 擅：專長。風華：風采，才華。

③ 紅牙：檀木製的拍板，用以調節樂曲的節拍。

【簡析】白樸的《梧桐雨》當然是名作，但認為《西廂記》也遜它一籌，這就是見仁見智的說法了。

其十

天子朝門撮合新[①]，後園高吊榜頭人[②]。《青衫淚》與《金錢記》，只許臨川步後塵。

【注釋】

①撮合：拉攏說合雙方以成事，多指作媒。元馬致遠《江州司馬青衫淚》雜劇結尾有唐憲宗為白居易、裴興奴配婚的情節。

②榜頭人：科舉考試第一名，此處指狀元。元・喬吉《李太白匹配金錢記》雜劇有韓翃與王府尹之女戀愛，被王府尹吊打的情節。

【簡析】本詩作者原注：「元《青衫淚》朝門敕配，《金錢記》吊拷韓翃，皆湯臨川之粉本也。」湯顯祖精通元雜劇，「其各本佳處，一一能誦之」（姚士粦《見只篇》）。凌氏指出《牡丹亭》第五十三出《硬拷》、第五十五出《圓駕》分別受了《金錢記》、《青衫淚》的影響，是有道理的。但湯顯祖向前人學習不是簡單的模仿，而是進行了再創造，這一點必須著重指出。

其十一

妙手新繅五色絲①，繡來花樣各爭奇。誰知白地光明錦，卻讓《陳州糶米》詞②。

【注釋】

①繅（音騷）：把蠶絲浸在滾水裡抽絲。五色絲：比喻絢麗的辭采。

②《陳州糶米》：元雜劇，全名《包待制陳州糶米》，無名氏作，或曰陸登善作，演包公陳州放糧故事。

【簡析】這首講戲劇的不同風格。元代雜劇爭奇鬥豔，有的辭采華美，詩情濃郁，如被稱為「花間美人」的王實甫《西廂記》。這類作品當然有很高的藝術性。但元雜劇中也有大量的本色之作，它們質樸自然，不事雕飾，以白描見長。關漢卿的許多作品和無名氏的《陳州糶米》就是這種風格。凌氏對這類作品也很讚賞，稱之為「白地光明錦」。可見凌氏是主張各種風格百花齊放的。

其十二

仲宣忽作中郎婿①，裴度曾為白相翁②。若使硜硜徵史傳③，元人格律逐飛蓬④。

【注釋】

① 仲宣：王粲。中郎：蔡邕。
② 裴度（七六五—八三九）：唐代政治家，憲宗等朝曾任宰相。白相：白敏中，白居易從弟，唐懿宗朝曾任宰相。
③ 硜（音坑）硜：固執。徵：證明，驗證。
④ 飛蓬：飄蕩無定的蓬草。常用以比喻散亂、飄搖無定的事物。

【簡析】本詩原注：「元人雜劇事實多與史傳乖迕，明其為戲也。後人不知，妄生穿鑿，陋矣。」這首詩談歷史真實與藝術真實的關係。詩裡評論了兩個劇本，一個是元人鄭光祖的《醉思鄉王粲登樓》，最後寫王粲與蔡邕之女成婚。另一個是鄭光祖的《㑳梅香騙翰林風月》，寫白居易之弟白敏中與裴度之女小蠻戀愛，最後做了裴度的女婿。這兩個細節都與歷史記載不符。但作者認為這些細節上的出入無關大局，因為創作劇本本來就與編寫歷史不同，「明其為戲」，所以允許有虛構。而這樣大膽的虛構正是元雜劇的特色之一。如果完全局限於正史的記載，就會束縛戲劇家的想像力與創造力。作者這樣闡述歷史真實與藝術真實的關係，應該說是有見地的。

其十三

比干剖心鮑吉甫①，元奘拜佛吳昌齡②。《摘星樓》暨《唐三藏》，莫笑讕言都不經③。

【注釋】

①比干：殷末紂王叔伯父（一說紂王庶兄）。傳說紂淫亂，比干犯顏強諫，紂怒剖其心而死。

②元奘：即玄奘，清人避康熙帝玄燁諱而改。元・吳昌齡作有《唐三藏西天取經》雜劇。

③讕言：誣妄之言。此處指民間傳說。不經：缺乏把握，不近人情。

【簡析】此首立意與上一首相同。比干剖心、玄奘拜佛的故事未必都與史實相符，但人民大眾喜愛這些故事，是不應該輕視的。

其十四

《博望燒屯》亮葛才①，《隔江鬥智》玳宴開②。至今委巷談《三國》③，都自元人曲子來。

【注釋】

① 《博望燒屯》：元無名氏雜劇，見《元曲選外編》。

② 《隔江鬥智》：元無名氏雜劇，見《元曲選》。玳宴：以玳瑁裝飾坐具的宴席，指盛宴。

③ 委巷：僻陋曲折的小巷，泛指民間。

【簡析】元雜劇中的三國戲與《三國志平話》、《三國演義》有著淵源。戲曲與小說之間相互影響，於此可見一斑。

其十五

是真是戲妄參詳①，撼樹蚍蜉不自量②。信否東都包待制③，金牌智斬魯齋郎。

【注釋】

① 參詳：參酌詳審。

② 「撼樹」句：韓愈〈調張籍〉：「李杜文章在，光焰萬丈長。不知群兒愚，那用故謗傷！蚍蜉撼大樹，可笑不自量。」

③包待制：包拯，宋仁宗時曾任天章閣待制。

【簡析】本詩原注：「元人關目，往往有極無理可笑者，著其體例如此。近之作者乃以無隙可指為貴，於是彌縫愈工，去之愈遠。」這首也是闡述藝術真實與歷史真實的關係。如包公智斬魯齋郎，歷史上並無記載，但經過戲劇家的精心創造，卻寫出一本鞭撻權貴、伸張正義的好戲。如果對這樣的戲還要一點一滴進行考證，妄加指責，那真是蚍蜉撼樹，太不自量了。

其十六

傳奇作祖施君美①，散曲嗣音陳大聲②。待到故明中葉後，吾家詞客有初成③。

【注釋】

①施君美：元代戲曲家施惠。

②散曲：元明盛行的一種唱曲的體式。別於劇曲之處，即不演故事，無賓白科介。散曲包括散套、小令兩種。陳大聲：明散曲作家陳鐸（一四八八？—一五二一？），字大聲。嗣音：此處猶「嗣響」，繼承前人事業，如聲音迴響。

③初成：明代戲曲家淩濛初（一五八〇—一六四四），號初成，作有雜劇《虬髯翁》、《北紅拂》等。

【簡析】這首介紹了元、明的幾位作家。說施君美是傳奇之祖，因為「南戲四大傳奇」中的《幽閨記》是他創作的。

其十七

弇州碧管傳《鳴鳳》①，少白烏絲述《浣紗》②。事必求真文必麗，誤將剪綵當春花。

【注釋】

① 弇州：王世貞。傳奇劇本《鳴鳳記》，一說是他的作品。碧管：指筆。

② 少白：梁辰魚，作有傳奇《浣紗記》。烏絲：烏絲欄，用以書寫的絹。李肇《國史補》：「宋、亳間有織成界道絹素，謂之烏絲欄。」

【簡析】凌氏論戲劇創作，從取材上說主張不拘泥於歷史真實，而是進行必要的藝術剪裁；從語言上說主張本色自然，反對雕琢堆砌。這首詩結合兩部具體作品，闡述了這一見解。王世貞的《鳴鳳記》寫夏言、楊繼盛、鄒應龍等「雙忠八義」與權奸嚴嵩的鬥爭，題材很有意義，但作者過分拘泥於歷史真實，事事求真，因而寫來蕪雜散漫，戲劇衝突不集中。梁辰魚的《浣紗記》寫吳越爭霸的故事，本來可以寫成一本好劇，但作者過分追求文辭的駢偶華麗，演出起來效果也不太好。這樣片面求真、求麗的結果，使得戲劇作品成了紙花一樣的贗品，貌似華麗炫目，實則沒有生氣，怎麼比得上天然清新、生意盎然的春花呢？

其十八

《四聲猿》後古音乖①，接踵《還魂》復《紫釵》②。一自青藤開別派③，更誰樂府繼誠齋④？

【注釋】

①乖：背離，不一致。
②接踵：足跟相接，連續不斷之意。《還魂》：即《牡丹亭》，與《紫釵記》皆湯顯祖傳奇。
③青藤：徐渭，號青藤書屋主人。別派：另一支裔。
④誠齋：朱有燉（一三七九—一四三九），號誠齋，安徽鳳陽人，明太祖朱元璋第五子朱橚的長子。襲封周王，藩地開封，死後謚憲，世稱周憲王。作有雜劇三十一種，均存，較著名者有《李亞仙花酒曲江池》、《關雲長義勇辭金》、《黑旋風仗義疏財》、《劉盼春守志香囊怨》、《漢相如獻賦題橋》等。

【簡析】這首說徐渭的《四聲猿》就有了與古律不一致的地方，湯顯祖的《紫釵記》、《牡丹亭還魂記》也跟著效法。他們在戲劇創作中開闢了一個新的流派，從此再沒有像朱有燉的《誠齋樂府》那樣謹守格律的了。

其十九

玉茗堂前暮復朝①，葫蘆怕仿昔人描②。癡兒不識邯鄲步③，苦學王家雪裡蕉④。

【注釋】

① 玉茗堂：湯顯祖堂名。

②「葫蘆」句：即依樣畫葫蘆之意。

③ 邯鄲步：《莊子·秋水》說燕國有一個人到趙國都城邯鄲學走路，沒有學會，卻連自己原來的走法也忘記了，只好爬回來。

④ 王家雪裡蕉：王維《袁安臥雪圖》，即《雪中芭蕉》，是一幀以禪法入畫的象徵藝術作品。有人認為冬天不應有芭蕉，於是去掉芭蕉，改畫梅花。

【簡析】湯顯祖歷來反對依樣畫葫蘆，主張藝術獨創性。可是有些號稱學湯的人卻邯鄲學步，這樣怎麼能學到湯顯祖的真髓呢。

其二十

齲齒顰眉各鬥妍①，粲花開出小乘禪②。鼎中自有神丹在，但解吞刀未是仙③。

【注釋】

① 齲（音娶）齒：齲齒笑，故作姿態之笑。《後漢書·梁冀傳》：「（冀妻孫）壽色美而善為妖態，作愁眉，啼妝，墮馬髻，折腰步，齲齒笑，以為媚惑。」注：「《風俗通》曰：齲齒笑者，若齒痛不忻忻。」顰眉：皺眉。古越國美女西施因患心病而捧心皺眉，同村醜女以為美而仿效之，其醜益增。事見《莊子·天運》。

② 粲花：明末戲曲作家吳炳（？—約一六四七），字石渠，號粲花主人，江蘇宜興人。作有傳奇《綠牡丹》、《療妒羹》、《畫中人》、《西園記》、《情郵記》，合稱《粲花別墅五種》。他的作品在風格上模仿湯顯祖。小乘：大乘、小乘，是佛教兩大基本派別。

③ 吞刀：吞刀吐火，古代雜技的一種。漢·張衡〈西京

賦〉：「吞刀吐火，雲霧杳冥。」

【簡析】這首緊接上首，說有不少人學湯顯祖不得真髓。吳炳算是比較好的，但也只學會了吞刀吐火，未能提煉神丹，比湯顯祖差遠了。

其二十一

仄語纖詞院本中①，惡科鄙諢亦何窮②。石渠尚是文人筆③，不解俳優李笠翁。

【注釋】

①仄語纖詞：怪僻的語句，纖弱的文詞。

②惡科鄙諢：庸俗的插科打諢。

③石渠：吳炳。

【簡析】吳炳的劇作雖多纖靡之文詞，但還不失為文人之筆；李漁《十種曲》中庸俗的插科打諢，就更不能令人滿意了。凌氏在這裡只指出了一個方面，不能說是對李漁的全面評價。

其二十二

婁東辛苦變吳歈①，良輔新聲玉不如②。誰向岐陽摹石鼓③，世人爭效換鵝書④。

【注釋】

①婁東：太倉。明代戲曲音樂家、崑腔的改良者魏良輔曾寄居太倉，故以婁東作為他的代稱。

②良輔：魏良輔。新聲：指魏良輔改造過的崑腔。玉不如：形容聲律之美。白居易〈繼之尚書自余病來寄遺非一又蒙覽醉吟先生傳題詩以美之今以此篇用伸酬謝〉詩：「交情鄭重金相似，詩韻清鏘玉不如。」

③岐陽：岐山之南。石鼓：相傳周宣王時，製鼓形石十塊，上刻史籀所作的記功頌，今存北京故宮博物院。

④換鵝書：晉・王羲之喜愛鵝，山陰有一道士養有好鵝，要王羲之為寫《道德經》交換。見《晉書》本傳。

【簡析】這首讚揚魏良輔的功績，崑腔經過他的改良，變得更加悅耳動聽，世人紛紛加以仿效，就像王羲之的書法流行天下一樣，誰還去再欣賞那些古腔古調呢。

其二十三

一字沉吟未易安[①]，此中層折解人難[②]。試將雜劇標新異，莫作詩詞一例看。

【注釋】

①「一字」句：形容詞曲寫作的不易。盧延讓〈苦吟〉：「吟安一個字，撚斷數莖鬚。」

②解人：見事高明、能通曉人意者。層折：曲折，奧妙。

【簡析】這首講劇本創作的甘苦，看似平常，其實付出了艱苦的藝術勞動。凌廷堪特別強調戲劇與詩詞的區別，可見他能注意戲劇藝術特徵的把握。

其二十四

語言辭氣辨須真，比似詩篇別樣新①。拈出進之金作句②，風前抖擻黑精神③。

【注釋】

① 比似：與……相比。

② 進之：康進之。

③ 本句作者原注：「抖擻著黑精神，紮撒開黃髭髥」，康進之《黑旋風負荊》〔端正好〕曲也。」髭髥：鬍子。

【簡析】這一首講戲劇語言。首先，戲劇語言應當是充分性格化的，不論是用詞，還是口氣，都應與劇中人物的性格特點相吻合，使觀眾聽了感覺很真實，很貼切。這也就是李漁「說一人肖一人，勿使雷同，勿使浮泛」（《閒情偶寄》，下同）的意思。其次，戲劇話言應當淺顯、新鮮，讓觀眾既聽得懂，又感覺有趣味，這與作詩不同，所以說是「比似詩篇別樣新」。這也就是李漁說過的戲劇語言「貴淺顯」、「重機趣」、「貴尖新」、「曲文之辭采，與詩文之辭采非但不同，且要判然相反」的意思。從這兩方面來說，大多數元雜劇都做得比較好。凌廷堪特別舉出康進之《李逵負荊》為例。這個劇寫李逵的語言十分傳神。如第二折〔正宮・端正好〕曲裡的「抖擻著黑精神，紮撒開黃髭髥」，是李逵誤信宋江強搶民女，氣沖沖奔向山寨找宋江算帳的兩句唱詞，它十分生動地反映了李逵嫉惡如仇而又急躁魯莽的性格。特別是「精神」而稱為「黑」，的確別出心裁，更給這位「黑旋風」增添了神采。這樣的戲劇語言就十分成功，所以凌廷堪讚賞它是「金作句」，即黃金鑄成的絕妙好辭。

其二十五

半窗明月五更風[1]，天寶香詞句浪工[2]。底事五言佳絕處[3]，不教移向晚唐中。

【注釋】

①「半窗」二句：是元・王伯成《天寶遺事諸宮調》中的曲辭，原作已佚，這兩句見《雍熙樂府》卷四〔點絳唇〕套，題作〈明皇哀告葉靖〉。

②浪工：徒然工麗。

③底事：何事。

【簡析】

這一首也是說詩、詞、曲的區別。「半窗」二句雖好，卻酷似晚唐詩，不能體現曲的本色。

其二十六

前腔原不比么篇[1]，南北誰教一樣傳[2]？若把笙簫較弦索[3]，東嘉詞好竟徒然。

【注釋】

① 前腔：南曲中連續使用同一曲牌時，後面各曲不再標出曲牌名，而寫作「前腔」。北曲中遇到同樣情況，則寫作「么篇」或「么」。

② 南北：南曲與北曲。

③ 笙簧：南曲用笙簧伴奏。弦索：北曲用弦索伴奏。

【簡析】凌氏在這裡強調南北曲的區別。他舉例說，《琵琶記》文辭雖好，也不能像元雜劇那樣用北曲來演唱，否則效果肯定是不好的。

其二十七

諧聲製譜幾人諳[①]？徐沈分鑣論北南[②]。白介云科渾不辨[③]，浪傳于室與寧庵[④]。

【注釋】

① 諧聲：協調聲韻。製譜：制定曲譜。諳（音安）：熟悉。

② 分鑣：即分道揚鑣，趨向不同之意。本句謂明人徐于室輯有《北曲譜》，後李玉擴編為《北詞廣正譜》，沈璟（寧庵）編有《南九宮十三調譜》。二書分別記述了北曲與南曲的音律。

③ 白介云科：白、云，古代戲曲劇本中的說白。介、科，古代戲曲劇本中關於動作、表情、效果等的舞臺指示。白、介是南戲、傳奇術語。云、科是元雜劇術語。渾：完全。

④ 浪傳：空傳。

【簡析】徐于室、沈璟所著的曲譜，是研究南北詞格律的有名著作。凌氏指出有人對白、介、云、科都分辨不清，還談什麼徐譜、沈譜。

其二十八

即空《三籟》訂南聲①，騷隱《吳騷》亦有情②。更與殷勤編《曲品》③，羨他東海郁藍生。

【注釋】

①「即空」句：即空觀主人（即明・凌濛初）作有《南音三籟》，評選南曲。南聲：即南曲。

②「騷隱」句：騷隱生（即明・張琦）編有《吳騷》，是元明散曲選集。

③《曲品》：曲評，明・呂天成（東海郁藍生）所著。

【簡析】這首介紹了一些有價值的曲選和曲評，重點是南曲。

其二十九

五聲清濁杳難分①，去上陰陽考辨勤②。韻是劉臻當日訂③，周郎錯怨沈休文④。

【注釋】

①五聲：此處「五聲」是音韻學概念，是對聲母按發音部位進行分類，分作唇、舌、齒、牙、喉五聲（或作「五音」）。清濁：清聲與濁聲。杳（音咬）：昏暗，深遠。

②「去上」句：周德清《中原音韻》首倡「平分陰陽，入派三聲」之說，每部的字均按陰平、陽平、上、去四聲排列。

③劉臻：隋人，曾參加陸法言《切韻》的討論。

④沈休文（四四一—五一三）：南朝梁文學家沈約，字休文。研究詩歌聲律，創四聲八病之說，有《四聲譜》等音韻著作，已佚。本句作者原注：「周挺齋《中原音韻》亦誤以《廣韻》為沈韻。」

【簡析】周德清《中原音韻》是北曲作家作曲、演員唱曲、正音咬字的準繩。本詩讚揚了周氏的功績，同時指出了他在考訂上的一點疏忽。

其三十

一部《中原》韻最明，入聲元自隸三聲。扣槃捫籥知何限①，忘卻當年本作平。

【注釋】

①扣槃捫籥（音門月）：即揣籥，摸籥。蘇軾〈日喻〉：「生而眇者不識日，問之有目者。或告之曰：『日之狀如銅盤。』扣槃而得其聲，他日聞鐘，以為日也。或告之曰：『日之光如燭。』捫燭而得其形。他日揣籥，以為日也。」比喻不懂事物真相，主觀臆斷。槃，盤。籥，一種像笛子一樣的管樂器。

【簡析】這一首說，有人看到某些入聲字在元曲中作為平聲字來用便產生疑問，其實這是不必大驚小怪的，因為《中原音韻》的「入派三聲」，本來就包含了「入聲作平聲」的一種處理。

其三十一

先纖、近禁音原異，誤處毫釐千里差①。漫說無人識開閉②，車遮久已混家麻。

【注釋】

① 「誤處」句：《禮記・經解》：「《易》曰：『君子慎始，差若毫釐，繆以千里。』」繆，謬。

② 漫說：別說，不要說。

【簡析】在《中原音韻》中，「先」屬「先天」韻，「纖」屬「廉纖」韻；「近」屬「真文」韻，「禁」屬「侵尋」韻；「先」、「近」屬開口字，「纖」、「禁」屬閉口字。「車遮」、「家麻」各為一韻。但在實際運用當中，混淆、錯亂的現象經常出現，凌廷堪因此特別提出，細加辨析。

其三十二

下里紛紛競品題①，〈陽阿〉、〈激楚〉付泥犁②。元人妙處誰傳得，只有曉人洪稗畦③。

（《校禮堂詩集》卷三，清道光六年張其錦刻本）

【注釋】

① 下里：即〈下里巴人〉。

② 〈陽阿〉：古舞名。〈激楚〉：古曲名。均見《文選》漢・傅毅〈舞賦〉。泥犁：梵語，意譯為「地獄」。

③ 曉人：通達情理的人。洪稗畦：洪昇，字稗畦。

【簡析】這一首慨歎元人傳統已經失傳，只有洪昇能夠繼承它。洪昇的友人徐麟序《長生殿》說洪昇「好為金元人曲子」，又說「試雜此劇於元人之間，直可並駕仁甫（白樸）」，也是同樣的意思。

焦循（一七六三—一八二〇）

焦循，字理堂，一字里堂，江蘇甘泉（今揚州）人。嘉慶六年（一八〇一）舉人。後應禮部試下第，託足疾不入城市者十餘年。博聞強記，識力精卓，長於經學及文字、訓詁之學，名重海內。兼治戲曲，尤重視地方戲曲，著有《劇說》、《花部農譚》。詩筆質樸，有《雕菰集》。

觀村劇（二首選一）

桑柘陰濃鬧鼓笳①，是非身後屬誰家②。人人都道團圓好，看到團圓日已斜。

（《雕菰集》卷五，清道光四年阮福嶺南節署刻本）

【注釋】

①柘（音這）：木名，桑屬，葉可飼蠶。笳：古管樂器名。漢時流行於西域一帶少數民族間，初捲蘆葉吹之，與樂器相和，後以竹為之。

②「是非」句：陸游〈小舟遊近村，捨舟步歸〉：「斜陽古柳趙家莊，負鼓盲翁正做場。身後是非誰管得，滿村聽說蔡中郎。」

【簡析】清代乾隆、嘉慶年間，劇壇上出現了花部（亂彈）、雅部（崑曲）爭雄的局面。在許多保守的士大夫對花部表示鄙視的情況下，焦循卻大膽地宣稱：「梨園共尚吳音」，「余獨好『花部』」。他這樣記述自己觀看戲曲的生活：「郭外各村，於二、八月間，遞相演唱，農叟、漁父，聚以為歡，……余特喜之，每攜老婦、幼孫，乘駕小舟，沿湖觀閱。天既炎暑，田事餘閒，群坐柳陰豆棚之下，侈譚故事，多不出花部所演，余因略為解說，莫不鼓掌解頤。」（《花部農譚》）這首詩所記敘的，正是這樣一種生活。但崑曲與亂彈並非截然對立，焦循所談的戲曲故事，許多亂彈有，崑曲也有，即如詩中寫到的「是非身後屬誰家」，還是《琵琶記》的故事呢。

聽曲

不慣溫柔久斷癡，紅牙敲處亦相思①。筵前多是悲歌客，只唱秋風〈易水辭〉②。

（《雕菰集》卷五，清道光四年阮福嶺南節署刻本）

【注釋】

① 紅牙：檀木製的拍板，用以調節樂曲的節拍。

② 〈易水辭〉：即〈易水歌〉。《戰國策・燕策三》載，荊軻將為燕太子丹往刺秦王，丹在易水邊為他餞行。高漸離擊筑，荊軻和而歌曰：「風蕭蕭兮易水寒，壯士一去兮不復還！」後人稱之為〈易水歌〉。

【簡析】詩人說自己不是一個感情容易激動的人，但看了戲曲仍不免動情，尤其是慷慨悲歌之辭。

張問陶（一七六四——一八一四）

張問陶，字仲治，號船山，又號蜀山老猿、藥庵退守。遂寧（今屬四川）人。乾隆五十五年（一七九〇）進士，曾任翰林院檢討、都察院御史、吏部郎中。後出任山東萊州知府，因違背上官意志，辭官居吳縣（今蘇州）虎丘。晚年遨遊大江南北，病卒於客舍。張問陶主張詩歌應寫性情，有個性，與性靈說相吻合，為袁枚所稱賞。詩作多描寫日常生活，詩風清新自然，以七絕最勝，但有一部分詩篇情調沉鬱。有《船山詩草》。

讀《桃花扇》傳奇偶題十絕句（十首選四）①

其一

竟指秦淮作戰場②，美人扇上寫興亡。兩朝應舉侯公子③，忍對桃花說李香④。

【注釋】

① 這組詩是乾隆五十六年（一七九一）作者中進士後在北京供職時所作。

② 秦淮：秦淮河，此處指南京。

③ 「兩朝」句：侯方域在明朝曾經應試，入清後又應河南鄉試，中副榜舉人。

④ 忍對：不忍對，愧對。李香：李香君。

【簡析】這一首說：明清易代的歷史大事變，孔尚任用桃花扇做線索，巧妙地表現出來。李香君是一名普通妓女，但她的氣節令人崇敬；晚節不終的侯方域面對她應無地自容。

其二

布衣天子哭荒陵①，選舞徵歌好中興。不到〈無愁〉家不破②，干戈影裡唱《春燈》③。

【注釋】

① 布衣天子：指南明・弘光帝。布衣，庶人之服。荒陵：指明孝陵，朱元璋墓，在南京。

② 〈無愁〉：北齊後主高緯生活荒淫，無心朝政，並附庸風雅，作〈無愁曲〉，民間怨聲頓起，稱之為「無愁天子」。這裡指弘光帝。

③ 《春燈》：《春燈謎》，阮大鋮所作傳奇。

【簡析】這一首譴責弘光帝。弘光帝在清兵壓境的緊急關頭即位，人們希望他有所作為，中興明室。但他即位後的第一件事就是徵歌選舞，沉湎酒色，在刀光劍影之中還與阮大鋮等人大演其《春燈謎》，這怎能不像北齊幼主一樣招致國破家亡呢？

其三

生遇群奸死報君，裹屍惟藉一江雲①。梅花嶺上衣冠冷②，淒絕前朝閣部墳③。

【注釋】

① 藉：借。

② 梅花嶺：揚州地名，史可法衣冠塚在此。

③ 閣部：明清時內閣大臣的別稱。

【簡析】這一首寫史可法空有一腔愛國熱血，可惜群奸掣肘，無力回天，只有以死報國。《桃花扇》寫他沉江的一出，場面是頗為壯烈的。後二句對史可法表示了無限的敬意。

其四

君相顛狂將帥驕①，妖姬狎客送南朝②。百年剩有傷心月，還照清溪半里橋③。

（《船山詩草》卷五《松筠集》，清嘉慶二十年刻道光二十九年增修本）

【注釋】

① 顛狂：縱情任性，放蕩驕恣。

② 狎客：陪伴權貴遊樂的人。《陳書・江總傳》：「總當權宰，不持政務，但日與後主遊宴後庭，共陳暄、孔範、王瑗等十餘人，當時謂之狎客。」此處指阮大鋮等人。

③ 清溪半里橋：《桃花扇》續四十出《餘韻》：「你記得跨青溪半里橋，舊紅板沒一條，秋水長天人過少。冷清清的落照，剩一樹柳彎腰。」

【簡析】這一首抨擊南明統治者。弘光帝、馬士英這些君相顛狂恣肆，劉良佐、劉澤清這些將帥驕橫跋扈，他們整天除了結黨營私，排斥異己，就是和妖姬、狎客一起紙醉金迷，縱情聲色，而南明的半壁江山就斷送在他們手裡。時光流逝，一百多年過去了，只有月亮還照在當年曾經繁華過的清溪半里橋上，供後人憑弔。

舒　位（一七六五—一八一五）

舒位，字立人，號鐵雲，祖籍直隸大興（今屬北京市），生長於吳縣（今江蘇蘇州）。乾隆五十三年（一七八八）舉人，家境貧窮，以館幕為生。精通曲律，戲曲作品有《卓女當壚》、《樊姬擁髻》、《酉陽修月》、《博望訪星》（以上四種合刻稱《瓶笙館修簫譜》）、《桃花人面》及《琵琶賺》。詩亦有名，有《瓶水齋集》。

書《四弦秋》樂府後（二首）

其一

送客茫茫月浸波①，江州司馬恨如何②。烏絲紅袖丁年集③，檀板金尊子夜歌④。
漫向玉皇誇案吏⑤，愁隨織女渡天河⑥。當年哨遍無知己⑦，此是潯陽春夢婆⑧。

【注釋】

①「送客」句：白居易〈琵琶行〉：「潯陽江頭夜送客，……別時茫茫江浸月。」

②江州司馬：白居易。

③烏絲：烏絲帽。《南史・章王綜傳》：「綜在荊州常陰服微行，作烏絲布帽，夜出無有其度。」此處「烏絲」指男子。紅袖：婦女的紅色衣袖，也代指美女。丁年：成丁的年齡，丁壯之年。

④金尊：金杯。子夜歌：子夜時聽歌。

⑤玉皇案吏：指謫仙人之意。蘇軾〈次韻錢越州〉詩：「謫仙歸待玉皇案，老鶴來乘刺史轓。」

⑥天河：銀河。

⑦哨遍：詞牌名。蘇軾被貶黃州，治東坡，築雪堂於上，人俱笑其陋，獨董毅夫過而悅之。蘇軾因檃括陶淵明〈歸去來辭〉成〈哨遍〉，贈董毅夫。

⑧春夢婆：相傳蘇軾貶官昌化（今廣東省昌江縣），一日行歌田野，有老婦謂曰：「內翰昔日富貴，一場春夢！」里中因呼此婦為春夢婆。後來把有關春夢婆的傳說作為感歎富貴無常的典故。

【簡析】詩人讚揚蔣士銓創作的《四弦秋》雜劇，認為這個戲成功地寫出了白居易與琵琶女的感情交流。他們是淪落中的知己，是相互理解，相互同情，並不像馬致遠《青衫淚》所寫的是愛情的關係。

其二

玉茗才華勝竹枝①，一聲宛轉迴含思②。未忘江岸玲瓏唱③，又遣天涯淪落知④。
烏帽春塵三館夢⑤，青衫秋淚四弦絲⑥。恨無十五雙鬟手⑦，彈到燈涼月白時⑧。

（《瓶水齋詩集》卷二，清光緒十二年邊保樞刻十七年增修本）

【注釋】

①玉茗：湯顯祖。竹枝：竹枝詞。

②迴：遠。

③玲瓏唱：歌者唱曲。元稹〈重贈〉：「休遣玲瓏唱我詩，我詩多是別君詞。」題下小注：「樂人商玲瓏能歌，歌予數十詩。」

④天涯淪落：白居易〈琵琶行〉：「同是天涯淪落人，相逢何必曾相識。」

⑤烏帽：隋唐貴者多服烏紗帽。三館：漢武帝時，丞相公孫弘開欽賢、翹材、接士三館，收羅人才。

⑥四弦：琵琶。南朝梁簡文帝〈生別離〉詩：「別離四弦聲，相思雙笛引。」

⑦雙鬟：指少女。古時少女把頭髮梳成兩個環形髮髻，稱為雙鬟。

⑧月白：月色皎潔。

【簡析】詩人讚揚蔣士銓的才華，認為他繼承了湯顯祖的傳統，通過成功創作《四弦秋》這個劇本，和觀眾實現了思想交流。

觀演《長生殿》樂府（四首）

其一

一飯張巡妾①，三秋織女星。他生原未卜②，此曲竟難聽。
羯鼓催鞾鼓③，盤鈴換閣鈴④。青山啼杜宇⑤，何處雨冥冥⑥。

【注釋】

①「一飯」句：安史之亂中，張巡守睢陽，城中糧盡，張巡殺愛妾供士兵充饑。

②「他生」句：李商隱〈馬嵬〉：「海外徒聞更九州，他生未卜此生休」。

③羯鼓：古羯族樂器。唐玄宗曾自擊之。鼙鼓：軍中所用樂器。白居易〈長恨歌〉：「漁陽鼙鼓動地來，驚破〈霓裳羽衣曲〉。」

④盤鈴：盤舞之鈴。《長生殿》第十六出《舞盤》寫楊玉環特製翠盤一面，上盤而舞。

⑤杜宇：即杜鵑。

⑥冥冥：晦暗、昏昧。

【簡析】這一首說安史之亂的發生，造成了楊玉環的悲劇，使她成了一個犧牲品，和被宰割的張巡妾命運沒有什麼兩樣。

其二

奉詔慚高熲①，題詩怨鄭畋②。佛堂埋玉樹③，仙海寄金鈿④。

客唱〈霓裳序〉⑤，人輸錦襪錢⑥。江南花落後，重見李龜年⑦。

【注釋】

①高熲（音迥）：隋渤海蓨縣（今河北景縣）人。隋文帝時任尚書左僕射，執掌朝政。滅陳時，楊廣（煬帝）為元帥，他任元帥長史，主持軍事。破陳後，楊廣欲留陳後主之寵妃張麗華，高熲不顧而殺之。

②「題詩」句：晚唐・鄭畋〈馬嵬坡〉：「肅宗回馬楊妃死，雲雨難忘日月新。終是聖明天子事，景陽宮井又何

人？」

③ 玉樹：此處指楊玉環。本句言楊玉環在馬嵬坡自縊於佛堂內。

④ 鈿（音電）：金花釵；婦女首飾。本句言道士楊通幽在海上仙山找到了楊玉環，楊玉環寄金鈿給李隆基。白居易〈長恨歌〉：「唯將舊物表深情，鈿盒金釵寄將去。……但教心似金鈿堅，天上人間會相見。」

⑤ 〈霓裳序〉：即〈霓裳中序第一〉。〈霓裳羽衣曲〉凡十二疊，前六疊無拍，至第七疊始有拍而舞，故名中序第一，蓋舞曲之第一遍。按〈霓裳羽衣曲〉至安史之亂後譜調已不全。此句指李暮學彈〈霓裳羽衣曲〉。見《長生殿》第三十八出《彈詞》。

⑥ 「人輸」句：本句指馬嵬坡下酒家嫗收藏楊玉環錦襪，供人觀看。見《長生殿》第三十六出《看襪》。

⑦ 李龜年：唐代樂師。通音律，能自撰曲，善歌唱，專長羯鼓。開元中與弟彭年、鶴年在梨園供職。安史亂後，流落江南，不知所終。杜甫〈江南逢李龜年〉：「正是江南好風景，落花時節又逢君。」

【簡析】這一首說楊玉環死後，唐明皇和她的因緣未斷。有關她的遺跡，也引起人們的憑弔，並且引發了詩人的感慨。

其三

白髮談天寶①，琵琶喚奈何。未應來赤鳳②，從此老青蛾③。
楊柳詞成讖④，梨花淚更多⑤。至憐湯殿永⑥，兵馬洗天河。

【注釋】

① 天寶：唐玄宗李隆基年號（七四二—七五六）。安史之亂發生於天寶十四年（七五五）。

② 赤鳳：漢成帝皇后趙飛燕所通宮奴名。舊題漢・伶玄《趙飛燕外傳》：「後所通宮奴燕赤鳳者，雄捷能超觀

閣，兼通昭儀。」後常以喻指情夫。李商隱〈可歎〉詩：「梁家宅裡秦宮入，趙后樓中赤鳳來。」

③ 青蛾：婦女用青黛畫的眉。

④ 楊柳詞：《唐書・五行志》：「永淳（唐高宗李治年號）後民歌曰：『楊柳楊柳漫頭駝。』」讖（音趁）：預言吉凶得失的文字、圖記。

⑤ 梨花：喻楊玉環。〈長恨歌〉：「玉容寂寞淚闌干，梨花一枝春帶雨。」

⑥ 湯殿：指長生殿，因其建於華清池溫泉，故名。王建〈華清宮感舊〉詩：「公主妝樓金鎖澀，貴妃湯殿玉蓮開。」永：永夕，長夜。〈長恨歌〉：「七月七日長生殿，夜半無人私語時。」

【簡析】這一首強調了李、楊愛情故事的悲劇色彩。而這是和國家興亡的滄桑巨變緊密地聯繫在一起的。

其四

酒綠燈紅夜，春風舞一場。亂離唐四紀①，優孟李三郎②。

國事休回首，詩篇說斷腸③。誰知新舊史④，多為郭汾陽⑤。

（《瓶水齋詩集》卷四，清光緒十二年邊保樞刻十七年增修本）

【注釋】

① 四紀：十二年為一紀（木星十二年繞日一周）。唐玄宗一共當了四十五年皇帝，故約言「四紀」。李商隱〈馬嵬〉：「如何四紀為天子，不及盧家有莫愁。」

② 李三郎：唐玄宗李隆基，因其為睿宗李旦第三子。

③ 詩篇：指白居易的〈長恨歌〉。

④ 新舊史：指五代後晉・劉昫《舊唐書》、宋・歐陽修

《新唐書》。

⑤ 郭汾陽：郭子儀（六九七—七八一），唐華州鄭人。玄宗時朔方節度使，平安史之亂，功第一。封汾陽郡王，世稱郭汾陽。

【簡析】這一首說《長生殿》一劇有豐富的思想容量，深厚的表現力度。每次看它都會引起今昔盛衰之感。而這些從正史上是感受不到的。

書《桃花扇》樂府後（二首）

其一

粉墨南朝史[①]，丹鉛北曲伶[②]。重來非舊院[③]，相對有新亭[④]。
構黨干戈接[⑤]，填詞筆硯靈。匆匆不能唱，腸斷柳條青[⑥]。

【注釋】

① 南朝：指南明。

② 丹鉛：丹砂和鉛粉，此處指戲曲演員的化妝用品。

③ 舊院：在今之南京，明朝為妓女叢聚之所。余懷《板橋雜記．雅遊》：「舊院，人稱曲中，前門對武定橋，後門在鈔庫街，妓家鱗次，比屋而居。」

④ 新亭：亭名。故址在今江蘇江寧縣南，又名勞勞亭。西晉末中原戰亂頻仍，過江人士，每至暇日，相邀至新亭飲宴。元帝時，丞相王導與客宴新亭，周顗中坐而歎曰：「風景不殊，正自有山河之異。」皆相視流涕。見《世說新語．言語》。

⑤ 構黨：結黨。

⑥ 柳條青：李白〈勞勞亭〉：「春風知別苦，不遣柳條

青。」

【簡析】這首詩說《桃花扇》是用戲曲形式寫成的南明興亡史，它寫得那樣淒婉、深沉，至今聽來還令人傷感不已。

其二

毷氉秋來客①，娉婷夜度娘②。文章知遇少③，脂粉小名香④。
不解鸞乘霧⑤，真成燕處堂⑥。秦淮嗚咽水，忍與叶宮商⑦。

（《瓶水齋詩集》卷四，清光緒十二年邊保樞刻十七年增修本）

【注釋】

① 毷氉（音冒臊）：煩惱，鬱悶。前蜀・韋莊〈買酒不得〉詩：「停尊待爾怪來遲，手挈空缾毷氉歸。」
② 夜度娘：古樂府有〈夜度娘〉。後借稱娼伎為夜度娘。
③ 知遇：賞識寵遇。
④ 脂粉：婦女用的面脂、唇脂、鉛粉、末粉等。也作為女性的代稱。小名香：指李香君。
⑤ 鸞乘霧：劉向《列仙傳・卷上・蕭史》：「蕭史善吹簫，作鳳鳴。秦穆公以女弄玉妻之，作鳳樓，教弄玉吹簫，感鳳來集，弄玉乘鳳、蕭史乘龍，夫婦同仙去。」
⑥ 燕處堂：謂守寡。唐尚書張建封有愛妓盼盼，善歌舞，雅多風態。張建封故後，盼盼念舊愛而不嫁，居建封徐州舊第中燕子樓十餘年。白居易有〈燕子樓〉詩，蘇軾有〈永遇樂〉詞，皆詠此事。
⑦ 叶（音協）：和，合，「協」的古文。

【簡析】這首詩寫《桃花扇》的男女主角——侯方域與李香君。特別是李香君，其品格使人尊重，其命運令人同情。

論曲絕句十四首，並示子筠孝廉①

其一

千古知音第一難②，笛椽琴爨幾吹彈③？相公曲子無消息④，且向伶官傳裡看⑤。

【注釋】

① 子筠孝廉：畢子筠，舒位的朋友。
② 知音：懂得音律。
③ 椽（音傳）：不會吹笛的人拿著笛子就像屋頂上的椽子一樣一竅不通。椽：放在檁上架著屋頂的木條。琴爨（音竄）：不會彈琴的人把琴用來燒火做飯。爨：燒火做飯。此處暗用「焚琴煮鶴」典故。
④ 相公曲子：五代和凝喜作小詞，人稱「曲子相公」。
⑤ 伶官：樂官。宋・歐陽修《新五代史》有《伶官傳》。

【簡析】這首強調精通音律之難，文人當中已不可多得，只能到戲曲藝人當中去尋找知音了。

其二

苦將詞令當詩餘①，有句無聲總不如。一部《說文》都注遍②，無人歌曲換中書③。

【注釋】

① 詞令：令曲，即小令，唐宋雜曲（即詞）的體製之一。散曲體製短小者也稱令，普通以一支曲子為獨立單位。詩餘：詞的別名。古人認為詩變為樂府，樂府變為長短句，故稱詞為詩餘。

② 《說文》：漢．許慎所著《說文解字》，為歷代治小學者所宗。

③ 中書：官名，清代沿明制，於內閣置中書若干人，掌撰擬、記載、翻譯、繕寫。

【簡析】本首不同意把詞令叫做「詩餘」，認為它們之間的差別在於和音樂的關係不同。末二句言曲為別體，難以實解，即博學如中書亦不辨。

其三

天寶梨園有舊風①，湘潭紅豆老伶工②。莫將一段〈霓裳序〉③，闌入元人北九宮④。

【注釋】

① 天寶：唐玄宗李隆基年號（七四二—七五六）。安史之亂發生於天寶十四年（七五五）。

② 「湘潭」句：指宮廷樂師李龜年，安史之亂後流落到湖南湘潭，在湘中採訪使宴會上唱了王維的五言詩〈相思〉：「紅豆生南國，春來發幾枝？願君多採擷，此物最相思。」

③ 〈霓裳序〉：即〈霓裳羽衣曲〉。

④ 闌入：歸入。九宮：南北曲中常用的曲牌，大都屬仙呂宮、南呂宮、中呂宮、黃鐘宮、正宮、大石調、雙調、商調和越調九個宮調。通稱九宮或南北九宮。

【簡析】本首說天寶梨園與後來的戲曲發展很有關係。戲曲的起源可以上溯到唐，不必直至元代才有。

其四

連厢司唱似妃稀①，蒼鶻參軍染綠衣②。比作教坊雷大使③，歌衫舞扇是耶非。

【注釋】

① 連厢司唱：金代清樂，有名《連厢詞》者，帶唱帶演，以司唱一人，琵琶笙笛各一人，列坐唱詞，而復以男名末泥，女名旦兒，並雜色人等入勾欄扮演，隨唱詞做舉止。妃稀：樂府曲調的餘聲，助聲詞。《樂府詩集》十六《鼓吹曲辭・漢鐃歌・有所思》：「妃呼豨，秋風肅肅晨風颸。」

② 綠衣：元代娼妓，及樂人家男子戴綠頭巾，故稱綠衣。

③ 教坊：唐代掌管女樂的官署名。宋元也置教坊。大使：事務官。「教坊雷大使」見於宋人筆記，如陳師道《後山詩話》云：「子瞻（蘇軾）以詩為詞，如教坊雷大使之舞，雖極天下之工，要非本色。」

【簡析】本首認為金代的連厢司唱與樂府有淵源，宋雜劇、金院本的演出由唐代參軍戲發展而來，而其歌舞與宋代教坊樂舞有關係。

其五

笛色旋宮忽變聲①，京房才死馬融生②。要知人籟還天籟③，歸北歸南一串鶯。

【注釋】

① 笛色：笛的音色。旋宮：秦漢以前諧音之法。以十二律與七聲相配而成眾調。

② 京房（前七七—前三七）：西漢東郡頓丘人，字君明。本姓李，好音律，推律自定為京氏。馬融（七九—一六六）：東漢扶風茂陵人，字季長。才高博洽，為世通儒。有〈長笛賦〉。

③ 人籟：古代竹製樂器，即排簫。《莊子・齊物論》：「女聞人籟，而未聞地籟；女聞地籟，而未聞天籟夫。」後來也泛指人所發出的音響。天籟：自然界的音響。

【簡析】本首闡明戲曲中伴奏音樂的發展，其遠源可以上溯秦漢，也有人工、天然的不同層次。

其六

便將樂句贈青棠①，腰鼓零星有擅場②。協律終憐魏良輔③，安弦定讓陸君暘④。

【注釋】

①青棠：花名。即合歡。《古今注》：「欲蠲人之忿，則贈以青棠，青棠一名合歡，合歡則忘忿。」

②腰鼓：樂器名，即細腰鼓。

③協律：校正音樂律呂，使之和諧。憐：愛慕，喜愛。

④安弦：調弦，演奏。

【簡析】魏良輔對崑腔音樂的改革有重大貢獻，而陸君暘是著名的北曲彈奏家，這首詩高度評價了他們的藝術成就。

其七

絲繡笙囊侑笛家①，十三簧字鳳開花②。提琴搖曳雙清撥③，更與歌天作綺霞④。

【注釋】

①笙囊：盛樂器之囊。侑（音又）：報，酬答。笛家：吹笛藝人。

②十三簧：笙大者十九簧，小者十三簧。鳳開花：形容鳳笙，笙像鳳之身，故云。

③提琴：胡琴之一種。雙清：類阮，中音部樂器。

④綺霞：用謝朓〈晚登三山還望京邑〉「餘霞散成綺，澄江靜如練」詩意。

【簡析】如果把戲曲演唱比作明朗的天空，那麼美妙的音樂伴奏就好像在這天幕上點綴了絢麗的雲霞。作者用詩的語言描繪了伴奏的作用。

其八

蕭寺迎風記會真①，銅弦鐵板苦傷神②。雖然減字偷聲慣③，十丈氍毹要此人④。

【注釋】

①蕭寺：佛寺。相傳梁武帝（蕭衍）造佛寺，命蕭子雲飛白大書曰蕭寺。後世因亦稱佛寺為蕭寺。迎風：《西廂記》中鶯鶯贈張生詩：「待月西廂下，迎風戶半開。隔牆花影動，疑是玉人來。」《會真》：《會真記》，即唐．元稹所作傳奇《鶯鶯傳》，為《董西廂》、《王西廂》所本。

②銅弦鐵板：指文學藝術作品豪爽激越的風格。宋．俞文豹《吹劍續錄》：「東坡在玉堂日，有幕士善歌，因問：『我詞何如柳七？』對曰：『柳郎中詞，只合十七八女郎，執紅牙板，歌楊柳岸曉風殘月；學士詞，須關西大漢，銅琵琶，鐵綽板，唱大江東去。』東坡為之絕倒。」

③減字偷聲：詞曲。此處指以《會真記》為題材的詞曲作品。

④氍毹（音渠書）：一種毛織或毛與其他材料混織的毯子。舊時舞臺演出常鋪紅色氍毹，因以「氍毹」或「紅氍毹」代稱舞臺。

【簡析】自元稹《會真記》問世以後，以之為題材的詞曲作品很多，如北宋秦觀、毛滂的《調笑轉踏》，趙令畤的《商調蝶戀花》，金代董解元的《西廂記諸宮調》，等等，但詩人認為只有當它被寫成戲曲，搬上舞臺以後，才被賦予更為成熟的藝術形式，才能得到更為廣泛的流傳。

其九

村村搬演蔡中郎①，樓上燈花是瑞光②。一曲琵琶差可擬③，玉人初著白衣裳。

【注釋】

①蔡中郎：陸游〈舍舟遊近村〉：「身後是非誰管得，滿村聽說蔡中郎。」

②「樓上」句：相傳高則誠創作《琵琶記》時，坐臥一小樓，三年而後成。嘗夜坐自歌，二燭忽合而為一，交輝久之乃解。好事者以其妙感鬼神，為創瑞光樓旌之。事見徐渭《南詞敘錄》。

③差可擬：大概可以比擬。

【簡析】高則誠創作《琵琶記》，付出了艱苦藝術勞動，所以才引來了燈燭交輝的傳說。後二句用形象的語言描繪《琵琶記》自然本色的藝術特色。

其十

玉茗花開別樣情，功臣表在納書楹①。等閒莫與癡人說，修到泥犁是此聲②。

【注釋】

①表：表彰。納書楹：《納書楹曲譜》，清代戲曲音樂家葉堂所著，中有《四夢全譜》八卷。葉堂，字廣明，號

懷庭，江蘇吳縣人。研究南北曲唱法多年。除《納書楹曲譜》二十二卷外，又有《西廂記曲譜》二卷。

② 泥犁：地獄。

【簡析】湯顯祖「臨川四夢」間有不協律處，經葉堂《納書楹曲譜》改訂，能一字不動地付諸歌喉，所以詩人說納書楹是臨川「功臣」。又湯顯祖因寫《牡丹亭》，而受到道學家們的詛咒，如沈起鳳《諧鐸》卷二〈筆頭減壽〉：「語云：『世上演《牡丹亭》一日，湯若士在地下受苦一日。』」詩人駁斥了這種讕言，說地獄中沒有俗人，不寫《牡丹亭》，還下不了地獄呢！

其十一

流水青山句自工，桃花省識唱東風①。南朝無限傷心事②，都在宣娘一笛中③。

【注釋】

① 省識：懂得。

② 南朝：指南明弘光朝。

③ 宣娘：歌女。

【簡析】本首說《桃花扇》內容豐富，感慨深沉，文詞典雅優美，使人久久回味。

其十二

一聲檀板便休官①，誰向長生殿裡看。腸斷逍遙樓梵字②，落花時節女郎彈。

【注釋】

①休官：罷官。此句指演《長生殿》之禍。

②梵（音範）字：印度古文字，也稱梵書、梵文。此處指〈霓裳羽衣曲〉，沈括《夢溪筆談》卷五：「今蒲中逍遙樓楣上有唐人橫書，類梵字，相傳是〈霓裳〉譜。」

【簡析】本詩對洪昇等人因演出《長生殿》而遭禍表示不平，並讚揚了《長生殿》的藝術魅力。

其十三

若向旗亭貰酒還①，黃河只在白雲間②。只愁優孟衣冠破③，絕倒當筵李義山④。

【注釋】

①旗亭：酒樓。貰（音世）：賒欠。按本句寫唐代詩人王昌齡、高適、王之渙旗亭賭勝故事。明清以此故事為題材的戲曲極多，有張龍文《旗亭宴》、裘璉《旗亭館》、唐英《旗亭》、金兆燕《旗亭記》等。

②「黃河」句：「黃河遠上白雲間」是王之渙〈涼州詞〉中詩句。此句謂上述各種《旗亭》劇構思、語言雷同，只以寫「黃河遠上白雲間」為能事。

③「只愁」二句：宋・劉攽《中山詩話》：「祥符、天僖

中，楊大年、錢文僖、晏元獻、劉子儀以文章立朝。為詩皆宗李義山，號『西崑體』。後進多竊義山語句。嘗內宴，優人有為義山者，衣服敗裂，告人曰：『吾為諸館職撏扯至此！』聞者歡笑。」

【簡析】王昌齡、高適、王之渙等人旗亭唱詩的故事本來是戲曲創作的絕好題材。但眾人爭寫，大體雷同，就讓人感到枯燥乏味了。

其十四

中年絲竹少年場①，直得相逢萬寶常②。他日移情何處是③，海天空闊一山蒼④。

（《瓶水齋詩集》卷十四，清光緒十二年邊保樞刻十七年增修本）

【注釋】

① 少年場：歡場。

② 直得：僅得。萬寶常：隋音樂家，生卒年不詳（約五五六—五九五）。樂戶出身。開皇中奉詔造諸樂器，以水尺為律，應手成曲：以聲韻雅淡，不為時人所喜。撰《樂譜》六十四卷，貧病而死，臨終取所著《樂譜》焚之，書遂不傳。

③ 移情：變易人的情操。

④ 一山：指蓬萊仙山。相傳春秋時伯牙曾從著名琴師成連學琴，三年不能精通。成連因與伯牙同往東海中蓬萊山，留伯牙獨在，使聞海水激蕩，林鳥悲鳴。伯牙愴然歎曰：「先生將移我情！」因援琴而歌之，從此深受啟發，成為天下妙手。見唐．吳兢《樂府古題要解》。

【簡析】這首寫戲曲陶冶人的性情的作用和自己從戲曲活動中得到的樂趣。

彭兆蓀（一七六九—一八二一）

彭兆蓀，字湘涵，又字甘亭，晚號懺摩居士。鎮洋（今江蘇太倉）人。有文名，中舉後屢試不第。曾客江蘇布政使胡克家及兩淮轉運使曾燠幕。青少年時隨父宦居邊塞，馳馬遊獵，擊劍讀書，文情激越。後遭遇父喪，變賣家產，又因累試不第，落魄名場，常為生活而奔波，詩中遂多幽憂之旨。詞兼慷慨豔麗之音，文工駢體，亦有佳作。有《小謨觴館全集》。

揚州郡齋雜詩二十五首①（選一）

臨川曲子金生擅②，絕調何戡嗣響難③。也抵貞元朝士看④，班行耆舊漸闌珊⑤。

（《小謨觴館詩集》卷八，嘉慶十一年刻二十二年增修本）

【注釋】

① 揚州郡齋：指兩淮轉運使曾燠住處。

② 臨川曲子：指《牡丹亭》。金生：指金德輝。

③ 何戡：唐長慶時著名歌者。劉禹錫〈與歌者何戡〉詩：「舊人唯有何戡在，更與殷勤唱〈渭城〉。」

④ 貞元：唐德宗李適年號（七八五—八〇五）。朝士：泛稱中央的官吏。劉禹錫〈聽舊宮中樂人穆氏唱歌〉詩：「休唱貞元供奉曲，當時朝士已無多。」

⑤ 耆舊：年高望重者。

【簡析】詩下注曰：「都轉廨中觀劇。時吳伶金德輝演《牡丹亭》，為南部絕調，年已老矣。」兩淮轉運使曾燠官署，是當時揚州戲曲活動的一個中心。經常演出的劇目中，《牡丹亭》是少不了的。金德輝是崑曲名伶，以表演《牡丹亭》擅長，龔自珍曾經為他寫過《書金伶》。彭兆蓀這次看他的演出，仍然感覺很好，但人畢竟老了，因此不勝歎息。

鐵橋山人、石坪居士、問津漁者（乾隆末年前後在世）

鐵橋山人、石坪居士、問津漁者，三人名均不詳，由《消寒新詠》序跋可知，鐵橋山人姓李，石坪居士姓劉，問津漁者姓陳。三人乾隆末年寄居北京，潦倒都門，結金蘭之好，又都酷愛戲曲，時有切磋，共同寫成《消寒新詠》，對當時花部、雅部演員的演出進行評論。

《消寒新詠》（節選）

題范二官戲　吟詩《彩毫記》①

石坪居士

明皇愛貴妃之色，重李白之才，於宮中飲酒，召白填詞，誠千古韻事。但此劇專寫李白之奇才雋致，最難模仿傳神。惟范於原詞「雲想衣裳花想容」及「名花傾國兩相歡」之句，作濡毫落筆狀，有意無意間，頻頻注視玉環，可謂體貼入微。及賜酒，作醉態，他伶不失之呆，即失之放。惟范拜賜已露酒意，跪跌若難自持，不漫不呆，純是儒臣豐致②，略露才子酒狂。梨園無能學者。因成七絕紀之。

灑落襟懷興萬千，揮毫金殿品嬋娟③。陶然斜戴烏紗帽，醉態模糊是酒仙。

【注釋】

①《彩毫記》：明・屠隆（一五四二—一六〇五）撰，四十二出。據《舊唐書・李白傳》演繹而成。寫李白一生遭際。

② 豐致：風采韻致。

③ 嬋娟：指楊貴妃。

【簡析】這首詠范二官在《彩毫記・吟詩》中扮演的李白，〈吟詩〉一題〈太白醉寫〉，范二官對李白微帶醉意，略露酒狂，詩情洋溢，一揮而就的「醉寫」神態把握得極有分寸，為其他伶人所不及。

題范二官戲　吃茶《鳴鳳記》①

石坪居士

椒山為阻奸謀不遂②，反被相僕奚落一番。不得已，諮及文華③，胸中多少憤懣！乃文華當獻茶時，偏誇為嚴相所賜④。此刻，因物嫉奸之心，自必露於顏面。范二官當擎杯欲飲，一聽此言，忽然目赤腮紅，真是含怒者。以後諍辯、忿別，無不確肖當年。若非會悟忠臣梗概，焉能繪出全神！

神傳骨鯁嫉朋奸⑤，話到茶香忽赭顏⑥。凜凜風規猶可憚⑦，還從稚子認椒山。

【注釋】

①《鳴鳳記》：明傳奇，其作者，毛晉《六十種曲》和《古今傳奇總目》認為是王世貞，焦循《劇說》和《曲海總目提要》認為是王世貞及其門人、門客，呂天成《曲品》則列為無名氏作品。全劇四十一出。作者把夏言、楊繼盛等反對嚴嵩的十位大臣稱為「雙忠八義」，把他們前仆後繼的鬥爭精神喻為「朝陽丹鳳一齊鳴」。

②椒山：楊繼盛。

③文華：趙文華，嚴嵩黨羽。

④嚴相：嚴嵩。

⑤骨鯁（音梗）：比喻剛直。

⑥赭（音者）顏：紅臉。

⑦可憚（音但）：可怕。曾鞏〈謝吳秀才書〉：「承足下不以大熱之酷為可畏，畏塗之阻為可憚……三及吾門。」

【簡析】 這首詠范二官在《鳴鳳記・吃茶》中扮演的楊繼盛。與劇中的嚴嵩死黨趙文華，一忠一奸，形成強烈對比。趙文華對嚴嵩的恩惠受寵若驚，自鳴得意，楊繼盛對其極為鄙視。范二官的表演，將楊繼盛嫉惡如仇，骨鯁在喉不吐不快的剛直性格，表現得異常鮮明。

題范二官戲　打車《千忠戮》①

石坪居士

程濟於患難中隱護建文，已十六載。一旦少離，主即被繫。此時，忙尋奔救，忽見囚車，自應肝膽俱裂，疾視讎仇。但心酸氣激情狀，兩處權難裝點。范二官於車前哭訴，即色黯神傷；與震直辯論②，復詞嚴氣壯。哀痛是真哀痛，怒罵是真怒罵。精忠勁節，咄咄逼人，允為梨園獨步。

攀轅匐叩恨無窮，憤激踉蹌恰箇中③。大義痛陳鬚髮動，歌臺猶想烈臣風。

【注釋】

①《千忠戮》：一題《千鍾祿》，李玉作。寫明建文帝用齊泰、黃子澄之謀，削弱藩王權力。擁有重兵的燕王朱棣以「清君側」名義，打進南京，即位為永樂帝。凡建文舊人不肯臣服者，盡行殺害。建文帝在南京城失守時，聽從翰林學士程濟建議，削髮為僧喬裝改扮，從地道遁走。先藏於吳江史仲彬家，後逃往襄陽。在程濟陪伴下，流落於滇黔、巴蜀間。直至宣德帝繼位，大赦天下，方與程濟、史仲彬等返回京師。

②震直：嚴震直，永樂朝工部尚書。

③個中：此中，這當中。寒山《詩》之二五五：「若得個中意，縱橫處處通。」

【簡析】這首詠范二官在《千忠戮・打車》中扮演的程濟。戲劇情境是朱棣派來的嚴震直已經捉住建文君，囚於車上，就要押解上路。程濟不顧危險，慷慨陳辭，說服兵丁四散，嚴震直慚愧自盡，與建文君遠逃山中。范二官將程濟的震驚、悲痛、義憤、慷慨，不惜一切也要救主，種種複雜感情，充分而有層次地表現出來，令人心靈震撼，久久難忘。

題范二官戲　誥圓《雙官誥》

石坪居士

此出為全劇結局。舉馮生之由貧困而富貴，大娘、二娘之變節蒙恥，碧蓮、老僕之苦守膺榮，皆於誥贈時傳出。所難表者，當馮生雙酬節義，歡喜中隱含悲楚，感謝處寓有怨傷。固應兩面都到，方不是潦草過場。惟范二官能知曲意，故贈冠而顏帶寂，酬酒而淚雙垂，皆從中情流露，則真做半面而得全神者，他伶何曾夢到也！

傷心底事意徘徊，笑不成歡淚落腮。節義雙酬中有恨，盡傳鼓樂送霞杯②。

【注釋】

①《雙官誥》：陳二白作，共二十七出。寫馮瑞與妻、側室一起苦守清貧，讀聖賢書，並精醫術。家有丫環碧蓮，照應側室所生之子馮雄，並被馮瑞收為通房。馮瑞遭人陷害，被迫離家避禍，因治癒巡撫于謙疾病，被收做幕賓。與馮瑞相貌相似的范顏與馮瑞交好，到馮瑞行醫處尋馮不見，便冒名行醫，被馮瑞仇家刺客誤認刺死。馮家老僕尋訪主人，誤將范顏靈柩運回故里。家人認為馮瑞已死，妻子和側室均改嫁出門，碧蓮則苦守貞節，日夜紡織，養育馮雄。馮雄發憤讀書，一舉成名，而馮瑞也官至兵部尚書，衣錦還鄉。碧蓮因盡節撫幼，終獲父子之雙官誥。

②霞杯：指盛滿流霞的酒杯。《論衡校釋》卷七《道虛》說曼都好道學仙，被仙人帶去天上，「口飢欲食，仙人輒飲我以流霞一杯。每飲一杯，數月不飢。」後借指盛滿美酒的酒杯。

【簡析】這首詠范二官在《雙官誥・誥圓》中扮演的馮瑞。這場戲是全劇結局，但范二官的表演沒有絲毫鬆懈，而是對馮瑞劫後餘生，痛定思痛，悲欣交集，種種複雜情感，自然而然地加以呈現。對於苦守盡義者則感恩之，對於變節脫逃者則鄙棄之，無不表現得入情入理，恰如其分。作為一名演員，如果沒有極強的悟性，是很難達到這種境界的。而全劇以此終場，恰如「鳳頭豬肚豹尾」中的「豹尾」，到底不懈，力度不減，給人餘波不盡之感。

逼休《爛柯山》①

問津漁者

世無少君孟光②，鹿車牛衣中③，不知委屈多少癡心漢！作者傳至此，匠心亦苦矣。加以范二官繪水繪聲之技，咄咄逼人，能不令觀者髮指！

變幻文心未易窮，誰將曲調巧求工。小伶領略其間意，當日癡情恰箇中。

【注釋】

① 《爛柯山》：明無名氏所作傳奇，演朱買臣休妻故事。

② 少君：《東觀漢記・鮑宣妻》：「鮑宣之妻桓氏女也，字少君。宣嘗就少君父學，父奇其清苦，以女妻之，裝送甚盛。宣不悅，謂妻曰：『少君生而驕富，習美飾，而吾貧賤，不敢當禮。』妻曰：『大人以先生修德守約，故使賤妾侍執巾櫛，既奉君子，惟命是從。』妻乃悉歸侍御服飾，更昔短布裳，與宣共挽鹿車歸鄉里。」孟光：東漢梁鴻之妻，對梁鴻舉案齊眉者。

③鹿車：人力推挽的小車。牛衣：《漢書・王章傳》：王章字仲卿，「為諸生學長安，獨與妻居。章疾病，無被，臥牛衣中，與妻決涕泣。其妻怒呵之曰：『仲卿！京師尊貴在朝廷人誰逾仲卿者？今疾病困厄，不自激卬（同昂），乃反涕泣，何鄙也！』」王先謙補注引《演繁露》：「牛衣，編草使暖，以被（覆蓋）牛體，蓋蓑衣之類。」

【簡析】這首詠范二官在《爛柯山・逼休》中扮演的朱買臣。范二官的表演繪聲繪色，表達出窮書生朱買臣的百般無奈，滿腹心酸，也唱出了當時千萬窮書生的心聲，能夠扣動觀眾的心弦。詩作者在譴責朱買臣妻的同時，也讚頌少君、孟光的美德，使人們從這些女性的身上，看到了真善美，看到了希望。

望鄉《牧羊記》①

問津漁者

秉節當場望儼然②，一顰一笑總堪憐。無端繪出忠臣影，欲覓歡娛反涕漣。

【注釋】

①《牧羊記》：南戲劇本，作者不詳，演蘇武牧羊故事。

②秉節：持節。節，古代使臣所持的符節。歐陽修〈武恭王公神道碑〉：「秉節治戎，出征入衛。」

【簡析】這首詠范二官在《牧羊記・望鄉》中扮演的蘇武。蘇武既有「富貴不能淫，貧賤不能移，威武不能屈」，大丈夫氣節凜然的一面，也有思鄉懷人，富有人情味的一面，范二官的表演將蘇武性格這兩個方面自然融合，水乳交融，使觀眾看到了一位英雄的全人，既可敬，又可親，自然而然地深受感染。

楊本《鳴鳳記》①

問津漁者

披肝瀝血劾權奸，大義皇皇豈等閒！歌管繪成原面目，四民無不識椒山②。

【注釋】

① 楊本：即《鳴鳳記·寫本》。

② 四民：舊稱士、農、工、商為四民。《書·周官》：「司空掌邦土，居四民，時地利。」蔡沉集傳：「冬官，卿，主國邦土，以居士、農、工、商四民。」

【簡析】這首詠范二官在《鳴鳳記·楊本》中扮演的楊繼盛。楊繼盛先是寫本揭露仇鸞，已經遭受殘酷迫害。這次寫本彈劾嚴嵩，仍然不顧自身安危，一往無前。無論夫人苦心勸阻，還是先人顯靈警示，都不能使其知難而退，直寫到十指流血，激情澎湃，義憤填膺，使觀眾如聞其聲，如見其人，產生如此強烈效果，范二官的成功表演功不可沒。

彈詞《長生殿》

鐵橋山人

前生應是李龜年①，領袖梨園莫比肩。偶步彈詞歌一曲，曲高和寡盡教憐。

【注釋】

①李龜年：唐代樂師。通音律，能自撰曲，善歌唱，專長羯鼓。開元中與弟彭年、鶴年在梨園供職。安史亂後，流落江南，不知所終。

【簡析】這首詠范二官在《長生殿・彈詞》中扮演的李龜年。《彈詞》是《長生殿》中意蘊豐富的一出，通過李龜年的彈唱表達了「安史之亂」前後的歷史反思。而范二官也具有李龜年那樣領袖梨園的氣質，因此表演能得李龜年之神，曲高一等，意足神完，給觀眾留下無盡的回味。

《妝瘋》①

鐵橋山人

此劇演者屢矣，然或故意顯假，又或故意裝真，俱未得宜。惟范二官有意無意之間，最為入妙。

知是朝廷不舍公，故裝病態效龍鍾。場中識得傳奇意，或假或真恰箇中。

（《消寒新詠》，乾隆乙卯春鐫，周育德校刊，中國老年文物研究學會中國戲曲藝術中心，一九八六年）

【注釋】

① 《妝瘋》：即《北詐》，為北曲《不伏老》第三折《詐病裝瘋》之簡稱。《不伏老》或《敬德不伏老》，全名《功臣宴敬德不伏老》或《下高麗敬德不伏老》，北曲雜劇，元・楊梓作。《妝瘋》演徐茂公到田莊請尉遲恭出山，尉遲恭稱患有瘋癱，不肯應命，徐茂公假作辭別，卻令軍校假扮高麗軍士到田莊取鬧，尉遲恭怒而毆之，故其病被徐茂公點破；徐又使激將法，誇高麗來將如何驍勇難敵，尉遲恭不服，立即要求整裝出征。

【簡析】這首詠范二官在《不伏老・妝瘋》中扮演的尉遲恭。范二官的表演，真真假假，拿捏極有分寸，性情流露，意趣橫生。此戲係崑劇淨角本工「八黑」之一，屬大面重頭戲。范二官以生角應工，大官生、小官生、巾生等無不精通，不料淨角亦演得如此之好，可見悟性特別強，真是難得的戲曲人材。

佚名（生卒年不詳）

佚名，嘉慶前後在世。其《都門竹枝詞》共八十首，刊行於嘉慶十九年（一八一四）。

時尚

公會筵開白晝間[①]，嗷嘈絲管動歡顏[②]。新排一曲《桃花扇》，到處哄傳四喜班。

（《清代北京竹枝詞・都門竹枝詞》，北京古籍出版社，一九八二年版）

【注釋】

① 公會：同業公會。　② 嗷嘈：喧雜。

【簡析】這首詩寫嘉慶年間北京的時尚。「四大徽班」進京之後，北京並非只演出二黃，觀眾並非只欣賞二黃。四喜班以崑曲著稱，「四喜的曲子」膾炙人口。你看他們新近排演《桃花扇》，不是引起了巨大的轟動嗎。這說明崑曲的魅力還是存在的。

張子秋（生卒年不詳）

張子秋，自號學秋氏，江蘇蘇州人。嘉慶前後在世。其《續都門竹枝詞》共一百首，寫於嘉慶二十四年（一八一九）。

續都門竹枝詞（選一）

曲按紅牙演《跪池》①，貌如桃李吼如獅②。檀奴卻可名天祿，自有青藜杖一枝③。

（《清代北京竹枝詞・續都門竹枝詞》，北京古籍出版社，一九八二年版）

【注釋】

① 《跪池》：汪廷訥《獅吼記》的一出，寫陳季常之妻柳氏因其冶遊，以杖責之，罰其長跪池邊。

② 吼如獅：即「河東獅吼」之意。

③ 「檀奴」二句：這兩句拿檀天祿的名字開玩笑，並牽合《跪池》的情節。檀奴，古代女子對丈夫或情郎的暱稱。天祿，天祿閣，漢代宮廷藏書之所。《三輔黃圖・閣》說，劉向於成帝之末，校書天祿閣，夜有老人著黃衣，執青藜杖而來，吹杖端出煙以見向，並授〈五行洪範〉之文。

【簡析】本詩作者自注：「春臺部檀天祿演《跪池》一齣。」檀天祿曾任春臺班掌班，在率領全班人員演出京劇的同時，也為崑曲的傳承做出了貢獻，成功演出《獅吼記》只是其中的一例。

宋翔鳳（一七七九—一八六〇）

宋翔鳳，字虞庭，一字于庭，江蘇長洲（今吳縣）人。嘉慶五年（一八〇〇）舉人，官湖南新寧縣知縣。常州學派著名學者，今文學家，通訓詁名物，志在西漢家法，微言大義。有《浮溪精舍叢書》。

望江南　葉懷庭遺像①

橫塘路，聞說住詞仙②。破夢月沉珠箔冷⑤。倚樓風定玉笙寒④。法曲尚人間。
仙去後，此卷未叢殘⑤。舊事青裙悲白髮，新聲紅豆記香鬟。風貌識溪山⑥。

（《浮溪精舍詞》，《清名家詞》本，上海：開明書店，一九三六年版）

【注釋】

① 葉懷庭：葉堂。
② 詞仙：稱譽擅長文辭的人。此處指擅長戲曲的人。
③ 珠箔〈音泊〉：即珠簾，用珍珠綴飾的簾子。
④ 玉笙：玉飾之笙。李璟〈攤破浣溪沙〉：「小樓吹徹玉笙寒。」
⑤ 此卷：指葉堂遺像。叢殘：殘落。《新論》：「若其小說家，合叢殘小語，近取譬喻，以作短書。」
⑥ 溪山：方嶽〈舊傳有客謁一士夫題其刺雲琴棋詩酒客因與談〉詩：「誰歟莫逆溪山我，幸甚無能詩酒棋。」

【簡析】葉堂是傑出的崑腔研究者、整理者，著名的清曲演唱家。他著的《納書楹曲譜》盛傳於世。所謂「葉派唱口」，幾乎成為每一崑曲習曲者最高的準則。這首詞簡練而又傳神地描繪了葉堂的「詞仙」風貌和深遠影響。

孫蓀意（一七八三—？）

孫蓀意，字秀芬，一字苕玉，浙江仁和人，孫震元女，儒學訓導蕭山高第繼妻，工詩，兼擅倚聲，有《衍波詞》。

賀新涼 題《紅樓夢》傳奇①

情到深於此。竟甘心，為他腸斷，為他身死。夢醒紅樓人不見，簾影搖風驚起。漫贏得、新愁如水②。為有前身因果在③，拚今生滴盡相思淚④。憑喚取，顰兒字⑤。

瀟湘館外春餘幾。襯苔痕，殘英一片⑥，斷紅零紫。飄泊東風憐薄命，多少惜花心事。攜鴉嘴、為花深瘞⑦。歸去瑤合麈境杳⑧，又爭知此恨能消未⑨。怕依舊，鎖蛾翠⑩。

（《衍波詞》，清刻本）

【注釋】

① 《紅樓夢》傳奇：以《紅樓夢》為題材的傳奇有多種。本篇所題疑為作者同鄉陳鍾麟所作，凡八卷，每卷十出。
② 漫贏得：空贏得。
③ 前身因果：佛教輪回的說法，今生遭遇皆與前生有關。
④ 拚（音判）：捨棄。
⑤ 顰（音平）兒：林黛玉諢名，因其眉常顰，故名。
⑥ 殘英：落花。
⑦ 鴉嘴，鋤名。瘞（音義）：埋葬。此句詠黛玉葬花。
⑧ 瑤臺：美玉之臺，神話中為神仙所居之地。麈境：佛教以色、聲、吞、味、觸、法為六麈。因稱現實世界為「麈境」。
⑨ 爭知：怎知。
⑩ 蛾翠：即翠蛾，美人之眉，修長如蛾，以黛點色，故稱。鎖蛾翠即皺眉之意。

【簡析】《紅樓夢》中最感人的是賈寶玉、林黛玉之間那種純潔、真摯、至死不渝的愛情。這首詞突出的正是這一點。

龔自珍（一七九二—一八四一）

龔自珍，一名鞏祚，字璱人，號定庵，浙江仁和（今杭州）人。道光九年（一八二九）進士，官禮部主事。四十八歲辭官南歸，兩年後暴卒於丹陽雲陽書院。少時從外祖父段玉裁受文字學，後從劉逢祿受經今文派春秋公羊學，並往往用之來譏切時政，詆排專制。學識豐富，通經史、諸子、文字音韻及金石學，精研西北歷史地理，晚年愛好天臺宗佛學，並以詩、詞、文著名，既是敏銳而深刻的思想家，又是富於激情和想像力的文學家。生平詩文甚富，後人輯為《龔自珍全集》。

己亥雜詩①（選一）

梨園爨本募誰修②，亦是風花一代愁③。我替尊前深惋惜④，文人珠玉女兒喉⑤。

（《龔自珍全集》，上海：上海古籍出版社，二〇〇七年版）

【注釋】

① 己亥雜詩：龔自珍在己亥年（一八三九）寫的大型七絕組詩，共三百十五首。

② 爨本：劇本。

③ 風花：風華，風采，才華。

④ 尊前：在酒樽之前。指酒筵上。

⑤ 珠玉：喻詩文之美。

【簡析】本詩作者原注：「元人百種，臨川四種，悉遭伶師竄改，崑曲俚鄙極矣。酒座中有徵歌者，予輒撓阻。」龔自珍對包括《牡丹亭》在內的崑曲演出狀況的關注，意在保持劇本的原來面目，這從原則上來說是正確的。當然，《牡丹亭》搬上舞臺，總要經過一些藝術處理，如何掌握好分寸，是大有講究的。

張際亮（一七九九—一八四三）

張際亮，字亨甫，號華胥大夫，福建建寧人。幼穎異，生性伉直負氣，有狂名。歷遊天下山川，窮探奇勝，多所吟詠。道光十六年（一八三六）舉於鄉。性孝友，篤於內行，摯友姚瑩因事被逮，際亮偕至京師，周旋患難。及瑩事白，狂喜日轟飲，遂以醉死。瑩為助櫬以歸。所為詩天才奇逸，感時記事，沉鬱雄宕。有《松寥山人詩集》、《婁光堂稿》、《金臺殘淚記》等。

閱《燕蘭小譜》諸詩①，有慨於近事者，綴以絕句（四十六首選四）

其一

空作花枝照酒卮②，蘭生往日已堪悲③。如今那見梁溪隊④，月曉風殘又一時⑤。

【注釋】

① 《燕蘭小譜》：作於乾隆五十年（一七八五），作者吳長元。主要是記錄當時的花部伶人和他們的劇藝，也有少數雅部藝人的紀錄。

② 酒卮（音知）：古代盛酒的器皿。

③ 蘭：指崑曲。

④ 梁溪：水名。在江蘇無錫縣西。源出惠山，流入太湖。

古溪極窄，梁時曾疏浚，故名。後人常以梁溪指無錫。此處「梁溪隊」指崑曲戲班。

⑤月曉風殘：即「曉風殘月」。

【簡析】本詩作者原注：「今都下徽班皆習亂彈，偶演崑曲亦不佳。」這說明在道光年間的北京舞臺上，花部（亂彈）與雅部（崑曲）相比，已經占了某種優勢。

其二

法曲重聞罷景山①，霓裳子弟出人間②。相逢莫作琵琶怨③，那為飄零始玉顏④。

【注釋】

①景山：清代掌管宮廷演出活動的機構為南府，乾隆十六年（一七五一），下諭選徵蘇州籍貫藝人進宮當差，命名為外學，令住景山，人數在一千以上。

②霓裳：此處指霓裳子弟即梨園子弟之意，指為宮廷服務的藝人。出人間：散落到民間。

③琵琶怨：用白居易〈琵琶行〉詩意。

④玉顏：美好如玉的容顏。

【簡析】本詩作者原注：「《譜》云：錫齡官，景山梨園子也。」道光七年（一八二七），清宮大事精簡，設在景山的南府外學被撤銷，藝人俱回原籍。本詩表現了對這批藝人的深摯同情。

其三

霓裳合獻水仙王①，秋谷江湖放逐長②。遺恨纏綿付弦管，百年聲價有諸郎③。

【注釋】

① 霓裳：此處指洪昇的傳奇《長生殿》。

② 水仙王：水神名。宋代西湖旁有水仙王廟。接本句指洪昇落水而死一事。秋谷：趙執信。放逐：流放驅逐。指罷官。

③ 諸郎：此處指戲曲藝人。

【簡析】本詩作者原注：「王翠官、蘇伶四面觀音皆以《長生殿》得名，而趙秋谷以此罷官。洪昉思舟過苕溪，一笑投水死，才人薄命乃可慨矣！」詩的重點是為洪昇、趙執信的不幸遭遇發出的深沉感歎。

其四

撩眼春光妙悟生①，天然易理出音聲②。年來略解詩人意，癡婦豪僧怨女情③。

（《金臺殘淚記》卷二，《清代燕都梨園史料》，北京：中國戲劇出版社，一九八八年版）

【注釋】

①撩眼：招引眼光。妙悟：敏慧善悟。宋・嚴羽《滄浪詩話》：「大抵禪道唯在妙悟，詩道亦在妙悟。」

②易理：《易經》之理。音聲：此處指戲曲。

③癡婦：指吳炳傳奇《療妒羹》中的喬小青。在《小青題曲》一出中，喬小青一邊閱讀湯顯祖《牡丹亭》，一邊感歎自己的身世，題詩其上，悲痛而死。豪僧：指邱園傳奇《虎囊彈》中的魯智深。此劇中的《山門》（又名《醉打山門》或《醉打山亭》）一出，是久演不衰的折子戲。怨女：已到婚齡而沒有合適配偶的女子。此處指湯顯祖《牡丹亭》的女主角杜麗娘。

【簡析】本首作者原注：「向年在會城見演《醉打山亭》，乃悟詩人所謂悲壯。近見韻香演《小青題曲》、《遊園驚夢》，乃悟詩人所謂纏綿。山樵解易，固非戲語。」這裡所說的「悲壯」、「纏綿」，略同於後來王國維所說的壯美、優美，這說明評論家已經能夠自覺地以審美的眼光來評論戲曲，反映出中國古典戲曲審美觀念的進步。這是一個值得關注的動向。

姚燮（一八〇五—一八六四）

姚燮，字梅伯，號大梅山民、復莊。祖籍浙江諸暨，生於鎮海。學識淵博，多才多藝，長詩、詞、駢文，善繪畫，對繪事的鑑賞水準也很高。道光十四年（一八三四）中舉，後屢試不第，遂絕意仕途，在家坐館教學，發奮著述。對戲曲研究功夫很深，著有《今樂考證》十二卷、《今樂府選》五百卷。小說研究方面有《讀紅樓夢綱領》。詩文大部分收入《復莊詩問》、《疏影樓詞》、《復莊駢儷文榷》。

觀演《長生殿》院本有作①

鈴騎漁陽遞戰書②，上皇淒絕馬嵬車③。竟將煙月沉天寶④，那有蓬萊幻海墟⑤。
殄夏原難仇妺喜⑥，防秋應悔仗哥舒⑦。佳人粉黛才人筆，收拾龜年涕淚餘⑧。

（《復莊詩問》卷八，清道光間姚氏刻大梅山館集本）

【注釋】

① 《長生殿》院本：指洪昇的傳奇《長生殿》。

② 鈴騎：繫有鈴的戰馬。漁陽：唐郡名。轄境相當今北京市平谷縣、天津市薊縣等地。治所在今薊縣。安祿山以此為根據地，發動叛亂。白居易〈長恨歌〉：「漁陽鼙鼓動地來，驚破〈霓裳羽衣曲〉。」

③ 上皇：唐玄宗。肅宗即位於靈武後，尊玄宗為太上皇。淒絕：悲傷之極。馬嵬：馬嵬坡，楊玉環縊死處。

④ 天寶：唐玄宗李隆基年號（七四二—七五六）。按安史之亂發生於天寶十四年（七五五）。

⑤ 蓬萊：海上仙山名。海墟：海島。

⑥ 殄（音舔）：盡、絕。妺喜：夏桀之妃。相傳夏桀寵愛妺喜，至於亡國。

⑦ 防秋：古代北方每至入秋，邊塞經常發生戰事，屆時邊軍特加意警衛，稱為防秋。哥舒：哥舒翰（？—七五六），唐突騎施酋長哥舒部之裔，世居安西。因戰功封西平郡王。後以疾廢歸京師。安祿山起兵，起用為元

帥，守潼關，出戰不利，遂降祿山，不久被殺。新、舊《唐書》有傳。

⑧龜年：李龜年，唐代樂師。通音律，能自撰曲，善歌唱，專長羯鼓。開元中與弟彭年、鶴年在梨園供職。安史亂後，流落江南，不知所終。杜甫有〈江南逢李龜年〉詩。

【簡析】本詩抒寫觀看《長生殿》演出之後的感受，「殄夏原難愁妹喜，防秋應悔仗哥舒」二句，駁斥了「女色亡國論」，指出最高統治者昏昧不明，用人不當，才是唐王朝由盛轉衰的主要原因。這種見解自有過人之處。

蔣敦復（一八〇八—一八六七）

蔣敦復，原名金和，字子文，又字劍人。寶山（今屬上海）人。諸生。五赴鄉試，皆落第。道光二十三年（一八四三）英軍入侵，上書兩江總督牛鑑，獻策抵禦，因直言觸犯官員，險被逮捕，避禍入月浦淨信寺為僧。鴉片戰爭後還俗，浪跡大江南北。晚年寓居上海，先與王韜、李善蘭並稱「海天三友」，後又與王韜、馬建忠稱為「海上三奇士」。咸豐六年（一八五六），在上海墨海學館與英國傳教士慕維廉合作翻譯《大英國志》，並著「考定地球四洲形勢」的《寰鏡》十六卷。有《嘯古堂詩文集》、《芬陀利室詞》、《隨園軼事》等。

離亭燕　小青題曲圖

碧海青天孤影①，黃土紅顏薄命②。似此消魂真絕代③，一樣多愁多病④。憐我更憐卿⑤，兩兩鴛鴦相並⑥。　夢裡從伊僥倖，畢竟癡情誰勝⑦。肯替傷心人寫照⑧，可有風流玉茗⑨。剪燭小窗幽，夜雨梨花空打⑩。

（《芬陀利室詞》，《清名家詞》本，上海：開明書店，一九三六年版）

【注釋】

① 「碧海」句：李商隱〈嫦娥〉詩：「嫦娥應悔偷靈藥，碧海青天夜夜心。」
② 紅顏薄命：美貌女子早死或遇人不淑稱為紅顏薄命。
③ 絕代：冠出當代，猶「絕世」。
④ 多愁多病：形容才子佳人的嬌弱狀態。王實甫《西廂記・鬧齋》：「小子多愁多病身，怎當他傾國傾城貌。」
⑤ 我：指《小青題曲》中的喬小青。卿：指《牡丹亭》中的杜麗娘。
⑥ 「兩兩」句：言杜麗娘、喬小青在愛情上一樣存在許多痛苦和傷心的事。
⑦ 癡情：癡迷不捨之情，多指愛情。
⑧ 寫照：即寫真，謂畫人物肖像。
⑨ 玉茗：湯顯祖。
⑩ 「夜雨」句：宋・李重元〈憶王孫〉：「雨打梨花深閉門。」

【簡析】《療妒羹・小青題曲》是崑曲舞臺上經常上演的折子戲，這首詞把《牡丹亭》中的杜麗娘與《療妒羹》中的喬小青兩個女性形象交錯起來寫，真有「照花前後鏡，花面交相映」之妙，對於女性內心世界的探尋更是細緻入微。

周綺（一八一四—一八六一）

周綺，字綠君，小字琴孃，昭文（今江蘇常熟）王氏遺腹女，隨母依舅氏遂姓周。吳縣王希濂妻。工韻語，解音律，能篆刻，兼習山水、花鳥，尤精小蘆雁。又精醫術。事母甚孝。嘗戲寫荷花水仙一幀，題為《炎涼圖》。著《擘絨餘事詩集》。

《曲目新編》題詞①（二首選一）

今古才人聚一編，尤吳李蔣最堪憐②。世人莫認為兒戲，不比《桃花》、《燕子箋》③。

（《曲目新編》卷首，《中國戲曲論著集成》本，北京：中國戲劇出版社，一九五九年版）

【注釋】

① 《曲目新編》：一卷。清・支豐宜編。支豐宜，字午亭，道光間江蘇鎮江人，生平事蹟待考。

② 尤吳李蔣：尤侗（一六一八—一七〇四），號西堂，作有傳奇《鈞天樂》，雜劇《讀離騷》、《弔琵琶》、

《桃花源》、《黑白衛》、《清平調》，合稱《西堂樂府》。吳偉業（一六〇九—一六七二），號梅村，作有傳奇《秣陵春》，雜劇《通天臺》、《臨春閣》。李漁（一六一一—一六八五），號笠翁，作有傳奇《比目魚》、《風箏誤》等十種，合稱《笠翁十種曲》。蔣士銓（一七二五—一七八五），字莘畬，號苕生，作有傳奇、雜劇十六種，其中《臨川夢》等九種合集稱《藏園九種曲》。

③《桃花》、《燕子箋》：阮大鋮所作傳奇《桃花笑》、《燕子箋》。

【簡析】清代戲曲發展到道光年間，曲家可以進行一下回顧和反思了，這首詩就提出了自己的看法。作者原注：「尤西堂、吳梅村、李笠翁、蔣莘畬四家所製詞曲，為本朝第一。」她認為尤侗、吳偉業、李漁、蔣士銓四位創作的傳奇與雜劇劇本最好。《曲目新編》卷首，有錢泳所撰《曲目新編·小序》，其中說：「（我朝）詞曲亦多於前代，皆足以發揚徽美而歌詠太平，若國初之尤侗、毛奇齡、吳偉業、袁令昭、馮猶龍、洪昉思、李漁及蔣士銓，其最著者也。」錢泳提出了八位曲家，本詩作者選擇了其中四位，做出了自己的評價。

李慈銘（一八三〇—一八九四）

李慈銘，初名模，字始侯。後改今名，字炁伯，號蓴客，室名越縵堂，浙江會稽（今紹興）

人。光緒六年（一八八〇）進士。官至山西道監察御史。有詩名，亦能詞及駢文。著述豐富，《越縵堂日記》內容涉及經史百家及時事，最為著名。另有《白華絳附閣詩集》、《越縵堂詞錄》、《湖塘林館駢體文》等。

題《燕子箋》後絕句①

變相重登點將壇②，此才真似沒遮闌③。笑他浪子錢紅豆④，同演明妃雉尾冠⑤。

（《近代詩鈔》，南京：江蘇古籍出版社，一九九三年版）

【注釋】

① 《燕子箋》：阮大鋮所作傳奇。

② 變相：釋道繪仙佛像及經文中變異之事，稱為變相。此句指阮大鋮改變面目，在弘光朝又竊取了兵部尚書的職位。

③ 遮闌：遮蔽，攔阻。

④ 浪子：不務正業的遊蕩子弟。錢紅豆：指錢謙益。

⑤ 雉尾冠：插有野雞毛的帽子。夏完淳《續幸存錄》：「錢謙益家妓為妻者柳隱（柳如是），冠插雉羽，戎服騎入國內，如明妃出塞狀。」可參見陳寅恪《柳如是別傳》第五章〈復明運動〉。

【簡析】本詩說，明清易代之際，南明弘光小王朝曇花一現，就好像演了一場戲。阮大鋮固然是劇中人，錢謙益亦未嘗不是劇中人。

譚獻（一八三二—一九〇一）

譚獻，初名廷獻，字仲修，號復堂，浙江仁和人。同治六年（一八六七）舉人，官歙縣、全椒、合肥知縣。工駢體文，於詞學研究致力尤深。曾選錄清人詞為《篋中詞》，其詞論由弟子輯錄為《復堂詞話》。曾為藝蘭生《評花新譜》撰寫贊詞，署名麋月樓主。

《評花新譜》贊詞（七首選一）

景春陸小芬[1]

清詞不負《牡丹亭》，翠翦春衣覺有情。庭院無人鳴鳥歇，丁香花下坐調笙[2]。

（《評花新譜》，《清代燕都梨園史料》，北京：中國戲劇出版社，一九八八年版）

【注釋】

① 景春：景春堂，陸小芬所屬。

② 坐調笙：周邦彥〈少年遊〉詞：「錦幄初溫，獸煙不斷，相對坐調笙。」

【簡析】藝蘭生《評花新譜》「景春陸小芬」條說：「字薇仙，隸四喜部，吳產也。氣韻沉著，儀度幽閒。工《遊園驚夢》諸劇，粉膩脂柔，真足令柳郎情死也。解音律，筵間每以箏琶為樂。與人酬答，從未出一戲語，真所謂落落大方者。而名亦噪甚。」乾隆以來的三慶、四喜、春臺、和春「四大徽班」中，四喜班是以崑曲著稱的，所謂「四喜的曲子」膾炙人口，而陸小芬就是四喜班一位優秀的演員，她「解音律」，正如這首詩所寫「清詞不負《牡丹亭》」。又她「筵間每以箏琶為樂」，所以詩中寫她「丁香花下坐調笙」，也是十分貼切的傳神之筆。

廖樹蘅（一八三九—一九二三）

廖樹蘅，字蓀（田亥），號珠泉老人，湖南寧鄉人。初入湘學提督周達武幕，繼館於陳寶箴家。後主講玉潭書院，主持常寧水口山礦務，任湖南礦務總局提調、總辦。著有《珠泉草廬文集》、《茭源銀場錄》。

題雲亭山人《桃花扇傳奇》（四首）①

其一

龍馬浮江尚未成②，中朝水火便相爭③。櫜鞬淮泗新開府④，煙月齊梁舊有名⑤。
徹夜笙歌酣九陛⑥，極天戎馬蹴重城⑦。春燈影裡山河改⑧，淒斷江樓燕子聲⑨。

【注釋】

① 雲亭山人：孔尚任。
② 龍馬浮江：晉時有童謠說：「五馬浮渡江，一馬化為龍。」舊史認為是指永嘉中，司馬睿（琅邪王）、繹（彭城王）、羕（西陽王）、祐（汝南王）、宗（南頓王）五王南奔過長江，而睿登帝位的預言。馬，指晉帝姓司馬。參閱《晉書・元帝紀》。
③ 中朝：朝中。
④ 櫜鞬（音高堅）：櫜為盛箭之器，鞬為盛弓之器，泛指武將的裝束。此處代指武將。淮泗：淮水、泗水一帶，今江蘇北部。
⑤ 煙月：煙花風月，指風流韻事。
⑥ 笙歌：音樂。九陛：皇宮。
⑦ 極天：連天。戎馬：軍馬。蹴（音促）：踏。重城：一層二層的城。
⑧ 春燈：隱指阮大鋮的傳奇《春燈謎》。
⑨ 燕子：隱指阮大鋮的傳奇《燕子箋》。

【簡析】這首寫南明弘光小王朝尚未建立，文臣武將之間爭權奪利的鬥爭就開始了。再加上統治集團的荒淫無恥，很快招致了弘光王朝的滅亡。

其二

殿頭宣勅選充華①，閣道春遊響鈿車②。狎客竟容江總在③，黨魁重破李膺家④。
後庭歌舞翻瓊樹⑤，南部風流剩館娃⑥。一德有人勤燮理⑦，鈎簾微雪賞梅花⑧。

【注釋】

① 宣敕（音赤）：發佈詔書。充華：古代皇宮中的九嬪之一，見《晉書・輿服志》。

② 閣道：複道，樓閣之間以木架空的通道。鈿車：飾以金花之車。

③ 江總：江總（五一九—五九四），字總持，南朝陳濟陽考城（今河南省蘭考縣）人，為陳後主所寵信，官至尚書令，世稱江令。在官不理政事，日與後主遊宴後庭，多寫豔詩，號為狎客。

④ 李膺（一一〇—一六九）：字元禮，漢潁川襄城人。初舉孝廉，桓帝時累官至司隸校尉。與太學生首領郭泰等相結交，反對宦官專權。後被宦官誣為結黨誹謗朝廷，逮捕入獄，釋放後禁錮終身。靈帝即位，被起用為長樂少府，又與陳蕃、竇武謀誅宦官，失敗被殺。《後漢書》有傳。

⑤ 後庭歌舞：〈玉樹後庭花〉。

⑥ 館娃：春秋時吳王夫差建宮於硯石山（今江蘇吳縣西南靈巖山），讓西施住。吳人稱美女為娃，故稱館娃宮。

⑦ 一德：同心同德。燮理：協調治理。《書・周官》：「立太師、太傅、太保，茲惟三公，論道經邦，燮理陰陽。」此處「勤燮理」是反語諷刺。

⑧ 「鈎簾」句：指阮大鋮邀馬士英看雪賞梅。

【簡析】 這首寫弘光帝徵歌選舞，與馬士英、阮大鋮一起嬉遊終日。另方面又排斥異己，對復社文人進行迫害。末二句是反語，與沈德潛〈觀《燕子箋》劇，席上戲題〉「新辭進自阮懷寧，一德君臣醉不醒」二句意思相同。

其三

名士當筵易斷腸，白門佳麗屬平康①。樓頭煙柳絲絲媚，扇底桃花片片香。
碧血竟成千古豔，黃絁終奉九蓮裝②。繁華夢醒冰紈碎③，零落珠璣字幾行④。

【注釋】

①白門：南朝宋都城建康城西門。西方金，金氣白，故稱白門。後遂稱金陵為白門。佳麗：美女。
②黃絁（音施）：粗綢。道士之衣以黃絁為主，故稱道衣為黃絁。九蓮裝：道裝。
③冰紈：細潔雪白的絲織品，以色素鮮潔如冰，故稱。
④珠璣：珠寶。珠之不圓者為璣。珠璣喻詩文之美。

【簡析】侯方域與李香君一段兒女之情，本來是溫柔旖旎的。但國破家亡的滄桑巨變使得這種溫情不能繼續維持。李香君血濺桃花，表現了崇高的品格，千秋以下，仍然受到人們的敬仰。

其四

嗚咽秦淮早晚潮，後湖人散鬼吹簫①。西風殘照宮槐冷②，流水棲烏岸柳凋③。
六代荒淫終戰伐④，百年興廢幾漁樵⑤。淒涼法曲燈前淚⑥，搵徧青衫恨未消⑦。

（《珠泉草廬詩鈔》卷一，清刻本）

【注釋】

①後湖：湖名，在南京。
②宮槐：皇宮中的槐樹，周以後多種植。
③棲烏：烏鴉棲息，形容荒涼。
④六代：猶言六朝：東吳、東晉、宋、齊、梁、陳。
⑤漁樵：漁樵閒話，百年興廢成了漁人、樵夫閒談的資料。
⑥法曲：樂曲，因用於佛教法會而得名。原為含有外來音樂成分的西域各族音樂，傳至中原地區後，與漢族的清商樂相結合，後發展為隋唐法曲。唐玄宗酷愛法曲，命梨園弟子學習，稱為「法部」。
⑦搵（音問）：拭。

【簡析】這首由《桃花扇》聯想六朝以來在金陵上演的一幕又一幕故事，抒發興亡之感。

黃遵憲（一八四八——一九〇五）

黃遵憲，字公度，廣東嘉應州（今梅縣）人，光緒二年（一八七六）舉人。先後任駐日本參贊、駐美國三藩市總領事。參加強學會，成為維新運動中堅。光緒二十三年（一八九七）任湖南長寶鹽法道等職，積極協助湖南巡撫陳寶箴推行新政。次年任出使日本大臣。戊戌變法失敗後，被清政府列為「從嚴懲辦」的維新亂黨，由於外國駐華公使等干預，辭職還鄉。回鄉後仍熱心推進立憲，並潛心新體詩創作，被譽為「詩界革命鉅子」。有《日本雜事詩》、《日本國志》、《人境廬詩草》等。

金縷曲　甲戌同治十三年十一月五日觀劇[1]

便作沾泥絮[2]，也相隨，花嬌鶯嚲[3]，憑風飛起。吹得一池春水皺，明曉干卿甚事[4]？早彈盡千絲紅淚[5]。剛是飛瓊身一見[6]，剩繞梁三日簫聲媚[7]。都壓倒，眾桃李[8]。

呼天宛轉天應醉。更妙絕亂頭粗服[9]，病懨懨地[10]。不曾真個消魂也，今日魂都消矣。還說甚人天歡喜[10]。許借崑崙仙枕臥[11]，便丁歌甲舞從頭起[12]。迷離眼，請君視。○吾家山谷作綺語，秀師呵其應墮拔舌地獄，涪翁笑曰：「空中語耳。」[13]聊藉以解嘲。

（《人境廬詩草箋注》，上海古籍出版社，一九八一年版）

【注釋】

① 甲戌同治十三年：西元一八七四年。
② 沾泥絮：沾泥的楊花柳絮。
③ 嚲（音躲）：垂下貌。
④ 「吹得」二句：南唐・馮延巳〈謁金門〉詞首二句：「風乍起，吹皺一池春水。」從春水漣漪聯繫到心潮波動，成為傳誦一時的名句。馬令《南唐書》卷二十一記載南唐中主李璟曾戲問馮延巳：「吹皺一池春水，干卿底事（關你什麼事）？」
⑤ 紅淚：婦女的眼淚，也泛指悲傷的眼淚或血淚。
⑥ 飛瓊：許飛瓊，王母身邊仙女，此處指女主角。

⑦眾桃李：指其他戲曲演員。

⑧亂頭粗服：不事修飾而自然美好。《世說新語・容止》：「裴令公（楷）有儁容儀，脫冠冕，粗服亂頭皆好。時人以為玉人。」

⑨懨懨（音煙）：精神不振貌。

⑩人天：人心與天意。

⑪崑崙仙枕：用唐・許渾夢遊崑崙山故事。唐・孟棨《本事詩・事感》第二：詩人許渾，嘗夢登山，有宮室凌雲，人云此崑崙也。既入，見數人方飲酒，招之，至暮而罷。詩云：「曉入瑤臺露氣清，坐中唯有許飛瓊。塵心未斷俗緣在，十里下山空月明。」

⑫丁歌甲舞：初更稱甲夜，四更稱丁夜。「丁歌甲舞」，言通宵歌舞。

⑬「吾家」三句：黃庭堅與僧人法秀對話，見《冷齋夜話》。

【簡析】由本詩作者自跋可以看出，在中國封建社會裡，寫作小詞，寫作戲曲，是常被斥為「綺語」、「小技」、「邪宗」，甚至被詛咒要下各種各樣地獄的。但優秀文藝作品的感人力量是遏止不住的。一曲未終，「早彈盡千絲紅淚」，「不曾真個消魂也，今日魂都消矣」，寫的正是這種情況。

洪炳文（一八四八—一九一八）

洪炳文，字博卿，號棟園，別署祈黃樓主、寄憤生等，浙江瑞安人。家富藏書，學識博雜，兼好泰西新法諸書。光緒十七年（一八九一）貢生，以教館、遊幕為業。民國初，任纂修《瑞安縣志》之總採訪。南社社員。著述豐富，有傳奇、雜劇及時調新劇共三十六種，其中有傳本存世者《懸嶴猿》、《警黃鐘》、《秋海棠》、《後南柯》等二十一種。其他著作有《花信樓詞存》、《花信樓文稿》、《駢文》、《詩稿》、《楝園樂府》等數十種，大部分已散失。

自題《懸嶴猿》傳奇卷首①（六首選二）

其一

頻年扈蹕歷重洋②，監國君臣剩一航。猶是厓山風雨夜，拍天駭浪葬孱王。

【注釋】

① 《懸嶴猿傳奇》：洪炳文所作傳奇，演明末民族英雄張煌言事。張煌言（一六二〇—一六六四），字玄箸，號蒼水，浙江鄞縣人。弘光元年（一六四五）起兵抗清，奉魯王朱以海監國，據守浙東山地及沿海一帶，官至權兵部尚書。後魯王政權覆滅，他又派人與荊襄十三家農民軍聯繫抗清。至清康熙三年（一六六四），因見大勢已去，遂解散餘部，隱居南田的懸嶴島（在今浙江象山南），不久被俘，不屈死。

② 頻年：連續多年。扈蹕：同扈駕。隨從君王的車駕。

③ 監國：古時君王外出，太子留守，代行處理國政，謂之監國。以後也有以諸王監國的。此處指明魯王朱以海。一航：小船。《三國志・吳志・賀邵傳》：「長江之限，不可久恃，苟我不守，一葦可航也。」

④ 孱（音讒）王：懦弱的君王。

【簡析】本首說張煌言輔佐魯王，盡心盡力，艱辛備嘗，但南明最後仍免不了和南宋一樣覆亡的命運。

其二

錚錚鐵石比心腸①，一曲悲歌和《牧羊》②。為愛鳳凰山色好③，黃花時節近重陽④。

（《月月小說》一九〇六年第一期）

【注釋】

① 錚（音爭）錚：金屬、玉器等撞擊聲。

② 作者原注：「見末出。」按《懸嶴猿》共五出，第五出為《展墓》。《牧羊》：《蘇武牧羊》。

③ 鳳凰山：在杭州市南郊。

④「黃花」句：張煌言就義在九月初七日，為重陽（九月初九日）前兩天。末二句作者原注：「公自四明至杭州，方巾葛衣，終日南面而坐，不食不言，惟啜水而已。九月初七日臨刑赴市，遙望鳳凰山一帶，始一言曰：『好山色！』索筆賦絕命詩數章，挺立受刑。年四十有五。見《海東逸史》。」

【簡析】本首說張煌言被清軍俘擄後，堅貞不屈。臨刑之際，面不改色。大義凜然，流芳千古。

李靜山（生卒年不詳）

李靜山，江蘇繡谷（今南京）人。其《增補都門雜詠》附刊於同治十一年（一八七二）刊行的《都門匯纂》。

彩戲

堂會雖然有彩錢，朝朝俗劇不新鮮①。而今都愛觀燈晚②，四喜新排戲目蓮③。

（《清代北京竹枝詞・增補都門雜詠・詞場門》，北京古籍出版社，一九八二年版）

【注釋】

①俗劇：指亂彈劇目。

②觀燈晚：指元宵節夜晚。

③四喜：四喜班。目連：《目連救母》。

【簡析】乾隆以來的「四大徽班」中，四喜班是以崑曲著稱的，所謂「四喜的曲子」膾炙人口。現在四喜班又將崑曲《目連救母》排成了燈彩戲，在元宵節夜晚演出，情景切合，又很熱鬧，受到觀眾的歡迎。

晟溪養浩主人（生卒年不詳）

晟溪養浩主人，其〈戲園竹枝詞〉刊登於《申報》一八七二年七月九日。

戲園竹枝詞（選一）

大漢關西唱大江①，應推張八擅無雙②。歌喉囀處聲高下，滾出銅琶鐵板腔。

（《上海洋場竹枝詞》，上海書店出版社，一九九六年版）

【注釋】

① 「大漢」句：宋・俞文豹《吹劍續錄》：「東坡在玉堂日，有幕士善歌，因問：『我詞何如柳七？』對曰：『柳郎中詞，只合十七八女郎，執紅牙板，歌楊柳岸曉風殘月；學士詞，須關西大漢，銅琵琶，鐵綽板，唱大江東去。』東坡為之絕倒。」

② 張八：蘇州崑曲大章班正淨。

【簡析】光緒六年（一八八〇），蘇州崑曲大章班來上海，在石路（今湖北路）三雅園演出，演員有老生葉老永、白面王松、正淨張八、官生沈壽林、六旦葛子香、曲師殷桂深等。這一首竹枝詞集中描繪了張八的表演風格。

皮錫瑞（一八五〇—一九〇八）

皮錫瑞，字鹿門。善化（今長沙）人。光緒舉人。光緒十六年（一八九〇）主講湖南桂陽龍潭書院，後移席江西南昌經訓書院。光緒二十四年（一八九八）任湖南南學會會長，力主變法。戊戌政變後，革去舉人身份，遂杜門著述。晚年講學湖湘，並任長沙定王臺圖書館纂修。今文經學造詣很深，為晚清經學大家之一。著有《師優堂叢書》、《師優堂筆記》、《師優堂日記》等。

題《檜門觀劇詩》後①（八首選一）

陽明論樂古無儔②，樣子能傳虞與周③。證以儀徵說三頌④，方知四代有俳優⑤。

（《檜門觀劇詩》，光緒三十三年《雙梅景闇叢書》本）

【注釋】

① 《檜門觀劇詩》：即金德瑛的《觀劇絕句三十首》。金德瑛晚年號檜門老人。

② 陽明論樂：指王陽明對戲曲的見解。王守仁（一四七二—一五二九），字伯安，號陽明，浙江餘姚人，宋明心學的集大成者。

③ 虞與周：虞舜時的〈韶〉，周武王時的〈武〉，都是古樂。

④ 儀徵：阮元（一七六四—一八四九），字伯元，號芸

臺，江蘇儀徵人，清代中期經學家。三頌：《詩經》的《周頌》、《魯頌》、《商頌》。

⑤ 四代：指虞、夏、商、周。

【簡析】皮錫瑞對於金德瑛的《檜門觀劇詩》極為重視，曾為之題詩八首，復一和、二和、三和共九十首。這裡選的是題詩第二首。這首詩包含豐富的內容。「陽明論樂」指王陽明對戲曲的見解。語見《王陽明全集》卷三《傳習錄下》：「先生曰：『古樂不作久矣。今之戲子，尚與古樂意思相近。』未達，請問。先生曰：『〈韶〉之九成，便是舜的一本戲子。〈武〉之九成，便是武王的一本戲子。聖人一生實事，俱播在樂中。所以有德者聞之，便知他盡善盡美，與盡美未盡善處。若後世作樂，只是做些詞調，於民俗風化絕無關涉，何以化民善俗？今要民俗反樸還淳，取今之戲子，將妖淫詞調俱去了，只取忠臣孝子故事，使愚俗百姓人易曉，無意中感激他良知起來，卻於風化有益。然後古樂漸次可復矣。』」「儀徵」指阮元。皮錫瑞《經學通論》論三頌時引：「阮元曰：『頌本容貌之容，容養漾一聲之轉，周頌魯頌商頌，猶云周之樣子、魯之樣子、商之樣子耳。風雅惟歌耳，惟頌有舞，以象成功，如今之演劇，據孔子與賓牟賈論樂可見。』」孔子與賓牟賈論樂，見《樂記・賓牟賈篇》，是孔子與賓牟賈談論對〈韶〉、〈武〉的理解。總之，這首詩是追溯戲曲的起源，認為在虞、夏、商、周四代的古樂舞中能夠找到戲曲最早的萌芽（按：此條承浙江大學崔富章教授提示，特致謝意）。

文廷式（一八五六—一九〇四）

文廷式，字道希，號芸閣，江西萍鄉人。以父官高廉兵備道，僑居廣州。光緒十六年（一八九〇）進士，殿試一甲第二名及第，授職翰林編修，擢侍讀學士。憂心國事，是戊戌變法中堅人物。變法失敗，幾遭不測，逃往日本。回國後窮愁潦倒，卒於萍鄉。長詞，意境渾厚，筆力恣肆，於清代浙西、常州兩派之外獨樹一幟。有《純常子枝語》、《雲起軒詞鈔》。

虞美人　題李香君小像①

南朝一段傷心事②，楚怨思公子③。幽蘭泣露悄無言④，不似桃根桃葉鎮相憐⑤。

若為留得花枝在⑥，莫問滄桑改。鴛鴦鸂鶒一雙雙⑦，欲採芙蓉憔悴隔秋江⑧。

（《雲起軒詞》，《清名家詞》本，上海：開明書店一九三六年版）

【注釋】

① 李香君：《桃花扇》女主角。

② 南朝：此處指南明弘光朝。

③ 楚怨：本義為《楚辭》中所表達的憂怨。屈原《九歌・山鬼》：「怨公子兮憂忘歸」，「思公子兮徒離憂」。

此處指李香君對侯方域的思念。
④ 幽蘭泣露：晏殊〈蝶戀花〉：「檻菊愁煙蘭泣露。」
⑤ 鎮：長，久。
⑥ 若為：為何，怎樣。
⑦ 鸂鶒（音溪赤）：水鳥名。形大於鴛鴦，而色多紫，水上偶遊，故又稱之紫鴛鴦。
⑧ 芙蓉：荷花。《古詩十九首・涉江採芙蓉》：「涉江採芙蓉，蘭澤多芳草。」

【簡析】這首詞稱讚李香君與侯方域的愛情故事有著明清易代的時代背景，人物命運變幻莫測，特別哀婉動人，與一般單純寫男女情愛的故事大不相同。

汪笑儂（一八五八——一九一八）

汪笑儂，原名德克金，字仰天，號孝儂。出身官宦家庭，自幼聰明，二十二歲中舉，但無意追求功名。其父給他捐一河南太康知縣，因性情剛直，被劾罷職。轉而投身戲曲界，他以汪桂芬為法，兼取孫菊仙、譚鑫培之長，融成一體，世稱「汪派」。他嗓音蒼勁，吐字有力，善於大段唱功。對清政府腐敗，激於義憤，自編自演二十餘出戲，來抨擊社會，抒發情懷。常演劇碼有《哭祖廟》、《刀劈三關》、《馬前潑水》、《罵毛延壽》等。

自題《桃花扇》新戲（四首）①

其一

風流輸與楊龍友，扇底桃花畫出來②。卻被雲亭收拾去③，儂今一躍上歌臺④。

【注釋】

① 《桃花扇》新戲：指汪笑儂根據孔尚任《桃花扇》改編的京劇劇本《桃花扇》。

② 「風流」二句：指《桃花扇》第二十二出《守樓》情節：李香君拒嫁馬士英黨羽田仰，血濺紙扇，楊龍友點染作桃花。

③ 雲亭：孔尚任。

④ 儂：我。

其二

歐刀刻盡牡丹芽①，偏寫人間薄命花。兒女英雄流熱血，一齊收拾付紅牙②。

【注釋】

① 歐刀：古代稱呼行刑的刀劍，據傳來源自歐冶子劍。

② 紅牙：檀木製的拍板，用以調節樂曲的節拍。

其三

南朝金粉費興亡[1]，無主殘紅自主張。誰譜《桃花》新樂府[2]，扇頭熱血幾時涼！

【注釋】

①南朝：指南明弘光朝。

②《桃花》新樂府：指汪笑儂改編的《桃花扇》新戲。

其四

饒他燕子弄簧舌，誰解《桃花扇》底鈴[1]？我是登場老贊禮[2]，將身來替孔雲亭。

（《大陸》第二卷第七期，一九〇四年）

【注釋】

①「誰解」句：意謂誰能夠探究清楚《桃花扇》的底蘊。

②老贊禮：《桃花扇》中的人物。贊禮是太常寺官名，是祭祀時的司儀。

【簡析】汪笑儂改編的《桃花扇》新戲，曾經在上海演出過。他寫過兩組〈自題《桃花扇》新戲〉，第一組四首，第二組六首，分別發表於一九〇四年第七期、第八期的《大陸》。此處選的是第一組。這四首詩，談了對《桃花扇》基本精神的理解，特別對劇中最有光彩的形象李香君三致敬意。至於自己扮演的角色，汪笑儂說就是《桃花扇》中的老贊禮，他既是劇中人，有時又跳到劇外，點醒「借離合之情，寫興亡之感」的主旨，是作者孔尚任的代言人。另外值得提出的是，將《桃花扇》改編成京劇演出，亦可見崑曲對京劇的影響。

黃　人（一八六六——一九一三）

黃人，原名振元，中年改名人，字慕庵，又字摩西。江蘇常熟人。出身於寒素家庭。光緒二十年（一八九四）中秀才。光緒二十六年（一九〇〇）任東吳大學文學教授。南社創立，他較早加入。武昌起義爆發，欲有所建樹，因病未能成行。袁世凱竊國後，極端苦悶，一九一二年夏忽發「狂疾」，次年死於蘇州。博學多能，行為奇特，素有奇人之稱。詩文、方技、音律、遁甲之術，輒曉其大概。所著《中國文學史》為中國最早的文學史著作。有《石陶梨煙閣詩》。

洞仙歌　《風洞山傳奇》題詞①，和慧珠韻②

神州沉矣③！問天公何苦，做盡傷心賺今古④？剩青山一片，收拾英魂，算配得，江左梅花閣部⑤。　瘴江風浪惡⑥，慘綠愁紅⑦，欲採芙蓉已秋暮。破碎舊山河，青骨紅顏⑧，總付與無憑氣數⑨。正此際重看劫灰燃⑩，有壯士耰鋤⑪，美人桴鼓⑫。

（《風洞山傳奇》卷首，一九〇六年上海小說林發行）

【注釋】

① 《風洞山傳奇》：吳梅作，演明末瞿式耜抗清死節事。

② 慧珠：生平不詳，作有〈洞仙歌《風洞山傳奇》題詞〉。

③ 神州：指中國。《史記．騶衍傳》：「中國名曰赤縣神州，赤縣神州內自有九州。」後世以神州泛指中國。沉：陸沉，比喻國土沉淪。

④ 賺：騙。

⑤ 梅花：梅花嶺，在揚州，為史可法衣冠塚所在地。閣部：史可法。

⑥ 瘴江：舊指嶺南有瘴氣的江河：韓愈〈左遷至藍關示侄孫湘〉：「知汝遠來應有意，好收吾骨瘴江邊。」

⑦ 慘綠愁紅：經風雨摧殘的敗葉殘花。

⑧ 青骨：張餘慶〈青玉案賦〉：「表青骨傳素心。」韋莊〈謁蔣帝廟〉詩：「建業城邊蔣帝祠，素髯青骨舊風姿。」

⑨ 無憑：猶言無憑準，沒個準。氣數：氣運、命運。

⑩ 劫灰：劫火的餘灰。佛教稱世界毀滅時的大火為劫火，一般也把亂世的災火稱為劫火。

⑪ 耰（音優）鋤：平田、鬆土的農具。壯士耰鋤，謂人民揭竿而起，反抗滿清王朝的統治，即賈誼〈過秦論〉謂陳勝起義初期的武器是「鉏耰棘矜」之意。

⑫ 桴（音浮）鼓：戰鼓、警鼓。本句作者原注：「近日粵西之變，女酋黃九姑等甚勇鷙。」

【簡析】吳梅的《風洞山傳奇》創作於清光緒三十年（一九〇四），刊行於光緒三十二年（一九〇六），黃人的這首題詞，與慧珠的題詞一樣刊於卷首。詞人由《風洞山傳奇》中為抗清而死的瞿式耜想到今日揭竿而起、為推翻滿清王朝而戰鬥的廣大人民，滿腔熱情地呼喚著革命的到來。

周　實（一八八五—一九一一）

周實，字實丹，號無盡，山陽（今江蘇淮安）人。清秀才，光緒三十三年（一九〇七）入南京兩江師範學校學習。宣統元年（一九〇九）參加南社。武昌起義爆發，從南京回鄉與阮式共謀回應，集會數千人，宣佈光復，為山陽縣令所誘殺。他是南社傑出詩人，其詩遠師杜甫，近受黃遵憲等人詩界革命影響，憂國憂民，有衝決封建羅網和革命救國的激情。有《無盡庵遺集》。柳亞子輯有《周實丹烈士遺集》。

《桃花扇》題辭

千古勾欄僅見之①，樓頭慷慨卻奩時。中原萬里無生氣，俠骨剛腸剩女兒。

（《無盡庵遺集》，一九一二刊行本）

【注釋】

① 勾欄：宋元時雜劇和各種伎藝演出的場所。這裡指劇場。

【簡析】本詩詠《桃花扇》，特別歌頌女主人公李香君。詩人印象最深刻的是第七出《卻奩》，阮大鋮千方百計企圖依附復社，他打聽到侯方域要娶李香君，便託人送上豐厚的妝奩。在這大是大非面前，侯方域態度曖昧。李香君義正辭嚴，怒斥阮大鋮的陰謀。這深深感動了侯方域，他退還妝奩，與阮大鋮絕交。李香君俠骨剛腸，詩人讚歎這是自古以來戲曲舞臺上難得一見的崇高的女性形象。

PH0297　SHOW藝術39

清代詠崑曲詩歌選注

選　　注／趙山林、趙婷婷
主　　編／洪惟助
責任編輯／孟人玉
圖文排版／楊家齊
封面攝影／洪惟助
封面設計／嚴若綾

發 行 人／宋政坤
法律顧問／毛國樑　律師
出版發行／秀威資訊科技股份有限公司
114台北市內湖區瑞光路76巷65號1樓
電話：+886-2-2796-3638　傳真：+886-2-2796-1377
http://www.showwe.com.tw
劃撥帳號／19563868　戶名：秀威資訊科技股份有限公司
讀者服務信箱：service@showwe.com.tw
展售門市／國家書店（松江門市）
104台北市中山區松江路209號1樓
電話：+886-2-2518-0207　傳真：+886-2-2518-0778
網路訂購／秀威網路書店：https://store.showwe.tw
國家網路書店：https://www.govbooks.com.tw

2025年4月　BOD一版
定價：690元

讀者回函卡

國家圖書館出版品預行編目

清代詠崑曲詩歌選注/趙山林, 趙婷婷選注 ; 洪惟助主編. -- 一版. -- 臺北市 : 秀威資訊科技股份有限公司, 2025.04
面 ; 公分. -- (SHOW藝術 ; 39)
BOD版
ISBN 978-626-7511-58-9(平裝)

1. CST: 詩詞 2. CST: 崑曲 3. CST: 清代文學
4. CST: 文學評論

821.8 113020793